KB149853

코카서스에서 동베를린까지

동유럽-CIS 역사 기행

유재현

동유럽-CIS 역사 기행 : 코카서스에서 동베를린까지

초판 1쇄 인쇄 : 2015년 10월 15일

초판 1쇄 발행 : 2015년 10월 20일

지은이 **유재현**

펴낸이 **임성안** | 펴낸곳 **(주)그린비출판사** | 주소 **서울시 마포구 동
교로 17길 7, 4층(서교동, 은혜빌딩)** | 전화 02-702-2717 | 이메일
editor@greenbee.co.kr | 등록번호 **제313-1990-32호**

편집·디자인 **수류산방 樹流山房**

ISBN 978-89-7682-242-0 03810

이 도서의 국립중앙도서관 출판예정도서목록(CIP)은 서지정보유통지원시스템 홈페이지
(http://seoji.nl.go.kr)와 국가자료공동목록시스템(http://www.nl.go.kr/kolisnet)에서 이
용하실 수 있습니다.(CIP제어번호:CIP2015026203)

이 책의 저작권은 저자와 독점 계약한 (주)그린비출판사에 있습니다.
저작권법에 의하여 한국 내에서 보호를 받는 저작물이므로 무단전재와 무단복제를 금합니다.
책값은 뒤표지에 있습니다. 잘못 만들어진 책은 서점에서 바꿔 드립니다.

나를 바꾸는 책, 세상을 바꾸는 책 www.greenbee.co.kr

조지아 아르메니아 아제르바이잔
Georgia Armenia Azerbaijan

몰도바 우크라이나 폴란드 벨라루스 루마니아 헝가리 독일 체코
Moldova Ukraine Poland Belarus Romania Hungary Germany Czech

〔책머리에〕 익숙하지 않은 이름, CIS에서

　　루마니아와 우크라이나 사이의 작은 나라 몰도바에서 1년을 머물 기회를 얻었을 때 나부터 이 나라가 꽤나 낯설었다. 인도양의 섬나라인 몰디브로 알아듣고 "정말 좋겠는데."라는 말을 꺼내기 일쑤인 남들도 마찬가지였다. 돌이켜보면 역시 1년 쯤 머물렀던 에콰도르조차 몰도바만큼 낯설게 느껴지지는 않았다. 한반도를 기준으로 한다면 7천 5백 킬로미터의 몰도바는 1만 5천 킬로미터 떨어진 에콰도르의 딱 절반의 거리에 위치한 나라였다. 거리와 무관한 심리적 이격(離隔)은 독립국가연합(CIS) 일반에 대해 마찬가지이다. 결국 이런 낯설음의 정체란 이제는 지구상에 존재하지 않는 소련이라는 존재와 맞닿은 것이다. 냉전 시대 세계 어느 나라보다 강고한 반공주의 국가인 한국에게 소련은 "철의 장막 너머" 그 이상이었다. 북한과 동의어였으며, 상상력 너머의 존재였다. 1991년 독립국가연합의 탄생과 함께 소련이 해체되었고, 동시에 냉전이 해체되었다. 장막은 걷혔지만 사정은 쉽게 바뀌지 않았다. 국교는 정상화되었고 교류도 가능해졌음에도, 소련의 몰락과 더불어 혼란의 극치를 달리던 그 후예들에 대한 시선은 무관심을 넘어 냉담하기 짝이 없었고 희화화되기 일쑤였다. 냉전 시대 반공주의의 최전선에서 전투병으로 복무해야 했던 한국인으로서는 자연스러운 태도였을지도 모르겠다.

　　하지만 이런 물음을 던져볼 수 있겠다. 소련이 해체된 후 4반세기를 눈앞에 두고 있는 지금, 우리는 좀 더 나은 세상에서 살고 있는 것일까. 냉전 시대 지구의 거의 절반을 차지했던 악마를 축출했으니 세상은 좀 더 평화로워졌다고 말할 수 있는 것일까. 한때 소련의 도시였던 곳에서 태어나 이제 스무 살 중반이 되었을 청년들은 그들의 부모보다 행복한 세상에서 살아가고 있는 것일까. 지구상에 등장한 최초의 현실 사회주의를 패퇴시키고 승리를 거둔 지구적 자본주의 시대를 살아가고 있는 우리 모두는 좀 더 행복해진 것일까.

불행하게도 누구도 그렇다고 말할 수는 없다. 강화된 신자유주의의 광풍이 세계를 휩쓰는 동안 지구 전역에서 다중은 벌거벗겨진 채 경쟁과 착취의 빙판 위에서 몸을 떨어야 하는 신세였다. 자유란 오직 지구화된 자본에게 헌납된 가치였다. 지난 4반세기 동안 터무니없이 자유로워져 그 무엇으로도 제어할 수 없게 된 자본주의는 지나친 탐욕으로 여러 번 위기를 초래했고, 그 때마다 지구상의 대부분의 인간들은 더욱 괴로워질 수밖에 없었다. 전쟁은 더욱 만연했고, 크고 작은 분쟁은 쉬지 않고 지구 전역을 휩쓸었다. 한때 현실 사회주의 국가였다가 붕괴한 지역은 그쯤에서 그치지 않고 목불인견의 피해를 입었다. 발칸 반도는 피에 젖었고, 도처에서 발흥한 민족 분쟁은 몇 번의 전쟁으로 이어졌다. 시장경제로의 폭력적 전환은 극심한 부의 집중, 사회복지의 말살, 고도의 실업률과 대대적인 해외 이주 노동의 물결, 정치적 독재 등을 다양하게 변주하면서 CIS 국가들을 예외 없이 한때의 제3세계 신식민지 국가 수준으로 전락시켰다. 말하자면 세계는 좀 더 진보하고 문명화하는 대신 그 짧은 동안 야만의 극단을 향해 전속력으로 질주하고 있었다. 이게 자본주의가 사회주의를 대상으로 거둔 최종적 승리의 전리품이라면, 과연 누구를 위한 누구의 승리인지 되짚어볼 만하다.

내가 낯설기 짝이 없던 몰도바를 시작으로 한때 소련이었던

CIS 국가들과 그 자장 아래 있었던 동유럽을 돌아보고자 했던 것은 과거 소련을 흔적이나마 찾아 보려던 것이었고, 그건 도무지 대안을 찾을 수 없는 암울한 오늘의 현실에 대한 반작용이기도 했다. 물론 나는 소련을 유지했던 체제가 자본주의를 이기거나 극복할 수 있는 체제가 아니었음을 소련이 자신의 몰락으로 증명했다고 생각하는 사람 중의 하나였다. 소련이 자신이 주장했던 것처럼 사회주의 국가도 노동자 국가도 아니었고 오히려 자본주의 단계에 머물러 있던 나라였다는 평가에도 귀를 기울이는 편이다. 그러나 어떤 경우에도 자본주의의 모순을 극복할 진보적 이상이 소련을 처음 탄생시킨 힘이었으며, 설령 배반하고 패배했을지언정 부단히 그 이상을 두고 현실로 다투었던 존재가 소련이나 당대의 현실 사회주의 국가였다는 점을 부정할 수는 없는 일이다. 단지 패배했다는 것만으로 그 모든 것들을 무시하거나 망각할 수 없는 노릇이다. 갈수록 야만으로 치닫는 오늘의 암울한 현실에서는 더욱 그렇다.

소련 해체 23주년을 앞두고 마치 기념(記念)처럼 몰도바에서 시작했던 여행은 일년이 조금 지나 세르비아의 베오그라드에서 끝났다. 사실을 말한다면 소련 해체 이전에 이 나라들의 실상이 어떠했는지는, 그 흔적이라도 찾아 보기가 불가능에 가까웠다. 하긴 뭘 기대했다면 그건 내 착오였다. 나이 지긋한 중년을 넘긴 사람들에게라면 노스탤지어라고 할 수 있는 감상 어린 회고나 비교를 접할 수 있었고, 도시 어딘가에서 레닌의 동상이나 사회주의 리얼리즘 풍의 부조들이나 건물들을 볼 수는 있었다. 하지만 딱 그뿐이었다. 이미 오래전에 모든 것들은 깨끗이 쓸려나간 뒤였다. 그래도 얼마간 더듬고 유추할 기회가 완전히 박탈되지는 않았다는 것을 위안으로 삼을 수는 있었다. 한편 당대의 현실 사회주의는 왜 몰락할 수밖에 없었는지, 그 이유는 떨쳐 버릴 수 없는 질문이었지만 이 또한 손쉽게 답을 얻을 수는 없었다. 하지만 미래를 위한 영감마저 얻을 수 없었던 것은 아니었다. 길 위에서 만난 모든 이들의 내일을 위해 건투를 빈다.

"희망이란 본래 있다고도 할 수 없고 없다고도 할 수 없다. 그건 마치 땅 위의 길과 같은 것이다." — 루쉰(魯迅)

2015년 5월
유재현

〔차례〕 동유럽―CIS 역사 기행

아제르바이잔 Azerbaijan 135

몰도바 Moldova 161

우크라이나 Ukraine 207

폴란드 Poland 329

벨라루스 Belarus 379

루마니아 Romania 401

헝가리 Hungary 427

조지아 Georgia	아르메니아 Armenia	아제르바이잔 Azerbaijan

몰도바 Moldova	우크라이나 Ukraine	폴란드 Poland	벨라루스 Belarus	루마니아 Romania	헝가리 Hungary	독일 Germany	체코 Czech

조지아
Georgia

🌏 면적 77,000km², 인구 496만 명(2014년 추계), 공용어 조지아 어, 화폐 단위 라리(GEL). 코카서스 지방 남부이자 흑해의 동안에 위치한 공화국이다. 1991년에 소비에트 연방에서 독립했다. 북쪽으로 러시아, 동쪽으로 아제르바이잔, 남쪽으로 아르메니아, 서남쪽은 터키와 국경을 접한다. 국토의 2/3가 산이며, 흑해에 면한 서부는 습윤한 아열대 기후를 보이고, 동부는 건조한 스텝이다. 동부에서는 목축, 서부에서는 포도·레몬·담배·올리브 재배와 양잠이 성하다. 석탄·원유 등 천연자원이 풍부하고 중공업도 발달한 편이다.

코카서스 산맥(Caucasus Mountains) ☞ 러시아어로는 캅카스(Кавка́з). 흑해와 카스피 해 사이의 산맥으로 과거에는 아시아와 유럽의 경계였다. 북쪽의 볼쇼이캅카스(대캅카스 산맥)와 남쪽의 말리캅카스(소캅카스 산맥)로 나뉜다.

새벽의 어둠이 채 물러가지 않은 때에 도착한 그루지야(조지아) 트빌리시의 공항 터미널. 시내로 들어가는 버스는 두 시간쯤을 기다려야 한다. 1월, 터미널 유리벽 밖은 수은등 아래 수북이 눈이 쌓여 있다. 계획은 조지아를 시작으로 아르메니아와 아제르바이잔을 여행하는 것으로, 코카서스(캅카스) 산맥의 자장 아래에 위치한 남코카서스 3국이다. 산맥이 품은 나라와 사람들에게 산맥은 어머니와 같고 때때로 운명과도 같다. 코카서스 산맥에 오르기로 한 것은 그러지 않고서야 이 나라들을 결코 이해할 수 없을 것처럼 느껴져서이지만 이런 날씨에 오를 수 있을지 마음 한구석에 작은 근심이 모래처럼 가라앉는다.

캅카스 너머, 자캅카스

영어 지명인 코카서스는 러시아어로는 캅카스라 불리고 남코카서스는 '자캅카스'로 불린다. 남캅카스가 아니라 '캅카스 너머'란 뜻이다. 러시아 쪽 예컨대 모스크바나 상트페테르부르크에서 본다면 코카서스 남쪽은 코카서스 산맥 너머인 것이다. 코카서스 너머를 향한 제정 러시아의 욕망은 남진 정책의 한 줄기인데, 예카테리나 대제(Yekaterina I, 1729~1796) 이후 소원해진 코카서스 진출이 다시금 본격화한 것은 19세기 벽두에 들어서이다. 이슬람 제국인 오스만과 페르시아의 틈에 끼어 고달프기 짝이 없던 세월을 보내며 손을 내밀던 그루지야(조지아)의 두 왕국을 러시아가 차례로 합병하면서부터이다. 코카서스 산맥 남부를 손에 넣은 러시아는 오스만과 페르시아와 전쟁을 치르면서 흑해에서 카스피 해에 이르는 자캅카스에 확고한 기반을 마련했고 뒤이어 방향을 틀어 북부 산악 지대 정벌에 나서서 코카서스 지역 전체를 손에 넣었다. 러시아 혁명으로 제정이 붕괴한 후 소련이 탄생할 때 그 주역 중의 하나는 자캅카스 소비에트 연방 공화국(Transcaucasian SFSR)으로, 지금의 남코카서스 3국의 전신이다. 적백내전을 거친 뒤에 3국이 각각 별개의 독자적 소비에트 공화국으로 분리되었다. 북코카서스는 러시아 연방 소비에트 공화국에 몇 개의 소비에트 자치 공화국으로 나뉘어 포함되었는데, 이 중 동북 지역에 위치한 체첸은 소련 붕괴 후 분리 독립 전쟁으로 지금까지 피를 흘리고 있다.

러시아 문학가들을 키운 식민지

영토 확장의 제국주의적 욕망과 토착의 저항이 충돌하는 가운데 애증이 교차하는 19세기 이후의 코카서스가 러시아 지식인들, 특히 문학인들의 보고(寶庫)였던 것은 흥미롭다. 가장 진솔한 고백은 러시아와 소련의 대문호 막심 고리키(Maxim Gorky, 1868~1936)에게서 들을 수 있다. 1891년 혁명 서클과 관계하기도 하고 한번은 경찰에 체포되기까지 했던 고리키는 고향인 니즈니노브고로드를 떠나 우크라니아와 베사라비아 등지를 떠돌다 그 해 가을 티플리스(지금의 트빌리시)에 도착했다. 철도 기지창에서 페인트공으로 일하던 고리키는 이듬해 가을 니즈니노브고로드로 돌아가기 직전에 티플리스의 일간지인 『캅카스』에 그의 처녀작인 단편 「마카르 추드라」를 발표했다. 이때 쓴 필명이 비통한 자라는 의미의 '고리키'였다. 사실 「마카르 추드라」는 코카서스가 아니라 고리키가 베사라비아와 크림을 여행할 때 들었던 집시의 이야기를 소재로 한 것이었다. 그러나 훗날 고리키는 이렇게 말했다.

"캅카스 산맥의 장엄함과 그곳 사람들의 낭만적인 기질, 이 두 가지가 방황하던 나를 작가로 바꾸어 놓았다."

고리키에 앞서 톨스토이(Leo Tolstoy, 1828~1910)를 빼놓을 수 없다. 모스크바와 상트페테르부르크를 오가며 도박으로 방탕한 세월을 보내던 톨스토이가 막대한 부채를 짊어진 후인 1851년에 도망치다시피 향한 곳도 코카서스였다. 그곳에서 톨스토이는 코카서스 주둔군에 자원했고 4년 동안 복무했는데, 그의 여러 초기작은 그 시기에 쓰였거나 그 시기를 소재로 한다. 대표적으로 「코카서스의 죄수(The Prisoner of the Caucasus)」, 『코사크(The Cossacks, 1863)』, 『하지 무라드』 등이 그렇다. 꽤 시간이 흐른 후 탈고되기는 했지만 장편 『코사크』은 온전히 코카서스 주둔군 시절 톨스토이의 자전적 소설로서, 그 무렵의 코카서스를 무대로 제정 러시아 주둔군과 코카서스로 흘러 들어와 정주했던 테레크 카자크 인들, 그에 맞섰던 원주민 체첸 인들의 대립을 엿볼 수 있다. 다시 또 톨스토이에 앞선다면 1829년 그루지야에 왔던 알렉산드르 푸시킨(Alexander Pushkin, 1799~1837)은 훗날 톨스토이가 제목을 빌린 「코카서스의 죄수」란 시와 몇 편의 수필을 남기도 했다. 그밖에 소련 시대에 이르기까지 코카서스에 빚진 수많은 작가들이 탄생했다.

19세기에 국한한다면 정복의 대상이면서 미지의 변방이었던 코카서스가 러시아 작가들의 영감을 불러일으키고 그들로 하여금 천착하게 만든 셈인데 제국주의, 식민주의가 종주국의 문학에 미치는 영향과도 무관하지 않다. 특히 제국의 첨병인 무력의 일원이었

李泰俊 著

蘇聯紀行

北朝鮮出版社

북한에서 출판된 이태준의 『소련 기행』 표지 ☞ 이태준의 소련 기행은 당시 남북한 양쪽에서 모두 출간되어 널리 읽힐 수 있었다.

던 톨스토이가 남긴 대표적 단편 중 하나인 「코카서스의 죄수」는 그 뒤 소련군의 아프가니스탄 점령 시기를 배경으로 한 같은 제목의 러시아 영화에서 무리 없이 각색되기도 했듯이, 조지프 콘래드(Joseph Conrad, 1857~1924)의 『암흑의 핵심』과 더불어 식민주의에 대한 제한적 성찰을 보이는 종주국 문학의 원형을 이룬다. 베트남 전쟁 이후 봇물을 이루었던 반전 성향의 미국 문학과도 일맥상통한다.

이태준과 조지아

오래전 코카서스 남쪽을 방문한 한국인 작가도 있었다. 1930년대 후반 연해주 고려인들의 중앙아시아 강제 이주 이후 소련 전역으로 퍼져나갔던 한인들조차 정착하지 않았던 지역인 남코카서스의 그루지야와 아르메니아에 1947년 9월, 일군의 한국인들이 나타났다. 소설가 이태준(李泰俊, 1904~1970)과 이기영(李箕永. 1895~1984), 시인 이찬(李燦, 1910~1974) 등 문인이 포함된 25명의 소련 방문 사절단이다. 해방 직후에 이루어진 이들의 소련 방문은 평양의 조쏘문화협회가 주선한 것이었다.

북조선으로 돌아온 후 문인 세 명은 모두 기행을 출간했는데 북조선과 남조선을 통틀어 대중적으로 가장 폭넓게 읽힌 기행은 대중적 인지도가 높던 상허(尚虛) 이태준의 『소련 기행(1947)』이었다. 단지 인지도 때문만은 아니었다. 공산주의자도 아니었고 이른바 프로문학에 참여한 이력도 없으며 오히려 순수문학 계열인 구인회(九人會)의 멤버이기도 했던 이태준은 어찌 보면 이념적 편향 없이 소련을 보고 기록할 수 있을 만한 인물이었다. 일반 독자의 입장에

한설야의 『소련 여행기』 표지 ☞ 소설가이자 평론가 한설야(韓雪野, 1900~ 1976)는 이태준 일행보다 한 해 뒤인 1947년에 교육국장 자격으로 소련을 방문했다. 한설야는 50년대 말 이태준의 숙청을 주도했으나 자신도 곧 숙청되었다가 사후 복권되었다.

서는 아마도 이태준 쪽의 기행에 좀 더 믿음이 갔을 것이다.

　　이태준의 동선을 따라가 보자. 해방 이듬해인 1946년 8월 10일 평양조소문화협회의 조선인민사절단 일행 25명 중 하나로 소련 기행에 나선 이태준이 사실상 첫 번째 목적지인 볼가 강 상류의 고르키 시(니즈니노보고로드)에 도착한 것은 평양을 떠난 지 20여 일을 넘긴 8월 31일에 이르러서였다. 소련 원동군(遠東軍)의 협조를 받아 비행편을 이용했음에도 그랬다. 사절단 일행은 첫 기착지인 연해주 워로실로브(우수리스크)의 격리촌에서 검역차 며칠을 지체했어야 했는데, 그나마 검사 결과가 정상적이지 않았던 이태준은 일행과도 헤어져 워로실로브에 며칠을 더 머물러야 했다. 덕분에 앞서 떠났던 일행이 시베리아 횡단 열차를 이용해 모스크바로 향한 반면 이태준은 소련 원동군의 배려로 비행편을 이용할 수 있었지만 그마저도 장마철인지라 기상이 불순해 몇 차례 연기되었다.

　　8월 30일 아침 워로실로브를 이륙한 이태준의 비행기는 K시와 S시를 거쳐 고르키 시에 잠시 머문 후 마침내 삼십사오 시간 만에 혁명 소련의 수도 모스크바에 도착한다. 모스크바에서 아흐레를 머문 이태준 일행은 그루지야와 아르메니아로 향한다. 또다시 아흐레 가량을 머물며 그루지야와 아르메니아를 여행한 후 스탈린그라드를 거쳐 모스크바로 돌아왔고, 그곳에서 열차편으로 레닌그라드를 방문한 후 10월 5일 모스크바에서 시베리아 횡단 열차를 타고 귀국길에 올랐다. 그런데 이태준과 일행의 방문 일정을 살펴보면 10년 전 소련을 방문했던 앙드레 지드와 꽤나 흡사했다.

　　1936년 6월 고리키의 장례식에 맞추어 열차편으로 모스크바에 도착한 앙드레 지드는 레닌그라드를 다녀온 후 다시 열차편으로 사흘에 걸쳐 러시아와 그루지야의 접경인 블라디캅카스에 도착한 후 자동차편으로 카프카스 산맥을 넘어 그루지야의 트빌리시에 도착했다. 이곳에서 앙드레 지드는 스탈린의 고향인 고리를 거쳐 바투미로 향했고, 수후미를 마지막으로 그루지야를 벗어나 인근의 소치를 방문한 후 선편으로 세바스토폴에 도착한 것으로 약 두 달에 걸친 소련 방문을 마무리했다. 이태준과 앙드레 지드가 동일하게 방문한 도시는 모스크바와 레닌그라드, 트빌리시, 수후미, 고리였다. 이태준은 예레반과 스탈린그라드를 앙드레 지드는 소치와 세바스토폴을 각각 달리 방문했을 뿐이다. 이런 유사성은 당시 소련에서 외국의 작가들이나 예술가들을 상대하던 기관인 복스(VOKS, 대외문화교류협회)가 일정을 준비하고 안내했기 때문이다. 복스는 1925년에 만들어졌다. 해방 직후 북조선에서 만들어졌던 평양 조쏘문화협회는 사실상 복스의 파트너였다. 그런 복스가 주관했던 이태준 일행의 소련 방문은 물론 자유 여행은 아니었다. 이 점은 앙드레 지드 또한 마찬가지였다. 혁명의 수도 모스크바, 레닌그라드로 이름이 바뀐 유서 깊은 도시 페트로그라드(상트페테르부르크), 학교와 병원, 공장과 콜호즈 등으로 이어지는 방문지는 복스의 메뉴였으며, 전쟁 전이나 종전 직후에 별 차이가 없었음은 이태준과 앙드레 지드의 기행에서 확인할 수 있다. 이태준의 경우엔 독일과의 격전지였던 스탈린그라드가 포함된 것이 그나마 달라진 것인데, 그건 물론 전쟁이 끝난 다음이기 때문이다.

　　복스가 변함없는 방문 일정을 안내했음에도 불구하고 이태준과 앙드레 지드의 '소련 기행'은 유라시아 대륙을 사이에 둔 조선과 프랑스의 거리만큼이나 달랐다. 방문 이전에는 열렬하게 소련을 지지했던 앙드레 지드가 방문 후에 발표한 기행인『소련에서 돌아와 (Retour de l'U.R.S.S., 1936)』에서 소련의 폐쇄성과 획일성 등을 비판하며 반소련 입장을 천명한 것과 달리 이태준의『소련 기행』은 민족 문제와 사회 복지, 새로운 인간의 출현, 문화와 예술 등에서 우월한 체제로서 소련을 긍정적으로 묘사했다. 선진 자본주의 국가인 프랑스의 자유주의 지식인 앙드레 지드와 이제 막 식민 통치에서 벗어나 해방된 조국의 미래를 그려야 했던 조선의 지식인 이태준의 차이는 이 둘의 기행에서도 극명하게 드러났던 것이다.

생면부지의 소련에 대해서 이태준이 가장 큰 관심을 기울였던 사안은 '민족 정책'이었다. 이태준 일행이 그루지야와 아르메니아를 방문하게 된 것은 물론 복스가 '알아서' 미리 정해 둔 일정에 따른 것이었어도, 이태준이 부여한 의미는 남달랐다.

"지금 우리는 두 민족 공화국으로 가는 길이다. 비록 수는 적은 민족이나 그 역사와 지역으로 보아 쏘베트에서 민족 정책을 세울 때 상당히 말성이 되었던 듯한 아르메니야와 구루지아로 가는 길이다."

조선은 이제 막 일제 치하에서 해방되었지만 남과 북으로 나뉘어 미군과 소련군의 군정 아래 있었다. 해방 조선의 운명을 거머쥔 두 강대국 중 하나인 소련이 조선을 어떻게 취급할지는 이태준에게 초미의 관심사였다. 더욱이 남조선에서 월북해 사절단 참가한 이태준은 자연스럽게 소련과 미국을 비교하는 입장이 되었다.

기행문에서 이태준의 반응은 무척 긍정적이다. 민족 문제에 관한 소련의 입장이 호혜 평등하고 선진적임이 그루지야와 아르메니아를 돌아본 이태준의 판단이었다. 단순히 보고 느낀 소감뿐 아니라 스탈린의 민족 문제에 대한 방침, 1936년 스탈린 신헌법의 민족 문제에 관한 조항 등이 다른 한편의 근거였다. 그밖에 다방면으로 소련의 체제를 견문한 이태준은 평양으로 돌아온 후 서울로 돌아가지 않고 평양에 남았다. 남조선이 아닌 북조선을, 미국이 아닌 소련을 선택한 것이다.

그런 이태준이 소련 방문에서 기회가 닿는 대로 행방을 좇았던 인물이 있다. 역시 소설가이면서 1928년 소련으로 망명한 포석(抱石) 조명희(趙明熙, 1894~1938)였다. 이태준은 조명희와 직접 만난 적은 없었지만 그의 이름은 익히 알고 있었고, 기행에서는 조선 문단 전체가 그의 귀국을 기다리고 있다고 썼다. 일찍 소련으로 망명한 후 작가로서 활동해 왔던 조명희를 이태준이 힘써 찾았던 것은 문단의 차원에서 그의 소재를 파악하기 위한 것도 있었겠지만 그보다는 오래전부터 소련에서 살았고 직접 그 체제를 경험했던 조명희에게 묻고 싶은 것이 많았기 때문일 것이다. 이태준은 소련 방문길에 조선 출신을 만나면 잊지 않고 조명희의 종적을 캐물었지만 누구에게도 답을 얻을 수는 없었다. 그도 그럴 것이 조명희는 이미 스탈린의 대숙청 시기인 1937년에 체포되었고 1938년(러시아 자료로는 1942년) '인민의 적'이란 오명을 쓰고 총살된 후였다. 조명희뿐이 아니었다. 같은 시기 연해주의 조선인들은 하루아침에 중앙아시아로 강제 이주라는 청천벽력의 비극을 맞닥뜨려야 했다. 스탈린 시기에 대숙청이나 강제 이주는 입에 담는 것조차 금기시되었으니 이태준은 애타게 찾았던 조명희가 거의 10년 전에 사망했다는 사실조차 알아낼 수 없었다.

북조선에 남은 이태준은 한국전쟁 후인 1957년 경 숙청되어 고단한 삶을 이어가야 했다. 지금은 월북 문인들의 종적이 꽤 많이 알려져 있지만 이태준의 경우엔 언제 사망했는지조차 분명하지 않다. 이태준의 마지막도 조명희 만큼이나 불우하지 않았던가.

1947년 9월 13일 이태준이 내렸을 트빌리시의 비행장은 지금도 위치가 바뀌지 않았다. 일 년에 두어 번 비가 내리는 것이 고작인 고장이어서 비행기가 뜨고 내리는 때에 폭탄처럼 먼지가 피어올랐다는 비행장은 까마득히 오래 전의 일이다. 70여 년의 세월이 지난 것이다. 새벽의 고적한 트빌리시 공항 터미널. 구석의 자리에 앉아 하릴없이 주변을 둘러본다. 반대편 구석 빈 자리에 이태준이 앉아 있는가도 싶다.

조지아, 그루지야, 사카르트벨로

공항에서 트빌리시 시내로 들어가는 길은 아직 동이 트기 전이어서인지 좀 을씨년스럽다. 이윽고 버스는 시내로 접어들었고 구시가지로 들어섰다. 내린 정류장은 작은 광장 언저리인데 가로등 몇 개가 불을 밝히고 있을 뿐 텅 비어 있다. 광장 한편을 가로막은 성냥곽 같은 단조로운 건물이 어스름하게 드러난다. 꽤나 소비에트적이어서 비로소 조지아에 온 실감이 피어난다.

그루지야이거나 조지아. 한국에서도 대개는 그루지야로 불렸지만 2008년에 남오세티야를 둘러싸고 러시아와 분쟁을 겪은 이후 당시 대통령인 사카슈빌리(Mikheil Saakashvili)가 '조지아'로

↑트빌리시 전경 ☞ 므츠바리 강(Mtkvari, 쿠라Kura)이 시내를 굽이친다. 오른쪽 위의 거대한 건물이 사메바 대성당(Sameba Church)이다.

↓메테히 정교회 성당(Metekhi) ☞ 메테히 다리 건너편의 강둑 위의 성당 앞에는 바흐탕 고르가살리(Vakhtang I Gorgasali, 439?~502?) 동상이 서 있다.

호칭해 주도록 국제 사회에 공식 요청한 바 있다. 널리 알려진 것처럼 미국에도 조지아라는 주(州)가 있고 미국이 워낙 유명(?)한 나라인 까닭에 혼선이 예상됨에도 이걸 고집한 배경은 사카슈빌리의 러시아에 대한 반감과 관련이 있다.

조지아가 흔히 서방에서 쓰이는 이름이고 그루지야가 구소련 지역이나 슬라브 언어권에서 일반된 호칭이기는 하지만 어원을 따지면 러시아와는 별 관련이 없다. '조지아'가 그리스어거나 라틴어에 뿌리를 두고 있고 '그루지야'는 시리아이거나 페르시아어에 뿌리는 두고 있다. 뜻은 다르다. 조지아가 그리스어를 기원으로 농민의 의미를 함의하거나 성 조지(Georgius)에서 비롯한다는 설도 있는 반면, 그루지야는 '늑대의 땅'이란 의미를 띤다. 코카시스 산맥과 접한 나라이고 사카슈빌리가 다분히 호전적인 인물이었다는 점에서 문학적으로는 조지아보다 그루지야 쪽을 선호할 법한데, 현실은 반대이다. 러시아의 지원을 받고 있는 조지아 영토 내의 두 공화국, 압하지야와 남오세티야의 존재를 고려한다면 이해할 만하다.

2008년 사카슈빌리가 러시아를 상대로 도발하다시피 한 남오세티야 전쟁에서 대패하면서 같은 해에 CIS를 탈퇴했고 이듬해인 2009년에는 통상적으로 '그루지야'란 호칭을 사용하던 나라들을 대상으로 이름을 조지아로 통일시켜 달라는 요구를 내세우기 시작했다. 구소련에 소속되었던 나라들이나 슬라브어권 나라들이야 물론 별 반응이 없었다. 그 밖의 나라들에서 이 요구를 공식적으로 받아들인 나라는 2011년 한국이 유일하다. 그러나 서구 언론들은 여전히 대개 조지아로 쓴다. 조지아의 역사학자인 다비드 무스켈리슈빌리(David L. Muskhelishvili) 같은 사람은 '외국에서 우리를 조지아로

부르든 그루지야로 부르든 무슨 상관이 있단 말인가'라는 입장을 표명했다. 한국인이 한국을 코리아라고 지칭하지 않는 것처럼 조지아에서는 자신들의 나라 이름을 사카르트벨로(Sakartvelo)라고 부른다. 하지만 그 때문이 아니라 국제적으로 오랫동안 두 이름으로 불려오던 것인데 그걸 바꾸려는 의도가 사카슈빌리 개인의 정치적 이익에 근거하기 때문에 나오는 반응이다.

트빌리시, 따뜻한 물의 땅

트빌리시의 랜드마크이기도 한 사메바 대성당 아래에 위치한 숙소를 나서 꽁꽁 얼어 버린 거리를 걷는다. 트빌리시의 남쪽인 이 지역은 구시가지로, 볼거리는 모두 이곳에 몰려 있다. 칼바람이 몰아치는 메테히 다리의 난간 앞에 선 동상들이 부르르 사시나무처럼 떨고 있다. 산에 둘러싸여 있고 므츠바리 강이 흐르는 트빌리시는 어쩐지 서울을 조금 닮아 있다. 지난 몇 달을 줄곧 몰도바의 구릉지와 우크라이나의 평원만을 보며 지낸 탓일 것이다.

메테히 다리에서는 12세기에 처음 지어진 것으로 알려진, 강둑 위의 메테히 정교회를 올려다 볼 수 있다. 그 앞으로 5세기 말에 트빌리시를 세운 바흐탕 고르가살리가 말에 올라탄 동상도 함께 볼 수 있다. 전설에 따르면 이 지역은 숲이었다. 어느 날 매를 들고 꿩 사냥에 나선 고르가살리는 매와 꿩이 숲 속의 뜨거운 연못에 떨어져 둘 다 죽어 버리는 꼴을 보았다. 그가 숲의 나무를 모두 베어 버리고 도시를 세우라고 명하여 트빌리시가 탄생했다. 트빌리시는 '따뜻한 곳'을 뜻하는 말을 어원으로 한다. 뜨거운 연못이란 물론 온

천이다. 걸맞게 트빌리시에는 오래된 이슬람 풍의 유황 온천도 있다. 1829년 이곳에 들른 적이 있던 푸시킨이 '내 생애 최고의 유황 온천'이라고 찬사를 아끼지 않았다는 이야기가 전해지지만, 푸시킨의 행적을 살펴보면 트빌리시의 유황 온천은 아마도 그가 생애 단 한번 접해 본 유황 온천이지 않았을까 싶다.

'따뜻한 도시' 트빌리시이지만 코카서스 산맥에서 냉기라도 흘러내려오는지 겨울은 무시하게 춥다. 구시가지의 길바닥에는 관광객이라고는 눈을 부릅떠도 보이지 않지만 즈바리스 마마 성당(Jvaris Mama Church)은 입구부터 북적인다. 맞은편의 시오니 성당(Sioni Cathedral)도 마찬가지이다. 구시가지에는 정교회 성당은 물론 유대교 시나고그와 가톨릭 성당, 이슬람 모스크까지 남아 있어 모두들 그럭저럭 사이좋게 어울려 살았던 때도 있었음을 증언한다.

19세기 초에 모습을 드러낸 '자유 광장'은 구시가지의 중심에 해당한다. 첫 이름은 예레반 광장이었고 1차 세계대전 종전 직후 잠시 등장했던 조지아 공화국 시기에는 자유 광장, 그 뒤 조지아 출신으로 소련 비밀경찰국장을 지낸 베리야(Lavrentiy Beria, 1899~1953)의 이름을 딴 광장이 되었다가 다시 레닌 광장이 되었다. 이름이 바뀌고 바뀐 시절을 통틀어 이 광장이 속삭이는 가장 흥미진진한 이야기는 1907년의 티플리스 은행 강도 사건이다.

자유 광장의 은행 강도들

영화 〈내일을 향해 쏴라(*Butch Cassidy and the Sundance Kid*)〉의 부치 캐시디와 선댄스 키드가 종횡무진의 활약을 보이던 바

자유 광장 (Tavisuplebis moedani, Freedom Square) ☞ 구 시가지의 중심지로 가운데 자유탑(Tavisuplebis monument'i) 꼭대기에는 성 조지 상이 있다. 시기에 따라 이름이 예레반 광장(Erevansk'i moedani)에서 자유 광장, 베리야 광장, 레닌 광장 등으로 여러 차례 바뀌었다.

로 그 무렵 대서양 건너편, 유럽의 끝 코카서스 산맥의 남쪽에도 그들 못지않은 은행 강도가 있었으니 '볼셰비키'였다. 미국 서부 시대의 은행 강도들은 모두 조무래기로 만들어 버릴 이 사건은 그 주모자가 레닌, 스탈린, 리트비노프(Maxim Litvinov, 1876~1951), 크라신(Leonid Krasin, 1870~1926), 보그다노프(Alexander Bogdanov, 1873~1928) 등 이름만으로도 쟁쟁한 러시아 혁명의 주역들이었다. 그 은밀함도 혁명 거사를 방불케 했다. 러시아 사회민주노동당 제5차 당대회가 강도와 살인을 금지하는 결의를 통과시킨 후인 탓이 컸다. 혁명 자금을 마련하기 위한 거사였으나 당이 만천하에 금지를 공포한 은행털이의 행동 대장은 스탈린(Joseph Stalin, 1879~1953)의 동지였던 카모(Kamo, 1882~1922). 이 둘을 포함해 20명의 행동 대원들이 1907년 6월 26일 삼엄한 감시 속의 예레반 광장에 포진했다. 무장 경비원과 돈을 실은 마차가 러시아 제국 은행 티플리스 지점을 떠나 우체국으로 향했다. 인파로 혼잡한 광장에 마차가 진입했을 때 수류탄이 투척되었고 총알이 쏟아지기 시작했다. 사방에서 마차를 향해 폭탄들이 던져지고 광장은 삽시간에 아수라장으로 변했다. 긴박한 상황 속에서 돈 자루는 마침내 카모의 마차로 옮겨졌고 군인과 경찰이 출동한 가운데 카모의 마차는 전속력으로 광장을 벗어나기 시작했다. 곧 출동한 병력과 마주쳤지만 기병대 군복으로 위장한 카모가 '돈은 안전하다. 시급히 광장으로 가라.'고 외치자 군인들은 의심하지 않고 길을 열어 주었다.

이렇게 탈취에 성공한 돈은 무려 31만 루블에 이르렀다. 지금으로는 대략 350만 달러쯤 된다. 이 돈은 스탈린과 카모에 의해 핀란드에 있던 레닌(Vladimir Ilyich Lenin, 1870~1924)에게 전

트빌리시 루스타벨리 대로(Rust'avelis Gamziri)의 구 의사당(Sakartvelos parlament'i) ☞ 루스타벨리 대로는 조지아의 옛 시인 루스타벨리(Shota Rustaveli, 1175~1216)의 이름을 딴 트빌리시의 중심 가로이다. 의사당은 오랜 기간 조지아 의회를 상징한 역사적 건물이었으나 2012년 의회가 조지아 제2의 도시 쿠타이시(Kutaisi)로 옮겨 감에 따라 이 건물의 향방에 대한 논의가 분분하다.

달되었다. 하지만 일련번호가 매겨져 추적당하기 쉬운 500루블 고액권은 사용하기가 무척 어려웠고 추적 불가능한 소액권은 9만 1천 루블뿐이었다고 한다. 이후 무기를 구매하러 유럽의 여러 도시를 돌아다니던 카모는 불운하게 베를린에서 밀정의 고발로 체포되었고 러시아로 이송되어 재판에 넘겨졌다. 실성을 가장하여 정신 병동으로 옮겨진 후 탈옥에 성공한 카모, 불굴의 정신으로 다시 무장 강도를 계획했지만 사전에 잡혀 1911년 사형을 언도받았다. 1913년 로마노프 왕조 300주년 기념으로 무기징역으로 감형된 카모는 1917년 혁명이 일어나면서 풀려났으나 1922년에 교통사고로 사망했다. 카모의 묘는 지금의 자유 광장 옆인 푸시킨 공원에 기념비와 함께 마련되었지만 스탈린 시대에 어디론가 옮겨져 지금은 볼 수 없다.

광장의 중앙에 세워졌던 레닌 상은 1991년 철거되고 그 자리에는 2006년 완공된 자유탑이 세워져 있다. 대리석 탑 위의 말 탄 성 조지 상은 동으로 만들어진 것이지만 진짜 금으로 도금되어 있는데, 서유럽에서 흔히 볼 수 있는 양식이라서 좀 심상하게 보인다. 없어지기는 레닌만이 아니다. 광장에 접한 루스타벨리 대로에 있는 구의사당 건물의 지붕 전면에는 원래 소련 문장이 양각으로 새겨져 있었지만 지금은 낫과 망치가 투박하게 패어 달아나 버렸다.

슈세프의 이멜리, 건축 유산의 운명

더욱 비참한 모습으로 남은 것은 장미 혁명 광장 인근의 이멜리(맑스 – 레닌주의 연구소) 건물로, 철거가 중단된 흉한 몰골로 남아 있다. 소련 초기의 거장 건축가인 알렉세이 슈세프의 작품인

↖ 이멜리 (IMELI, 맑스‒레닌주의 연구소) 건물 ☞ 스탈린 시대 최고의 건축물의 하나로 꼽히는 이 건물은 소련 초기의 건축가 알렉세이 슈셰프(Alexey Shchusev, 1873～1949)가 설계했다.

↙ 이멜리 철거를 반대하는 구호.

이멜리는 스탈린 시대 최고의 건축물 중 하나로, 1938년 완공되어 이멜리가 사용했다. 독립 후에는 헌법재판소가 입주했다. 슈세프는 건물뿐만 아니라 인테리어까지 도맡아 문 손잡이며 전등에 가구까지 디자인한 것으로 알려진다. 이멜리의 철거는 트빌리시 시민들의 만만치 않은 저항을 불러일으켜 문화계 인사들을 중심으로 철거 중단 청원 운동이 펼쳐졌고 집회와 시위가 벌어지기도 했다. 그 흔적은 빌딩을 둘러싼 공사벽에 스프레이로 거칠게 적은 철거 중단 구호로 남아 있다.

"이멜리 철거를 중단하라!"

자유 광장의 레닌처럼 이멜리 또한 새 시대를 맞아 지난 시대의 흔적 지우기 일환으로 철거를 결정한 것일까. 그렇지 않아서 쓸쓸하기 짝이 없다. 레닌상의 철거가 정치적 동기라면 이멜리의 철거는 순전히 경제 문제이다. 2007년에 중앙 부처인 문화·유적 보존·스포츠 부는 문화유산 보존 대상 명단에서 이멜리를 삭제함으로써 이 건물의 운명을 뒤바꾸어 버렸다. 그 직후 이멜리는 외국 호텔 자본에 팔렸고 특급 호텔 부지를 조성하기 위해 철거되기 시작했다. 철거 공사는 거센 항의로 일단 중단되었지만 이미 본관과 연결된 4개의 부속 건물 중 하나와 내부 전체가 철거되었고 지붕의 일부 또한 해체된 상태이다. 이멜리의 운명은 누구도 장담할 수 없다.

소련 해체 후 독립한 국가들은 너나 할 것 없이 시장경제를 급속하게 추진했으며, 동시에 외국자본 유치에 총력을 질주했다. 그 와중에 온갖 국유재산을 헐값에 팔아 버리는 일이 조직적으로 진행되었고, 이는 이권을 챙긴 올리가르히(과두제 재벌, Oligarch)들이 부를 독점하고 신흥 지배 계급으로 도약하는 계기가 되었다. 올리가르히뿐만 아니다. 세계에서 내로라하는 다국적 자본들까지 몰려들어 시체를 뜯어먹는 하이에나 행세를 하기에 분주했다. 더는 팔아 먹을 것이 남지 않았던 것일까. 70여 년의 역사를 자랑하던 트빌리시의 문화유산 이멜리까지도 마침내 하이에나들의 먹이로 던져졌다.

장미 혁명 광장에서

이멜리와 우체국 건물 하나를 사이에 둔 장미 혁명 광장. 2003년 세바르드나제 정권을 붕괴시킨 시민 항거를 기념하는 광장이다. 당시 군중집회는 이곳이나 자유 광장에서 주로 열렸다. 세바르드나제는 고르바초프(Mikhail Gorbachev) 시절 소련의 외무장관을 지내면서 당시 세계에서 가장 널리 알려진 인물 중의 하나가 되었다. 조지아 독립 후 대통령에 선출된 감사후르디아(Zviad Gamsakhurdia, 1939~1993)를 군사 쿠데타로 축출시킨 다음 쿠데타의 주도 세력들은 소련에 머무르고 있던 세바르드나제에게 손을 벌렸다. 세바르드나제는 조지아로 돌아와 대통령의 자리에 앉았다. 일찍이 그루지야 공산당 서기장으로서 부정·부패 일소에 앞장섰던 그였지만 정작 직접 권력을 잡은 독립 조지아에서는 유난히 측근들의 부정·부패가 만연했다. 2003년 선거에서 승리해 다시 집권했지만 부정선거로 낙인찍힌 데다 대중들의 불만이 극에 달했다. 시위가 지속되는 가운데 군부 또한 등을 돌려 결국은 대통령직을 사임해야 했다. 권력은 집권당 출신이었던 사카슈빌리에게 넘어갔다. 이게 장미 혁명이다. 뭐가 달라졌을까.

한때 소련을 대표했던 세바르드나제는, 조지아로 돌아온 뒤에는 미국과 서유럽 편향의 정책을 유지했다. 서방 또한 그런 세바르드나제를 경제적으로나 외교적으로 지원했다. 시장경제 또한 급속하게 도입해 이른바 자본의 원시적(또는 본원적) 축적을 이룩하는 동시에 부정·부패도 만만치 않게 발달시켰다. 세바르드나제가 광범위한 대중의 저항으로 몰락한 이면에는 서방의 등 돌리기와 반정부 세력 지원도 작용했다. 집권 말기에 IMF와 미국 등은 조지아 정부에 경제 지원을 축소하는 한편 반정부 세력들에 대한 재정 지원은 확대했다. 2003년 선거 때에는 미국과 유럽연합 등이 전폭적으로 지원한 국제 선거 감시단의 활약이 아니었다면 부정선거 시비가 그처럼 확대되지는 못했을 것이다. 부정선거 시비가 불거지자 서방은 기다렸다는 듯 극렬하게 세바르드나제 정권을 비난했다. 2003년 선거가 공정한 선거였을 리는 없지만 그건 이전의 선거도 마찬가지였다. 새삼스러운 일도 아닌데 새삼스럽게 떠들어 댄다면 액면 그대로 받아들일 수 있는 일은 아니다.

독재, 혁명, 그리고 남오세티야 전쟁

정권을 바꾸는 데에는 억만장자 소로스(George Soros)와 같은 인물이 지대한 몫을 담당했다. 소로스는 공공연하게 사카슈빌리를 지원했다. 지원의 핵심은 물론 돈이었다. 장미 혁명 후 36살의 미국 유학파인 사카슈빌리가 권력을 잡았을 때 조지아에서는 소로스가 세바르드나제를 사카슈빌리로 갈아 치웠다는 평판이 자자했다. 혁명으로 정권은 바뀌었지만 달라진 것은 없었다. 부정·부패는 여전했고 이멜리의 경우에서 보듯 팔아 먹을 국유재산을 찾아 헤매

↖ 장미 혁명 광장(Vardebis Revolutsios Moedasi, Rose Revolution Square)
☞ 부정선거로 집권했던 세바르드나제(Eduard Shevardnadze, 1928~2014) 정
권을 붕괴시킨 시민 항거를 기념하는 광장. ╱ 광장에 새로 들어선 초특급 래
디슨 블루 호텔.

는 하이에나 행태도 여전했다. 2007년 대통령 선거를 앞두고 대대적으로 벌어진 반정부 시위는 장미 혁명의 재판처럼 보였다. 가까스로 재선된 사카슈빌리에게도 부정선거 의혹이 쏟아졌다. 곤경에 빠진 사카슈빌리가 찾은 돌파구는 전쟁이었다. 사카슈빌리의 불을 보듯 뻔한 불장난으로 2008년 항구 도시 포티를 비롯해 고리, 세나키, 주그디디 등의 도시가 잠시나마 러시아군에 점령되었고 트빌리시는 공습까지 받았다. 끔찍하게도 천여 명이 목숨을 잃었고 헤아릴 수 없는 전쟁 난민이 발생했다. 이 남오세티야 전쟁의 여파로 2009년 조지아는 독립국가연합(CIS)에서 탈퇴했다.

엉뚱하게 혁명이란 칭호를 붙여 본질을 호도하는 일은 동서의 현대사에서 드물지 않다. 5·16군사혁명이라거나 뭐, 이런 따위들이 그렇다. 장미 혁명도 성질은 다르지만 본질은 별반 다를 것 같지도 않다. 장미 혁명 광장에서 눈에 띄는 것은 장미도 혁명도 아닌, 강변을 향해 느닷없이 20층으로 우뚝 선 인터내셔널 특급 호텔인 '래디슨 블루'이다.

므츠바리 강변의 즈바리 수도원

므츠바리 강은 터키의 카스 지역을 원류로 해서 카스피 해로 빠져나가는 1,515킬로미터의 장강이다. 트빌리시에 당도하기 전에 므츠바리는 코카서스 산맥에서 흘러온 아라그비 강과 합류하는데, 즈바리 수도원은 그 두물머리와 언저리의 세계 문화유산의 마을 므츠헤타를 굽어보는 벼랑 위에 서 있다. 유럽에서는 어지간하면 들르지 않던 교회나 성당, 수도원을 조지아와 아르메니아에서는 어지

즈바리 수도원(Jvari) ☞ 즈바리는 포도나무라는 뜻으로, 카파도키아에서 온 니노라는 처녀가 포도나무 십자가를 가져 옴으로써 조지아에 최초로 기독교를 전파했다고 한다.

간하면 들르고 있다. 누르스름한 돌로 쌓아올린 외관에 절제된 부조가 사랑스럽다. 치장 없는 내부의 깊은 어둠, 그 어둠을 작은 창문에서 흘러나와 부옇게 흩어지며 어루만지는 부드러운 빛이 편안하다. 신을 믿는 자들은 신에게, 신을 믿지 않는 자들은 자신에게 자신을 위탁할 수 있는 그런 편안함이다. 즈바리 수도원도 그렇다.

4세기 초 카파도키아에서 이곳에 온 처녀가 있었다. 원래 파간 사원이 있었던 이곳에 처녀는 포도나무 십자가를 세우고 자신의 머리카락을 걸어 두었다고 전해진다. 이 처녀가 조지아에 최초로 기독교를 전파했다는 성 니노이다. 즈바리 수도원의 예배당 가운데에는 반듯하고 큼직한 나무 십자가가 세워져 있다. 물론 니노의 십자가가 아니다. 포도나무 십자가가 반듯할 리 없다. 니노의 십자가는 우여곡절 끝에 트빌리시의 시오니 성당에 보관되어 있고, 즈바리 수도원에는 작은 미니어처가 예배당 구석에 놓여 있다. 세로는 반듯하고 가로는 마치 양 팔처럼 아래로 늘어뜨린 십자가이다. 나무를 묶어 만든 것이 아니라 애초의 생김새가 십자가 모양인 가지를 가져와 세운 것이다. 포도나무라는 걸 고려하면 여간 귀한 십자가가 아니다. 포도나무는 줏대가 뚜렷한 나무가 아니다. 뒤틀려 자라며, 가지는 마치 넝쿨처럼 뻗는 나무여서 십자가 형태를 찾기가 난망하다. 그런 니노의 십자가는 찾는 사람들에게 기적을 행했다고 전해진다. 니노는 포도나무 십자가를 어떻게 얻었을까. 성모 마리아가 조지아로 선교를 떠나는 니노에게 주었다고도 하고 니노 스스로 만들었다고도 한다. 조지아는 예나 지금이나 좋은 와인으로 명성이 높다. 와인은 포도로 만드는 것이니 조지아에 좋은 포도밭이 흔하다는 말이다. 신심이 두터운 처녀 니노가 조지아에서 숱한 포도밭들을 지나는

조지아 Georgia   041

즈바리 수도원에서 내려다본 두물머리 ☞ 터키의 카스(Kaş)에서 발원한 므츠바리 강과 코카서스 산맥에서 온 아라그비 강(Aragvi)의 합류 지점. 오른쪽에 펼쳐진 마을이 므츠헤타(Mtskheta)이다.

니노의 십자가(Jvari Vazisa) ☞ 카파도키아에서 성 니노(Saint Nino)가 가져왔다는 십자가의 미니어처이다. 조지아 십자가, 포도 십자가(Grapevine Cross)로도 불리는 이 형태는 조지아 정교회의 주 상징이 되었다.

동안 늘 기도하고 눈여겨보면서 마침내 십자가 형상의 성스러운 포도나무 한그루를 발견했고 십자가로 다듬었을 것이다. 니노의 십자가는 후에 아르메니아와 조지아 러시아 등지를 떠돌다 트빌리시의 시오니 성당으로 돌아왔다. 니노가 처음 포도나무 십자가를 세웠던 그 곳에는 교회가 세워졌다. 지금 즈바리 수도원의 첫 모습이다. '즈바리'는 포도나무란 뜻이다.

므타츠민다의 어머니 상

트빌리시 구시가지의 남쪽은 므타츠민다 산이 감싸고 있다. 성산이란 뜻이다. 다윗 산이라고도 불리는데 두 이름 모두 후일 성인이 된 다윗 가레자(St. David Gareja)가 산기슭의 동굴에서 은거했던 데에서 유래한다. 산에 오르면 트빌리시 전체를 파노라마로 조망할 수 있다. 4세기 무렵 트빌리시가 탄생하던 즈음에 처음 만들어졌던 나리칼라 요새(Narikala)와 다윗 성당 그리고 조지아의 명사들의 묘가 있는 작은 판테온도 함께 있다. 구시가지의 주거 지역은 므타츠민다 산자락의 언덕을 끼고 조성되어 있는데, 소련식 고층 아파트들로 스카이라인을 그린 신시가지와 달리 고적하고 여유로운 분위기를 풍긴다.

언덕의 가파른 능선에는 '조지아의 어머니'상이 시가지를 굽어보고 있다. '어머니'란 이름이 붙은 상들은 우크라이나와 조지아의 이웃나라인 아르메니아에서도 볼 수 있다. 모두 소련 시절에 세워졌는데 칼과 방패를 든 모습이 멀리는 그리스의 수호 여신인 아테나나 가깝게는 제정 러시아 시대부터 조국의 상징이었던 '러시아

조지아의 어머니 상(Kartlis Deda) ☞ 1958년에 조지아 건국 1500년을 기념
하여 만들어진 알루미늄 상으로 트빌리시 므타츠민다 산(Mtatsminda) 가파른
벼랑 위의 능선에 서 있다.

의 어머니(Mother Russia)'의 소비에트적 변형이기도 하다. 러시아의 모스크바와 상트페테르부르크 등의 도시들에도 소련 시절에 세워진 어머니상이 있고 사실 그쪽이 원형에 해당하지만, 우크라이나와 코카서스의 것을 비교해 보자. 먼저 압도적 위용을 자랑하는 우크라이나 키예프의 어머니상은 티타늄으로 만들어졌고 높이가 기단을 포함해 102미터에 달하는, 아마도 세상에서 가장 거대한 어머니상이다. 석상인 아르메니아 예레반의 어머니상도 만만치 않아 높이는 52미터이다. 조지아 트빌리시의 것은 20미터에 불과해 소박하다.

　　차이는 크기에만 있지 않다. 키예프의 어머니상은 왼손에는 방패를 오른손으로는 칼을 치켜들었다. 예레반의 것은 육중한 칼을 두손으로 잡아 앞으로 내밀고 있다. 트빌리시의 것은 역시 칼을 들었지만 내려뜨리고 있고 다른 손으로는 와인 잔을 들고 있다. 표정 또한 꽤 큰 차이를 보인다. 키예프와 예레반의 것은 강인하고 무뚝뚝한 표정인 반면 트빌리시의 것은 소련의 어머니상으로는 특이할 정도로 부드러운 표정에 미소까지 짓고 있다. 설명으로는 적으로 온 자에게는 칼을, 친구로 온 자에게는 와인을 선물한다는 뜻을 품고 있다고 해서, 듣는 이들을 미소 짓게 한다. 나라마다 좀 다르겠다 싶기도 하지만 시기 차이도 있다. 트빌리시의 것은 1958년에, 예레반의 것은 1967년, 키예프의 것은 1981년에 세워졌다. 전쟁이 끝나고 스탈린 사후에 이르러 여하튼 한숨을 돌린 1950년대 후반과 냉전이 격화되던 60년대, 몰락을 눈앞에 두고 급기야 매머드급 어머니상이 선 80년대의 차이가 조국 수호의 임무를 띤 어머니에게 투영된 것이기도 하겠다. 규모가 커질수록 위기의식은 깊었던 것이다. 경우는 다르지만 초고층 건물이 서면 경제는 망한다는 속설과도 비교할

조지아 Georgia　　047

체로바니 난민촌(Tserovani IDP settlement) ☞ 2008년 8월에 조지아 정부에서 남오세티야의 아칼고리(Akhalgori)에서 온 국내 난민을 수용하기 위해 세운 난민촌이다.

수 있을지 모르겠다. 또는 그 반대이거나.

체로바니 난민촌, 또는 정착촌

트빌리시에 도착한 지 나흘째. 도시와 그 언저리를 벗어나 스탈린이 태어난 고리로 향했다. 트빌리시를 벗어난 후 1번 국도가 3번 국도와 만나면 서쪽으로 방향을 트는 부근에 거대한 난민촌이 펼쳐진다. 똑같은 크기의 붉은 지붕이 끝도 없이 사방으로 이어져, 마치 붉은 격자무늬의 거대한 천을 펼친 양 보이기도 한다. 겨울바람에 흩날리는 흙먼지가 이리저리 배회하는 난민촌의 길들에는 인적이 드물다. 같은 모양의 지붕, 처마, 대문, 창문, 외벽과 같은 크기의 집들은 마치 장난감처럼 보여 현실감을 잃게 한다.

그동안 꽤 많은 난민촌들을 다녔다. 어느 곳이나 할 것 없이 마음이 아프다. 태어나고 자란 곳을 떠나 낯선 땅에 부초처럼 흔들리는 사람들. 깊은 주름이 패인 그을린 얼굴에 망연한 표정을 새긴 노인들, 아내와 아이들을 부양해야 하지만 부양하지 못하는 사내들의 굽은 어깨 위에 드리운 빈곤의 그림자. 난민촌이란 그런 곳이다. 남오세티야 전쟁으로 발생한 난민 중 주로 아칼고리 지역에서 온 2천 가구가 거주하는 체로바니 난민촌은 에둘러 정착촌으로 불린다. 난민들에게는 그게 더욱 억장이 무너지는 일이다. 고향으로 돌아갈 수 있다는 희망이 요원하다는 뜻이다. 전쟁은 1991년과 2008년 두 번 있었다. 압하지야 전쟁을 포함해 조지아에서만 15만이 넘는 수의 난민이 발생했다.

조지아 정부는 이곳을 어디에 내놓아도 부끄럽지 않은 모델

난민촌으로 여긴다. 근처의 농지를 기반으로 자립할 수 있는 기반을 제공해 주고 있다고도 말한다. 그럴지도 모른다. 다른 어떤 난민촌보다 깨끗하고 낫게 만들어졌다. 눈비와 바람을 막아줄 수 있는 튼튼한 벽과 지붕이 있다는 게 어딘가. 덧붙여 타국을 전전해야 하는 국제 난민이 아니라 국내 난민(IDP, 국내 실향민)이다. 예컨대 70년에 가깝게 타국에서 난민으로 지내고 있는 팔레스타인인들에 비하면 형편이 낫다고도 할 수 있다. 트빌리시에서 불과 30킬로미터 밖에 떨어져 있지 않아 여하튼 일자리를 찾아나서는 데에도 유리하다. 그러나 오늘 현재 그들의 어깨를 짓누르고 있는 불행과 고통의 크기에 차등이 있다고 말할 수는 없다. 그쯤으로 전쟁을 일으킨 자들이 면죄부를 얻을 수는 더더욱 없다.

집 앞과 옆에는 작은 텃밭용 땅들이 붙어 있다. 간혹 텃밭을 가꾼 흔적이 보이기도 하지만 대개는 방치되어 있고, 묘목을 심어 놓은 정도이다. 난민촌의 구획을 가르는 갈림길에는 블록 번호가 적힌 표지판이 서 있다. 그 앞을 고등학생 또래의 소녀가 열 살도 되지 않았을 어린아이의 손을 잡고 종종걸음으로 지나간다. 어쩌면 아이는 이곳에서 태어나 이곳에서 자라고 있을 것이다. 아이에게 이곳은 고향인 것일까. 그렇지 않다. 난민의 운명은 핏줄을 통해 전해진다. 난민의 자식은 난민이다. 마치 CIS처럼.

스탈린의 고향, 고리

고리 초입에 도착했을 때는 이제 막 정오가 지난 무렵이다. 작고 허름한 빵집이 보인다. 미닫이문을 열고 들여다보니 빠져나오는 더운 공기에 밀가루가 날리면서, 더없이 구수한 냄새가 흘러나온다. 조지아 전통의 큼직한 푸리가 진열대 안과 위에 수북이 쌓여 있다. 작긴 하지만 동네 빵집이 아니라 일종의 공장이다. 중년의 사내는 오븐 앞에서 연신 빵을 꺼내고 있고 아내가 옆에서 돕는다. 훈훈한 열기가 세 평 남짓한 공간을 가득 메우고 있어 마음까지 따뜻해진다. 전통의 푸리는 점토로 만든 둥근 통 안에 불을 지피고 갠 밀가루를 안쪽 벽에 철썩 붙여 굽지만, 이 집에선 그저 철로 만든 서랍식 오븐에서 굽는다. 모양도 대개는 좀 길쭉하게 만드는데 고리의 이 빵집에서는 그저 둥글게 만든다. 그 편이 수월할 것이다. 두 개를 샀지만 하나 만으로 배가 그득해진다. 그나마 크기가 좀 작은 편이어서 그렇다. 원래는 두고두고 잘라 먹어야 할 만한 크기다. 씹을수록 졸깃한 고리의 푸리. 모양은 투박하지만 맛은 트빌리시의 사치스런 빵집의 푸리와 비교할 수 없이 구수하다.

레닌 사후 권력투쟁 끝에 소련의 철권통치자가 된 이오시프 스탈린의 고향이기도 한 고리의 풍경은 평범하다. 시청 앞의 스탈린 동상은 2010년에 철거되었다. 2012년 말에 시의회가 동상의 복원을 결의했다고 하니 스탈린에 대한 애정이 남아 있는 셈이다. 스탈린 사후 3주기에 트빌리시에서는 대규모 추모 집회와 흐루쇼프(Nikita Khrushchov, 1894~1971)의 격하 운동에 대한 항의 시위가 일어나기도 했다. 그러나 스탈린의 집권 시절 조지아가 은근하게라도 특별한 대우를 받기라도 한 것은 아니다. 오히려 스탈린이 구설수에 오를 것을 우려한 나머지 그 반대였다는 평가가 일반적이다.

고리의 스탈린 박물관은 여전히 남아 방문객들을 맞는다. 입구 맞은편에는 왼손을 바지 주머니에 넣은, 실물보다 조금 큰 정

스탈린 박물관(Joseph Stalin Museum) ☞ 1951년 지역 기념관으로 개관했다가 1957년에 스탈린 생가와 더불어 스탈린 기념관으로 헌정되었다. 1989년 소련 붕괴 후 문을 닫았다가 재개관했다. ＼ 그리스 풍으로 구조물을 덧씌운 스탈린 생가. ／ 박물관 마당의 스탈린 전용 열차.

도의 스탈린 석상이 콘크리트 기단 위에 서 있다. 아마도 공식적으로는 고리, 아니 조지아에서 유일한 스탈린일 것이다. 입구의 양탄자는 바래고 찢어져 있다. 낡긴 했지만 규모가 작은 박물관은 아니다. 1950년대 말 이후 거세게 불었던 격하 운동을 고려한다면 이렇게 별일 없이 남아 있는 것도 순전히 고리가 스탈린의 고향이기 때문일 것이다. 박물관에 들어서면 앞쪽 계단 위에 밖에 서 있는 석상과 똑같은 대리석상이 놓여 있다. 한때 소련 전역에 수없이 넘쳐났을 판박이 상 가운데 하나일 것이다. 그 오른쪽으로 걸린 유화 중의 하나는 성난 군중들 앞에서 두 주먹을 불끈 쥔, 젊은 시절의 스탈린을 묘사하고 있다. 갸름한 얼굴이 후일의 스탈린과는 판이한 인상이다. 화가가 달리 그린 것은 아니다. 사진으로 남아 있는 젊은 시절의 스탈린, 그러니까 코카서스 시절 티플리스 은행의 현금수송 마차를 털던 당시의 사진은 그림과 한 치도 다르지 않다.

　　2층의 넓은 전시실의 첫 번째 방은 젊은 시절 스탈린의 흉상이 가운데에 놓여 있고 주변으로 그 시대의 사진과 문서 자료들이 전시되어 있다. 그 옆방은 널리 알려진 스탈린의 흉상 주위로 소련의 최고 권력자가 된 시기의 자료들을 소개한다. 2차 대전 전승을 주제로 한 설치관을 돌아 반대편 쪽에는 스탈린의 데드 마스크를 중앙에 놓은 추모관이 있다. 실물보다 작은 것으로 보아서 진본은 아니다. 그 옆으로 스탈린의 집무실을 그대로 꾸며 놓은 방이 있는데 생뚱맞게 '만수무강(萬壽無疆)'이라 쓴 큼직한 족자가 걸려 있다. 대원수의 70세 생일을 맞아 중국 인민해방군 제2야전군이 보낸 것이다. 외국의 일개 야전군이 보내온 선물이 집무실에 걸려 있었을 리 없지만 스탈린 시대에는 중국과 관계가 원만했고, 중소분쟁이란 스

스탈린 박물관 마당의 스탈린 동상.

동유럽–CIS 역사 기행

탈린 사후에 격하 운동이 불거진 소련과 여전히 스탈린주의의 기본을 고수한 마오쩌둥(毛澤東, 1893~1976)의 중국 사이에서 벌어진 것이니 전혀 의미가 없지는 않다. 족자는 60년 전의 것으로는 보이지 않는 새것이어서 최근에 만들어진 복제품이다. 마침 옆에 독서삼매경에 빠진 청년에게 물어 보니, 중국산인 건 알고 있지만 뜻이야 알 리가 없다. 대학을 졸업한 후 직장을 구하지 못해 임시로 박물관에 적을 둔 청년이다. 들고 있던 두툼한 책은 역사책이다. 전시실에는 오직 나와 청년뿐이다.

"스탈린을 어떻게 생각하시는가?"

"……좋은 일도 했고 나쁜 일도 했지요."

마주보고 크게 웃었다. 같은 질문을 박물관의 여성 코디네이터에게도 물었지만 온통 상투적인 험담 위주여서 미덥지 않았다. 이 청년의 두루뭉수리한 대답이 오히려 미더울지도 모르겠다.

스탈린이 한 일들

스탈린에 대한 평가는 대체로 극악하다. 시베리아의 굴라크(Gulag, 강제 노동 수용소)와 대숙청으로 요약할 수 있는 그의 이미지는 절대왕정 시대의 폭군과 다르지 않다. 스탈린 시대는 레닌이 사망한 1924년부터 그가 숨을 거둔 1952년까지 이어졌다. 이미 1940년대에 굳어진 개인숭배는 스탈린이 남긴 가장 어두운 유산 중의 하나이다. 이후 사회주의권에서는 개인숭배가 빈번했다. 중국의 마오쩌둥이나 북한의 김일성(金日成, 1912~1994), 루마니아의 차우셰스쿠(Nicolae Ceauşescu, 1918~1989) 등이 그렇다. 불완전하기 짝이 없는 인간을 신인 양 만드는 개인숭배는 민주주의를 원천적으로 압살한다. 당장은 효율적일지 몰라도 종국에는 그 자신과 사회, 역사를 타락시킨다.

　　스탈린이 남긴 최대의 유산은 소련이었다. 1917년 혁명 이후 탄생한 인류 최초의 소비에트 국가가 살아남을 수 있을지에 대해서는 레닌 자신도 장담하지 못했을 것이다. 1918년 1월 레닌은 '독일 혁명 없이는 우리가 멸망하고 말 것이다'라고 단언했지만 그해 11월의 독일 혁명은 실패로 돌아갔다. 러시아에서 혁명은 반혁명의 반동에 부딪혔고 치열한 내전으로 발전했다. 영국, 프랑스, 일본 등은 러시아의 반혁명 세력을 물심양면으로 지원했다. 그럼에도 불구하고 소비에트는 1921년 적백내전(러시아 내전)에서 승리를 거두고 살아남았다. 그러나 남은 것은 폐허가 되다시피 한 소비에트였다. 1924년 레닌이 사망한 후 권력을 승계한 스탈린은 바로 그 소련을 생존시킨 주역이었다. 1939년 발발한 제2차 세계대전에서는 소련뿐 아니라 유럽 전체를 구해 낸 주인공이었다. 당시 유럽에서 나치의 독일과 끝까지 전쟁을 수행할 수 있었던 나라는 오직 소련뿐이었다. 또 전쟁 막바지의 대일본 선전 포고와 만주 침공은 일본의 무조건 항복을 앞당겼다. 소련이 없었다면 오늘날의 독일은 물론 영국과 프랑스 등 유럽은 나치의 하켄크로이츠가 선명한 깃발 아래 오늘을 보내고, 아시아는 욱일승천기의 태양 아래 살아가고 있을지도 모른다. 한편 스탈린이 추동했던 중공업 정책은 후진 농업 국가였던 러시아의 후예인 소련을 미국이며 영국과 산업 발전에서 어깨를 견줄 수 있도록 했다. 사회주의 정책은 교육, 의료 등 사회복지 수준을 높였고 평균수명이나 문자 해독률 등 모든 지표를 끌어올렸다.

세계 사회주의 운동에 스탈린이 미친 영향은 심대했다. 스탈린이 죽고 격하 운동이 벌어진 다음에도 누구도 스탈린주의에서 자유롭지 못했다. 그건 스탈린 사후의 소련 또한 마찬가지였다. 스탈린을 깎아내렸을지언정 그의 유산을 청산하지는 못했다. 마오쩌둥의 중국은 스탈린주의를 고수했고 흐루쇼프의 소련과 결별했다. 엔베르 호자(Enver Hoxha, 1908~1985)의 알바니아가 마찬가지였고, 티토(Josip B. Tito, 1892~1980)의 유고슬라비아 또한 스탈린주의를 버린 소련에 맞섰다. 제3세계의 해방운동에 미친 스탈린주의의 영향 또한 여전히 강대했다. 소련을 포함해 동유럽에서 쿠바에 이르기까지, 소비에트 블록의 어느 나라도 스탈린주의의 유산에서 벗어나지 못했다. 세계는 인류 최초의 소비에트 국가인 소련을 통해 실천의 전범을 목도할 수 있었다. 스탈린은 혁명을 이룬 사회가 어떻게 사회주의를 구현하고 공산주의를 향해 전진할 수 있는지에 대한 이론과 실천 하나를 보여 주었다. 스탈린 사후 38년. 소련은 무너져 내렸다. 20세기 벽두를 흔든 혁명이 몰락할 수밖에 없었던 이유가 궁금한 사람들은 아마도 스탈린에게로 되돌아가야 할 것이다.

박물관 앞에는 스탈린이 태어나고 어린 시절을 보낸 집이 남아 있다. 스탈린이 구두 수선공인 아버지와 양장점 일꾼이었던 어머니와 살았던 초라하기 짝이 없는 집은 그리스 신전을 연상케 하는 건물이 둘러싸고 있다. 스탈린의 전용 열차는 박물관의 왼편에 있다. 간단한 취사 공간과 회의실 겸 비서실 그리고 집무실이 만들어져 있다. 내부 집기들이 원래의 것들인지는 알 수 없지만 당시의 눈으로 보아도 수수한 편이다. 문득 쿠바 혁명 직후인 1960년 모스크바를 방문했던 체 게바라(Che Guevara, 1928~1967)가 남긴 말이

↖ 보르조미(Borjomi) ☞ 조지아 중서부의 바쿠리아니 산맥(Bakuriani)을 끼고 있는 휴양도시이며 광천수가 유명하다. 인구는 약 15,000명이다.

↙ 보르조미 광장에 면한 한 건물의 청동 부조.

떠오른다. 체 게바라는 모스크바에서 평범한 소련 인민들을 만날 기회를 가지지는 못했다. 머무는 동안 그는 초대를 받은 공산당 간부의 집 식탁에 즐비한 은식기들을 보았고 동료에게 이렇게 말했다.

"자네는 소련의 프롤레타리아 계급이 모두 은식기를 쓰고 있다고 생각하나?"

스탈린 사후 7년. 소련은 좀처럼 변하지 않고 있었다.

광천수 보르조미의 명성

CIS 국가를 여행하다 보면 소련 연방을 통틀어 가장 유명했던 몇 가지를 귀동냥으로나마 알게 된다. 와인으로는 몰도바의 푸르카리(Purcari), 브랜디(코냑)로는 역시 몰도바(트란스니스트리아)의 크빈트(Kvint)와 아르메니아의 아라라트(Ararat). 조지아 또한 와인으로 명성이 높지만 딱히 독보적인 브랜드는 눈에 띠지 않는다. 그러나 조지아의 이것만큼은 연방 전체에서 독보적 명성을 차지했고 지금도 유지하고 있음을 모두 인정한다. 다름 아닌 탄산 광천수인 보르조미.

하여 트빌리시에 도착한 첫 날 숙소 근처의 슈퍼마켓에서 가장 먼저 움켜쥔 것이 바로 그 보르조미였다. 진열대에는 페트병과 유리병이 있었다. 잠시 망설이다 둘 모두를 집어 들었다. 명성이 높은 만큼 진짜보다는 가짜가 더 많은 게 보르조미라는 말을 들은 곳은 아마 루마니아의 부쿠레슈티에서였을 것이다. 지금도 40여 개 나라에 수출되고 있는 보르조미는 조지아의 3대 수출 품목 중의 하나이며, 소련 시절부터 그랬다. 소련이 해체되기 전인 1980년대에는 해마다 4억 병씩 수출이 되었지만 지금은 그보다는 못하다.

테이블 위에 둘 모두의 뚜껑을 따 놓고 마치 진귀한 와인을 음미하듯 한 모금씩 마셔 본다. 뭐랄까. 탄산수인데도 입안에서 혀로 데칠 때와 목구멍을 넘어갈 때 자극적이지 않고 부드러운 맛이다. 탄산수 특유의 쌉쌀한 뒷맛도 없이 담백하다. 그밖에 특유의 맛이 혓바닥을 맴도는데, 이건 필설로 형언할 수 없는 종류의 것이다. 흠. 명성에 제값을 한다.

조지아의 흑해 연안 도시인 바투미에 가던 중 잠시 들른 작은 도시 보르조미는 그 물의 맛과 어울린다. 바쿠리아니 산맥을 끼고 므츠바리 강이 흐르는 보르조미 계곡에서 산세가 완만해지는 분지에 자리 잡은 이 도시는 한때 코카서스의 진주라는 별명으로 불렸다. 제정 러시아 때에 그랬던 것처럼 지금도 휴양도시로 남아 있지만 별로 그런 느낌이 들지 않는 것은 아마도 한겨울이기 때문이다. 눈 덮인 소박한 다운타운은 그저 쓸쓸하고, 보르조미 공장은 또 어디에 있는지 짐작조차 할 수 없다. 광장에는 동상이 서 있는데 기단에는 조지아어로만 적혀 있어 누군지 알 수 없다. 적어도 소련과 관련된 인물은 아니다. 어쩌면 보르조미를 세운 제정 러시아 시대의 인물인지도 모르겠다. 광장 맞은편의 건물 외벽에는 지금까지 조지아의 어느 곳에서도 볼 수 없었던 희귀한(?) 청동 부조가 가로수의 나뭇가지에 가려 숨어 있다. 낫과 망치를 든 사내, 팔을 치켜든 여자, 역동적인 포즈에 과장된 근육. 의심할 바 없이 소련 시대의 작품인데 지금껏 살아남은 까닭은 아마도 가로수 덕분이다.

보르조미의 외곽으로 빠져나가는 길에서 강변의 아파트를 보았다. 앞에 있는 부속 건물의 네 면에 알록달록한 벽화가 그려져 있기에 잠시 멈춘 것인데 정작 아파트는 철거 직전인 듯 보인다. 전면이 온통 그을려 있어 화재가 난 것인가 생각했지만, 자세히 보니 드문드문 아파트의 현관 옆에 장작들이 쌓여 있다. 소련 시절에 지어진 아파트는 당연히 중앙난방식이었겠지만 스팀 공급이 중단되었고 궁여지책으로 아파트 안에서 나무를 땔감으로 난방과 취사를 하고 있는 흔적이었다. 처지는 그렇게 남루하지만 앞 건물의 벽화는 색이 화려하고 생기에 넘친다. 네모난 작은 아이콘에 여러 가지 형상들을 담아 분방하게 배치했다. 그 중의 하나는 밤하늘을 날아가는 우주선이고 다른 것들은 교회이며 포도, 어항 속의 물고기, 뭐 그런 것들이어서 프로파간다와는 애초에 무관한 그림이다. 고단한 삶을 그림으로 위안받기를 원했던 것인지도 모른다.

가장 투명한 경찰의 비밀

트빌리시에서 바투미로 가는 길의 삼분지 일쯤은 산길이어서 은근히 고생스럽다. 소(小)코카서스 산맥을 북쪽으로 돌아 우회하는데도 그렇다. 거리를 시속으로 나누어 여행 시간을 계산하면 필히 곤경에 처하게 되는 길이다. 게다가 밤중의 산길이라면 더욱 더 디게 마련이다. 보르조미에서 시간을 빼앗긴 탓에 바투미에 도착한 것은 자정에 가까운 무렵이다. 밤길의 조지아에서 가장 돋보이는 건 언제나 경찰서이다. 도시이거나 마을을 지날 때 휘황한 불빛의 크고 작은 건물들을 만나면 그게 조지아에서는 경찰서이다. 외벽이 온통 유리인데다 조명까지 아낌없이 쓰니 낮이든 밤이든 내부를 그대로 들여다볼 수 있다. 2004년 집권 초기의 사카슈빌리가 의욕적으로 추

외벽을 온통 투명한 유리로 한 조지아의 경찰서

진한 경찰 개혁의 산물이다. 경찰의 수장이며 부패의 화신으로 소문난 내무부 장관을 쫓아내고 3만 명의 경찰을 일시에 해고한 전대미문의 개혁은 이후 3개월 동안 경찰 없는 조지아를 실현했다. 그동안에 별일이 없었고 시민들은 오히려 편안함을 느꼈다고 한다. 그러니 그걸 불평하는 사람들도 없었다고 한다. 그러나 사카슈빌리가 군대와 더불어 공권력의 양대 축 중 하나인 경찰 없이 나라를 통치할 생각은 아니었다. 그 3개월 동안 경찰을 새로 모집하고 속성으로 훈련시켜서 거리로 내보냈다. 완벽한 물갈이였다.

　　새로운 경찰은 대부분 젊은이들이었다. 구시대의 경찰이 상관으로 있는 것도 아니었으므로 새 부대에 새 술을 담을 수 있었다. 결정적으로는 경찰 급여를 현실화시켜 뇌물을 받지 않고도 생활할 수 있도록 했다. 이전에 비해 급여를 20배 이상 올렸다니 더 할 말이 있을 리 없다. 다른 한편으로는 경찰 본부에서부터 일선 경찰서까지 모두 밖에서 투명하게 내부를 볼 수 있는 유리 건물로 만들었다. 발가벗은 경찰, 부패 없는 경찰의 탄생이었다. 조지아 국민들은 쌍수를 들고 환영했다. 조지아 국민들뿐 아니었다. 아르메니아 국민들도 어깨춤을 추었다. 이 일이 있기 전에는 아르메니아의 예레반에서 조지아의 트빌리시까지 자동차로 여행하는 데 순전히 조지아 경찰에 주는 뇌물만 평균 7번쯤, 백 달러가 들었다고 전한다. 독립 전후의 분쟁으로 아제르바이잔은 물론 터키로도 국경이 막혀 버린 아르메니아에서 그나마 열려 있는 나라가 조지아인데, 그 국경을 통과해 달리기가 그토록 어려웠으니, 옆 나라 아르메니아의 국민들이 덩실덩실 춤을 출 만도 했다. 경찰에 대한 조지아인들의 신뢰 지수가 급상승했음은 물론이다. 경찰들이 자기 일에 충실한 결과 범죄율을 낮아

지고 도시들은 좀 더 안전해졌다. 사카슈빌리의 이 위업은 해외 여러 나라, 특히 길바닥과 이곳저곳에서 경찰에게 일상적으로 뇌물을 뜯겨야 했던 CIS 국민들의 시샘을 샀다.

조지아의 과감한 경찰 개혁은 타산지석의 교훈을 준다. 더러운 인간들을 그대로 둔 채 개혁이란 언감생심이다. 개혁에는 인적 쇄신이 필수이며 가장 좋은 방도는 남김없이 모두 갈아 버리는 것이다. 부패를 없애려면 그 소지를 없애야 한다. 또한 생계를 유지할 수 없는 임금을 주면서 주어진 권력을 남용하지 말라고 강요할 수는 없다. 그럼에도 탐욕을 부리면 응징하라. 50불 이상의 뇌물에 10년 이상의 징역형이 조지아 경찰 개혁의 주요 내용 중의 하나였다.

좀 어두운 측면도 말해 보자. 길바닥의 소소한 부정·부패가 사라졌다고 해서 부패의 몸통이 사라지지는 않는다. 조지아는 여전히 세계에서 가장 부패한 나라 중 하나로 남아 있다. 길바닥의 교통 경찰이 벌금딱지를 5천 원의 뇌물로 갈음하던 시대는 1990년대 초쯤 종말을 고했지만 한국의 부패지수는 여전히 상위권에 머무르고 있고 윗물에서 노는 자들의 부패 스케일은 더욱 세련되고 교묘해졌을 뿐만 아니라 비만해졌다. 부패의 선진화 과정에서 아래로 떡고물을 뿌리는 것이 딱히 새로운 일은 아니다. 그럼으로써 부패는 은밀해지고 대담해지며 제도화된다. 기실 부패지수는 길바닥에서가 아니라 부의 집중이나 빈부 격차, 권력 남용에서 따져야 할 성질의 것이다. 따라서 사회를 진정 부패의 도가니에서 구하는 개혁을 할라치면 먼저 위를 쳐야 한다. 그러지 않고는 백년하청에 지나지 않는다.

사카슈빌리의 경찰 개혁의 초점은 온전히 길바닥 인심을 구하는 데에만 맞추어져 한계가 분명했다. 개혁에서 비밀경찰이라 불리던 특수수사과, 보안과, 방첩과는 제외되었다. 2007년의 정치 위기 속에서 사카슈빌리는 2008년 조기 대통령 선거를 실시한다. 이 선거에서 승리를 거둔 데에는 이들 정치경찰의 반정부 세력에 대한 정보, 사찰, 탄압, 부정선거 지원 등의 활약이 지대한 공헌을 했다. 이게 길바닥의 경찰이 시민들로부터 사랑받는 나라인 조지아의 통치자 사카슈빌리가 국민들의 사랑을 결코 받지 못했던 이유이고, 경찰이 결코 개혁되었다고 말할 수 없는 이유이다. 2012년 총선에서 사카슈빌리의 '통합민족운동(United National Movement)'은 친러시아 성향의 미디어 재벌 출신인 이바니슈빌리(Bidzina Ivanishvili)가 이끄는 '조지아의 꿈(K'art'uli ots'neba)'에 패배했다.

아자리야의 바투미가 전쟁을 피한 까닭

조지아의 흑해 항구도시 바투미. 시 외곽의 주유소 옆 작은 모텔에 짐을 풀었을 때는 이미 자정을 훨씬 넘겼다. 몸은 물먹은 솜처럼 무겁지만 낯선 길을 달리느라 내내 긴장했던 탓인지 쉽게 잠이 오지 않아 나선 한밤의 바투미 시내 어딘가에서 느닷없이 불야성을 이룬 길을 만났다. 인적 없는 도로 위의 허공을 네온 장식으로 덮은 옆으로 카지노가 들어선 길은 속절없이 라스베이거스를 떠올리게 하지만 50~60미터 쯤으로 끝나 버리는 것이 다르다. 가로등이 밝히고 있는 해변 도로는 별다른 느낌을 주지는 않지만 열린 차창으로 불어오는 바닷바람에는 트빌리시와 달리 냉기가 섞여 있지 않다. 도로 옆에 옹색한 크기이지만 가로수로 심어 놓은 팜트리도 눈에 띤다. 아열대 해양성 기후의 바투미에 도착한 것이다.

↘ 바투미 항구(Batumi) ☞ 바투미는 흑해에 면한 조지아 최대의 항구도시이자 아자리야(Adjara) 자치 공화국의 수도이다.

╱ 바투미 항 여객 터미널 부근의 한가로운 풍경.

바투미를 주도(主都)로 하는 아자리야 주는 조지아의 독립 후 분리독립에 나선 압하지야나 남오세티야와 비교된다. 소련의 해체 후 연방을 이루었던 소비에트 공화국들이 저마다 독립할 때 아킬레스의 건은 각 공화국(SSR)에 속한 소비에트 자치 공화국(ASSR)들이었다. 공화국 내에서 자치 공화국들은 민족과 언어, 역사에서 이질적인 요소였다. 소련 해체에 즈음해 공화국들이 저마다 독립을 선언할 때 자치 공화국들은 분쟁의 원인이 되기도 했다. 대표적으로는 러시아의 체첸 – 인구시 자치 공화국(Chechen–Ingush ASSR)이 그랬다. 체첸의 독립선언은 두 차례의 전쟁으로 발전했고 지금도 내연 중이다. 조지아도 러시아에 못지않은 경우이다. 소련 당시 조지아에서 압하지야와 아자리야는 자치 공화국이었고 남오세티야는 자치주였다. 1992년 감사후르디아를 축출한 군사 위원회가 헌법을 수정하고 자치권을 약화시키려는 의도를 보이자 압하지야 공화국은 독립을 선언했고 이 사건은 뒤이어 전쟁으로 발전했다. 남오세티야는 조지아가 독립을 선언하기 이전인 1990년에 벌써 독립을 선언했고 이 또한 압하지야에 앞서 전쟁으로 발전했다. 그러나 자치 공화국이었고 이슬람 전통의 역사를 가졌던 아자리야는 조지아와 압하지야, 남오세티야의 분쟁에서 중립을 지켰을뿐더러 달리 독립하려는 움직임을 보이지 않았다. 피를 흘리지 않은 가운데 아자리야는 조지아의 다른 지역에 비해 경제적으로나 정치적으로 안정 상태를 유지했다.

조지아가 독립한 직후에 자치 공화국 최고 평의회 의장이 된 아슬란 아바시제(Aslan Abashidze)는 집권하는 동안 정치, 경제적으로 중앙정부의 개입을 최소화했고 준군사조직을 보유했다. 하지만 2003년 장미 혁명으로 세바르드나제가 축출된 후 집권한 사카슈빌리는 중앙정부의 권위 회복을 앞세웠다. 아바시제와 갈등을 증폭시킨 것이다. 군사적 긴장이 고조되었지만 미국과 유럽 등 서방이 사카슈빌리의 편에 섰고 러시아가 미진한 태도를 보이는 가운데 2004년 5월 5일. 아바시제는 대통령직을 사임한 후 러시아로 망명을 떠났다. 2008년 사카슈빌리의 무모한 전쟁 도발 행각을 생각해본다면 마지막까지 무력 충돌을 피할 수 있었던 공로는 깨끗하게 포기하고 망명을 선택한 아바시제에게 돌아가야 할 것이다. 때때로 아자리아의 마피아 두목으로 일컬어졌던 아바시제는 2007년 결석 재판에서 공금횡령과 살인죄로 15년 형을 선고받았고 여전히 고향으로 돌아오지 못한 채 모스크바 근교에서 살고 있다.

고도 위의 신시티

흑해를 앞에 둔 바투미는 예상과는 달리 무척 근사하게 꾸며져 있다. 손을 댄 지 오래지 않다는 것은 말끔한 해변도로와 건물들, 건설 중인 아파트들로 알 수 있다. 전날 라스베이거스 풍경을 연출했던 거리는 쉐라톤 호텔 앞길이었다. 알렉산드리아의 등대를 모티프로 디자인한 호텔 앞으로 공원이 이어지는데 그 끝쯤에 래디슨블루가 눈에 띄고 다시 그 앞으로는 바다를 향해 독일계인 켐핀스키 호텔이 공사 중이다. 모두 인터내셔널 특급 호텔이다. 쉐라톤은 2010년에 문을 열었고 래디슨 블루는 2012년, 켐핀스키는 2015년 개장 예정이다. 이쯤이면 무슨 일이든 벌어지는 중임을 눈치 챌 수 있다. 바투미의 라스베이거스화이거나 몬테 카를로화이다.

알려진 바에 따르면 바투미를 찾는 관광객 중 70퍼센트는 도박을 하기 위해 온다. 대부분은 국경이 불과 20킬로미터 밖에 떨어지지 않은 인접국으로서 도박이 불법인 터키에서 온 도박꾼들이다. 바투미 주재 터키 영사관에 '남편'을 찾아 달라는 아내들의 수소문이 끊이지 않는 배경은 그렇다. 기원전의 그리스 시대로 거슬러 올라가는 역사를 가진 고도이며 소코카서스 산맥의 험준한 산들에 둘러싸인 바투미에 '신시티'란 결코 어울리지 않는 별칭이지만 지금으로서는 피할 수 없는 가까운 미래가 되어 버린 듯 보인다.

래디슨 블루에서 멀지 않은 헌법재판소 건물 앞에 정좌하고 있는 근엄한 표정의 동상을 볼 수 있다. 작가이며 정치가였던 메메드 아바시제(Memed Abashidze, 1873~1937)의 상이다. 희곡도 썼고 1930년대에 문을 연 드라마 극장에 그의 작품이 올려지기도 했던 까닭에 동상이 서 있지만, 그의 이름을 딴 거리도 있고 그곳에서도 대리석상을 볼 수 있다. 메메드 아바시제는 유서 깊은 무슬림 가문 출신으로 1905년에 조지아 사회주의자 연방당(Socialist - Federalist)의 활동에 참여했던 명목 등으로 시베리아에서 유형 생활을 하기도 했다. 1917년 러시아 혁명이 일어난 후 바투미로 돌아왔고 터키와 영국 등을 상대로 싸우는 데 가담했다. 1921년 아자리야 소비에트 자치 공화국 수립에 참여했고 이후 아자리야 작가 동맹 위원장이 되기도 했지만 스탈린의 대숙청 시기에 처형당했다. 스탈린 사후인 1957년 복권되었는데, 그런 메메드 아바시제의 조카가 2004년에 망명객이 된 아슬란 아바시제이다.

1901년 말 쯤, 이제 스물을 갓 넘긴 스탈린이 바투미에 한동안 머무르기도 했다. 조직 사업이 주어진 임무였다. 이듬해 3월 바투미 정유 공장의 파업에 개입하는 일을 끝으로 바쿠로 무대를 옮겼다. 그 인연으로 당시 스탈린이 몇 달 동안 하숙하던 집을 박물관으로 만든 것이 1936년이었다. 스탈린 사후 폐쇄되었다가 1995년에 다시 문을 열었다. 스탈린은 당시 메메드 아바시제와도 조우했던 것으로 알려져 있다.

　　날씨는 푸근하고 도로변의 눈들이 녹아 길바닥을 흥건하게 만들고 있지만 부두 너머로 보이는 산들은 여전히 눈에 뒤덮여 있다. 부두를 향해 걷는 길 부근의 아파트는 발코니를 알록달록하게 원색으로 칠해 두었다. 건물의 외벽을 원색으로 단장하길 즐겨하는 대표적인 지역은 지중해의 그리스일 것이다. 멕시코를 포함해 라틴아메리카도 못지않지만 바투미의 발코니들을 단장한 색들에서 청색이 앞서는 걸 보면 그리스풍이라고 해야겠다. 한때 고대 그리스의 식민지였던 것과 관련이 있을까 싶기는 한데, 기후와 맞아떨어지는 것은 아니다. 바투미는 조지아에서 가장 강우량이 많아 흐리고 축축한 도시로 알려져 있다. 이런 날씨라면 원색이 어울릴 리가 없다. 하지만 축축한 기분이 상쾌해질까 싶어 원색을 즐겨 쓰게 되었을지도 모를 일이다. 거리의 어느 곳은 긴 목재 발코니를 가진 건물들이 이어져 미국 뉴올리언스의 프렌치 쿼터를 떠올리게 한다. 한때 오스만의 지배를 받았던 지역인 데다 특히 이슬람의 세가 강했지만 그 흔적은 적어도 바투미 도심에서는 쉽게 찾아볼 수 없다.

석유 도시의 부두 풍경

　　여객 터미널 부근의 부두에서는 노인들이 벤치에 앉아 담소를 나누거나 낚시를 드리운 한가로운 풍경이 펼쳐진다. 크레인과 컨테이너가 빼곡한 화물 터미널은 사정이 좀 다르다. 부두 노동자들이 정문 앞에서 모여 마치 장터와도 같다. 앞은 철로이고 때맞추어 디젤 화물열차가 연기를 내뿜으며 냅다 달리고 있어 구시가지와 인근의 부두와는 사뭇 다른 분위기이다. 사실 이게 원래의 바투미 모습에 가깝다. 1900년 카스피 해의 석유도시 바쿠와 트빌리시, 바투미를 연결하는 철로가 완공되었고 1906년에는 바쿠와 흑해의 바투미를 잇는 송유관 가설공사가 끝났다. 총연장 835킬로미터로 당시로서는 세계 최장의 송유관이었다. 오일 자본이 밀려들어 오고 정유소가 등장하는 등 바투미는 바쿠와는 또 다른 의미의 오일시티가 되었고 산업도시로 발전하기 시작했다. 직경 20센티미터인 송유관은 등유를 수송했지만 러시아 혁명과 적백내전을 거친 후에 소련은 1936년 원유 송유관 가설을 완공했다. 제2차 세계대전 중에 독일이 소련 침공한 후인 1942년에 바쿠-바투미 송유관은 해체되어 짧은 역사를 마쳤다. 그러나 송유관이 없다고 해서 석유를 수송할 수 없는 것은 아니다. 카스피 해의 원유는 철로를 통해 흑해로 수송되었다. 독립후인 1998년에는 바쿠-숩사 송유관 가설이 완공되었다. 2005년에는 바쿠에서 트빌리시를 거쳐 터키의 에르주룸과 제이한(Ceyhan)으로 이어지는 원유관과 가스관(BTC pipeline)이 개통되기도 했다. 원유는 바투미와 포티, 숩사와 쿨레비 항구를 거쳐 흑해로 빠져나간다. 바투미는 여전히 석유와 무관하지 않은 도시로 남아 있다.

깨끗하게 정비되어 있지만 그 때문에 심심한 해변도로의 안쪽에서 우연히 폐허가 된 공장터를 만났다. 땅에는 잡초와 잡목이 무성하고 유일하게 남아 있는 담에는 모자이크 벽화가 아직 멀쩡하다. 벽화로 보아 한때의 담배 공장이다. 담배는 아자리아의 주산물

조지아 Georgia　071

↖ 포티(Poti)에 들어서며 ☞ 사메그렐로-제모 스바네티(Samegrelo–Zemo Svaneti) 지역에 속한 항구 도시이다.

↙ 포티의 팔리아스토미 호수(Lake Paliastomi) ☞ 호수 주변은 황량한 습지이고 그 건너편은 콜케티 국립공원(Kolkheti National Park)이다.

중의 하나이다. 이미 19세기 말에 바투미에 4개의 담배 공장이 있었다는 기록도 어딘가에서 본 기억이 떠오른다. 모자이크 벽화에는 담배를 말리는 여인들과 농민들, 노동자들이 묘사되어 있고 다른 한편에는 여신 분위기가 물씬한 세 명의 여인이 줄에 묶은 담배 잎을 들고 있다. 러시아어가 그대로 남아 있는 걸로 보아서는 소련 시절에 만들어진 벽화인 듯 싶은데 인물들은 천리마 노동자나 스타하노프(Alexey Stakhanov, 1906~1977) 스타일과는 거리가 멀어도 무척 멀다. 전형적인 이야기 구조의 모자이크 벽화는 선이며 색이며 꽤 마음에 드는 것이, 보면 볼수록 멕시코 무랄과 비슷하다.

아직은 고즈넉한 도시, 포티

바투미에서 북쪽으로 70여 킬로미터 떨어진 포티. 아자리야 자치 공화국에서 벗어나 사메그렐로-제모 스바네티 지역에 속한 도시이다. 바투미와는 분위기가 판이하다. 도시에 들어서기 전에 만나는 팔리아스토미 호수 주변은 관목이 듬성듬성한 초지이거나 습지이고 흐린 날씨여서인지 느낌은 조금 황량하다. 포티에 접어들었을 때에는 바다를 향한 초지에 덩그러니 선 파스텔 색조의 9층 아파트 두 채가 보이고 그 뒤로 도시의 낮은 건물들과 다시 그 뒤로 항구의 크레인이 희미하게 보인다. 호수 건너편은 콜케티 국립공원이니 아마도 삼림지일 텐데, 그저 아스라하게 지평선으로 펼쳐질 뿐이다. 코카서스 산맥을 수원으로 흐르는 리오니 강이 이 도시를 지나 흑해로 흘러들어간다. 하구의 삼각주와 같은 포티는 평지이다.

광장을 가운데 두고 만들어진 중심가는 건물들이 모두 낮고

포티 대성당 (Poti Soboro Cathedral) ☞ 포티 도심 한가운데 위치한 조지아
정교회 성당으로 1906년에 하기아 소피아 성당을 본떠 만들었다.

소박하다. 거리에 사람들도 별로 눈에 띄지 않아 고적하기까지 짝이 없다. 광장 북쪽에 위치한 대성당 부근에 뛰어노는 아이들이 착 가라앉은 도심의 분위기에 약간의 활기를 불어넣는다. 대성당은 언뜻 눈에 익숙한데 이스탄불의 소피아 대성당을 본떠 만들었기 때문이다. 해변을 향해 차를 몰자 남루한 주거 지역이 나오고 역시 아파트 하나가 서 있는데 벽이 모두 허물어져 있다. 제정 러시아 시대부터 흑해 함대의 근거지 중 하나였던 탓에 포티는 군사적 요충지였다. 독립 후에 여전히 러시아 함대가 주둔하기도 했고 여러 차례 갈등을 겪기도 했다. 2008년 러시아와 전쟁 중에는 공습을 받았고 일시적으로나마 러시아 군에게 점령당하기도 했던 도시이다. 벽이 무너진 아파트는 어쩌면 당시 폭격의 피해를 입었을지도 모르겠다. 해변의 집들은 창문에 유리가 전혀 남아 있지 않은 것이 폐허임이 분명하다.

리오니 강 북쪽의 포티 항구는 수심이 깊어 군사적으로도 상업적으로도 가치가 높다. 바투미와 달리 코카서스와 소코카서스의 사이에 있으면서 지형이 산맥의 영향을 받지 않은 까닭도 있다. 철로 또한 포티를 거친 후 해안을 따라 바투미까지 뻗어 간다. 원유 수송을 고려해도 전략적 항구이고 바투미와는 비교할 수 없는 뛰어난 컨테이너 항구이기도 하다. 그런 포티 항구가 외국 자본에 팔려 민영화된 것은 2008년 전쟁이 일어나기 직전이었다. 아랍에미레이트의 부족 중 하나인 라스 알 카히마(RAK)의 투자청이 항구의 지분 51퍼센트를 사카슈빌리 정부로부터 인수했고 더불어 자유무역 지대에 대한 49년 조차 계약을 맺었다. 전쟁 탓에 항구 확장 공사나 자유무역 지대 개발도 늦어졌지만 이제 다시 개발을 시작하는 모양이다. 포티를 떠났던 사람들도 돌아오고 있을 것이다. 하지만 포티의 고적

↘ 다윗 가레자 수도원(Davit'garejis samonastro komplek'si)의 라브라
(Lavra).

╱ 아제르바이잔과 국경을 이루는 가레자 산.

한 분위기를 보자면 아직은 미미한 셈이다.

황량한 국경 근처의 수도원

트빌리시로 돌아온 다음날 다시 여장을 꾸리고 다윗 가레자 수도원으로 떠났다. 트빌리시의 므츠민다 산의 바로 그 다윗 가레자의 이름을 딴 수도원으로 아제르바이잔과의 국경을 코앞에 둔 바위산에 만들어져 있다. 번듯한 성당과 함께 있는 라브라가 수도원의 대표 건물이지만 수도사들이 기거하던 인근의 동굴들 모두를 아우른다. 가레자 수도원의 동굴 입구 위로 빠져나온 스테인리스 연통이 눈에 띤다. 연통 위가 새까맣게 그을린 것을 보면 동굴에는 여전히 수도승들이 기거하고 있다. 그밖에는 전혀 환기구가 보이질 않아 수도 중에 질식하는 일은 없을지 걱정스러운 마음이 들기도 한다.

눈에 띄는 바위산마다 모조리 구멍을 뚫어 놓은 터키의 카파도키아에 다녀온 처지라 정작 동굴 사원에는 큰 감흥이 없었다. 하지만 국경 부근의 황량함은 더없이 마음을 사로잡는다. 마른 잡초들의 줄기가 눈 사이를 비집고 나와 누렇게 물들인 평원 뒤로 완만한 바위산이 지나간다. 그 능선이 국경이다. 인간이 무릎을 꿇을 수밖에 없는 척박하고 황량한 평원은 하늘과 맞닿아 있고 신과 더욱 가깝다. 수도사들이 이곳에 온 이유일 것이다.

길을 잘못 들어 그 평원을 헤매다 만난 중년의 사내에게 길을 물어야 했다. 어딘지 알 수 없는 마을의 농부인 듯했다. 사내는 조지아 말이 아닌 러시아 말을 써 보기도 하지만 사정이 달라질 리 없다. 다행스러운 것은 소련이 킬로미터를 표준으로 썼다는 것이다.

아나누리(Ananuri) ☞ 아라그비 강변의 아나누리는 13세기에 이 일대를 다스린 아라그비 왕조의 성채였다. 성벽과 망루, 두 개의 교회 등으로 이루어진 건물군이 비교적 잘 보존되어 있다.

길옆에서 마른 나뭇가지 하나를 찾아든 사내는 손으로 방향을 가리키고 눈 위에 숫자를 쓰며 말한다. '킬로미터'. 다시 또 다른 방향을 가리킨 후 숫자를 쓰고는 말한다. '킬로미터'. 그렇게 세 번을 들었다. 그 숫자란 것이 소수점 이하 한 자리를 포함하고 있었다. 난 그게 정확하리라고는 여기지 않았지만 그렇다고 거리계에서 눈을 뗄 수는 없는 일이었다. 경악스럽게도, 아날로그 거리계라 정확하게는 알 수 없지만 오차는 눈금 하나, 100미터에 못 미쳤다. 시장이건 식료품점이건 늘 저울이 있고 또 대개의 가격이 킬로그램 단위로 매겨져 있는 건 CIS 어디에서나 같은 걸 보면 계량에 익숙한 사람들이 CIS 사람들이지만 변방의 오지인 이곳 들판의 농부도 이처럼 정확하다. '이리 가다 저기로 가서 한참 쭉 올라가시우.'와는 사뭇 다르다. 이걸 문화적 차이로 이해할 수도 있지만 그보다는 교육의 차이가 아닐까 싶다.

코카서스 산맥을 뚫고 가는 군사 도로

이미 한번 아나누리 다리에서 더 가기를 포기하고 돌아왔던 코카서스 산맥으로 다시 향했다. 아마도 마지막 기회이다. 지난 이틀 동안은 날씨도 제법 푸근했고 트빌리시의 뒷골목에 쌓였던 잔설들이 녹기도 했다. 길은 아라그비 강을 끼고 꾸준히 북상하는 길이다. 아나누리 다리까지는 별 문제가 없다. 개미새끼 한 마리 없던 아나누리 성채에 관광객들이 모였고 다리 앞에는 인근 마을사람들이 좌판까지 벌린 걸 보니 꽤 고무적이다. 이곳도 두물머리이지만 아래쪽의 댐이 물을 가두고 있어 다리와 성채에서 바라보이는 풍경은 마

↖ 폴란드 출신의 코카서스 늑대 사냥꾼.
↙ **구다우리**(Gudauri) ☞ **카즈벡 산**(Mount Kazbek)을 지나는 조지아 군사
도로(Georgian Military Road) 위에 있는 리조트 마을이다.

치 호수와 같다. 며칠 전 성채의 입구에 덩그러니 서 있던 작은 오두막에는 노인 둘이 난로 옆에 앉아 불을 쬐고 있다. 오두막 앞에 걸린 늑대와 곰가죽을 가리키니 누군가를 불러온다. 아직 오전이건만 거나하게 취해 있다. 대단한 대화가 통할 방법은 없지만 몇 마디 알아들을 만한 단어와 몸짓으로 약간의 의사소통은 어디서나 가능한 법이다. 노인은 폴란드 출신이다. 늑대와 곰은 자신이 잡은 것이라며 옆에 있던 구식 장총을 들어 보인다. 코카서스의 늑대 사냥꾼이라. 썩 잘 어울리긴 하는데 불려온 후에도 연신 보드카를 들이키는 이 노인. 고향이 그리운 것이다. 어쩌다 폴란드에서 이곳까지 흘러들어온 것일까.

　　　　아나누리를 뒤로 하고 다시 떠난 길. 조지아 군사 도로라고 불리는 이 길은 오세티야 군사 도로와 함께 러시아로 통하는 두 개의 길 중 하나이다. 지금은 남오세티야를 통과할 방법이 없으니 조지아에서는 이 길이 유일하다. 그나마 2008년 전쟁으로 막혔던 국경은 2010년 이후에 열렸고 터널을 통과할 수 있다. 백설에 덮여 있는 길은 위태위태하다. 고개에 오르면 잠시 멈추고 길을 가늠하지만 판단이 쉽지 않다. 눈길에서 오르막길은 언제나 문제가 없다. 오르지 못하면 돌아서면 그뿐이다. 내리막길은 그렇지 않다. 다시 올라올 수 없으면 돌아갈 수도 없게 된다. 세상 이치의 하나인지도 모르겠다. 오르는 것보다 내려가는 것이 힘들다.

　　　　어느 경사진 길옆으로 터널이 보인다. 소련 시절에 만들어진 군용 터널이다. 겨울에만 사용되던 터널인데 지금은 아예 사용하지 않는다. 군사 도로라는 이름을 얻은 것은 18세기 말 제정 러시아군이 처음으로 이 길을 뚫으면서이다. 이 도로는 제정 러시아의 코카서스 정복과 유지에 지대한 몫을 했다. 길의 백미는 해발 5,033미터의 카즈벡 산이다. 길을 달리는 내내 계곡 사이로 보이고 사라지기를 거듭하는 카즈벡 산은 풍경이 일신하지만 언제나 그 자리에 버티고 있어 마치 이정표와 같다. 계곡은 점차 좁아지고 협곡을 달리는 경우가 잦아진다. 아마도 마지막 마을. 경찰들이 차를 세운다. 검문소라기보다는 주차장처럼 보인다. 차를 세운 젊은 경찰은 고개를 흔들며 허공에 손가락을 원으로 돌린다. 몸짓으로는 승용차로는 산길을 오를 수 없으니 돌아가라는 뜻이다. 내 바람은 그저 갈 수 있는 곳까지는 갔으면 하는 것이다. 죽기 전에 다시 올 수 있을지 전혀 자신이 없는 곳이다. 자못 비장한 표정을 하고 있었던 데다 마침 30년쯤은 너끈히 되었을 소련제 라다 (RADA) 한 대가 주차장을 떠나고 있다. 물론 네 바퀴 모두 쇠사슬을 동여매긴 했다. 한동안 농성을 하다시피 했더니 누군가 나와 바퀴를 살핀다. 낡지도 않았고 스노 타이어이다. 서넛이 모여 잠시 떠들더니 그 중 하나가 내게 와 고개를 끄덕인다. 이럴 땐 "인샬라"만큼 적당한 말이 한국어에는 없다.

구다우리의 평화의 그림

마을을 지나자 본격적인 아리랑 경사이다. 낭떠러지 쪽으로 설벽이 차의 높이 정도로 올라와 있다. 다행인 것은 트랙터가 눈을 밀었고 그 뒤로 다시 눈이 내리지 않았다는 것이지만, 오르다 헛돌면 차를 돌리기도 난망한 길이다. 자칫 낭떠러지로 굴러 떨어지면 코카서스 산맥의 품에 영원히 안길 판이다. 신경이 곤두서 주변의 풍광은 눈에 제대로 들어오지도 않지만 가끔 찰나에 스냅처럼 잡히는 풍경은 온통 눈에 덮인 산들이다. 그 너머로 얼어 버린 푸른 하늘과 흰 구름들을 찌르듯 솟은 카즈벡의 위용이 여전하다.

　　길은 조지아 군사 도로의 리조트 마을인 구다우리를 벗어나지도 못하고 끝났다. 제설용 트랙터 한 대가 서 있는 뒤로 승용차 보닛 높이만큼 눈이 쌓여 있다. 사실 이제부터는 능선으로 이어지는 길이라 지금까지와는 비교할 수 없이 평탄한 길이다. 비탄의 한숨이 나도 모르게 새어나온다. 구다우리에서라면 소련 당시 만들어진 러-조지아 우정의 기념비가 바로 코앞이다. 걸어서라도 가 보련만 장비 없이는 걸을 수조차 없는 길이 되어 있다. 열두 개의 반원 아치를 만들면서 돌과 콘크리트로 쌓아올린, 거대한 우정의 기념비에는 모자이크 타일화가 붙어 있다. 바투미에서 폐허로 변한 담배 공장의 담에 남아 있던 그 모자이크 벽화를 본 후부터 꼭 보고 싶었던 그림이었다. 코카서스 산맥의 능선에 서서, 어떤 그림이 산들을 굽어보고 있는지 정말이지 내 눈으로 확인하고 싶었다. 세상에 태어났을 때와 달리 두 번의 전쟁을 치른 지금 두 나라에게 그건 우정의 이름을 내건 평화의 그림이다. 혹시 트랙터가 움직일지도 몰라 1시간을 넘게 기다렸지만 기미가 보이지 않는다. 해는 이미 기울고 있다. 산중에 빛이 남아 있을 때 검문소가 있던 마을까지는 내려가야 한다.

　　산중의 어느 길가 옆 여인숙에서 하룻밤을 묵었다. 일층엔 식당이 있고 이층엔 여행객을 위한 방이 두 개 있다. 조지아에서의 마지막 밤이었다. 한밤중에 창문을 여니 처마에 매달린 고드름 너머로 온통 눈에 뒤덮인 계곡이 달빛에 으스름하고, 더없이 차가운 냉기가 가슴을 조인다.

조지아 Georgia	**아르메니아** **Armenia**	아제르바이잔 Azerbaijan

몰도바 Moldova	우크라이나 Ukraine	폴란드 Poland	벨라루스 Belarus	루마니아 Romania	헝가리 Hungary	독일 Germany	체코 Czech

아르메니아
Armenia

◈ 면적 29,800km², 인구 302만 명(2011년 추계), 공용어 아르메니아 어, 화폐 단위는 드람(AMD). 코카서스 내륙의 공화국으로 1990년 주권을 선언하고 1991년 독립국가연합에 가입했다. 서쪽으로는 터키, 북쪽으로 조지아, 동쪽으로 아제르바이잔, 남쪽은 나히체반과 면한다. 온대성 기후 지역이지만 산지가 많아 스텝·삼림·고산 등 다양한 기후가 나타난다. 연강수량은 200~400mm으로 건조하다. 고산에서는 목축업을 하고, 목화와 포도·올리브 등 과수업도 성하다. 해발 1,900미터인 세반 호의 수력 전기와 구리·아연·알루미늄 등의 자원이 풍부해 광공업도 발달한 편이다.

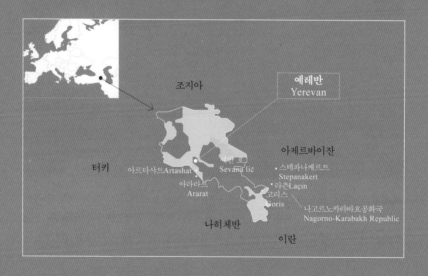

예레반의 추남 토르크(Tork Angegh) 상 ☞ 노르노르크(Nor Nork)를 관통하는 가이 대로(Gai Ave)에 있다. 고대 아르마니아의 신 토르크는 얼굴은 우둘투둘하고 코는 납작하며 바위를 손으로 갈아 버릴 만큼 힘이 세다고 전한다.

조지아의 트빌리시에서 아르메니아의 예레반까지는 승용차로 다섯 시간이면 족하지만 1월의 조지아 여행 때는 국경에서 도착비자를 받지 못해 돌아가야 했고 다시 아르메니아를 찾은 것은 7월이 되어서였다. 예레반에서는 도심에서 제법 떨어진 노르노르크에 숙소를 마련했다. 소련 시절 마지막으로 조성된 주거 지역으로 CIS 국가들에서는 무척이나 낯익은 아파트 단지들의 풍경이 펼쳐진다. 흐루쇼프카(Khrushchyovka) 또는 흐루셰비(Khrushchevi). 1950년대에 이르러 소련의 주거 문화를 일거에 바꾸어 버린 아파트에 붙여진 별명이다. 흐루쇼프가 주문한 '튼튼하고, 저렴하고, 빠르게'를 모토로 공장에서 생산한 콘크리트 패널을 이용해 조립식으로 건설된 5~6층짜리 아파트는 소련 전지역에 보급되었다. 미적 차원에서는 딱히 언급할 부분이 없지만 초기에 건설된 흐루쇼프카는 반세기를 훌쩍 넘긴 지금도 CIS 국가 어디에서나 실용하고 있으니 '튼튼'함은 의심할 필요가 없다.

아파트 단지 위주의 주거 지역이 피할 수 없는 삭막함은 공원과 조각상과 같은 예술 작품들을 설치해 보완했다. 마침 숙소 건너편에 봉긋 솟은 작은 공원의 가운데에 서 있는 청동상도 그런 하나이다. 돌무더기 위에 큼직한 바위를 어깨에 짊어진 반 나체의 이상에 붙여진 이름은 '추남 토르크'. 노르노르크를 관통하는 가이 대로의 대표적인 4개 조각상 중 마지막으로 대로에서는 좀 벗어나 있다. 아르메니아 전설에 등장하는 거인 신으로 사랑하는 여인과 결혼하기 위해 스무 명의 경쟁자를 물리친 일로 명성(?)을 얻은 로맨틱한 인물이지만 그런 거인도 아파트의 삭막함을 희석시키기란 여전히 역부족이다. 아파트 단지란, 어디에서나 그런 사악한 위력을 발휘하

예레반의 공화국 광장(Republic Square, Hanrapetu'tyan Hraparak) ☞ 1926
년에 알렉산드르 타마니안(Alexander Tamanian, 1878~1936)의 도시계획에
따라 예레반이 건설될 때 조성되기 시작해 1958년까지 개발되었다. 한때 레닌
광장으로 불리기도 했다.

는 공간이니까.

기원전으로 역사가 거슬러 올라가는 예레반의 도심은 소련식 거주지역인 노르노르크과는 물론 사뭇 다르지만 고도(古都)와도 거리가 멀다. 실크로드의 도시 중 하나이며 오스만과 페르시아, 아랍의 각축장이었던 코카서스의 고도에 대한 막연한 선입견은 도심으로 접어드는 순간 무너져 내린다. 공화국 광장을 중심으로 방사형으로 뻗은 도시의 풍경은 바쿠나 이스탄불 또는 트빌리시와는 달리 파리나 마드리드를 연상시킨다. 도시의 배꼽이기도 한 공화국 광장부터 그렇다. 인공 연못과 분수를 두고 원형으로 늘어선 건물들은 정부 부처 청사들과 미술관, 역사 박물관, 거기에 호텔 하나까지 슬쩍 끼어들어 있지만 확연히 신고전주의 풍으로 통일되어 한눈에 계획적으로 설계된 광장임을 알 수 있다. 광장뿐만 아니라 도시가 그렇다.

타마니안의 캐스케이드

그런 예레반에서 가장 인상적인 장소 중 하나인 '캐스케이드'로 가는 길은 현대 도시 예레반의 아버지인 건축가이며 도시계획가인 알렉산드르 타마니안을 만나는 길이기도 하다. 러시아의 흑해 연안 도시인 예카테리노다르(지금의 크라스노르) 출신인 타마니안은 러시아에서 건축가의 명성이 정점을 향해 가던 마흔다섯에 아르메니아로 이주해 이후 반생을 보냈다. 또 예레반에 숨을 거두어 아르메니아의 건축가로 남았다. 그는 예레반을 비롯해 아르메니아 제2의 도시인 레니나칸(지금의 굼리) 등의 도시계획을 주도했고 예레반의 오페라하우스, 공화국 광장과 주변의 건물을 설계하는 등 아르메

예레반 캐스케이드(Yerevan Kaskad) ☞ 타마니안의 원안을 바탕으로 짐 토로
스얀(Jim Torosyan, 1926~2014) 등이 설계한 거대한 계단 구조물으로, 모스
코브얀 대로(Moskovyan street)의 북쪽에 있다. 1971년 공사를 시작해 1980
년에 완공되었다.

니아의 건축사와 도시사에 일획을 그은 인물이다.

모스코브얀 대로에서 정북을 향한 캐스케이드의 초입에는 타마니안의 대리석상이 서 있다. 그가 내려다보는 바닥에는 자신이 설계했던 예레반의 도시계획 도면이 펼쳐져 있어 이 인물이 타마니안인 걸 쉽게 알 수 있다. 캐스케이드는 그가 북쪽의 언덕과 도심을 연결하고자 구상했던 계단형 구조물로 1936년 숨을 거둘 때까지 착공조차 하지 못하고 설계도로만 남아 있던 미완의 유작이다. 1970년대 말 예레반의 도시계획 위원회 위원장을 맡은 건축가 짐 토로스얀이 타마니안의 유작을 부활시켰다. 타마니안의 원안에 기초했지만 내부에 공간들을 만들어 잇고 에스컬레이터를 설치했으며 전면에 아르메니아의 역사와 문화를 담은 예술품들로 치장된 정원들을 추가했다. 1980년대 말 마침내 착공되었지만 1988년 대지진과 1991년 독립, 전쟁 등으로 중단되어 버려지다시피 했는데 2002년 아르메니아 출신 디아스포라의 후손으로 미국의 사업가인 카페스지안(Gerard Cafesjian, 1925~2013)이 재산을 출연해 2009년에 마침내 미술관으로 문을 열었다.

캐스케이드의 백미 중 하나는 언덕을 향해 계단형으로 만들어진 6개의 물이 흐르는 정원들과 그곳에 마름모꼴의 연못을 두고 설치된 조형물들이다. 카페스지안 미술관의 소장품이기도 한 이 조형물들은 폐타이어에서 판금 조각들까지 다양한데 그중 하나는 폐타이어 조각가인 한국인 지용호의 것이다. 캐스케이드 내부에는 층별로 전시실이 마련되어 있다. 아르메니아 역사를 세 점의 대형 벽화로 표현한 1층 상설 전시실의 프레스코화는 특히 눈길을 끈다. 그리고르 한지얀(Grigor Khanjyan, 1926~2000)의 것인데 한눈에 맥

↘ 캐스케이드 카페스지안 미술관(Cafesjian Museum of Art) 설치 조형물 ☞
폐타이어를 활용한 한국인 조각가 지용호의 작품 〈사자 2 (Lion 2)〉.
↙ 캐스케이드 언덕 위에서 바라본 예레반 시내와 아라라트 산(Ararat).

시코의 무랄을 연상시킨다. 그러나 캐스케이드라는 이 독특한 건축물의 미덕은 언덕의 경사면에 안기듯 놓여 지세와 불화하지 않는다는 것이다. 산중의 바위산에 기대어 하나인 듯 만들어져 있는 아자트 계곡의 게가르드 수도원을 떠올리면 무관할 것 같지도 않다.

국경 너머 민족의 영산

캐스케이드 바깥의 계단을 걷거나 안쪽의 에스컬레이터를 이용해 상부에 이르면 마침내 언덕 위에 오른다. 역시 타마니안의 작품인 예레반 오페라하우스를 비롯해 도심 전체를 시원스럽게 굽어볼 수 있는 그곳에서 고개를 들면 지평선 너머 손에 잡힐 듯 우뚝 서 있는 아르메니아인들의 영산(靈山) 아라라트가 보인다. 노아의 방주가 마지막에 걸려 머물렀다는 종교적 상상력의 무대이기도 한 바로 그 산이다. 소련 시절이나 지금이나 변함없이 아르메니아의 국장(國章)을 장식하고 있는 아라라트는 손을 뻗으면 닿을 듯 그곳에 있지만 그 사이에 터키와의 국경이 있고 아라라트는 그 너머이다. 나고르노-카라바흐 전쟁이 한창이던 1993년에 터키가 경제봉쇄와 함께 국경까지 폐쇄하면서 아라라트는 더욱 멀어졌다. 아라라트는 아르메니아인들이 자신들의 태생과 역사가 시작했다고 믿는 곳이며 아라라트가 자리 잡은 아나톨리아 평원의 동쪽은 오랫동안 그들 삶의 터전이기도 했다. 제1차 세계대전의 와중인 1915년 아르메니아인들이 적국인 러시아와 손을 잡을 것을 우려해 저지른 오스만 제국의 강제이주와 학살은 희생자 수가 50만(터키 측)에서 150만(아르메니아 측) 명을 헤아리며, 20세기 최초의 학살로 기록된다. 더불어 발생한 대규모 난민들은 삶의 터전을 잃고 디아스포라가 되어 세계 곳곳으로 흩어져야 했다. 러시아혁명과 종전 후 오스만 제국의 몰락, 신생 터키공화국의 탄생 전야에 벌어진 몇 번의 전쟁을 거쳐 지금의 국경이 만들어진 것은 1921년 러시아, 코카서스의 3개 소비에트 공화국과 터키 임시정부가 맺은 카스(Kars) 조약에 의해서이다. 이때 아라라트는 터키에 귀속되었다.

학살과 정의

예레반의 라잔 강 너머 서쪽 언덕에 세워진 학살 기념 공원은 거의 백여 년 전의 사건, 그러나 아르메니아로서는 결코 잊을 수 없는 학살의 기억을 담고 있다. 입구의 포도 양편으로는 이곳을 방문했던 국가정상급 인물들이 기념으로 식수한 나무들이 줄지어 있다. 러시아의 메드베데프(Dmitry Medvedev), 프랑스의 시라크(Jacques Chirac) 또는 폴란드의 크바시니에프스키(Aleksander Kwaśniewski) 등이 눈에 띈다. 적어도 이 장소에서 세계는 둘로 나뉜다. 1915년의 아르메니아인 학살을 인정하는 나라와 태도를 표명하지 않은 나라. 터키는 살육이 있었지만 강제 이주 과정에서 벌어진 우발적 사건이었지 조직적 인종 학살은 아니었다고 주장한다. 사망자 수도 가장 적은 50만 명으로 추산한다. 오스만의 영광을 잃어버린 지 오래이지만 터키는 여전히 이 지역에서는 대국 중의 하나이며 지정학적 중요성을 잃지 않고 있다. 터키의 군사적 협력이 필요한 미국은 2007년과 2010년 하원 외교위원회에서 아르메니아 학살을 인정하는 결의안을 투표 끝에 통과시켰지만 본회의에서 통과시키지는 않았다. 버락 오바마(Barack Obama)는 그동안 여러 차례 이를 인정하는 발언을 내놓았다. 또한 영국과 러시아, 스웨덴, 브라질 등을 비롯해 여러 나라들과 국제기구들이 아르메니아 학살을 인정하는 결의를 성사시켰다.

모든 나라를 통틀어 이 사안에 가장 열렬한 반응을 보인 국가는 프랑스였다. 2011년 12월 프랑스 의회는 아르메니아 학살을 대상으로 하는 '대학살 부인 금지법(Armenian Genocide Denial Bill)'을 통과시켰다. 이미 2006년 '아르메니아 학살 부인 금지법'이 상정되었다가 2011년 폐기되었는데 다시 등장한 것이었다. 이 법은 공개적으로 아르메니아 학살을 부인하는 행위에 대해 1년의 실형과 4만 5천 유로의 벌금을 부과한다는 내용을 담고 있다. 학살의 인정과 무관하게 표현과 양심의 자유를 억압하는 악법이라는 국제적 비난이 쇄도했지만 꿋꿋하게 밀고 나간 이면에는 60만 명에 이르는 아르메니아계 프랑스인들의 '표'가 절실했던 당시의 대통령 사르코지(Nicolas Sarkozy)의 정치적 속셈이 작용했다는 분석이 지배적이다. 그런 프랑스에 맞서 터키에서는 2006년 이후 '프랑스의 알제리 학살 부인 금지법'을 제정하자는 여론이 터져 나왔다. 안 될 것도 없다. 독립 요구를 짓밟으며 무차별 학살로 대응했던 프랑스의 알제리 학살은 아르메니아 학살에 비교할 수 없을 정도로 악질적이다. '금지법' 제정을 따지자면 둘 다 부당하지만 그나마 터키 쪽이 조금 더 제정신이다. 어두운 과거사의 인정과 가해자의 진실한 반성은 정의를 실현하기 위한 것이다. 이 방법이 아니라면 다시금 같은 일이 되풀이될 가능성을 막을 수 없다. 암리차르 학살(1919)을 외면하고 있는 영국이, 캄보디아 비밀 공습(Operation Menu, 1969)으로 인한 크메르인 학살과 한국 전쟁, 베트남 전쟁에서 자행된 미군의 양민 학살을 인정하지 않고 있는 미국이 남의 과거사에 대해 왈가왈부한다는 것 자체가 정의를 모독하는 짓이다. 똥 묻은 프랑스가 겨 묻은 터키를 나무랄 수는 없는 법이다. 이런 일이 벌어지면 겨 묻은 터키도 면죄부를 얻는다. 그건 피해자인 아르메니아가 원하는 바가 아닐 것이다.

　　1965년 4월에 학살 50주년을 맞아 예레반에서 십만 명의 시민들이 모여 24시간 시위를 벌인 사건은 그 때까지의 소련에서는 전례가 없었다. 이때 시민들은 소련에 대해 아르메니아 학살의 공식적 인정과 위령탑 건설을 요구했다. 기념 공원 안쪽에 자리 잡은 위령탑은 그 산물로 이듬해 착공되어 1967년 완공되었다. 왼쪽(서쪽)에는 14개의 석판이 원형으로 둘러싼 가운데 영원의 불꽃이 타오른다. 묘비이기도 한 12개의 석판은 지금은 터키 영토가 되어 있는 12개 지방을 상징한다. 오른쪽(동쪽)으로는 하늘을 찌를 듯한 첨탑이 서 있다. 소련의 일원이 된 아르메니아를 상징한다. 언덕 위의 기념 공원은 캐스케이드 위의 언덕과 마찬가지로 아라라트가 있는 남쪽을 향해 트인 땅이다. 독립 후 언덕의 경사면에 2층 박물관이 만들어졌다. 방문객들은 위령탑보다 먼저 이 박물관의 입구를 만나게 되는데 언덕 위에서 보면 지하로 향하는 계단처럼 보인다. 평면에 돌출된 박물관의 입구는 정확하게 아라라트를 배경으로 하게끔 냈다. 날씨가 흐린 탓에 아라라트는 형체조차 구분되지 않는다. 전시실에는 아르메니아 학살을 증언하는 사진과 도서 등의 자료들이 전시되어 있다. 발가벗겨진 채 죽음을 기다리고 있는 야윈 소녀. 발굴된 암매장터. 전쟁 그리고 학살. 언제나 그렇지만 가슴 아픈 장면들이다.

아르메니아 학살 기념 공원(Tsitsernakaberd) ☞ 예레반 라잔 강(Hrazdan) 너
머 서쪽 언덕에 있다. 둥글게 둘러싼 14개의 석판 가운데에서 불꽃이 타오르고
그 곁에 치솟은 첨탑은 아르메니아를 상징한다.

독립 후에 만들어진 것들이지만 박물관에서 위령탑으로 향하는 양편으로는 1988년 아제르바이잔의 숨가이트에서 살해된 아르메니아인들, 나고르노카라바흐 전쟁 중의 양민 학살을 추모하는 묘비들도 볼 수 있다.

예레반에 도착한 지 나흘째. 예정대로라면 다음 날에는 나고르노카라바흐로 떠나야 하지만 그간 경황이 없어 아직 비자를 받지 못했다. 함께 가기로 한 트빌리시의 한 인터넷 미디어의 기자인 루벤이 나고르노카라바흐의 수도인 스테파나케르트에 도착해서 받은 경우도 있다는 말을 전한다. 이제 20대 초반인 루벤도 스테파나케르트는 초행이다.

아르타샤트 공단의 몰락

아르메니아는 고원의 나라이다. 평균 해발 1천 미터의 도시이고 높은 언덕들은 1천 4백 미터에 이르는 예레반이지만 아르메니아에서는 그나마 낮은 지대에 속한다. 동쪽으로 갈수록 지대는 높아지고 더불어 산악 지형으로 바뀐다. 나고르노카라바흐로 가는 길은 터키 쪽 국경을 따라 남진하다가 나히체반과의 국경을 따라 동진하는 2번 국도로, 소련 시절에는 예레반—고리스—스테파나케르트 하이웨이로 불렸다. 본격적인 산악 지대는 아제르바이잔 국경 부근인 고리스를 지난 후부터 시작된다. 아르메니아에 속한 전구간의 길은 대체로 평탄하고 들판과 구릉이 이어진다.

예레반을 벗어난 후 곧 지나친 아르타샤트 인근의 공단은 만만치 않은 규모이지만 통째로 녹이 슬고 뼈대만 남은 곳이 많아 흉물스럽기까지 하다. CIS와 동유럽 국가들에서 흔히 볼 수 있는 풍경이라 낯설지도 않다. 이제 스무살 중반이라 소련 시절에 대해서는 기억하지도 못할 텐데, 동행한 루벤은 아르타샤트의 공단에는 식품 공장과 건설자재 공장들이 있었다고 아는 체를 한다. 고스플란(Gosplan)으로 상징되는 소련 계획경제의 산물이기도 한 (중)공업 중심의 경제는 소련은 물론 동유럽을 포함한 소비에트 블록 전체에서 외형적으로는 성과를 거두었다. 속절없이 농업국가로 남아 있어야 마땅했을 것처럼 보이는 남코카서스의 아르메니아와 같은 나라도 한때 제법 산업부문에서 발전을 이루었음은 역설적으로 지금은 폐허로 변해 버린 공단들에서 알 수 있다. 동유럽은 그렇다 해도 중앙아시아까지 그랬던 것을 보면 연방 전체가 비교적 균등한 산업적 발전을 이루었던 셈이다. 이 공단들은 소련의 해체 후에는 어디나 할 것 없이 대개는 아르타샤트의 것처럼 허물어져 내렸다.

"왜 이 모양이야?"

"……글쎄요. (소련이 해체된 후에는) 돈이 없었잖아요."

고개를 갸웃거리던 루벤이 자신 없는 말투로 대답한다. 물음은 간단해도 답이 간단할 리가 없다. 가장 간단한 정답은 소련이 몰락했기 때문이다. 그런데 소련은 왜 망한 것일까. 소련에서 경제란 정치와의 묶음, 정치경제였으니 정치경제의 문제였다. 이번 여행 내내 머리에 두었던 물음이기도 했다.

아르메니아 사도 교회 호르비랍

남진하던 중 국도에서 빠져나와 아르메니아의 대표적 방문

아라라트와 사도 교회 호르비랍(Khor Virap) ☞ 바로 옆으로 터키 국경이 지나는 호르비랍은 아르메니아에서 가장 많은 순례자들이 찾는 성지이다.

지 중의 하나인 사도 교회 호르비랍을 향한다. 비포장에 포도밭이나 채소밭, 목초지가 이어지는 한적한 길이다. 그 길 너머에 터키 국경과 아라라트가 지척이다. 구름은 중턱 기슭에 떼를 이루며 모여 있고 그 위로 눈에 덮인 봉우리가 예레반에서보다는 완만하게 솟아 있다. 아르메니아에서 아라라트와 가장 가까운 곳이다. 그런 아라라트를 배경으로 언덕 위에 마치 실루엣처럼 모습을 드러낸 호르비랍은 더도 덜도 아닌 딱 달력 그림이어서 황홀하다. 달력 그림이 세상에 튀어나오면 누구라도 그런 느낌을 받게 마련이다.

301년 아르메니아는 왕의 칙령으로 세계 최초의 기독교 왕국으로 바뀐다. 왕을 움직인 주역은 호르비랍의 지하 동굴에서 13년 동안 갇혀 있던 그리고르(Gregory the Illuminator)였다. 로마와 손을 잡고 페르시아를 몰아내는 것으로 용맹을 떨친 대왕 티리다테스 3세(Tiridates III, 250?~330?)는 이즈음 로마의 황제 디오클레티아누스(Diocletianus, 244?~316?)의 배신과 침범으로 서부 영토를 빼앗기고 울분에 시달려 시름시름 앓게 되었다. 백약이 무효였다. 이때 나타난 그리고르가 병을 낫게 하자 감동하여 스스로 기독교로 개종하고 국교로 선포한 후 그리고리를 수장으로 임명했다는 스토리이다. 아르메니아 사도 교회의 탄생 스토리이기도 하다. 종교적으로는 그렇지만 정치적으로는 로마의 배신에 치를 떨던 티리다테스 3세가 세력을 확장하던 기독교를 탄압한 디오클레티아누스에 정면으로 맞서기로 작정한 것이다. 동서고금을 막론하고 적의 적은 친구다.

그리고르가 호르비랍의 지하 동굴에 갇히게 된 것은 종교적 이유 때문은 아니었다. 왕족이던 그리고르의 아버지는 티리다테스 2

＼ 고리스 게이트(Goris Gate) 앞의 노점

／ 라츤 회랑(Lachin Corridor, Lachini mijantsk')의 "웰컴 투 카라바흐" 입
간판 ☞ 아르메니아와 나고르노카라바흐 공화국 사이를 가장 가깝게 잇는 통
로로 공식적으로는 아제르바이잔의 영토다.

세의 아버지이자 전왕이었던 호스로프 2세(Khosrov II, ?~252)의 암살 음모에 관여한 혐의로 처형되었다. 어린 그리고르는 후견인의 도움으로 아르메니아를 벗어나 카파도키아로 탈출하는 데 성공해 목숨을 건졌다. 그곳에서 그는 역시 기독교인 아르메니아 왕족의 딸과 결혼해 기독교를 받아들였고 후일 사제가 되었다. 티라다테스 2세가 즉위한 후 아르메니아로 돌아왔지만 그는 과거사를 잊지 않은 티리다테스 2세의 명으로 지하 동굴에 갇혀 13년의 세월을 보내야 했다. 종교범이라기보다는 정치범이다. 이유야 어떻든 감옥으로 쓰인 호르비랍은 멀리서 보는 것과는 달리 분위기가 음산하다. 높고 두터운 돌담에 둘러싸인 교회는 마치 작은 요새처럼 보인다. 교회 건물은 바위를 깎지 않고 그대로 세웠다. 그리고르가 13년 동안 갇혀 있던 지하 감옥은 바위산을 수직으로 뚫고 내려가 만든 공간이다. 물론 그때 교회가 있었던 것은 아니다. 백년 쯤 지난 후 성인과 계몽자의 칭호를 얻은 그레고리가 갇혔던 이 지하 감옥으로 통하는 입구 위에 지금의 교회가 세워졌다. 경관이 좋다. 별로 높지 않은 산인데도 주변의 평야를 한눈에 관망할 수 있다. 아라라트 쪽으로 국경이 실처럼 지나가고 있다.

아리랑 고갯길의 말린 우거지

길은 동쪽을 향하고 한동안 풍경은 일신하지 않더니 고리스 부근에 도착할 무렵부터는 사정이 달라진다. 바야흐로 산세가 거칠어지는 산악 지대 초입이다. 오르막길이 계속되면서 대기는 청명해지고 싸늘한 맛이 더해진다. 고리스를 빠져나갈 무렵, 진입할 때와 마찬가지로 돌로 만든 게이트가 서 있고, 그 맞은편으로 행상 몇이 전을 펼치고 있다. 탐스러운 송이버섯과 아르메니아의 자부심인 살구가 바구니에 담긴 좌판 옆으로 조선시대의 처녀 댕기머리처럼 꼬아 놓은 무엇인가 줄줄이 걸려 있다. 이것은 또 무엇일까.

"이름은 소렐(sorrel). 이걸로 국(스프) 끓여 먹어요."

'우거지'구만. 단박 그런 생각이 떠오른다. 우거지야 무청을 말린 것이지만 소렐은 아르메니아 전역에서 얻을 수 있는 식물의 잎을 말린 것이다. 산악 지대에서 채집한 소렐이 그중에서도 으뜸이라고 한다. 국도 끓여 먹지만 데쳐도 먹고 무쳐서도 먹는다. 딱 우거지 아닌가.

"맛은 좋은데 냄새가 좋지 않은 것이⋯⋯."

루벤이 옆에서 중얼거린다. 뭐가 냄새가 안 좋아. 좋기만 하구만. 김치는 먹고 싶지만 냄새는 싫다는 어린 애가 투정을 늘어놓는 꼴이다. 냉기가 섞인 바람은 을씨년스럽고, 갑자기 떠오른 뜨겁고 담백한 우거지 된장국 생각에 침이 고이지만 살구 몇 알로 대신한다. 루벤이 자랑한 대로 아르메니아 살구의 맛은 만만치 않다. 적당한 탄력을 가진 육질에 부드럽게 배어 나오는 단맛이 일품이다. 살구 한 봉지를 싣고 고리스를 떠나 곧 접어든 곳은 나고르노카라바흐 전쟁 당시 격전지 중 하나였던 라츤 회랑. '웰컴 투 카라바흐' 영문으로 적은 제법 큰 입간판이 방문객을 맞는다. '나고르노(Nagorno)'라는 말은 산악을 의미한다. 카라바흐(Karabakh)도 지금의 아르메니아 사람들이 즐겨 쓰는 이름은 아니다. 오스만과 페르시아에서 유래한 이 이름보다는 '아르차흐(Artsakh)'란 이름을 쓴다.

길은 라츤 회랑에서부터 완연히 아리랑 길이다. 라츤 회랑은 외부에서 카라바흐로 통하는 유일한 통로이며 국제적으로는 여전히 아제르바이잔의 영토이다. 격전 끝에 라츤 회랑이 아르메니아 측에게 점령되면서 보급로가 정상화되었고 전쟁은 아르메니아 측에 유리해졌다. 1994년의 휴전협정은 라츤 회랑을 아르메니아와 나고르노카라바흐 쪽이 사용할 수 있도록 보장했다. 험준한 산맥에 빠져 허우적거리는 것처럼 비틀거리는 길이다. 속도는 지금까지보다 삼분지일로 줄었고 거리로만 생각해 이제 코앞이라고 여겼던 마음을 조급하게 만든다. 그 길의 어딘가에서 검문 초소가 나왔다. 아마도 그 지점부터가 라츤 회랑을 빠져나와 나고르노카라바흐에 들어서는 경계였나 보다. 비자가 없는 관계로 좀 지체되었지만 수도인 스테파나케르트에 도착하는 대로 곧 외교부를 방문해 도착 비자를 얻는 조건으로 통과이다.

슈사의 춤

라츤 회랑에 비해 좀 나아진 느낌이지만 길은 여전히 험준한 산맥을 달린다. 화전 하나 눈에 띄지 않는 이곳에서 사람들은 뭘 먹고 사는지 당최 짐작이 되지 않는다. 총성이 멈춘 지 18년. 긴장은 느껴지지 않는다. 그건 격전지 중의 하나였던 슈샤에 도착해서도 마찬가지이다. 작고 평화로운 마을이다. 하지만 한때 양과 말을 치고 카페트를 직조하고 포도 농장을 가꾸어 와인을 빚던 슈사는 카라바흐 지역뿐 아니라 남코카서스 지역에서 가장 큰 도시 중의 하나였고 아르메니아인과 아제르바이잔인들이 어울려 함께 살던 도시였다. 도시의 구역마다 교회가 있고 모스크가 있었다. 그런 슈샤는 1920년의 민족 분쟁으로 폐허가 되다시피 했고, 같은 일이 1992년 전쟁에서

슈사(Shusha) 가잔체초츠 교회(Ghazanchetsots Cathedral) 앞에서 본 군무.

＼ 스테파나케르트(Stepanakert) 도심의 전쟁 발발 20주년 기념 포스터 ☞ 아제르바이잔 어로는 한켄디(Xankəndi)라고 불리는 스테파나케르트는 슈샤의 학살 이후로 나고르노카라바흐 공화국의 수도이자 최대 도시가 되었다.

／ 슈샤 외곽의 T-72 탱크는 전쟁을 기념하고자 복원한 기념물이다.

되풀이되었다. 전략적 요충지인 슈샤는 양측이 뺏고 빼앗기기를 거듭한 도시였다. 전쟁이 끝난 지 18년이 지났지만 슈샤는 한때의 번영을 도무지 짐작할 수 없는 작은 마을이 되어 있다.

한적한 내리막길이 이어지다 가잔체초츠 교회 앞에 이르렀을 때에는 제법 많은 사람들이 안팎에 모여 있다. 방금 결혼식이 끝났다. 신랑신부는 이미 사라졌지만 하객들이 남아 북적인다. 교회는 종탑이 따로 있고 그 뒤편으로 본당이 있다. 19세기 후반에 세워진 이 교회는 카라바흐 지역에서는 중요한 교회 중의 하나이다. 복구한 흔적이 역력하다. 종탑 앞에서는 젊은이들의 모여 손을 잡거나 어깨를 잡고 군무를 추고 있다. 음악도 춤도 팔레스타인에서 보았던 답카(Dabka)와 어찌나 흡사한지 한동안 넋을 잃고 바라보았다. 이슬람 전통의 군무인 줄 알았던 답카와 같은 춤을 민족 분쟁과 종교 분쟁이 뒤엉켜 피를 흘렸던, 그리고 기독교 쪽이 승리했던 카라바흐에서 보게 될 줄은 정말이지 상상도 하지 못했다. 아마도 두 민족이, 두 종교가 어우러져 함께 평화롭게 살았던 때에는 이렇듯 함께 춤을 추었을 것이다. 눈여겨보았지만 전쟁의 흔적은 쉽게 찾아볼 수 없다. 마을을 빠져나오기 전 소련 시절 세워졌을 법한 기념비에 총탄 흔적이 남아 있던 것이 유일했다. 시의 북쪽의 길 한편에는 전쟁 기념비가 서 있다. 탱크 한 대가 을씨년스럽게 자리를 차지하고 있다.

마침내 도착한 스테파나케르트. 도시의 풍경은 건물도 거리도 꽤 소련풍이다. 도심 한복판의 은행 건물 외벽에는 전쟁 발발 20주년 기념 포스터가 붙어 있지만 그밖에 별다른 긴장은 느껴지지 않는다. 전쟁 중에 폭격이 심해 성한 건물이 하나도 없었다고 하지만 그런 흔적도 남아 있지 않다. 외교부를 찾아 비자 발급과 도착 신고

할배와 할매(Mamig yev Babig) ☞ 1967년에 조각가 가라예프(Safi Garayev)
와 바그다사르안(Sargis Baghdasaryan)이 만든 거대 조각으로 나고노르카라
바흐 공화국의 상징이 되었다. 원 제목은 〈우리는 우리의 산이다(We are Our
Mountains)〉.

를 동시에 받아야 한다. 신청서를 작성하고 순서를 기다린 후 들어가 의자에 앉아 멈칫하는 순간에 비자 스티커가 여권에 붙고 스탬프까지 찍힌다.

"이, 이러시면 안 되는데……."

곤혹스러운 표정으로 직원 얼굴을 바라보자 상대편도 그제야 눈치를 챘는지 미안한 표정을 짓는다. 때는 이미 늦었다. 나고르노카라바흐 공화국 비자가 붙은 여권으로는 아제르바이잔에 입국할 수 없다. 경우에 따라서는 구금될 수도 있다. 알아서 별지에 비자를 붙여 줄 것이라 생각했던 내 불찰이랄 밖에. 사무실 구석에서 여권에 붙은 비자의 모서리를 손톱으로 긁어 보니 잘하면 뜯어질 것 같기도 한데, 한 페이지를 가득 채우는 사이즈라는 게 부담스럽기는 하다.

산 마을의 수도원

카라바흐 사람들은 산사람들이다. 스테파나케르트의 북쪽 진입로 길가 언덕에는 나고르노카라바흐의 상징이기도 한 기묘한 석상이 방문객을 맞는다. 이스터 섬의 석상을 연상케하는 이 투박해 보이는 상은 붉은 화산암으로 만든 것이다. 고대 유물과는 거리가 멀다. 뒤 편에 적힌 대로 1967년에 만들어졌고 이름은 '우리는 우리의 산이다'로 붙여졌다. 스테파나케르트 사람들은 작가가 붙인 심각한 이 이름보다는 그저 생긴 대로 '할배와 할매'로 부른다. 삼각형의 할매가 왼쪽에 장승처럼 생긴 할배가 오른쪽에 서 있다. 긴 매부리코에 굵은 눈썹, 할배의 눈매는 웃는 듯하지만 매섭고 두건에 입

마르다케르트(Mardakert)의 간자사르 수도원(Gandzasar Monastery) ☞ 간
자사르는 아르메니아 어로 산꼭대기의 보물이라는 뜻이다. 내부에는 긴 촛대
가 놓여 있어 저마다의 기도를 올린다.

까지 가린 할매는 그저 사나운 표정인데 만화처럼 약화되어 조심스레 다가가면 경은 치르지 않겠다 싶은 친근함이 느껴진다. 더도 덜도 아닌 산사람으로 한평생을 보낸 할배와 할매이다. 지금은 나고르노카라바흐의 상징처럼 사용되어 공화국의 문장에도 새겨져 있다.

할배와 할매를 지나 한 시간 쯤 북상하면 나고르노카라바흐의 이름난 명소 한 곳을 방문할 수 있다. 산중심처(山中深處)의 산꼭대기에 자리 잡은 간자사르 수도원. 중세 건축의 백미 중 하나로 13세기 초에 지어졌다. 나고르노카라바흐의 대주교 성당에 해당한다. 수도원을 둘러싼 돌담 안으로는 넓은 마당이 있고 본당은 그 한켠에 서 있다. 내부는 어둠에 뒤덮여 있는데 제대 위에 직사각형의 홈처럼 뚫어 놓은 인색한 크기의 창으로 새어 들어온 빛만이 간신히 주변을 밝히고 있다. 제대 앞면에 새긴 문양을 제외한다면 딱히 장식이랄 것이 없다. 유럽의 가톨릭 성당들과 비교한다면 소박의 극치를 보여 주지만 공간을 인간의 것이 아닌 신의 것으로 위탁하는 종교적인 힘은 그 돌무더기만으로 이루어진 소박함에서 얻어진다. 제대가 있는 공간과 기둥으로 구획된 뒤편에는 긴 촛대들이 놓여 있고 한 움큼씩 가는 초를 든 사람들이 불을 붙여 세운다. 어둠 속에서 촛불에 의지해 모두들 무언가를 소망하고 있다. 하나 둘 초들이 늘어가면서 깊은 어둠은 조금씩 뒤로 물러선다.

아르메니아 문자와 소련의 문자 정책

나고르노카라바흐에서 예레반으로 돌아온 후 마침 휴관이어서 들르지 못했던 마테나다란을 찾았다. 도시 북쪽 언덕의 기슭

예레반 마테나다란(Matenadaran) 정면의 마슈토츠(Mesrop Mashtots, 362~440)와 제자 상 ☞ 정식 명칭은 예레반 문자인 아이브벤(aybuben)의 창제자의 이름을 따서 메스로프 마슈토츠 고문서관(Mesrop Mashtots Institute of Ancient Manuscripts)이다.

에 자리 잡고 있는 마테나다란은 박물관과 연구소를 겸하는 국립 서고(書庫)이다. 서고로서는 세계 최고 수준으로 1만 7천여 권의 중세시대의 책과 필사본, 3만여 건의 문건들을 소장하고 있다. 마테나다란은 또한 아르메니아 문자에 대한 자부심과 긍지를 나타내는 곳이기도 하다.

　　예레반에서는 낯설게 보이지 않는 신고전주의 풍의 건축물인 마테나다란은 타마니안과 함께 도시의 주요한 건축물들을 설계했던 마르크 그리고리안(Mark Grigorian, 1900~1977)의 작품이다. 건축물 하단의 전면에서 팔을 벌리고 방문객들을 맞고 있는 대리석 석상은 서기 406년 아르메니아 문자를 창제한 메스로프 마슈토츠이다. 4세기의 아르메니아는 비잔틴과 페르시아 두 제국의 의해 분할되어 지배를 받고 있었다. 독자적인 문자가 없어 그리스, 페르시아, 시리아 문자를 빌려 써야 했고 언어의 표현과 뜻의 전달에 어려움을 겪어야 했다. 이를 여엿비 여겨 만들어진 36자의 문자가 아이브벤이라 불리는 지금의 아르메니아 문자이다. 메스로프가 문자를 창안한 후 처음으로 적었다고 알려진 솔로몬의 잠언이 석상 왼편에 새겨져 있다. "지혜와 훈계를 알게 하며, 명철의 말을 깨닫게 하라"는 글이다. 물론 성경 구약의 잠언이다. 신학자이기도 했던 메스로프는 교회의 필요를 위해 문자를 만들었고 또 그 과정에서 교회의 지원을 받았다. 그렇긴 해도 문자의 창안이 종교뿐만 아니라 학문과 예술 등의 발전에도 크게 기여했음은 두말할 나위가 없다. 아이브벤은 창제된 이후 모음 두 자가 첨가되었고 소련 시대가 개막한 1920년대에는 문자 개혁으로 철자법의 변화를 겪었다. 문자 개혁의 목적은 문자 해독률의 제고였다. 기본 원칙을 '발음하는 대로 적는다'에 두었

고 발음 일부와 문법에도 변화가 있었다. 결과는 성공적이어서 1950
년대 아르메니아의 문자 해독률은 90퍼센트에 이르렀다.

　　소련의 언어정책은 '각 민족의 언어는 모두 평등한 권리를
가진'다로 요약된다. 때문에 소련은 공식적으로 '공용어'를 가지지
않은 나라였다.(시간이 지나면서 비공식적으로는 러시아어가 공용
어를 대신했지만) 소련이 탄생한 후 총력을 기울인 분야 중의 하나
가 교육이었으며 문맹율의 해소였다. '문맹 사회에서는 공산주의가
불가능하다'는 말을 남긴 인물이 레닌이었다. 소련의 탄생 직후부터
시작된 문자 개혁은 이런 원칙에서 추진되었다. 자기네 문자를 갖
고 있던 아르메니아어의 경우는 별 문제가 없었지만 중앙아시아는
그렇지 않았다. 1926년 기준으로 중앙아시아 5개 소비에트 공화국
의 문자 해독률은 평균 14.1퍼센트였다. 가장 높은 곳인 카자흐스탄
이 25.2퍼센트인 반면, 가장 낮은 곳은 타지키스탄으로 3.8퍼센트에
불과했다. 터키어 계통인 언어를 표기하는 문자로는 아랍어가 쓰였
으며 그나마 상류층과 지식인의 전유물이었다. 1930년에 라틴 문자
가 도입되었다. 공교롭게도 1928년 터키에서도 아타튀르크(Mustafa
Kemal Atatürk, 1881~1938)에 의해 아랍어가 폐지되고 라틴 문자
를 도입한 직후였다. 아랍어가 문자로 유지되지 못한 이유 또한 동
일했다. 모음이 절대적으로 부족한 아랍어는 터키어 계통의 언어를
표현하기에 몹시 부적절했다. 아랍어가 이슬람이라는 종교와 밀접하
게 관련된 문자라는 점도 고려되었을 것이다. 중앙아시아에 도입되
었던 라틴 문자는 1940년에 다시 키릴 문자로 대치되었다. 언어의
표기라는 관점에서는 별 차이가 없었지만 그저 밀어붙인 결과로, 민
족문제에 대한 볼셰비키의 원칙을 훼손한 측면이 없지 않았다. 특히

같은 원칙을 적용한 몰도바의 경우는 언어가 루마니아어이고 이전에 라틴 문자를 쓰고 있었기 때문에, 키릴 문자로 바꾼 일은 폭력적이라고 할 수밖에 없었다. 여하튼 1950년대에 이르러 중앙아시아 소비에트 공화국들의 문자 해독률은 급격하게 높아졌고, 1959년이면 5개 공화국 모두 100퍼센트에 가까운 96.92퍼센트의 수치를 보였다. 물론 근대적 일반교육을 실시하는 등 교육 체계를 혁명적으로 개혁한 결과이기도 했다.

소련의 해체와 독립 후 아르메니아에서는 문자 개혁 이전의 문자로 돌아가자는 주장이 나오기도 했지만 퇴보하는 경우라 일부의 주장에 그쳤다. 중앙아시아는 사정이 다르다. 가장 큰 나라인 카자흐스탄은 여전히 키릴 문자를 쓰고 있지만 독립 이후 표기 문자를 키릴 문자에서 라틴 문자로 바꾼 나라들이 많다. 여기에는 사정이 비슷했던 아제르바이잔도 포함된다. 아제르바이잔의 경우는 키릴 문자가 깨끗하게 청소되었다. 중앙아시아는 국가 차원에서 정자법을 라틴 문자로 바꾸었다고 해도 실제로는 키릴 문자를 여전히 지배적으로 쓰거나 혼용하는 경우가 대부분이다. 라틴 문자를 키릴 문자로 바꿀 때처럼 키릴 문자를 라틴 문자로 바꿀 언어학적 이유는 딱히 없기 때문에 정치적인 문제라고 할 수 있다.

마테나다란, 문서의 보고

마테나다란의 건축물 전면 좌우에는 아르메니아 역사에서 존경받는 6명의 학자와 예술가들의 석상이 좌우로 늘어서 있다. 화가, 신학자이자 철학가, 수학자가 왼쪽에 역사가와 법학자, 시인이

＼ 마테나다란은 세계에서 중세 필사본을 가장 많이 소장한 곳 가운데 하나로 이름 높다.

／ 마테나다란 외벽의 프리크(Frik) 석상 ☞ 몽골 침략 시기에 살았던 시인으로 50편 이상의 시가 전해져 내려오다 1930년대에 시집으로 묶여 간행되었다.

오른쪽에 서 있다. 소련 시대에 만들어진 것이라 모두 그 영향이 배어 있음을 느낄 수 있다. 하지만 조금씩 다르다. 석상마다 조각가가 서로 다르기 때문이다. 아마도 우연이겠지만 왼편과 오른편이 제법 스타일이 달라 왼편이 부드럽다면 오른쪽은 선이 굵고 강하다. 오른편 끝의 시인인 프리크는 특히 강건하고 다부진 인상으로 표현되어 있다. 몽골 점령 시기에 살아야 했던 프리크의 가장 유명한 시는 「예수에 대한 불만」, 「운명과의 대적」이다. 외세의 침략 아래 지배계층인 성직자들의 무능을 성토했던 그는 기독교도이면서도 종교에 대한 강한 회의를 가졌던 인물로 알려져 있다.

건물의 2층에 자리 잡고 있는 박물관의 전시실은 기대에는 못 미친다. 수를 따질 것은 아니겠지만 전시관이 고작 둘에 전시물의 수가 적다. 눈길을 사로잡는 전시물은 화려하기 짝이 없는 채식(彩飾)필사본이다. 5세기부터 등장하기 시작했으니 문자의 창안에 직접 영향을 받았음직한 채식필사본은 마테나다란이 2천 5백여 점을 소장하고 있지만 전세계적으로는 3만여 점 이상이 보존되고 있다고 한다. 천연색 그림과 일러스트에 금박이거나 은박을 입히기도 한 채식필사본은 어떤 것은 마치 그림책과 다를 바가 없다. 한 페이지가 그림이 전부이거나 2/3를 차지하기도 한다. 결국은 책의 크기를 넘지 못하는 이런 그림들을 '미니어처'라고도 부르는데 작은 만큼 정교하다. 하지만 어느 정도 약화(略畵)될 수밖에 없는데 그 때문에 단순화된 선이 색과 어우러져 그림을 담백하면서도 화려하게 만들어 낸다. 여하튼 이쯤이면 하나하나가 세상에서 유일한 예술품일 수밖에 없다. 내용은 대개 종교적이고 좀 오래된 것들은 양피지에, 나중 것들은 종이에 필사되어 있다. 뒤적여보고 싶은 마음이 절

＼ 코타이크(Kotayk)의 게가르드 수도원(Geghardavank) 입구와 ／ 라바슈 (Lavash) 노점 ☞ 험준한 아자트(Azat) 계곡 상류에 자리잡은 수도원 건물군 은 유네스코 세계문화유산으로 지정되어 있다.

로 들지만 박물관의 전시물이라 도리가 없는 것이 아쉽다. 박물관을 나와 마테나다란을 떠나기 전에 전면의 석상 중 첫 번째인 토로스 로슬린(Toros Roslin, 1210~1270?)을 다시 한번 보았다. 13세기 인물로 채식필사본 분야에서 가장 널리 알려진 화가이다. 옆의 석상 둘이 모두 대머리이고 턱수염을 붙인 데다 근엄한 표정을 짓고 있는 데 반해 화가는 짧은 머리에 밋밋한 턱을 한 젊은 모습이다. 눈은 내리깔았지만 슬쩍 장난스러운 표정을 짓고 있는 것이 재미있다.

화려하고 조촐한 게가르드 수도원

밀린 숙제처럼 찾은 게가르드 수도원. 도착하기 전부터 주변의 산세가 제법 험준해지기 시작하더니 길은 계곡을 향해내리달린다. 깎아지를 듯한 암벽 아래 자리 잡은 게가르드 수도원이 멀리 보인다. 수도원 앞은 물이 흐르는 계곡이다. 슬쩍 훔쳐본 계곡의 풍경은 북한산의 우이계곡이거나 송추계곡이다. 바위에 앉아 발을 담그거나 더위를 피해 소풍 나온 가족들이 자리를 펴고 먹고 마시는가 하면 후미진 나무 밑에서는 연인들이 데이트를 즐기고 있다. 기웃거리던 중 근처에 있던 사내들의 눈에 띄었다. 그중 하나가 손짓을 한다. CIS 국가에서는 이런 장소에서 이런 사내들에게 걸리면 보드카 종류의 독주에 떡이 되어 실신할 수도 있으므로 공손하게 고개를 저은 후에 재빨리 자리를 떠나는 것이 좋다. 물론 애주가이거나 호주가일 경우는 다르다.

수도원 입구의 담벼락 아래에서는 후덕한 몸집의 아낙네들이 파라솔 아래에서 좌판을 벌리고 있다. 아르메니아 전통 빵인 라

코타이크의 게가르드 수도원 본당의 제단 ☞ 아르메니아 교회들 가운데에서는
화려한 편이라고 하지만 지극히 소박하다.

바슈를 팔고 있는데 크기가 비상하게 크다. 조지아의 푸리처럼 라바슈도 화덕에서 굽는다. 갓 구워 낸 라바슈는 부드럽지만 오래지 않아 굳어 버린다. 그러니까 빨리 먹어야한다고 생각하면 착각이다. 라바슈는 그렇게 딱딱하게 굳는 빵이고 굳은 라바슈는 길게는 1년 넘게 보관할 수 있다. 돌처럼 굳은 라바슈를 부순 빵조각을 하슈(Khash)라고 부르는데 '끓인다'라는 뜻을 갖고 있고 전통 스프의 이름이기도 하다. 말하자면 장시간 보관하기 위해 빵을 굳히는 것이고 다시 먹을 때에는 스프로 끓여 먹는 것이다. 아낙네들 중의 하나에게서 큼직한 라바슈 하나를 사들었더니 묵직하다. 확실히 이동성에서는 밥보다는 빵이 유리하다. 게다가 밥은 장기간 보관할 방법이 좀처럼 없다. 누룽지를 만들어도 생각처럼 오래가지 않는다. 한데 그러거나 말거나 나는 또는 우리는 밥을 먹어야지, 빵을 먹고는 도저히 살 수가 없다. 러시아에도 비슷한 속담이 있다. '빵이 없으면 끼니를 때운 것이 아니다.'

게가르드 수도원의 시작은 동굴 수도원이다. 호르비랍의 바로 그 주인공인 그리고르가 이곳의 동굴에서 성스러운 연못을 발견하고 수도원을 세운 것이 시초였다고 한다. 세계문화유산으로 지정받았고 아르메니아를 대표하는 수도원이긴 하지만 예배당은 유럽의 가톨릭 성당이나 정교회 성당과 비교하면 소박의 극치를 달린다. 그렇긴 해도 왕족의 지원을 배불리(?) 받았던 까닭에 예배당 내부의 아치 기둥 위에 왕가의 문장을 새겨 두기도 한 수도원은 다른 교회들에 비하면 매우 화려하다는 평가를 얻는다. 그건 사실이다. 몇몇 아르메니아 교회들을 돌아보았지만, 규모나 치장에 있어서 게가르드 수도원의 예배당은 그중 으뜸이라 할만하다. 그런데 그게 대단하

가르니 사원(Garni Temple, Gařnii het'anosakan tačar) ☞ 아르메니아에 기독교가 전래된 후 파괴되지 않은 유일한 고대 사원이자 전 소비에트 전체에서 유일한 그리스 로마식 열주 건물이다.

지 않다. 예배당과 종탑 건물들이 비교적 규모가 크고 반듯하게 축
조되어 있다는 정도이다. 중심 건축물인 예배당은 석조 건축물인 듯
보이지만 1/3쯤만 그렇다. 바위산에 기댄 예배당의 안쪽은 바위산
을 파 들어가 기둥은 물론 제단과 돔까지 만들었다. 때문에 실내는
빛보다는 어둠에 잠겨 있고 사람들은 촛불을 밝히고 그 빛에 의지해
기도한다.

가르니 사원의 이천년 묵은 고발

가르니 사원은 게가르드 수도원의 서쪽으로 멀지 않다. 사
실은 가르니 사원이 예레반에서는 더욱 가깝지만 돌아오는 길에 들
렀다. 꽤 유명한 관광지인지라 관광객들로 제법 붐빈다. 그중에 이
란에서 온 가족은 휴가철을 맞아 조국을 방문한 아르메니아 디아스
포라이다. 이란과 국경을 맞대고 있는 만큼 아르메니아의 관광객들
중에는 이란인들도 제법 많다고 한다. 하긴 예레반의 공화국 광장에
서는 차창이 시커먼 리무진이 아랍 문자로 적힌 안내문을 붙이고 있
는 것을 보기도 했다. 페르시아어였을 것이다. 이야기 중에 농담처
럼 건네는 말은 이란 여자 관광객들에 대해서이다.

"국경을 넘는 순간 히잡을 벗고 호텔에 도착한 후에는 옷을
몽땅 갈아입고 나이트클럽 행이지요."

신정국가 이란의 상류층이 아르메니아에서 보이는 행태가
그렇다는 말이다. 하긴 국경을 맞댄 나라 중에서 흥청망청하기에는
아르메니아가 가장 적격일 것이다. 팔레비 왕정을 타도한 후 이슬람
신정국가를 탄생시키면서 다시 후퇴한 것이 이란인데, 그게 반걸음

가르니 협곡(Garni Gorge)의 주상절리 ☞ 가르니 계곡이 고그트 강(Goght River)과 만나는 곳은 침식 작용에 깎인 돌기둥들이 장관을 빚어 '돌들의 교향곡(Symphony of the Stones)'이라고도 불린다.

인지 한걸음인지 모를 일이다.

　　가르니 사원은 아자트 강이 굽이치며 흐르는 계곡을 내려다보는 절벽 바로 앞에 세워져 있는데 그리스 신전과 흡사한 모습을 띠고 있다. 서기 1세기이나 2세기경에 지어졌으니 헬레니즘의 영향을 받은 것이다. 몽골이 침입했을 때 허물어진 것을 소련 시대에 고고학자들이 연구하여 1969년에 복원 공사를 시작했고 1975년에 지금의 모습을 갖추었다. 가르니 사원 이전의 유적도 있다. 기원전 8세기부터 요새가 있었다고 하고 기원전 1세기에는 왕의 별장과 목욕탕 등이 지어졌다고 한다. 사원 주변에 유적들이 부분적으로 발굴되어 둘러볼 수 있다. 한데 목욕탕 유적지에서는 '우린 아무 대가없이 일했다'라는 글이 적힌 바닥용 모자이크 그림 타일이 발견되었다고 한다. 무보수 노동에 마음이 상한 작가가 작품 한편에 왕을 고발하는 기록을 남긴 셈인데 왕의 쩨쩨함도 쩨쩨함이지만 천년이 지난 후에도 그 치사한 행각을 고발하고 있는 예술의 위대함도 돋보인다. 천년 뒤에 자신의 쩨쩨함이 이렇게 드러나리라고는 왕은 상상조차 못했을 것이다.

　　가르니 사원의 백미는 절벽 위에서 내려다보는 가르니 협곡의 풍광이다. 사원이 처음 세워진 천 년 전에도 지금과 다르지 않았을 장대한 협곡은 '돌들의 교향곡'이라는 별명을 얻은 주상절리(柱狀節理) 계곡이다. 용암이 물과 만나 급격하게 식으면서 다각형, 주로 육각형의 기둥을 생성하면서 만들어지는 주상절리는 인공인 듯한 자연의 신비 중 하나로 불린다. 가르니 계곡의 주상절리를 제대로 보려면 계곡으로 내려가야 하지만 이미 늦은 오후라 내려다보는 것으로 만족해야 하는 것이 아쉽다.

검은 빛 세반 호수의 사원

아르메니아의 세반 호수는 표면적이 940평방킬로미터에 달하는, 코카서스에서 가장 큰 담수호이다. 수면은 해발 1,900미터로 가장 높은 호수 중의 하나이기도 하다. 염호(鹽湖)인 터키의 반 호수, 이란의 우르미아 호수와 함께 이 지역의 3대 대호이다. 기원전에 존재했던 대아르메니아 왕국은 반과 우르미아, 세반 호수를 모두 자신의 영토 안에 두었다고 한다. 예레반에서 북동쪽으로 70킬로미터쯤 떨어져 있고 딱히 오른다는 느낌을 주지 않는 평탄한 길을 따라 호수의 서쪽 끝에 다다른다. 호수의 북쪽은 병풍처럼 산이 가로막고 있다. 하늘은 푸르고 공기는 더없이 신선하다. 해발 1,900미터의 호수인 것이다. 물은 이름처럼 검은 편이다. 세반이란 '검은 반'이란 뜻이다. 오래전 반 호수 근처에서 살던 사람들이 이곳에 이르러 호수를 보고 물빛이 검다고 해서 그런 이름을 붙였다고 한다.

세반 호수의 대표적 방문지인 세바나반크는 호수에서 길쭉하게 튀어나온 작은 반도의 끝에 솟은 언덕 위에 있는 수도원이다. 마치 섬처럼 보인다면 제대로 본 것이다. 수위가 지금보다 16미터 높았던 1933년 무렵에는 섬이어서 배를 타고 오가야 했다. 반도를 낀 남쪽으로 호수를 향한 길이 열려 있다. 한때는 호수의 바닥이었던 곳이다. 그 길의 끝에 이르기 전에 왼쪽으로 제법 가파른 언덕을 올라야 수도원에 도착할 수 있다. 언덕에 오르면 전망대에서 호수를 조망할 수 있지만 전부를 볼 수는 없다. 수위가 높았을 때의 호수를 짐작하기가 쉽지 않다. 언덕의 남쪽에 호수를 향해 길게 뻗은 반도는 존재하지 않았을 것이다. 아마도 전망대의 바로 아래가 원래의 수면일 듯한데 그 선을 이어 보면 주변의 지형이 송두리째 바뀔 듯하다.

소련 시대에 벌어진 대재앙으로는 흔히 둘을 든다. 하나는 체르노빌 핵재앙이고, 다른 하나가 중앙아시아 아랄 해의 소멸이다. 카자흐스탄과 우즈베키스탄에 걸쳐 존재했던 아랄 해는 아무다리야 강과 시르다리야 강에 댐을 쌓고 아랄 해로 흘러들어야 할 물을 사막지대의 농업 개발에 필요한 관개시설로 빼돌린 까닭에 마르기 시작해, 지금은 90퍼센트 이상의 면적이 사라졌다. 그 결과 한때 소련이 소비하던 어류의 1/6을 공급하던 아랄 해의 어업은 파탄지경에 이르렀고 지역의 기후까지 변해 아랄 사막이 생겨났다. 물이 없어지면서 말라 버린 바닥에서는 소금뿐 아니라 물이 그나마 붙들어 두고 있었던 농약과 비료 등의 화학물질과 중금속이 드러났고, 모래바람이 그것들을 고스란히 주변으로 옮기면서 인체에 치명적인 영향을 주고 있다.

하마터면 세반 호수도 그런 아랄 해 꼴이 날 뻔했다. 관개용수 공급과 수력발전을 목적으로 터널을 뚫고 라츤 강을 준설해 하상을 낮추고 물을 빼기 시작했다. 1950년대 중반이 되었을 때 수위는 19미터나 낮아졌고 호수의 수량은 무려 15퍼센트나 줄어들었다. 스탈린 사후 공사는 일단 중단되었지만 여러 가지 문제가 나오기 시작했다. 수위가 낮아지면서 드러난 어마어마한 면적의 땅에는 견과류와 떡갈나무를 심기로 계획했지만 여의치 않았다. 호수의 수온과 용존산소량, 심수층이 변화하면서 수질과 어업에도 부정적인 영향을 미쳤다. 결국 1962년에는 수력발전소를 화력발전소로 바꾸면서 수

세반 호수(Lake Sevan) ☞ 예로부터 세반 호수는 터키의 반 호(Lake Van),
이란의 우르미아 호(Lake Urmia)와 함께 내륙국인 아르메니아의 바다들로 일
컬어져 왔다. / 호수 북서쪽에 수도원 세바나반크(Sevanavank)가 있다.

위를 1미터 상승시켰지만 2년 뒤 부영양화가 심해지면서 녹조가 발생하기 시작했다. 1981년에는 아르파 강의 물을 끌어오기 위한 49.3킬로미터의 터널 공사를 시작했지만 완공하고 나서도 수위를 고작 1.5미터 상승시킬 수 있었을 뿐이다. 다시 또 보로탄 강의 물을 공급하고자 21.7킬로미터의 터널을 뚫기로 하고 공사를 착수했는데, 소련의 해체로 중단되었다가 2004년이 되어서야 겨우 완공되었다. 현재 수위는 해발 1,900미터를 유지하고 있으며 원래의 수위에서 여전히 16미터가 낮다.

계획경제 아래에서 환경이라는 문제

소련의 환경 파괴가 미국을 비롯한 어떤 자본주의 국가에도 뒤지지 않았다는 것은 이미 잘 알려진 사실이다. 환경문제가 심각하게 대두되던 1980년대에 소련은, 그런 문제는 자본주의 사회의 문제이며 사회주의 체제에서는 일어날 수 없다는 입장을 견지했지만 현실은 전혀 달랐다. 해양과 하천의 수질오염에서부터 대기오염, 핵폐기물에 이르기까지 소련 전역이 몸살이 아니라 중병을 앓았다. 일례로 러시아 첼랴빈스크(Chelyabinsk)의 마야크(Mayak) 핵재처리 공장은 인근의 데차 강과 카라차이 호수에 핵폐기물을 대책 없이 내다버려 지옥을 만들었으며 1967년에는 가뭄으로 호수 바닥이 마르자 핵폐기물이 주변을 덮쳐 50만 명이 피폭되는 사건이 벌어지기도 했다. 소련 전역의 산업 단지는 심각한 대기와 수질오염의 원천이었고 농업 분야에서는 무분별한 관개용 운하 건설과 하천 및 호수 관리로 생태계를 뒤흔들어 아랄 해와 같은 생태적 참극을 야기했다.

세바나반크 사도 교회의 예배 ☞ 과거에는 호수 가운데의 섬에 고립되어 있어
외부와 접촉이 엄격히 금지된 수도원이었으나 스탈린 시대에 호수 수위를 낮
추면서 지금은 육지에서 이어지게 되었다.

도대체 자신들의 주장에 따르면 이윤 추구의 동기가 없던 사회주의 체제에서 환경 파괴가 만연한 원인은 무엇이었을까. 중화학공업 위주의 경제개발 정책의 급속한 추진, 중앙집중적 계획경제에 따른 외형적 성과 위주의 산업 정책과 비효율적 운영, 산업 설비의 노후화, 환경오염에 대한 인식의 결여와 관리체계의 부재, 냉전 체제에서의 과도한 군사화 등 여러 가지 이유를 들 수 있지만, 그중의 으뜸으로는 소련이 스스로 표방했던 이념과는 달리 전혀 민주주의적이지 않은 체제였음을 들 수 있다. 말하자면 다중이 민주적으로 참여하고, 결정하고 실현하는 대신 프롤레타리아 독재라는 명분 아래 공산당이 중앙집권화하고 관료화되어 버린 것이다. 그런 공산당이 모든 것을 독단으로 결정하고 실행하는 체제에서 계획경제는 자원을 합리적으로 분배하고 합리적 생산을 계획하는 수단이 되는 대신 일방적인 목표를 무조건 달성해야 하는 경제로 변질되고 다른 모든 것을 억누르는 수단으로 전락해 버렸다. 이런 체제에서 환경은 고려해야 할 가장 마지막 대상으로 버려졌다. 환경의 파괴에 따른 가장 큰 피해자인 지역 주민들은 도대체가 자신들의 뜻을 상부로 적절하게 올려 보낼 방법을 찾지 못했다. 한편으로는 정보가 통제되어 자신들이 처한 위험을 전혀 알지 못했던 경우도 많았다.

9세기에 처음 세워진 세바나반크에는 두 개의 교회가 서 있다. 아르메니아를 떠나기 전 날이니, 아마도 마지막으로 보는 아르메니아 사도 교회인 셈이다. 검은 호수의 수도원답게 교회의 벽은 검은 현무암으로 쌓았다. 호수에 가까운 성모 교회는 문이 열려 있고, 안에서는 예배를 보고 있다. 마당의 아르메니아 십자가 석판과 좁고 어두운 입구는 지금까지 본 아르메니아의 교회들과 다르지 않다. 제단 위의 사제들은 가톨릭 사제만큼 화려한 제복을 입었지만 분위기는 소박하다. 교회를 나와 뒤편으로 오르니 한때 수도원의 입구였던 자리가 마치 유적지처럼 보존되어 있다. 그 한켠에 솟은 바위에 걸터앉아 흰 구름이 흘러가는 하늘과 검은 호수, 그 사이의 산들, 호수에서 불어오는 바람에 이리저리 흔들리는 잡초와 들꽃들을 보고 있다 보니, 그만 여행의 고단함은 사라지고 마음과 몸이 편안하다.

조지아
Georgia

아르메니아
Armenia

아제르바이잔
Azerbaijan

몰도바
Moldova

우크라이나
Ukraine

폴란드
Poland

벨라루스
Belarus

루마니아
Romania

헝가리
Hungary

독일
Germany

체코
Czech

아제르바이잔
Azerbaijan

🌏 면적 86,600km², 인구 950만 명(2014년 추계), 공용어 아제르바이잔 어, 화폐 단위 마나트(AZN). 캅카스 서쪽의 공화국이다. 1991년에 소비에트 연방에서 독립하고 1993년에 독립 국가 연합에 가입했다. 동쪽은 카스피해와 접하고 북쪽은 러시아의 다게스탄 공화국, 서쪽으로 조지아와 아르메니아, 남쪽으로는 이란과 접경한다. 중부의 평야는 건조한 온대 기후, 남동부의 저지는 습윤한 아열대, 산지는 한랭한 산지 툰드라 기후를 보인다. 질 좋은 석유가 풍부하고 기계 제조, 관개 수로를 이용한 면화·포도 재배, 포도주 양조, 양잠이 발달했다.

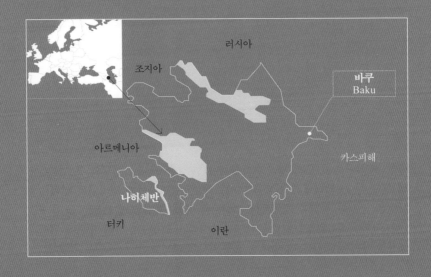

바쿠 케실라(Keshla)의 빌라 페트롤레아(Villa Petrolea) 입구의 루드비그 노벨 동판 ☞ 스웨덴에서 러시아로 이주해 온 발명가이자 엔지니어 임마누엘 노벨은 군수품 공장을 경영했다. 그의 세 아들 중 루드비그(Ludvig Nobel, 1831~1888)와 로베르트(Robert Nobel, 1829~1896)는 사업 수완이 뛰어나 공장을 이어 받고 1876년 바쿠에 정유 회사 브라노벨(Branobel)을 차렸다.

다이너마이트의 발명자인 알프레드 노벨(Alfred Nobel, 1833~1896)에게는 두 명의 형이 있었다. 그중 작은 형인 루드비그가 여행 중에 칸에서 사망했을 때 프랑스 신문 하나에 실린 부고 기사는 엉뚱하게도 루드비그가 아닌 알프레드의 것이었다. 멀쩡히 살아 있던 알프레드 노벨은 부고 기사에서 자신을 '죽음의 상인'으로 지칭한 것에 크게 상심하여 사후를 걱정한 끝에 유언으로 대부분의 재산을 스웨덴 한림원에 넘겨 노벨상을 제정하도록 했다. 결과는 우리가 알다시피 퍽 성공적이다. 알프레드 노벨은 '죽음의 상인'이 아닌 노벨상의 아버지로 남았다. 다이너마이트 제조법을 비롯해 주로 무기 제조 관련한 350여 가지의 특허를 보유했고 사망할 즈음에는 90여 개에 달하는 무기 공장을 소유했던 알프레드 노벨은 물론 부유한 인물이었다. 그러나 그의 부가 특허와 무기 공장으로만 일구어진 것은 아니었다. 부를 일구는 방면으로는 그의 형들인 루드비그와 로베르트가 한 수 위였다. 알프레드 노벨이 남긴 재산 중 상당 부분은 그가 형들의 사업에 투자했던 대가로 얻어졌다. 말하자면 노벨상의 원천은 다이너마이트만이 아니었는데 그게 바쿠의 석유였다.

바쿠 석유와 자본가들

아제르바이잔의 바쿠. 도시 한구석인 케실라에는 노벨 형제 박물관인 '빌라 페트롤레아'가 남아 있다. 비잔틴 양식으로 지어진 저택은 노벨 형제가 거주했던 곳이 아니라 그들의 기업인 '노벨 형제 석유사(브라노벨)'의 노동자들을 위한 후생 복지시설이었다. 입구 오른쪽에는 바쿠의 유전 사업에 뛰어들어 19세기 후반 세계에서 가장 부유한 인물 중 둘이 되었던 루드비그와 로베르트 형제의 얼굴을 새긴 동판이 걸려 있다.(투자자였을 뿐인 알프레드의 얼굴을 찾으려면 노벨상 메달을 봐야 한다. 바쿠의 노벨 형제에는 알프레드가 끼지 않는다.) 한때 위락 시설이나 도서관, 회합실 등으로 꾸며졌던 건물은 지금은 1층은 주로 사진 자료와 집기 위주의 박물관으로, 2층은 클럽으로 운영되고 있다. 건물이 들어선 대지에는 테니스 코트라든가 하는 시설들도 있었다고 한다. 날것으로의 자본주의가 횡행하던 19세기 말에 이만큼 노동자들의 후생 복지에 관심을 가지고 있었다면 악덕 자본가 축에 끼지는 않았겠단 생각이 들기도 한다. 군수산업과 석유산업의 자본가로서 노벨 집안의 역사가 대를 잇지는 못했다. 알프레드 노벨은 알려진 것처럼 대부분의 재산을 스웨덴 한림원에 남겼고, 바쿠의 브라노벨은 루드비그의 아들에게 경영권이 넘어갔지만 러시아 혁명 후인 1920년 4월 바쿠가 적군의 수중에 넘어가고서 곧바로 국유화되었다. 하루아침에 거대한 재산을 잃게 되었지만 노벨 집안은 역시 만만치 않은 집안이었다. 적백내전이 계속되고 볼셰비키가 과연 승리할 수 있을 것인지 반신반의하던 시기에 브라노벨은 지분의 절반을 미국 석유왕 록펠러(John Rockefeller, 1839~1937)의 스탠더드 오일에 파는 데 성공했다. 물론 제값을 받지는 못했겠지만 적백내전이 적군의 승리로 끝나고 소련이 등장하면서 당대의 석유 메이저 중 하나였던 스탠더드 오일은 종국엔 엿을 먹었고, 노벨 집안은 피해를 입었을지언정 극악한 지경은 면할 수 있었다.

　　록펠러의 스탠더드 오일이 자못 심대한 리스크를 감수하면서 브라노벨의 지분을 인수한 데에는 이유가 없지 않았다. 19세기

╲ 유조선 조로아스터(Zoroaster), 1878년 ☞ 브라노벨이 발명한 세계 최초의
유조선. 루드비그 노벨이 설계했으며 2,000톤을 저유하고 카스피 해를 오갔다.
╱ 바쿠의 빌라 페트롤레아, 20세기 초 ☞ 스웨덴에서 온 관리인이 거주하던
관사 부분으로, 기술자로 입사해 경영까지 참여했던 카를 빌헬름 하겔린(Karl
Wilhelm Hagelin)이 거주할 때의 모습이다.

바쿠 오일록스(Oil rocks) ☞ 아제르바이잔어로는 네프트 다슐라르(Neft Daşları)라고 불리는 이곳은 상주 인구가 5천 명에 이르는 바다 위의 오일 시티이다.

말 석유산업의 기술은 압도적으로 미국이 우위였다. 이 기술적 우위를 러시아로 역전시킨 주인공이 바쿠의 노벨 형제였다. 러시아의 상트페테르부르크가 사업의 터전이었던 노벨 형제가 제정 러시아의 손아귀에 있던 자캅카스(남코카서스)의 바쿠에 발을 딛은 것은 우연이었지만, 1879년 증유소를 세운 이후 그 성장은 눈부실 지경이었다. 특히 정유와 송유 분야의 기술개발이 남달랐다. R&D에 남다른 태도를 보였던 노벨 3형제 모두는 태생적으로 엔지니어들이었다. 바쿠의 브라노벨은 세계 최초로 유조선을 발명해 바지선에 의존하던 석유 운송을 혁신했다. 알프레드와 달리 루드비그는 특허에 그다지 연연하지 않았다. 브라노벨의 신기술은 바쿠의 관련 기업들에 쉽게 전수되었고 바쿠가 석유산업의 중심지로 성장하는 데 크게 기여했다. 바쿠가 전세계 석유 소비량의 절반 가까이를 공급하는 수준으로 발전하게 된 것을 배경으로 (제정) 러시아는 마침내 미국과 영국을 젖히고 석유대국으로 발돋움할 수 있었다. 자존심과 야망에 심대한 타격을 입은 것은 스탠더드 오일과 같은 당대의 석유 메이저였다. 혁명의 와중임에도 불구하고 "하이 리스크, 하이 리턴"을 읊조리며 감행했을 스탠더드 오일의 도박에는, 바쿠의 브라노벨을 손에 넣으면 세계 석유산업의 패권을 장악하게 된다는 현실적 판단이 깔려 있었다. 도박은 성공하지 못했지만 의외의 대가가 기다리고 있었다. 소련은 탄생 직후부터 서방에 의해 고립되기 시작했으며 바쿠의 석유산업은 전처럼 세계시장을 무대로 하지 못했다. 덕분에 록펠러와 로스차일드(Rothschild) 등의 석유 자본가들은 강력한 경쟁자가 사라진 특단의 기쁨을 누릴 수 있었다. 인류 역사상 최초의 프롤레타리아 혁명의 수혜를 초특급 자본가들이 입은 셈이었다.

바다 위에 떠 있는 오일시티

마르코 폴로(Marco Polo, 1254~1324)가 '이곳에는 먹을 물이 없고 사람들은 연못에서 불을 긷는다'고 적었던 바쿠. 도시를 성벽처럼 둘러싼 시추탑들은 오래전에 사라졌다. 바쿠 북쪽의 야나르다그(Yanar Dag, 불의 산)에서는 석회암 사이로 새어나온 천연가스가 불이 되어 땅을 태우고 매캐한 연기를 뿜고 있지만, 이제 바쿠 유전의 중심은 한때의 불의 땅이 아닌 카스피 해 연안으로 옮겨졌다. 바쿠에서 동쪽으로 100킬로미터 떨어져 있는 카스피 해 해상의 '오일록스(네프트 다슐라르)'. 바쿠가 보유한 세계 최초의 심해 유전 현장이다. 일찍이 '바쿠의 석유가 없다면 소비에트는 유지될 수 없다'는 말을 남긴 이는 레닌이었다. 그도 그럴 수밖에 없었다. 적백 내전의 시기에도 마찬가지였겠지만 소련의 탄생 후에도 당분간, 그러니까 볼가-우랄 유전이 개발되기 전까지 사정은 달라지지 않았다. 혁명 후 캅카스의 유전 지대는 소련의 독보적인 기름줄이었다. 땅의 유전이 말라가자 제2차 세계대전 종전 직후부터 소련은 카스피 해의 유전탐사로 눈을 돌렸고 1949년에 바다 밑 1,100미터의 해저유전을 채굴하기에 이르렀다. 세계 최초의 해저 오일 플랫폼이 세워졌고 저장 탱크, 유조선 접안 시설 등이 만들어졌다. 확장에 확장을 거듭한 끝에 지금은 마치 미야자키 하야오(宮崎駿, 1941~)의 애니메이션에서나 나옴직한 오일시티가 완성되어 있다. 오일록스의 상주인구는 5천여 명에 달하고 주거 시설은 물론 호텔에서부터 위락 시설에 이르기까지 모든 것이 마련되어 있다. 첫 이름은 블랙록스였다. 심해 유전에서 발견되는, 검은 원유 피막에 뒤덮인 돌에서 유래한 이름이다.

바쿠에 도착한 직후부터 오일록스에 갈 수 있는 방법을 찾았지만 정부 허가를 받아야 출입할 수 있는 이 특별한 곳을 넘보기에는 힘이 턱없이 부족하고, 뭔가 특별한 방법을 모색하기에는 시간이 부족했다. 바쿠의 해변에서 오일록스 쪽의 수평선을 눈에 담는 것이 고작이다. 사막의 오아시스처럼 수평선 너머 오일록스가 아지랑이처럼 일렁이는 모습으로 보인 것은 확실히 착시였을 것이다. 카스피 해에서 불어오는 바람에 기름 냄새가 섞여 있다고 느꼈던 것도 착각이었는지는 모르겠다.

바쿠 풍경, 보이지 않는 것

코카서스 산맥의 남쪽, 카스피 해와 흑해 사이. 힘있는 제국은 예외없이 지분거렸고 늘 그중의 하나가 지배한 지역이다. 덧붙여 불의 도시로 그 중요성을 더한 아제르바이잔의 바쿠. 도시의 풍경은 묘하다. 페르시아풍이거나 유럽풍이거나 또는 이즈음의 중동 산유국 도시풍이 뒤섞인 가운데, 가장 최근의 흔적으로 남아 있어야 할 소비에트 또는 CIS 국가로서의 기운은 오히려 미약에도 미치지 못한다. 키릴 문자는 도대체 보이지 않고 사람들은 분명 러시아어를 알아듣는 듯 싶지만 좀처럼 말을 하려 하지 않는다. 소련 해체후 21년. 적어도 바쿠의 거리에서 소련은 흔적 없이 사라진 듯 보인다. 러시아 혁명에 즈음해 제정 러시아의 영토 안에서 가장 산업화된 도시 가운데 하나였던 바쿠는 멘셰비키와 볼셰비키가 왕성한 활

바쿠 전경 ☞ CIS 국가 중 소련의 흔적을 가장 찾아보기 어려운 도시이다.

동을 벌인 도시이기도 했다. 후일 소련의 철권통치자가 된 그루지 야 출신의 스탈린은 다름 아닌 바쿠에서 잔뼈가 굵은 인물이었다. 혁명 후 적백내전의 끝자락인 1922년에 탄생한 소련은 러시아, 우 크라이나, 벨라루스 그리고 트랜스코카서스 소비에트(연합) 공화국 (Transcaucasian SFSR)이 주역이었다. 앞의 세 공화국의 뿌리가 그 럭저럭 하나라는 것을 고려한다면 남코카서스 3국의 연합체였던 트 랜스코카서스의 합류는 그만큼 특별했다. 이 세 나라는 그 뒤로 70 년 동안 소련의 일원이었다. 소련의 해체를 전후해 소비에트 공화국 들의 민족주의가 맹렬하게 발흥하고 소련의 최후를 앞당겼지만, 그 후 21년 동안 그 모든 흔적을 지우기란 대부분의 CIS 국가에서 역부 족이었다. 그중에서도 지우기에 가장 앞선 곳을 꼽는다면 아마도 아 제르바이잔일 것이다.

　　도시의 풍경에서 쉽게 찾아볼 수는 없지만 터키의 존재감 이 역력하다. 터키에서는 중국의 마오쩌둥과 비슷한 반열에 올라 있 는 아타튀르크(케말 파샤)의 초상화가 관공서에서나 상점에서 가끔 씩 눈에 띤다. 20대 후반의 처녀 레일라는 히잡을 쓰고 다니는 바쿠 의 평범한 무슬림이다. 신심이 나약하진 않지만 그렇다고 심하게 돈 독하지도 않다. 대화를 나누던 중 우연히 터키의 아르메니아인 학살 에 대한 이야기가 튀어나왔다. 레일라가 그때까지와는 달리 고개를 비스듬히 꼬고 갑작스레 몹시 불량한 표정을 짓더니 '흥' 콧방귀를 뀌었다. 그때 내가 받은 대접은 마치 나치의 프로파간다에 놀아나는 우매한 헝가리 화살십자당원 정도였을 것이다. 마치 이스탄불이나 앙카라에서 터키인에게 준엄한 훈계를 받는 느낌이었다. 그럼에도 제1차 세계대전의 와중에 벌어진 오스만 제국의 아르메니아인 학살

바쿠 불꽃 타워(Flame Towers, Alov Qülləri) ☞ 높이 190미터로 바쿠에서 가장 높은 마천루다. HOK의 설계로 2007년 공사를 시작했고 2013년 문을 열었다. 세 건물은 각각 호텔, 아파트, 사무실로 이용된다.

은, 그 수가 문제일지언정 논쟁의 여지가 없다.

18세기 이후 아제르바이잔을 두고 오스만과 제정 러시아가 벌였던 혈투에서 종국에는 오스만이 승리한 것일까. 물론 터키나 아제르바이잔이나 엄연한 세속 국가이다. 게다가 같은 무슬림이라고는 해도 카스피 해 건너에 페르시아를 두었던 아제르바이잔은 시아에, 터키는 수니에 속한다. 종교의 영향이 전혀 없지는 않겠지만 현실에서 영향력을 발휘하기에는 역부족이다. 한데 이 무조건적인 터키 편향은 무엇에 기인하는 것일까. 또 다른 CIS 국가들과는 달리 바쿠의 거리에서 소련의 흔적은 왜 그토록 재빨리 사라져 버린 것일까.

열쇠는 아마도 바쿠 만의 서쪽 끝, 타오르는 불꽃을 형상화한 세 개의 건물인 불꽃 타워 앞에 있다. 2007년 착공해 이제 막 완공된 불꽃 타워는 이미 공사 중이던 때부터 불의 도시이며 조로아스터의 도시인 바쿠의 상징으로 자리를 굳혔다. 외벽은 LED로 덮여 있어 건물 전체가 일렁이는 불꽃을 각양각색으로 연출해 낼 수 있다. 높이가 190미터에 달하니까 결코 소박하지는 않지만 두바이의 것처럼 인간을 무시하게 압도하지 않는 규모가 오일머니의 물신주의적 천박함에서 불꽃 타워를 구했다. 항아리를 연상시키는 적당한 볼륨감도 좋다. 불꽃이 뾰족해지면 창이 되어 볼썽사납다. 불꽃 타워는 바쿠 만의 해변을 끼고 솟은 언덕 위 의사당 옆에 자리 잡고 있다. 바로 그 불꽃 타워를 앞에 두고 바다를 향해 툭 트인 장소가 있다. 바쿠 시내와 타워크레인이 즐비한 항구, 언덕 위의 오래된 주거지, 해변, 만의 풍경과 멀리 만을 호위하듯 떠 있는 세 개의 섬까지를 굽어볼 수 있는 이곳이 바쿠의 연인들이 데이트 장소로 즐겨 찾는 '순교자의 길'이다.

아제르바이잔 독립과 순교자의 길

'순교자의 길'은 일종의 국립 현충원으로, 1918년 이후 아제르바이잔이 겪은 굵직한 역사 속 사건에서 숨진 전사자들을 안치하고 있다. 코카서스는 제1차 세계대전에서 오스만과 러시아 두 제국이 격돌한 전선이었다. 러시아 혁명이 일어나 제정 러시아군의 일부가 철수하자 오스만이 기회를 얻었다. 카스피 해로 통하는 전략적 요충지이면서 당시 전세계 원유 생산량의 15퍼센트를 도맡았던 바쿠는 1918년 8월 치열한 전투에 휩싸였다. 공격은 누리 파샤(Osman Nuri Pasha, 1832~1900)가 이끄는 오스만 이슬람군과 아제르바이잔 의용군이, 방어는 러시아 멘셰비키와 볼셰비키가 뒤섞이고 아르메니아 의용군과 영국 파병군도 포함된 기묘한 연합군이 맡았다. 19일간의 접전 끝에 오스만의 이슬람군은 바쿠를 점령해 전투에서는 승리했지만 유전이 모두 파괴된 후여서 오스만과 독일 등 동맹국은 별 이득을 얻지 못했다. 이미 기울어 버린 전세 또한 회복할 수 없었고, 제1차 세계대전의 패전국이 된 오스만 제국은 지구상에서 사라져야 했다.

바쿠 전투는 그렇게 끝나지만 아제르바이잔과 아르메니아 분쟁에 관해서는 도화선에 불을 당긴 격이었다. 바쿠 전투가 시작되기 전인 1918년 3월 바쿠에서는 볼셰비키와 아르메니아인들이 주축이 된 바쿠 소비에트와 아제르인들인 무슬림 그룹 간의 무력 충돌이 발생한 바 있다. '3월 사태'로 불리는 이 충돌로 바쿠에서는 1만 명이 넘는 무슬림들이 목숨을 잃었고 대규모 무슬림 난민들이 도시를 탈출했다. 모스크바에서 '외교적 대응이 우선'이라는 전문을 보낸 레닌의 의견을 묵살한 바쿠의 볼셰비키들에게는 계급투쟁이거나 적백내전이었겠지만, 아제르 무슬림들에게는 종교·인종 학살이었다. 피는 피를 부른다. 그 해 9월에 바쿠가 이슬람군에게 점령되자 이번엔 1만여 명에 달하는 아르메니아인들이 학살당했다. 1차 세계대전이 끝난 후에도 피바람은 그치지 않아 나히체반과 카라바흐에서 두 민족 사이의 전쟁이 계속되었고 사상자는 늘어갔다. 분쟁은 1920년 5월 소비에트군이 주요 분쟁 지역에 진주하면서 가까스로 멈추었다. '순교자의 길'에서 만날 수 있는 오래된 묘들은 1918년 당시의 주검들 중에서 아제르인들을 보듬고 있다.

검은 대리석 평분과 사진이 새겨진 묘비가 도열하듯 줄지어 있는 순교자의 길은 바다를 굽어보는 영혼의 불꽃 탑으로 이어진다. 죽은 자의 사진을 새긴 묘비는 이슬람식이라고는 할 수 없고 오히려 정교회 스타일이다. 계단을 오르면 첫 번째로 나타나는 묘들은 1990년, 이른바 '검은 1월'의 사망자들이다. 소련이 마지막 순간을 향해 숨을 몰아쉬던 때에 아제르바이잔의 민족주의자들이 독립을 요구하고 아르메니아인들을 축출하는 소요가 일어났다. '검은 1월'은 비상사태가 선포되고 급기야 1990년 1월 19일에 소련 연방군이 바쿠에 진주하면서 아제르바이잔인 100여 명이 사망한 사건이다. 이듬해 소련은 해체되었고 아제르바이잔은 그에 앞서 독립을 선언했다. 독립한 이듬해 소련 시절 놀이공원(그 전에는 무슬림들의 묘지였다)이었던 곳에 '순교자의 길'을 만들어 공개한 것은 우선은 '검은 1월'을 기념하기 위해서인데 '반소련' 정서가 독립 공화국의 정통성과 밀접하게 관련되어 있었을 것임은 쉽게 추측할 수 있다. 소련의 흔적이

바쿠 순교자의 길(Martyrs' Lane, Şəhidlər Xiyabanı) ☞ 입구 부분은 검은 1월(Black January)의 희생자 묘역이다.

바쿠 순례자의 길 ☞ ＼ 1918년 바쿠 전투에서 전사한 터키군 기념비와 ／ 아슬라노프(Hazi Aslanov, 1910~1945)의 묘와 흉상.

재빨리 지워진 것도 그와 무관할 수 없다.

한데 그게 심각해 보이지는 않는다. 당장 '순교자의 길' 입구 왼쪽에 서 있는 큼직한 묘가 그걸 증명한다. 묘비를 대신하는 흉상의 기단에는 러시아어와 아제르어가 키릴 문자로 새겨져 있다. 그보다는 인물이 중요한데, 묘의 주인은 하지 아슬라노프. 아제르바이잔 출신으로 2차 세계대전 당시 소련군으로 참전해 마지막 해인 1945년 라트비아에서 육군 소장으로 전사한 전쟁 영웅이다. 개전 초기의 겨울 전투에서부터 시작해 스탈린그라드 전투 등 굵직한 전투에는 거의 참전했다. 당연히 그의 고향인 아제르바이잔에서 이역만리의 거리였다. 의심할 바 없이 지극히 소련적인 인물이다. 1918년의 '3월 사태', 1990년의 '검은 1월'의 역사를 담은 검은 대리석 묘와 자못 불화할 듯한 인물인 하지 아슬라노프는 여전히 그곳에 위용을 자랑하며 서 있다.

소련이 낳은 권좌의 인물들

소련의 해체가 15개의 독립국가를 탄생시킨 이래 대개는 과거의 소련, 그리고 소련의 적통을 이은 러시아와 선을 그었다. 하지만 2차 대전 후 점령당하다시피 한 구원(舊怨)의 발트3국을 제외하고는, 특히 중앙아시아와 남코카서스에서는 시작부터 그 선이란 것이 모호하기 짝이 없다. 아제르바이잔도 예외가 아니다. 독립 후 형식적인 선거를 통해 권력을 장악한 뮈탈리보프(Ayaz Mutallibov, 1938~)는 공산당과 정부의 요직을 두루 거친 인물로 소련 시절의 기득권 세력을 대표하는 인물이었다. 내부 권력투쟁을 거쳐 1993년

대통령의 자리에 오른 후 장기 집권을 했음은 물론 사후 권력을 아들인 일람에게 세습하기까지 한 헤이다르 알리예프(Heydar Aliyev, 1923~2003)는 소련 시절 KGB 아제르바이잔 지국장에다 아제르바이잔 공산당 1서기장, 소련 공산당 정치국원으로 선출되어 모스크바에서 활동했던 인물이다. 카자흐스탄의 나자르바예프(Nursultan Nazarbayev), 우즈베키스탄의 카리모프(Islam Karimov), 투르크메니스탄의 니야조프(Saparmurat Niyazov, 1940~2006) 등도 소련 시절 정치적으로 성장했으며 그 기득권을 그대로 독립 후까지 손아귀에 넣고 장기 집권(독재)에 성공한 인물들이라는 점에서 알리예프와 다르지 않다. 독립 후 내전을 방불케 하는 상황에 휘말렸던 타지키스탄만이 예외였다. 키르기스스탄의 아카예프(Askar Akayev)도 다를 바 없었지만 2005년 쿠데타로 축출되었다.

이 사실상의 독재자들은 예외 없이 독립 후 자신들의 국가를 부정과 부패의 도가니로 빠뜨렸는데, 이들이 소련 시절에는 청렴하고 강직한 공산주의자였다가 느닷없이 부패한 것은 아니었다. 소련 시절부터 대개는 권력 남용과 축재 등에 능란한 인물들이었다. 아제르바이잔의 알리예프 또한 전형적이었다. KGB 시절에는 부패 엄단을 빌미로 경쟁자들을 숙청하고 자신의 지위를 강화하는 데 재능을 보였고 마피아들과 어울리며 축재에 나선 것은 물론, 모스크바에 뇌물을 먹이는 방법으로 말썽의 소지를 사전에 차단하는 지혜로움도 보였다. 그런 알리예프가 독립 아제르바이잔의 권력을 손에 넣은 후 장기 독재에 나서고 세습까지 준비했으며 재빨리 시장경제를 받아들인 후 축재를 우선으로 삼아 부정부패한 나라를 완성시킨 것은 전혀 새로운 일도, 이상한 일도 아니었다. 말하자면 소련이 몰락한 이유 중의 하나는 프롤레타리아 혁명으로 탄생한 소비에트 연방에 각 공화국의 권력을 틀어쥐고 공산주의 교과서와 계급과 인민의 이익은 똥통에 집어던진 채 일신과 제 무리의 안위만을 추구하는 인물들이 득시글거리게 되었음을 들 수 있겠다. 일이 어쩌다 그 지경이 되었든지 간에.

아제르바이잔과 아르메니아

여하튼 소련에 대한 아제르바이잔의 분열적 태도는 소련의 자식이면서 소련을 아버지라 부르지 않았거나, 부를 수 없었던 독립 후 구기득권 세력의 처지를 반증한다. 소련 해체 후 각 공화국들에서 불거져 나왔던 민족문제는 그들에게 장애물이기도 했고 기회이기도 했다. 1990년에 소련 연방군이 진주하면서 100여 명의 사망자를 냈던 아제르바이잔 바쿠의 '검은 1월' 사태는 고르바초프의 글라스노스트와 페레스트로이카 이후 연방이 구심점을 상실하고 휘청거리던 때에 등장했던 민족주의 세력이 촉발했다. 1988년 등장한 아제르바이잔 인민전선(PFA)은 이 무렵 독립을 주장하며 소련의 각 공화국들에 등장했던 민족주의 정치 세력 중의 하나였는데, 다른 나라에서보다 유독 파괴적이었다. 불똥은 아제르바이잔의 자치주인 나고르노카라바흐에서 튀었다. 아르메니아인이 인구의 94퍼센트를 차지한 지역이었음에도 불구하고 스탈린 시대에 아제르바이잔의 자치주로 편입되었던 이 지역은 소련 시절에도 끊임없이 아르메니아와의 통합을 요구하는 주장이 드높았다. 아르메니아인들에게는 소련의 분리 지배 정책의 소산으로 여겨졌다. 스탈린 사후인 1963년에는 나고

나고르노 카라바흐(Nagorno-karabakh) ☞ 험준한 산악으로 둘러싸인 이곳은
소련의 붕괴와 함께 민족 분쟁의 화약고가 되었다.

르노카라바흐 자치주를 아르메니아 또는 러시아 공화국으로 편입해 달라는 요구가 청원 형태로 제기되었다. 시위도 발생했고 폭력 사태로 발전해 사상자를 낳았다. 1977년 아르메니아의 수도인 예레반에서 나고르노카라바흐와의 통합을 요구하며 벌어졌던 대규모 군중 시위는 공산당 지도부까지 합세했다는 점에서 소련 역사상 전무후무한 사건이었다.

1988년 나고르노카라바흐에서 사태는 재현되었다. 2월 20일 자치 정부가 주도해 아르메니아와의 합병을 묻는 주민 투표가 실시되었다. 예레반에서 또한 같은 요구를 내건 대중 시위가 벌어졌다. 불똥은 바쿠에서 멀지 않은 연안 석유화학 도시인 숨가이트로 튀었다. 이틀 후인 2월 22일에 숨가이트의 지역 라디오 방송국에서 아르메니아인들이 두 명의 아제르 청소년을 살해했다는 방송이 나오자 인종 폭동으로 발전해 버렸다. 수많은 아르메니아인들이 살해되고 대대적인 탈출이 시작되었다. 나고르노카라바흐 전쟁의 서막은 그렇게 시작되었다. 소규모 전투가 벌어지고 두 지역에서 소수민족의 인구 이동이 난민 형태로 시작된 것도 이때이다. 1991년까지는 소련 연방군이 억지력을 발휘하던 시대였고, 그 시기에 바쿠에서 '검은 1월' 사태가 벌어졌다. 소련의 해체와 아제르바이잔, 아르메니아의 독립은 양측의 직접적인 충돌을 예고했다. 중재 시도가 모두 무위에 그친 1992년 겨울 마침내 전면전이 시작되었다.

이 과정에서 인민전선과 같은 민족주의 정치 세력들은 사태를 악화시키는 데에 주도적인 몫을 했다. 일찍부터 인민전선은 아르메니아와 나고르노카라바흐에 대한 물자 봉쇄를 선동했다. 도로와 철로, 항공수송로를 봉쇄시켜 고립무원 지경에 빠지게 함으로써 이 둘이 선택의 폭을 좁히게 만든 것이다. 아르메니아는 물류의 80퍼센트를 의존하던 루트의 봉쇄에 직면해야 했고, 전쟁 중이던 1993년에는 터키가 아제르바이잔의 편에서 봉쇄에 가담하면서 더욱 심각한 경제난에 시달려야 했다. 아제르인들에게 민족 정서와 함께 종교 차이를 부추겨 아르메니아인에 대한 테러를 조장했고 결과적으로 100만 명에 이르는 난민을 발생시켰다. 엘치베이(Abulfaz Elchibey, 1938~2000)를 내세운 인민전선은 독립 직후의 대통령 직선에서 독자 후보로 나서 권좌에 오른 공산당 1서기장 출신 뮈탈리보프를 6개월 만에 축출하고 1992년 5월 권력을 잡는 데에 성공했지만, 1993년 6월 쿠데타가 일어나 엘치베이는 바쿠에서 탈출했고 권력은 헤이다르 알리예프에 돌아갔다. 1994년 나고르노카라바흐 전쟁은 러시아가 중재한 양측의 휴전협정 체결로 일단락되었다. 사실상 아르메니아 측의 승리였다.

전쟁과 학살, 대규모의 난민, 민족 간의 증오감 심화 등 아제르바이잔에서 일어난 독립 전후 참상의 책임을 민족주의 세력에게만 물을 수는 없다. 그러나 민족 분쟁을 자신들의 정치적 목적을 달성하는 데 가장 적극적으로 이용한 세력이 그들이었음은 부정할 수 없다. 그 대가로 얻은 것은 고작 1년의 권력이었다. 권력은 결국 그들이 앞장서 반대했던 소련 시절의 기득권 세력에게 돌아갔고 그런 채로 20년 동안 유지되고 있다. 전국토의 16퍼센트를 차지하는 나고르노카라바흐는 사실상 아르메니아인들의 독립 공화국으로 유지되고 있다. 백만의 난민이 발생하면서 그들이 희생양으로 삼았던 아르메니아인들은 이제 더 이상 나고르노카라바흐를 제외한 아제르바이잔의 영토에 존재하지 않는다. 이게 과연 그들이 원했던 것일까.

조지아
Georgia

아르메니아
Armenia

아제르바이잔
Azerbaijan

몰도바
Moldova

우크라이나
Ukraine

폴란드
Poland

벨라루스
Belarus

루마니아
Romania

헝가리
Hungary

독일
Germany

체코
Czech

몰도바
Moldova

🌐 면적 33,843km², 인구 338만 명(2004년 조사, 트란스니스트리아 제외), 공용어 루마니아어, 화폐 단위 레우(MDL). 루마니아와 우크라이나 사이에 자리한 동유럽의 내륙 공화국이다. 소련을 구성했던 나라 중 가장 작은 나라였다가 1991년 소비에트 붕괴 후 독립했고 1992년에 독립 국가 연합에 가입했다. 대륙성 기후이지만 흑해와 가까워 여름이 길고 겨울이 비교적 따뜻하다. 토양도 비옥한 흑토여서 곡물(겨울밀·옥수수), 과수(포도·자두·앵두), 해바라기, 사탕무, 담배, 야채 재배와 식료품 공업이 성하다.

티라스폴, 1992년 전쟁 기념상(Memorial of Glory) ☞ 몰도바 안의 사실상의 독립국인 트란스니스트리아는 1992년 전쟁으로 태어났다.

1916년 제정 러시아의 변방 베사라비아의 벤데르에서 정부 금고를 털었던 강도단 두목 그리고레 코토브스키(Grigore Kotovski, 1881~1925)는 도주 끝에 경찰에 포위되어 가슴에 총상을 입고 체포되었다. 그는 오데사 군사 법정에서 교수형을 선고받았으나 1917년 혁명이 일어나고 차르가 폐위되자 천행으로 임시정부의 사면령을 얻어 살아서 감옥 문을 나설 수 있었다. 출옥한 후에 코토브스키는 볼셰비키에 자원했다. 적백내전의 와중에 무용을 자랑해 사단장의 지위에 오르기까지 했으며 당시 티라스폴을 근거지로 선포되었던 몰다비아 소비에트 자치 공화국(Moldavian ASSR)을 세우는데 중요한 몫을 맡았다. 후일 몰도바 소비에트 공화국의 전신인 이 자치 공화국은 당시 우크라이나 소비에트 공화국에 속해 있었다. 코토브스키는 1925년 그의 부관과 친구의 손에 죽었는데 친구의 아내와 바람을 피운 대가였다. 소련은 볼셰비키 혁명군으로서 용맹을 떨쳤던 그의 공을 기려 지금의 몰도바 국경 근처이며 한때의 자치 공화국 수도였던 비르줄라(지금의 우크라이나 코토프스크)에 기념묘를 만들고 안장했는데, 2차 세계대전 당시 추축국의 일원으로 베사라비아와 우크라이나 남부를 점령했던 루마니아군이 파괴해 버려 지금은 후일 다시 세워진 기념비만 남아 있다.

조지아 트빌리시의 은행 강도단 사건에서 알 수 있지만 볼셰비키가 혁명 자금을 마련하기 위해 강도짓을 음모하고 실행한 경우는 드물지 않았다. 그러나 몰도바의 수도인 키시너우 남쪽의 흔체슈티 출신으로 일찍 부모를 여윈 코토브스키는 조부의 손에 자라면서 농업 대학을 졸업한 인텔리였음에도 불구하고 벤데르에서의 강도 사건으로 교수형을 받을 때까지 강도, 폭력, 갱단 활동 등으로 감옥을 들락거린 막장 인생을 살았다. 그는 볼셰비키는 물론 어떤 혁명 운동과도 무관한 인물이었다. 최후를 친구의 아내와 저지른 불륜에 따른 복수극으로 장식한 것을 뺀다면 마지막 10년 동안은 꽤나 다른 인생을 살았던 셈이다.

몰도바의 탄생

몰도바의 키시너우 도심. 중앙역에서도 멀지 않은 콘스탄틴 네그루지 광장 앞 길 건너편에 세워진 기마상이 바로 코토브스키의 기념상이다. 다른 도시에서라면 몰라도 키시너우에서는 가장 근사한 동상 중의 하나이다. 베사라비아와 우크라이나 남부 지역의 적백내전에서 세운 공도 있지만 몰도바 소비에트 공화국의 건립과 관련해 세운 공이 우선할 것이다.

몰도바는 오스만 제국의 속국이었던 몰다비아 공국의 동부, 그러니까 베사라비아로 불렸던 지방이다. 이 땅은 1806년 제정 러시아와 오스만의 전쟁에서 러시아가 승리하면서 1812년 부쿠레슈티 조약으로 러시아의 손에 넘어왔다. 백년쯤 뒤인 1917년 러시아 혁명 이후의 혼란기에 루마니아군이 진주했고, 뒤이어 루마니아 왕국에 편입되었다. 물론 혁명 후 러시아는 이를 인정하지 않았다. 몰다비아 소비에트 자치 공화국을 세워 맞섰지만 역부족이었다. 혁명 후 러시아는 제정 시대의 영토를 이런 식으로 상실하는데, 북쪽으로는 발트 연안과 폴란드 남쪽으로는 베사라비아가 그랬다. 1939년의 독소 불가침 비밀 조약(Molotov‒Ribbentrop Pact)은 영토 회복의 계기였다. 소련은 루마니아에게 베사라비아에서 물러날 것을 최후통

첩 형식으로 보냈고, 독일의 압력까지 받은 루마니아는 무릎을 꿇어야 했다. 소련군이 무혈 진주한 몰도바에 소비에트 공화국이 세워졌다. 이게 지금의 몰도바이다.

코토브스키의 기마상 뒤에 버티고 서 있는 건물은 소련 시절에 세워진 코스모스 호텔이다. 코스모스 호텔에서 키시너우에서 가장 번화한 슈테판 첼 마레 대로 쪽으로 걸으면 소련 시대에 지어진 비슷한 분위기의 건물을 또 볼 수 있다. 제미니 백화점(Gemenii)으로, 지금도 백화점이다. 제미니를 마주보고 있는 아파트도 마찬가지로 소련 시대에 지어진 것이다. 말하자면 키시너우는 CIS 국가의 수도 중에서 소련 당시의 분위기를 여전히 잘 간직하고 있는 도시이다. 개발과는 소원했다는 말인데, 소련 해체와 독립 후 유럽 최빈국이라는 불명예를 안고 있는 몰도바의 사정과 무관하지 않다. 도심의 대로인 슈테판 첼 마레 도로 안쪽으로는 제법 규모가 큰 재래시장이 남아 있다. 한 블록을 모두 차지하는 시장은 소련 당시의 전형적인 시장의 모습을 여전히 유지하고 있긴 하지만, 중국산 저가 공산품이 넘쳐나서 풍경은 단조로운 편이다.

돌아온 크바스

한여름이라면 처자들이 시선을 주기 민망한 옷차림으로 활보하는 키시너우 도심의 길가에서는 '크바스'를 파는 노점을 쉽게 볼 수 있다. 냉장되어 있지는 않지만 마치 맥주처럼 거품을 갖고 있고 탄산도 함유하고 있어 더위를 잊는 데에는 아주 그만인 음료이다. 맛은 흔히 흑맥주에 알코올을 뺀 맛으로 표현되는데 한때 한국

＼ 크바스(Kvass) ☞ 소련과 동유럽에서 독보적으로 대중적인 음료였다.
／ 바실리 칼리스토프(Vassiliy Kalistov), 〈크바스 장수(Kvass Selling)〉,
1862년, 캔버스에 유화, 추바시 국립 미술관(Chuvash State Art Museum)

에서도 유행했던 탄산 보리 음료와 비슷하기도 하다. 무알코올이라고는 하지만 전통 제조법으로 만들었다면 0.5~1도 정도의 알코올이 포함될 수도 있다. 호밀빵과 사탕무 설탕, 이스트 등을 원료로 해발효시키는 것이 전통적인 크바스의 제조법이다. 음료의 색은 전적으로 빵의 색에 달려 있다. 예를 들면 호밀 흑빵을 쓴 크바스는 검은 색이다. 크바스 예찬론자들에 따르면 이 음료에는 비타민이 풍부하고 기타 등등 건강에 무척 좋다고 한다. 이런 크바스의 기원은 슬라브족 사냥꾼들이 빵을 발효시켜 마시기 시작하면서부터라고 하는데, 그게 전해지기로는 천 년 전이었다고 한다. 음….

소련이 해체되기 전, 그러니까 1980년대까지 크바스는 소련과 동유럽 나라들에서 독보적인 음료였다. 소련이 해체된 후 크바스는 직격탄을 맞았다. 크바스를 생산하는 국영 공장들이 시장경제의 광풍 속에서 (다른 공장들처럼) 문을 닫아야 했고 휘청거리던 크바스의 자리를 재빨리 코카콜라와 스프라이트 따위의 서방 음료가 점거해 버렸다. 다른 이유로는 코카콜라는 병음료였고 크바스는 공장에서 생산하되 거리의 매대로 공급되는 음료였기 때문에, 유통 경쟁력도 취약할 수밖에 없었다. 코카콜라는 그렇게 1990년대 CIS 국가들과 동유럽의 음료 시장을 순식간에 장악할 수 있었다. 코카콜라의 가격은 크바스와는 비교할 수 없을 정도로 비쌌지만 무리 없이 구소련 인민들의 주머니를 털 수 있었다. 사라져 가던 크바스의 놀라운 반격은 2000년대에 들어서 이루어졌다. 보틀링 라인을 도입한 크바스 공장들이 등장했고, 크바스는 병에 담겨 돌아왔다. 돌아온 크바스에 대한 반응은 열렬하기 이를데 없었다. 전세계의 코카콜라가 장악한 시장 중에서는 유례를 찾아보기 힘든 성장세를 보여 등장한 지

10년이 지나기 전에 30퍼센트 점유율을 보였고 지금은 40퍼센트에 육박한다. 코카콜라가 라트비아 같은 곳에서 현지의 크바스 공장을 인수해 크바스를 생산하고 판매하는 걸 보면, 다른 어떤 지역에서도 겪어보지 못했을 위기의식을 갖고 있음이 분명하다.

키시너우의 대형 슈퍼마켓의 진열대에는 페트병에 담긴 크바스가 코카콜라 못지않게 놓여 있는 것을 볼 수 있다. 물론 코카콜라처럼 단일 브랜드는 아니다. 크바스란 이름을 쓰고 있지만 저마다 이름이 조금씩 다르고 회사도, 맛도 다르다. 몰도바의 경우라면 대개는 수입이어서 러시아산이 대부분이다. 여러 가지를 시도해 보았지만, 크바스는 크바스인데 어쩐지 실망스러운 맛임에는 예외가 없었다. 말하자면 길거리에서 파는 크바스와는 맛이 사뭇 다르다. 그 점에 대해서는 다른 몰도바 친구들도 같은 의견이었다.

"음. 그게 크바스의 진짜 맛은 아니지."

대개는 고개를 젓는다.

크바스의 진짜 맛을 보려면 아낙네들이 집에서 만들어 조악한 페트병에 담아 파는 값싼 크바스를 마셔야 한다. 소련 시절에도 공장이 있었고 그 맛은 크바스의 원래 맛이었다는 데에 이견이 없었으므로, 집에서 만들어야 크바스의 진짜 맛을 낼 수 있는 것은 아니다. 또 키시너우의 노점 매대에서 생맥주 식으로 파는 크바스라면 집에서 만든 것이 아니라 규모가 크지는 않다고 해도 공장식으로 생산해 공급하는 것인데도 슈퍼마켓의 병에 담긴 크바스와는 맛이 무척 다르다. 분위기 때문은 아니다. 첨가 성분에도 차이가 있겠지만 보틀링을 하려면 반드시 살균 과정을 거쳐야 한다. 원래의 크바스 제조법에서는 허용할 수 없는 과정이다. 소련 시절에 크바스를 병에 담아 공산품으로 만들지 않았던 이유는 그 때문이기도 하다. 크바스는 유통 기간이 비교할 수 없이 짧았고, 이게 소련의 모든 지역에 크바스 공장이 공평하게 존재했던 이유이기도 하다. 하여 역시 크바스의 제대로 된 맛을 보려면 슈퍼마켓의 크바스가 아니라 길거리의 크바스를 찾아야 한다. 다행스럽게도 크바스가 인기를 회복하면서 CIS 국가들에서는 도시에서도 전통 방식으로 제조된 크바스를 드물긴 하지만 찾아볼 수 있다. 또 병에 담긴 공산품 크바스라고 해도 크바스가 전멸하고 코카콜라와 그의 형제들만을 빨아야 하는 경우보다는 사뭇 나을 것이다. 인류가 창조한 입맛 하나를 보존하는 셈이니까.

저 수많은 환전상들

딱히 볼거리가 없고 유럽에서 가장 관광산업이 발달하지 않은 몰도바의 키시너우에서 방문객들을 놀라게 하는 것은 도심에 즐비한 환전상의 수일 것이다. 조금 과장한다면 슈테판 첼 마레 대로의 중심가에는 한 집 건너 한 집이 환전상이다. 어쩌다 이렇게 많은 환전상이 생겼는지 짐작하기조차 쉽지 않을 것이다. 비밀의 열쇠는 몰도바 인구의 1/3 정도가 해외에 거주하는 이주 노동자, 즉 경제적 디아스포라라는 데 있다. 이주한 나라로 으뜸은 러시아이고 그밖에 이탈리아 등지의 서유럽과 동유럽에 퍼져 있다. 이들 중 숙련 노동자는 고작 3퍼센트 정도에 불과하다. 대부분은 미숙련 노동 말하자면 건설 등의 3D 업종에 종사한다. 외국인이 드문 키시너우의 흔하디 흔한 환전상은 이들로부터 흘러들어오는 외화를 상대로 한 것이다. GDP에서 해외송금이 차지하는 비중은 2008년 38퍼센트로 타

＼ 몰도바의 모자.
／ 차가운 물에 뛰어들어 십자가를 잡는 정교 풍습을 체험하는 몰도바 사람들.

지키스탄에 이어 세계에서 두 번째를 차지했지만 2009년에는 31퍼센트로 4위, 2011년엔 23퍼센트로 5위를 차지해 조금씩 줄어들고 있긴 하다. 금액으로 15억 달러 정도인데 공식적으로 집계되는 액수이다. 육로를 통한 왕래가 비교적 자유로운 편이다 보니 송금이 아니라 통계에도 반영되지 않는 현금 유입도 적지 않은데, 환전상이 많은 직접적인 이유일 것이다.

유럽 최빈국인 몰도바의 경제가 그럭저럭 유지되고 있는 것도 이주 노동자들의 송금 덕택임은 쉽게 짐작할 수 있다. 덕분에 서비스 산업이 GDP에서 차지하는 비중이 물경 74.5퍼센트에 이른다. 농업은 10.9퍼센트, 산업이 19퍼센트를 차지한다. 소련 시절의 마지막 해인 1989년 통계에서 산업이 39.2퍼센트, 농업이 36.5퍼센트, 서비스 부문이 24.3퍼센트를 차지했던 것과 비교하면 농업이건 산업이건 독립 후에 모두 붕괴되었다는 뜻이다. CIS 국가들이 예외 없이 겪은 일이기는 하지만 몰도바는 유독 심했다고 할 수 있다. 독립 직후 대규모의 해외 이주 노동자가 발생한 이유도 그 때문이다.

해외 이주 노동의 미래

막심은 몰도바 국립대학에서 영문학을 공부하는 학생이다. 아버지는 루마니아계이고 어머니는 러시아계이다. 일종의 혼혈이지만, 몰도바에서는 흔한 일이고 누구도 이런 일에 관심을 기울일 만큼 한가하지도 않다. 다만 갓난아이 때 아버지가 사라진 막심이 얼굴도 기억하지 못하는 아버지 이야기를 할 때 표정이 매우 곱지 못한 걸 보면, 모자를 버리고 도주한 것이 아닐까 하는 생각도 든다.

막심은 몰도바어(루마니아어)와 러시아어, 영어에 독일어와 프랑스어 등 5개 국어에 능통한 공부벌레 스타일의 청년이다. 그런 막심이 가끔씩 늘어 놓는 어머니에 대한 불평은 이런 것이다.

"문제라니까요. 루마니아어로는 겨우 시장에서 물건이나 살 수 있을 정도예요. 몰도바에서 거의 평생을 살았는데 그렇다니까요."

러시아 출신인 막심의 어머니도 소련 시절에는 러시아어만으로도 살아가는 데에 아무런 문제가 없었다. 루마니아계 몰도바인들은 알아서 러시아어를 습득했고 학교에서도 러시아어를 가르쳐 대개는 두 개 언어를 쓸 수 있었다. 러시아에서 몰도바로 이주한 러시아계의 경우엔 같지 않았다. 그들은 대개 러시아어만을 사용했다. 루마니아어를 습득할 필요도 없었다. 문자까지 키릴 문자를 쓰는 형편이었으니까 현실적으로 러시아어가 고급 언어 대우를 받았다. 독립 후에 사정은 일변했다. 몰도바어가 우선이고 러시아어는 뒤로 밀렸다. 언어가 정치적으로 민감한 분야가 된 것도 그런 현상을 심화하는 데에 일조했다. 지금도 비공식적으로 두 언어가 큰 무리 없이 혼용되고 있지만 공식 부문에서는 몰도바어가 우선이다. 러시아어는 점차 소수 민족의 언어로 위치가 역전되고 있다. 사정이 이렇게 바뀌었으니 알게 모르게 러시아어만을 쓰는 막심의 어머니는 일상사에서 불편이 늘 수밖에 없고 그때마다 5개 국어를 구사하는 아들에게 손을 벌리게 마련이다. 막심이 지레 투덜거리며 어머니를 두고 슬쩍 잘난 척을 하는 것도 그 때문이다.

대학 졸업을 앞두고 있는 유능한 청년 막심은 내가 처음 만났을 때부터 대개의 몰도바 청년들처럼 외국으로 나갈 기회를 찾고 있었다. 인구의 1/3이 해외로 일자리를 찾아 나간 나라의 젊은이들에게 사정은 뻔할 수밖에 없다. 고향을 등지고 타국으로 나갈 바에는 조금이라도 나은 일자리를 찾게 마련이고 몰도바 해외 이주 노동자의 다수가 향하는 러시아보다는 임금이 높은 서유럽을 원하지만 현실은 쉽지 않았다. CIS 국가인 몰도바에게 러시아로의 길은 열려 있는 반면 서유럽을 향한 길은 굳게 닫혀 있다. 밀입국이나 불법 체류를 선택할 수도 있지만 마뜩할 리 없고, 안정적이고 나은 직장을 원하는 막심에게는 고려 대상이 아니다. 그런 막심이 언제부터인가 분주해진 것은 루마니아 국적을 얻기 위해서이다.

　　루마니아는 1991년 해외의 루마니아계 외국인들에게 국적을 부여하는 법을 통과시켰다. 해외 루마니아인들의 2대 자손까지 국적을 부여하는 법이었다. 독립 후 민족 분쟁으로 전쟁까지 겪어야 했던 몰도바로서는 민감하기 짝이 없는 법이었다. 독립 후 몰도바의 국적법은 민족과 상관없이 거주자 모두에게 국적을 부여했다. 루마니아계가 다수였지만 러시아계, 터키계, 유대인 등이 적지 않았다. 이중 루마니아계를 겨냥한 루마니아의 국적법 개정은 몰도바 국내 정치를 자극할 수밖에 없었다. 루마니아 이중국적자가 늘어나면 루마니아의 영향력 또한 커질 수밖에 없다. 그럼에도 불구하고 2001년까지 10여만 명이 루마니아 국적을 취득해 이중국적자가 되었다. 몰도바는 이중국적을 허용하지 않았고 루마니아 또한 상호 호혜적 이중국적만을 인정했다. 상대국이 이중국적을 허용해야 이쪽도 허용한다는 법이니, 루마니아 국적 취득을 신청한 몰도바인은 몰도바 국적을 포기해야 했다. 그러나 이걸 가려내려면 양국이 협조해야 하는데 그런 일은 벌어지지 않았고 이중국적자들에게 별다른 문제는 발생하지 않았다.

2001년 루마니아는 솅겐(Schengen) 조약의 가입국이 되었으므로 루마니아 여권 소지자는 비자 없이 서유럽 국가들을 방문할 수 있었다. 이전까지 큰 인기(?)를 누리지 못했던 루마니아 국적 취득이 몰도바와 우크라이나에서 상종가를 치기 시작했다. 게다가 루마니아는 몰도바나 우크라이나보다 앞서 유럽연합에 가입할 것이 분명했다. 신청자가 폭주할 조짐을 보이면서 이번엔 루마니아가 몸을 사렸다. 서유럽 국가들에서 몰도바와 우크라이나인들이 루마니아를 서유럽으로 불법 이주하기 위한 뒷문으로 이용한다는 비난도 일었다. 루마니아는 한동안 신청을 접수하지 않겠다는 포고령을 발표하기도 했고 처리 기한을 무한정 늘이는 방법을 써 가며 이중국적 취득자의 수를 줄였다. 다른 한편으로 몰도바에서 공산당이 집권한 때여서 몰도바의 반발도 거셌다. 몰도바 공산당이 주도한 '몰도바의 몰도바화'가 본격적으로 추진된 것이 이때였다. 루마니아 역사가 아니라 몰도바 역사, 루마니아어가 아니라 몰도바어가 공식적으로 정립되던 시기였다. 그러나 2000년 〈국적에 관한 유럽 협약(European Convention of Nationality)〉에 몰도바와 루마니아 양국이 모두 조인하면서 이중국적에 관한 장애물은 오히려 제거되었다.

여하튼 신청은 폭주했지만 2007년까지 국적 취득자 수는 고작 5,734명에 불과했다. 몰도바 키시너우 도심에서는 신청자들이 항의 시위를 벌이기까지 할 정도였다. 그러나 루마니아의 유럽연합 가입이 실현된 2007년 사정은 급변했다. 이해 9월 루마니아는 국적법을 개정했고, 해외 루마니아인의 국적 취득 대상을 2대에서 3대까지로 확대했다. 처리 기간도 빨라져 평균 40개월로 단축되었다. 그 결과 대략 1년 사이에 11,592명이 국적을 취득할 수 있었다. 그 이전

10년 동안 국적취득자 수의 두 배 가량을 1년만에 처리한 것이다. 2010년이 되었을 때 몰도바에서만 이중국적 신청자 수가 65만~90만 명을 헤아렸다. 지금도 여전히 줄은 길다.

마침 할아버지가 루마니아인이었던 막심이 졸업에 앞서 국적을 취득할 준비에 분주했던 저간의 사정은 그렇다.

"루마니아 여권을 받으면 모두 자네 부친 덕이로군."

농담 삼아 이런 말을 던지면 막심은 말없이 입술만 씹는다. 무책임하게 모자를 버린 아버지인 것이다. 그래도 막심은 이번 기회에 소원했던 할아버지와 조금이라도 친숙해질 기회를 얻기는 했다.

몰도바와 우크라이나에서 루마니아 국적 취득을 두고 열기가 뜨거웠던 이유는 아주 간단하다. 서유럽으로 합법적 이주 노동의 기회가 열리기 때문이다. 두 나라의 해외 이주 노동자 대부분은 러시아로 향한다. 서유럽과 비교한다면 당연히 낮은 임금이다. 어차피 타국에서 노동해야 한다면 서유럽을 택하고 싶지만 장벽이 높다. 루마니아 국적 취득은 이 문제를 단번에 해결할 수 있는 마법의 지팡이였던 것이다.

2014년에 들어 사정은 조금 바뀌었다. 유럽연합은 몰도바가 집요하게 요구해 오던 비자 면제 협정을 받아들였다. 이제 몰도바인들은 누구라도 서유럽을 합법적으로 방문할 수 있다. 또 이 협정은 몰도바의 유럽연합 가입이 머지않은 시일에 성사되리란 예측을 가능하게 하기도 한다. 그래서 유럽연합에 가입하게 된다면 어떤 일이 벌어질까. 몰도바의 해외 이주 노동자 수는 지금 인구의 1/3에서 기록적 통계는 더욱 늘게 될 것이 뻔하다.(세계에서 가장 많은 해외 이주 노동자를 가진 나라 중의 하나는 필리핀으로, 1천만 명을 조금

키시너우 슈테판 첼 마레 공원의 슈테판 첼 마레(Ștefan cel Mare, 1433~
1504) 동상 ☞ 첼 마레는 대왕이라는 뜻이다.

밑돌고 전체 인구의 10퍼센트 남짓이다.) 몰도바는 또 빠르게 인구가 줄고 있다. 2014년 기준으로 10년 동안 인구는 14퍼센트가 감소했다. 출생률은 독립 전에 비해 절반 수준으로 떨어졌다. 모두 해외 이주 노동자의 증가와 무관하지 않다. 일이 이렇게 되면 몰도바의 미래는 어떤 모습일까. 서유럽과 러시아에 저임 노동력을 제공하는 '노동자 출산 국가'라는 오명이 몰도바의 미래일지도 모른다는 끔찍한 생각이 들기도 한다.

두 공원이 간직한 역사

녹지의 비율이 높아 그린시티로도 불리는 키시너우의 면모는 대각선으로 마주보고 있는 도심의 두 공원, 슈테판 첼 마레 공원과 커시드럴 공원에서 엿볼 수 있다. 공원 자체의 규모가 크다고 할 수는 없지만 위치가 도심 중의 도심이란 걸 고려해야 한다. 말하자면 뉴욕 맨해튼의 센트럴파크인 셈이다. 정부 청사와 의사당 등의 건물이나 오페라하우스 등도 공원 주변에 있다. 수백년 묵은 아카시아와 라임 나무들이 빼곡한 공원은 평범하다. 젊은이들은 연애에 바쁘고 벤치에 앉은 노인들은 지그시 눈을 감고 지난 인생을 돌아보며, 분수대 주변의 아이들은 부모의 손을 잡고 솜사탕을 빨고 있다. 그리고 늘 그렇지만 그 한편에는 역사도 자리를 잡고 있다.

슈테판 첼 마레 공원 안의 알렉산드르 푸시킨 두상은 좀 특별하다. 공원의 이름 또한 소련 시절에는 푸시킨 공원이었다. 농노제 및 차르 전제를 공격하는 작품의 발표로 1820년 상트페테르부르크에서 추방된 푸시킨은 키시너우에서 1823년까지 지냈고 공원에서

키시너우 커시드럴 공원(Parcul Catedralei) ☞ ↖ 정교회 성당(Catedrala Mitro-politană Naşterea Domnului)과 ╱ 안쪽에서 본 개선문(Arcul de Triumf). 문의 바깥쪽에는 시계가 달려 있다.

멀지 않은 곳의 집에 거주하면서 그의 대표작인「코카서스의 죄수」, 「바흐치사라이의 샘」을 썼다. 푸시킨이 지냈던 소박한 집은 지금은 박물관이 되어 있다. 집필실과 책상 등이 여전히 남아 있다. 빛도 변변히 들지 않는 조촐한 방이어서 추방된 작가의 집필실 분위기가 물씬하다. 관광 무풍 지대인 키시너우인지라 개관 시간인데도 지키는 사람이 없을 수도 있다.

공원의 모퉁이는 작은 광장이고 슈테판 첼 마레, 그러니까 슈테판 대왕의 동상이 서 있다. 거의 실물 크기처럼 보이는 동상의 운명은 기구했다. 그는 15세기 몰다비아의 영웅으로 오스만의 침략으로부터 공국을 지켜냈고, 그 업적으로 대왕의 칭호를 얻었다. 옛 몰다비아 공국의 지역, 루마니아 동부와 몰도바에서는 크고 작은 그의 동상을 종종 볼 수 있다. 1918년 루마니아는 제정 러시아로부터 베사라비아를 획득한 후 1928년 알렉산더 2세의 동상을 철거하고 대신 슈테판 대왕의 동상을 세웠다. 하지만 1940년 몰도바가 소련의 공화국이 된 이후 동상은 이곳저곳을 떠돌아야 했다. 결국 부쿠레슈티에서 보관하고 있던 것을 1989년에 키시너우로 돌려보내, 다시 같은 자리에 세웠다. 제정 러시아건 소련이건 오스만과 같은 외세이며 침략자라는 뜻이다.

그러나 대각선으로 마주보고 있는 커시드럴 공원은 전혀 상반된 역사를 보듬는다. 공원 중심에 자리 잡은 러시아 비잔틴 양식의 정교회 성당은 1830년에 완공된 건축물로서, 제정 러시아의 오스만에 대한 승리를 기념한다. 공원 앞의 개선문 또한 마찬가지이다. 정사각형의 바닥에 코린트식 기둥이 인상적인 이 건축물은 규모는 작지만 여늬 개선문과 달리 시계를 달고 있다. 원래의 설계대로라면 시계와 함께 종도 매달릴 예정이었다. 차르의 명령으로 오스만 군으로부터 노획한 대포를 녹여 만든 종이었는데, 문을 완공하고 나서 보니 자리가 마땅치 않았다. 하중을 버티기 곤란했을 수도 있겠다. 종은 개선문이 세워지기 훨씬 전에 만들었기 때문에 종탑을 세워 매달아 두었는데 결국 개선문에 옮겨 달지 못하고 그대로 두었다. 종탑은 개선문과 대성당 사이에 있다.

그러므로 서로 이웃하는 이 두 공원은 친화하는 대신 대결의 긴장을 내뿜고 있는 셈이며, 이 긴장은 지난 역사에 머물지 않고 현재 진행형이다. 루마니아계가 70퍼센트로 다수를 차지하는 몰도바는 유독 언어에 민감하다. 소련 시절에는 러시아어와 몰도바어가 공용어의 위치를 차지했다. 이때의 몰도바어란 루마니아어와 사실상 다르지도 않은 언어였는데 라틴 문자로 표기하던 것을 키릴 문자로 바꾸어 쓰도록 했다. 독립 직전인 1989년 언어법은 라틴 문자로 표기된 몰도바어를 유일한 국가 언어로 명시했고 1991년 독립선언은 이걸 루마니아어로 확인했지만 1994년 몰도바 헌법은 국가 언어를 다시 몰도바어로 표기했다. 독립 이후 몰도바의 언어에 대한 집착은 국가(國歌)의 제목이 〈우리의 언어(Limba Noastră)〉인 것에서도 드러난다. 하지만 기묘하게도 이 노래는 그 언어가 무엇인지를 말하지 않는다. 언어학자들은 별로 고민하지 않고 언어학적으로 몰도바어란 루마니아어라고 말한다. 그럼에도 같은 언어가 몰도바어와 루마니아어 사이를 배회한 이유는, 이게 독립 후 민족 분쟁의 불씨가 되었기 때문이다. 드네스트르 강(루마니아어로는 니스트루 강) 동안(東岸)에 여전히 현실적 독립국으로 남아 있는 트란스니스트리아는 그 결과이다.

드네스트르 강(Nistru) ☞ 카르파티아 산맥의 드로호비치(Drohobych)에서
발원하며, 우크라이나와 몰도바를 거쳐 흑해로 흘러들어가는 강으로 1991년
이래 트란스니스트리아(Transnistria)와 몰도바의 경계를 이룬다.

몰도바 Moldova   181

니스트루 건너편의 나라

　　우크라이나 서부의 드로호비치에서 발원한 드네스트르 강은 우크라이나와 몰도바의 국경을 이룬 후에는 몰도바를 지나고 마지막엔 다시 우크라이나를 거쳐 1,362킬로미터의 여정을 마친 후 흑해를 만난다. 평야와 구릉지를 굽이굽이 흐르는 드네스트르는 도도하다는 느낌을 주지는 않지만 대신 푸근하게 언제나 천천히 흐른다. 몰도바의 드네스트르 강 동안(東岸)에는 세계의 어떤 나라도 인정하지 않고 있는 공화국이 존재한다. 트란스니스트리아로 불리는 이 공화국은 유럽에서 흔치 않은 분쟁 지역 중의 하나이다. 1992년 몰도바와 4개월 반의 전쟁을 치른 후에는 지금까지 대체로 평화를 유지하고 있지만, 국경 아닌 국경에는 여전히 긴장이 맴돈다. 그래도 통행은 가능하다.

　　불편한 것은 어쩔 수 없다. 키시너우에서 우크라이나로 가는 단거리는 인근의 두버사리를 거치는 길인데 트란스니스트리아를 통과한다. 한때는 두 번의 출입국을 거친 후에야 우크라이나에 입국할 수 있었지만 지금은 트란스니스트리아 쪽에서만 출입국 절차를 밟는다. 몰도바가 트란스니스트리아도 자국의 영토라는 이유를 내세워 트란스니스트리아로의 출입을 몰도바의 출입국과 같은 효력을 가진다고 선언한 후부터이다. 이게 마음에 들지 않으면 몰도바의 북쪽 국경이나 남쪽 국경을 이용하는 방법이 있는데 꽤 시간과 거리를 허비해야 한다. 여하튼 비슷한 경우인 코소보와 나고르노카라바흐는 여권에 스탬프가 찍혀 있기만 해도 세르비아와 아제르바이잔 입국시 불상사를 염두에 두어야 하는 처지이니, 그것과 비교한다면 부드러운 편이다.

트란스니스트리아의 보안관

트란스니스트리아가 한편 '앨리스의 이상한 나라'로 알려져 있는 것은 시간이 멈춘 것처럼 착각하게 만드는 그 독특한 분위기 때문이다. 러시아 10월 혁명을 기념해 붙여진 트란스니스트리아의 수도 티라스폴의 10월 25일가(街) 의회 건물 앞에는 망토를 휘날리는 붉은 대리석 레닌상이 건물과 비슷한 높이로 서 있다. 그 거리의 어딘가에는 또 붉은 바탕에 낫과 망치를 넣은 국기와 소련식으로 디자인된 문장을 넣은 대형 입간판을 볼 수 있다. 말하자면 이 거리는 1991년 이전에 시침이 멈추어 버린 듯 보인다. 가끔 이 도시를 방문한 외부인들이 티라스폴을 '마지막 소비에트'이거나 '소비에트 테마파크' 쯤으로 취급하는 것도 무리는 아니다. 트란스니스트리아는 마지막 소련인 것일까. 티라스폴에 함께 동행한 스타니슬라프의 생각은 다르다.

"레닌 상을 세우고 국기와 문장에 낫과 망치를 넣었다고 소련이 된다면 지금쯤 소련은 망하기는커녕 화성에도 진출했을 걸요." 스타니슬라프는 요즘 젊은이들은 너무 방탕하게 살아간다고 투덜거리는, 자신이 생각하기에도 좀 겉늙은 것 같다고 말하는 20대 후반의 러시아계 몰도바 젊은이이다.

"여기도 러시아나 우크라이나, 몰도바와 다를 것이 없어요. 경제는 시장경제고 오래전에 모두 민영화되었죠. 큼직한 이권이 또

동유럽–CIS 역사 기행

티라스폴 10월 25일가(Strada 25 Octombrie)에 있는 트란스니스트리아 의회 (Verkhovny Sovet Pridnestrovskoy Moldavskoy Respubliki)와 레닌 상.

＼ 티라스폴 1992년 전쟁 기념 공원.
／ 묘지 맞은편에 있는 전쟁 기념물인 소비에트 T-34 탱크.

몇 사람 수중에 들어간 것도 비슷하고. 정치도 별로예요. 장기 독재에…. 아, 그리고 마피아도 있네요."

마피아란 보안관(Sheriff)을 말하는 것이다. 세리프는 미국 서부영화에 등장하는 보안관 배지를 로고로 쓰는 문어발 대기업으로, 슈퍼마켓과 주유소, 이동 통신, 카지노, 방송국, 브랜디 공장, 벤츠 딜러, 축구 구단 등 트란스니스트리아에서 돈 될 만한 사업은 모두 쥐고 있다. 소련 시절 정보기관에 근무한 이력이 있는 빅토르 구샨(Viktor Gushan)이 소유하고 있다. 한동안 차를 몰고 시내를 돌아본 후의 소감이 그랬지만 티라스폴은 보안관의 도시였다. 어쩌다 이름을 보안관으로 했는지 모를 일이지만 주인인 빅토르 구샨이 지키고자 하는 것이 공공의 안전과 복리보다는 '돈'인 것은 분명했다.

정부청사 맞은편으로는 드네스트르 강을 왼쪽으로 끼고 전쟁과 관련된 두 개의 기념공원이 조성되어 있다. 정면에는 1990~1992년 분쟁에서 사망한 전사자 이름을 빼곡하게 새긴 대리석 벽 앞으로 성모상을 세워 두었다. 다른 한편으로는 이 지역 출신으로 아프가니스탄 내전에 참전해 전사했던 병사들의 이름을 새겨둔 기념비가 서 있다. 아프가니스탄 내전 관련한 기념비들은 CIS 국가라면 어디에나 있지만 1992년 전쟁과 관련된 기념비는 트란스니스트리아만의 것이다.

루마니아와 몰도바

드네스트르 강을 끼고 벌어진 몰도바와 트란스니스트리아의 전쟁은 소련의 해체를 기념하는 조종과도 같은 사건이었지만 그

＼ 티라스폴 도심의 트란스니스트리아 국가 문장
／ 부쿠레슈티의 "베사라비아는 루마니아"라는 구호를 쓴 낙서

뿌리는 소련 이전으로 거슬러 올라간다.

"베사라비아는 루마니아다!(Basarabia e Romania!)"

루마니아 부쿠레슈티의 인민 궁전으로 가는 통일로 주변의 건물 벽면에서는 가끔 스프레이로 쓴 이런 구호를 볼 수 있다. 눈여겨본다면 루마니아의 곳곳, 특히 동부 지역에서도 흔히 볼 수 있는 구호이다. 루마니아뿐 아니다. 똑같은 구호를 몰도바의 수도 키시너우에서도 심심찮게 볼 수 있다. 다른 점은 루마니아에서와 달리 훼손 당한 사례가 심심치 않다는 것이다. 중간에 "nu"를 삽입하면 "베사라비아는 루마니아가 아니다!(Besarabia nu e Romania!)"라는 뜻이 되는데 대개는 그런 식이다. 그밖에 '몰도바는 루마니아 땅이다'라는 낙서도 흔히 띈다.

베사라비아는 몰도바의 영토 대부분을 차지하는 드네스트르 강 서안 지역을 가리키는 옛 이름으로 몰다비아의 동쪽을 이루는데, 루마니아는 이 지역을 수복해야 할 고토(故土) 쯤으로 취급한다. 인종적으로 같을 뿐더러 같은 언어를 쓰고 있으므로 이해 못할 바는 아니다. 그렇다고 해서 한 나라가 되어야 한다거나 그 반대이기 때문에 독립해야 했던 것도 아닌 게 유럽이다. 그러나 이 문제가 전쟁으로까지 불거졌던 것은 역시 소련의 해체와 밀접한 관계가 있다.

소련의 각 공화국에 대한 영향력은 이미 고르바초프의 페레스트로이카와 글라스노스트 이후 쇠퇴하기 시작하는데 그와 반비례해 민족주의 성향은 강화되는 경향을 보였다. 몰도바가 바로 그런 경우였다. 소련이 해체되기도 전에 소수민족의 축출을 주장하는 몰도바 인민전선(PFM)과 같은 민족주의 정치 세력이 등장하더니 1989년 몰도바 소비에트 최고회의가 몰도바어(루마니아어)를 유일한 공용어로 채택하는 사건이 벌어졌다. 1990년 최초의 자유선거에서 몰도바 인민전선이 승리하면서 소수민족의 위기의식은 더욱 고조되었다. 가장 먼저 반발한 지역이 드네스트르 강 동안의 트란스니스트리아였다. 우크라이나와 러시아 등 슬라브계 인구가 다수였던 이 지역은 그해 9월 2일 독자적인 소비에트 공화국 수립을 선언했다. 뒤이어 터키계가 다수인 남부의 가가우지아 지역이 1991년 8월 독립을 선언했다. 두 지역의 독립선언에 직접 영향을 미친 계기가 인민전선의 등장이었다. 인민전선은 루마니아와 통일을 하자거나 소수민족을 축출하자는 등, 과격한 인종주의적 태도를 취했다. 인민전선이 주도하는 가운데 몰도바는 가가우지아보다 일주일 늦은 시점에서 독립을 선언했지만 이미 무력 분쟁의 도화선은 불이 당겨진 후였다.

1990년 11월에 키시너우와 가까운 두버사리의 드네스트르 강을 가로지르는 다리에서 몰도바 측이 무력 진입을 시도하면서 세 명의 민간인이 사망하는 충돌이 빚어졌고, 1991년에도 비슷한 사건들이 간헐적으로 벌어졌다. 전면 전쟁은 1992년 3월 2일 몰도바의 선제 공격으로 시작되었다. 트란스니스트리아의 경계인 드네스트르 강을 따라 치열하게 전개된 전쟁에서 트란스니스트리아는 숫적으로 열세였지만 군사적으로는 그렇지 않았다. 소련 시절부터 주둔하고 있던 14군(軍)이 암암리에 지원에 나섰고 러시아와 우크라이나의 군수물자 지원도 뒤따랐다. 그러자 루마니아 또한 몰도바를 군사적으로 지원하고 나섰다. 7월21일 러시아의 중재로 평화 유지군 주둔 등을 내용으로 한 휴전협정이 체결될 때까지 목숨을 잃은 천여 명은 공식적으로는 모두 민간인이었다. 양측 모두 정규군 체계를 갖추지 못했고 경찰과 민병대, 자원병을 동원했기 때문이다.

부추겨진 민족주의

분쟁이 일어날 수 있는 역사적 연원이야 없지 않지만 독립을 전후해 인종 갈등을 부추기고 급기야 전쟁까지 벌인 자유주의적 민족주의 세력은 전쟁 이후 다중의 신뢰를 얻지 못했다. 정권을 장악한 후 성급하게 도입한 시장경제는 가파른 인플레이션을 불러왔고 몰도바는 심각한 경제난에 시달려야 했다. 1994년 독립 이후 치른 첫 총선에서는 민주농민당(Partidul Democrat Agrar)이 승리해 다수당이 되었다. 정책의 변화가 뒤따랐다. 루마니아와의 통일 정책은 폐기되었고 헌법 개정과 특별법 제정으로 가가우지아 지역은 자치권을 확보할 수 있었다. 그러나 경제는 점점 나빠졌고, 부정부패의 만연과 빈부 격차의 심화, 사회복지의 붕괴 등으로 소련 해체와 독립 이후 새롭게 등장한 정치 세력에 대한 불만 또한 깊어졌다. 민심은 구관이 명관인 쪽으로 흘렀다. 2001년 총선에서는 공산당이 압도적인 다수당으로서 정권을 손에 쥐었다. 몰도바 공산당은 유럽에서 최초로 자유선거를 통해 집권한 공산당으로 기록되었다. 대외적으로는 러시아와 관계가 개선되기 시작했고 트란스니스트리아와의 긴장도 완화되었다. 이후 공산당은 8년을 집권할 수 있었다.

몰도바에서 이루어진 2011년의 여론조사에서는 응답 대상의 29퍼센트가 루마니아와의 통일을 지지하고 61퍼센트가 반대하는 것으로 나타났다. 2010년 말 루마니아에서 한 여론조사 결과는 좀 다르다. 44퍼센트가 찬성했고 28퍼센트가 반대했다.

몰도바 과학원의 빅토르 시트니코프는 "역사도, 언어도, 인종도 같은데 하나가 되는 것이 옳지요"라고 말하지만, 트란스니스트리아와 가가우지아가 원하지 않는다면 그 지역은 통일의 대상이 아니라고 못을 박았다. 합리적인 듯 들리지만 현실은 다르다. 남과 북이 모두 한민족임을 자처하는 한반도와는 달리 트란스니스트리아의 인구 중 32퍼센트는 라틴계이고 몰도바 또한 인구의 22퍼센트는 슬라브계가 차지한다. 전쟁 후에도 이들은 삶의 터전을 옮기지 않고 그대로 살아가고 있다. 몰도바가 루마니아와 통일을 한다면 수많은 정치 난민이 발생할 것은 뻔한 일이고 그 때문에 오히려 분쟁이 격화될 가능성이 높다.

몰도바의 분쟁은 규모가 작았고 비슷한 사례들 중에서는 꽤 무던한 편이다. 1992년 전쟁 이후 대규모 인구 이동이나 난민이 발생하지 않았음은 그걸 반증한다. 민족간의 전쟁이 발생했음에도 불구하고 두 지역의 소수민족은 자신의 터전을 버리지 않고 그럭저럭 살아가고 있다. 돌이켜 보면 소련 시기 70년 동안 여러 민족들이 어울려 별 탈 없이 살아왔다. 독립 전후의 혼란기에 전쟁까지 치러야 했던 것은 신흥 정치 세력이 권력을 장악하기 위해 민족주의를 부추긴 결과였음을 반증한다. 그 세력은 몰락했고 CIS 국가 중 가장 먼저 공산당이 부활하는 계기가 되기도 했지만 그 상처는 여전히 남아 드네스트르 강 양편을 가르고 있다.

몰도바 공산당

트란스니스트리아를 두고 '소비에트 테마파크'라고 말하지만 CIS 국가라면 소비에트의 흔적은 어디에나 여전히 크고 작게 남아 있다. 몰도바도 예외는 아니지만 소련식 건물이나 레닌 동상 쯤에 그치지 않는 특징이 있다. CIS와 동유럽을 망라해 가장 강력한 '공산당'이 존재한다는 점이다. 1991년에 불법화되었다가 1993년에 다시 합법화된 공산당은 1998년 총선에서 101석 중 40석을 차지해 1당이 되었다. 2001년 총선에서는 무려 70석을 얻어 절대 다수당으로서 권력을 손에 넣었다. 2005년과 2009년의 총선에서도 여전히 과반수 이상의 의석을 얻어 집권당이 되었지만 2009년 4월 총선 후의 소요로 실시된 7월 재선거에서는 제1당이지만 과반수를 넘지 못했다. 나머지 세 정당이 연합해 연립 정부를 구성하면서 권력에서 밀려난 것이다. 이후 대통령을 배출하는 데 실패했고, 2010년의 선거에서도 과반수에 미달한 제1당이었다. 2009년 공산당이 권력에서 밀려난 직접적 계기는 소요 사태였다. 야당에서 부정 선거라고 주장한 것이 계기가 되어 일어난 소요였지만, 이 사건으로 잠복해 있던 민족문제가 다시금 전면에 등장했다. 시위대는 친루마니아 성향을 보였다. 루마니아 국기를 들기도 했고 '우리는 유럽을 원한다', '우리는 루마니아인이다'라는 구호도 등장했다. 한때 공산당의 극적 부활이 민족주의 세력에 대한 불신과 몰락이었음을 돌이켜 보면 아이러니컬한 일이었다.

지금도 여전히 제1당이고 만만치 않은 지지를 얻고 있는 까닭에 무시할 수 없는 정치 세력이지만 몰도바 공산당이 공산당인지에 대해서는 회의스런 시각이 엄존한다. 몰도바 공산당은 스스로 이념과 전통에서 소비에트 공화국 시절 공산당의 적자임을 명시하고 있지만 『이코노미스트』 같은 잡지는 몰도바 공산당의 이념 좌표를 '중도 좌익'도 아닌 '중도 우익'으로 평가한다. 8년의 집권 기간 동안

몰도바 Moldova   193

＼ 키시너우의 레닌 상과 마르크스 상
／ 레닌 탄생 142주년 기념식에 동상 앞에 모인 공산당원들 ☞ 행사에서는 당
수인 보로닌(Vladimir Voronin, 1941~) 전대통령이 신규 당원들에게 당원증
을 전달했다.

보인 행적을 보면 『이코노미스트』의 평가 그대로이다. 이미 도입된 시장경제에 대단한 변화를 시도한 것도 아니고 경제는 좀처럼 나아지지 못했다. 유럽연합 가입 신청도 공산당 집권 시대에 추진된 것이다. 사회복지나 부정부패 등에 관련해서도 이전과 달라진 것이 별반 없었다. 냉정하게 평가한다면 이미 도태되었어야 할 공산당 아닌 공산당이 여전히 살아남아 있는 것이다.

4월 22일 레닌 탄생 142주년을 맞아 찾은 키시너우의 레닌 공원에서는 공산당 주최로 조촐한 기념식이 열리고 있었다. 공원의 붉은 대리석 레닌 상은 원래는 의사당 앞에 있었던 것을 2009년에 이곳으로 옮겼다. 기념식은 당수인 보로닌(전대통령)이 신규 당원들에게 당원증을 전달하는 행사를 함께 했다. 행사는 시종일관 우울해 보였다. 모인 인원도 고작해야 100여 명쯤, 나이가 지긋한 당원들이 다수였다. 행사가 끝난 다음 레닌상에 붉은 꽃들을 바치며 기념사진들을 찍느라 한동안 분주했을 뿐 그들이 돌아가자 공원은 이내 적막해졌다. 다음 총선에서는 공산당이 다시 집권할 수도 있다는 전망도 가끔씩 나오고 있지만 그와 무관하게 이 무기력한 분위기는 새로운 전망도 실천도 부재한 공산당이 지금의 집권당과 별로 다를 것이 없음을 반영하는 듯 보였다. 사실 공산당을 지지하는 세력은 루마니아계의 독주를 염려하는 러시아계·터키계 등의 소수민족과, 루마니아계이긴 하지만 몰도바인의 정체성을 가진 사람들이 중심이라는 점에서 전혀 이념적이지 않다. 이름만 공산당이란 평가는 그래서 나온다. 레닌 앞에서 벌이는 공산당의 행사가 무력함에 지배되고 있는 것은 아마도 그 때문일 것이다.

드니스트루 강변의 피크닉 ☞ 몰도바 사람들도 피크닉을 좋아하여 주말이면 강변이나 숲을 찾는다.

어느 나라가 더 많이 마시나

옆 나라인 우크라이나도 그렇지만 몰도바 사람들도 피크닉을 좋아한다. 주말이면 강변이나 숲 또는 다챠를 찾는다. 삼겹살은 등장하지 않지만 고기를 굽는 풍습은 우리와 비슷하다. 땔감으로 불을 지피고 양념에 잰 고기와 소시지를 굽는다. 물론 술도 등장한다.

세계보건기구(WHO)가 조사해 발표하는 통계 중에는 '알코올 소비량'이란 게 있다. 이 분야에서 당연히 상위권일 것으로 예상하는 러시아가 4위를 차지하고 있고 한국 역시 14위로 상위권에 속한다. 그렇다면 1위는? 연간 18.22리터의 알코올을 소비하는 나라로 몰도바이다. 러시아는 15.76리터, 한국은 14.8리터를 소비하는 것으로 발표되었다. (2005년 기준, 2011년 발표 자료)

가공할 수치이다. 순도 100퍼센트 에탄알코올을 1리터 페트병에 담아 18개를 마시고도 조금 아쉬웠다는 말이다. 그러나 몰도바의 어딜 가도 이걸 실감하기란 불가능에 가깝다. 거리, 식당, 클럽, 야외의 피크닉 장소 등에서 사람들이 과하게 술을 마시는 경우는 흔히 볼 수 없다. 술에 취해 공원 벤치나 길바닥에 널브러져 있는 주당도 드물다. 도시의 변두리나 농촌 지역을 방문하면 그럴 수도 있다는 생각을 하게 된다. 집집마다 텃밭에 포도나무를 심어 두는데 도시 근교에서는 그저 텃밭이지만 농촌에서는 그 규모가 제법 크다. 또 아무리 허름한 집이라도 와인 저장고에 해당하는 공간을 마련해 두고 있다. 언젠가 방문했던 수도원 마당 한편에는 거대한 플라스틱 통이 두 개 놓여 있었는데 와인을 담글 용도의 용기였다. 하지만 그렇다고 해서 세계에서 가장 많은 알코올을 소비한다고 볼 수 있을까. 게다가 와인이란 알코올 도수가 낮은 주류 중의 하나이다.

"모함이에요. 모함!"

달갑지 않은 세계 1위에 몰도바 사람들은 대개는 이렇게 말하며 고개를 흔들거나 아니면 그저 웃고 넘어간다. 심정적으로 동의할 수는 없는데 WHO의 권위에 밀려 따히 반론할 엄두가 나지 않는 것이다. WHO는 어떻게 이 리스트를 만들어 낸 것일까.

WHO의 조사는 등록 자료와 미등록 자료를 합산해 결과를 낸다. 등록이란 정상 유통 과정에서 소비되는 알코올 소비량을 말하고 미등록 자료란 이렇게 산출되지 않는 소비, 그러니까 집에서 담근 술이거나 밀수된 술 등 공식 자료가 없는 소비를 말한다. 몰도바는 등록이 8.2리터인 반면 미등록이 10리터로 압도적인 비율을 차지한다. 2위인 체코와 비교하면 차이가 확연하다. 체코는 등록이 14.97리터, 미등록이 1.48리터에 불과하다. OECD 통계에는 몰도바가 끼어 있지 않지만 WHO처럼 미등록 자료까지 합치지는 않는다. OECD처럼 등록 자료만으로 순위를 매긴다면 몰도바는 세계 1위에서 한국보다 낮은 미국이나 호주 정도의 중위권으로 내려앉는다. 미등록 자료는 공식 자료가 없다는 의미인데, 그럼 WHO는 어떤 방식으로 이 수치를 얻어냈을까. '경험적 조사'와 '전문가의 판단'에 의한 결과라고 한다. OTL.

지하 터널의 와인 저장고

몰도바는 세계에서 가장 유명한 포도 산지 중의 하나이고

＼ 밀레슈티 미치의 지하 와인 저장고(Mileştii Mici Winery) ☞ 총 길이가 200킬로미터가 넘는 세계에서 가장 큰 와인 저장고는 기네스북에 올라 있다.

／ 레지나(Rezina)의 사하르나 수도원(Mănăstirea Saharna) ☞ 수도원의 마당 한편에는 큼직한 와인통이 둘이나 있다.

더불어 와인으로도 이름을 얻고 있다. 소련 시절에는 조지아와 더불어 연방에서 가장 질 좋은 와인을 생산해 공급하는 공화국으로서 명성을 자랑했다. 다른 분야와 달리 이것만큼은 소련 해체와 독립 후에도 여전히 그 명성을 잃지 않았다. 푸르카리(Purcari), 밀레슈티 미치, 크리코바(Cricova) 등의 회사에서 생산하는 몰도바 와인은 아직도 세계 각지 애호가들의 손길을 타고 있다. 그 때문인지 관광객들에게 좀처럼 호소하지 못하는 몰도바도 '와인 투어'만큼은 제법 유명하고 또 많은 관광객들이 큰 관심을 보인다. 그중에서도 또 가장 널리 알려진 와인 투어는 키시너우에서 남쪽으로 20킬로미터 떨어진 밀레슈티 미치의 지하 저장고를 둘러보는 것이다. 총연장 200킬로미터, 지하 40~85미터까지의 터널이 뚫려 있는데 그중 절반쯤을 와인 저장고로 쓰고 있다. 말하기를 섭씨 12~14도, 습도 85~95퍼센트를 유지하는 지하 저장고는 와인을 숙성시키는 데에 최적이라고 한다. 이런 규모의 저장고를 다른 회사들은 가지고 있지 못한데 밀레슈티 미치는 자신들이 만든 와인은 물론이거니와 회사를 불문하고 1968년 이후 몰도바에서 생산된 와인들을 저장한 콜렉션을 가지고 있다. 밀레슈티 미치가 보유한 기네스 기록은 지하 터널이 아니라 저장하고 있는 와인의 콜렉션으로, 무려 150만 병에 달한다.

밀레슈티 미치는 아직도 국영으로 남아 있다. 주변에는 드넓은 포도밭이 펼쳐져 있고 정문에 들어서면 주차장 맞은편에 크지도 작지도 않은 분수를 볼 수 있다. 방문한 시기가 여름이라면 이 분수의 가장자리에 대형 와인잔들이 놓여 있는 가운데 중앙의 참나무 통에서 붉은 와인이 흘러나오는 장면을 볼 수 있다. 가공스럽게도 진짜 와인을 물에 타 뿌려대는 것이다. 투어의 핵심은 저장된 와인

신자를 축복하고 있는 사하르나 수도원의 사제.

콜렉션들을 둘러보는 것이고 곁들여 터널을 뚫을 때 사용했던 기계라거나 샴페인을 만드는 과정과 같은 와인 관련 설명을 실물과 함께 들어보게 된다. 마지막에는 지하 식당에서 악사들의 연주를 즐기며 와인을 시음하고 식사를 할 수 있다. 식당에는 이곳을 방문했던 명사들의 사진도 전시되어 있어서 지미 카터(Jimmy Carter)나 스티븐 시걸(Stephen Seagal)의 모습을 볼 수 있다.

밀레슈티 미치와 비슷한 방문지로는 키시너우 북쪽 19킬로미터에 위치한 크리코바도 꼽을 수 있다. 마찬가지로 지하 터널을 저장고로 쓰고 있고 총연장 120킬로미터에 달한다. 이렇듯 와인 저장고로 상당한 규모의 지하 터널을 쓰게 된 배경은 이 지하 터널들이 모두 키시너우 외곽에 자리 잡고 있는 것에서 힌트를 얻을 수 있다. 도대체가 산을 볼 수 없는 구릉지인 몰도바에서 건축물의 석재는 석회암 지대를 파들어가야 얻을 수 있었다. 말하자면 밀레슈티 미치와 크리코바의 지하 터널은 키시너우란 도시를 건설하기 위해 필요한 석재를 조달하기 위한 석회암 광산이었다. 같은 예를 우크라이나의 오데사 인근에서도 볼 수 있다. 그렇게 등장한 지하 터널을 와인 저장고로 쓰게 된 것은 물론 몰도바가 와인 생산에 적지인 덕분에 자연스러웠다. 반면 딱히 쓸데가 없었던 오데사의 경우는 그대로 방치되었고 2차 세계대전 당시 추축국 점령군에 대항해 싸웠던 우크라이나 게릴라들의 근거지로 이용되었다.

포도밭 너머 수도원

은자의 나라 몰도바에서 갈 곳이라곤 와인 지하 저장고 밖에 없는 것일까. 그렇지는 않다. 꽤 많은 알려져 있지 않은 수도원과 정교회들이 있는데 그 중에 좀 알려진 드네스트르 강변의 치포바 수도원(Mănăstirea Ţipova) 근처에서 50대 후반의 폴란드인을 만났다. 웃통을 벗은 채 배낭을 짊어지고 터덜터덜 걷고 있었는데 자칭 순례자였다. 여름마다 몰도바의 수도원들을 찾고 있는데 이 년 째라고 한다. 배낭 속에는 몰도바의 수도원과 교회가 표시된 러시아어 지도가 들어 있었다.

"걸어서 다니세요?"

"주로 버스 타고 다니는데 여기까지 오는 버스는 없구만. 큰길에서 내려 걸을 수밖에."

나이 치고는 건장한 체격이었기에 걱정할 일은 없었다. 우치의 작은 공장에서 일하고 있는데 은퇴할 때가 멀지 않았다고 한다. 몰도바의 수도원을 빠짐없이 모두 방문하는 것이 목적이라지만 정작 수도원의 교회에서 보인 태도는 신실한 교인과는 거리가 멀었다. 오래된 러시아제 필름 카메라를 싸구려 중국제 삼각대에 얹고는 사진 몇 장을 찍는 것이 고작일 뿐 성호를 긋거나 고개를 숙이는 일도 없다. 그런 후에 사내는 나를 끌고 수도원 건물의 이곳저곳을 기웃거리더니 식당을 찾아가 천연덕스럽게 때도 아닌데 끼니를 요구한다. 주방의 후덕하게 생긴 여인은 별말 없이 걸죽한 수프와 빵을 내밀었다. 그는 또 그날 밤을 수도원에서 신세지기로 했다고 한다.

"몰도바는 아직까지 이래. 폴란드만 해도 이게 쉽지 않다니까." 큼직한 접시에 담긴 수프를 게 눈 감추듯 해치우고 팔뚝만한 호밀빵도 깨끗이 처리한 후 폴란드 순례자는 배를 쓰다듬으며 말했다.

치포바 수도원은 드네스트르 강변의 절벽 위에 위치해 있고 절벽에는 동굴 수도원이 있다. 무엇보다 지대가 높아 전망이 수려하다. 치포바에서 멀지 않은 레지나 근처에는 숲 속에 자리 잡은 사하르나 수도원이 있다. 폴란드 사내는 다음날 그곳에 갈 것이라고 한다. 딱 부러지게 유명하고 화려한 관광지는 없지만 호두나무가 길가에 줄을 지어 늘어서 있고 구릉 사이로 호수가 있으며 밀과 포도, 해바라기와 옥수수가 구릉 위에서 자라는 나라 몰도바는 그저 어디나 터벅터벅 다녀볼 만한 나라이다.

조지아	아르메니아	아제르바이잔
Georgia	Armenia	Azerbaijan

몰도바	우크라이나	폴란드	벨라루스	루마니아	헝가리	독일	체코
Moldova	Ukraine	Poland	Belarus	Romania	Hungary	Germany	Czech

우크라이나
Ukraine

🌐 면적 603,700km², 인구 4,457만 명(2013년 추계), 공용어 우크라이나어, 화폐 단위 흐리브냐(UAH). 동유럽의 공화국으로 북동쪽으로는 러시아, 북서쪽으로 벨라루스, 서쪽으로 폴란드·슬로바키아·헝가리, 남서쪽으로는 루마니아·몰도바와 접한다. 1991년 소비에트 연방에서 독립했다. 온화한 대륙성 기후이며 흑해의 크림 반도에서는 지중해성 기후가 나타난다. 밀·옥수수·보리·사탕무·포도 재배 등 농업 생산량이 높고 지하자원도 풍부해 석탄·철광석·유전·천연가스·망간·우라늄 등을 산출한다. 기계제조업·화학공업도 발달했다.

우크라이나의 해바라기밭 ☞ 해바라기밭은 동유럽 여러 나라에서 볼 수 있지만 우크라이나처럼 광활하게 펼쳐지는 곳은 없다.

몰도바의 키시너우에서 우크라이나의 키예프로 가는 길은 두버사리를 거쳐 트란스니스트리아를 통과한 후 우크라이나의 13번 국도를 달리다가 오데사-키예프 고속도로를 타는 것이다. 이게 최단 거리이다. 하지만 이 루트는 지독하게 인기가 없어서, 남쪽으로 내려가 티라스폴을 거치거나 심지어 오데사 인근으로 우회하는 길을 택한다. 우크라이나 국경을 넘은 후의 도로 사정이 극악하기 때문이다. 아스팔트가 깨져 구멍투성이로 제대로 달릴 수가 없고 타이어가 찢겨 나가는 일도 다반사이니, 국도라는 걸 믿을 수 없을 지경이다. 소련 이후의 우크라이나가 얼마나 엉망으로 굴러가고 있는지는 기간 도로를 제외한 도로의 유지 보수가 영점에 가깝다는 사실에서도 알 수 있다. 한적한 농지로 이어지는 도로까지 포장된 흔적을 볼 수 있어 꽤 갖추어졌던 것으로 짐작되는 소련 시대의 도로 인프라는 4반세기가 지난 지금까지 보수 없이 그대로 나이를 먹어 버려 흔적만 남긴 곳이 적지 않다. 다뉴브 델타 인근의 국도는 새로 포장을 한 지 얼마 지나지도 않아 벌써 뜯겨 나가고 있는 걸 보면, 나름대로 유지 보수를 한다고 해도 엉망인 건 어쩔 수 없는 모양이다.

검은 흙의 축복

오데사-키예프 5번 고속도로는 그나마 제대로 유지되고 있고 왕복 4차선 이상을 유지한다. 우크라이나를 남북으로 관통하는 이 길은 또 우랄 산맥에까지 펼쳐지는 광활한 카스피 해-흑해 스텝 평원의 서쪽 언저리를 달리는 길로, 우크라이나 남부 대평원의 장대한 풍광을 실감할 수 있다. 초원 지대이지만 체르노좀으로 불리는 흑토지대로, 밀과 옥수수 등을 재배할 수 있는 비옥한 땅이다. 우랄 산맥을 넘어 몽골에까지 이르는 스텝 평원이 모두 이처럼 비옥한 것은 아니므로, 이건 우크라이나에 주어진 축복이다. 우크라이나는 전 세계 흑토의 30퍼센트를 보유하고 있다. 한편 서부의 카르파티아 산맥과 흑해 연안의 크림 산맥을 제외하고는 산이라곤 구경할 수 없는 우크라이나는 국토의 대부분이 평지이다. 밀은 어디에서나 자란다. 보리와 감자, 옥수수, 사탕무, 호밀, 해바라기, 담배 등도 재배할 수 있다. 건초지와 목초지도 적지 않아 축산에도 유리하다. 유럽의 빵 바구니란 명성은 달리 얻어진 것이 아니다.

숲조차 드문 대평원이 이어지는 풍광은 심하게 단조롭지만 남부를 벗어나 중부에 접어들고 키예프가 다가올수록 조금씩 변화한 다. 숲들이 나타나고 구릉지대가 나타난다. 물론 대도시에 가까워지는 만큼 시나브로 번잡해지기 시작한다. 키예프에 접어들면 드네프르 강을 따라 언덕들이 달려가고 도심의 길들도 오르내리기를 반복해 언덕의 도시라고 할 만하다.

전설에 따르면 한 왕국이 동쪽으로부터 온 침략자들에 짓밟혀, 왕자 셋과 공주 하나가 몸을 피해 정처없는 도주길에 나섰다고 한다. 드네프르 강에 이르렀을 때 이들은 강 너머에 일곱 개의 푸른 언덕이 솟아 있는 것을 보고 작은 목선을 타고 강을 건너 그 언덕들에 정착해 도시를 일구었다. 이 도시에게는 만왕자인 키이(Kyi)의 이름을 따 키예프란 이름이 붙여졌다. 이게 서기 482년 5월의 일이라고 한다. 물론 전설이지만 도시의 연혁을 따질 때에는 이때를 시작으로 친다. 소련 시절인 1982년은 이 도시가 1,500주년을 기념한 해였는데 제법 성대한 기념식이 치러졌다고 한다.

왕자 키이의 언덕

지난 겨울 몇 차례 들른 후 한여름이 되어 다시 찾은 키예프는 겨울과는 사뭇 달라 마치 천국처럼 보인다. 키예프의 혹한은 외벽 두께가 1미터에 육박하는 이 도시의 오래된 아파트들을 보면 쉽게 짐작할 수 있다. 창문턱을 선반이나 화분대로 쓰는 데에 별 어려움이 없을 지경이다. 한겨울 키예프는 이 도시보다 훨씬 북쪽에 위치한 상트페테르부르크와 기온이 별반 차이가 없고 12월에는 더 추울 때도 있다. 여기에 삭풍까지 몰아치면 (나 같은 사람에게는) 말 그대로 죽음의 그림자가 어른거리는, 동토 아닌 동사의 거리이다. 한데 한여름인 지금 키예프는 도심 공원의 어디선가 매미가 울어댈 것처럼 화창하고 햇살이 따갑다.

언덕의 도시 키예프. 전설의 왕자 키이가 도시를 일구기 시작했던 그 언덕은 여전히 드네프르 강을 굽어보며 서 있다. 남쪽 둔덕이 시작하는 파톤 다리 부근에서부터 독립 광장 인근과 블라디미르 언덕에 이르기까지의 사이에 키예프의 볼거리의 절반쯤이 자리잡고 있다. 5킬로미터 남짓의 그 길은 충분히 걸을 수 있고 걷는 것이 좋다. 웅장한 기념관이 있고 유서 깊은 정교회가 있으며 공원이 있고 다양한 이야기를 속삭이는 동상과 기념비들이 있다. 무엇보다 드네프르 강을 한눈에 굽어볼 수 있는 언덕 위의 길이다. 언덕 끝 어느 편에서 시작해도 좋지만 키예프의 가장 유명한 도심의 거리인 흐레샤틱을 다음 목적지로 하려면 드루즈비 나로디브 대로에 인접한 남쪽 기슭에서 출발하는 것이 좋다.

키예프 전경 ☞ 드네프르 강(Dnieper River)과 시내 전체를 굽어볼 수 있는 언덕에서 천오백 년 전 키예프가 처음 시작되었다고 한다.

키예프의 조국의 어머니 상(Rodina-Mat) ☞ 조각가 예프게니 부체티치(Yev-geny Vuchetich)의 작품으로 1981년에 드루즈비 나로디브(Druzhby Narodiv) 대로에 면한 언덕에 세워졌다.

남쪽 기슭의 언덕 위에 102미터의 높이로 서 있어 인근 어디에서나 한눈에 볼 수 있는 '조국의 어머니상'은 전형적인 사회주의 리얼리즘 풍으로 만들어진 거대한 티타늄 상으로 전쟁 기념관(대조국 전쟁 기념관)의 일부를 이룬다. 상은 드네프르 강을 향해 있으며 오른손에는 칼을 치켜들고 왼손에는 소련 문장을 새긴 방패를 들었다. 일종의 수호상이라고 할 수 있는 이 상은 남성적이고 전사에 가까워서, 같은 수호상이지만 지극히 여성적인 독립 광장의 베레히냐 탑과 대비된다.

대조국을 일군 전쟁

소련과 독일의 전쟁 초기 가장 큰 전투가 키예프를 둘러싸고 벌어졌다. 이 전투는 독일군으로서는 포위전이었고 소련군으로서는 방어전이었다. 결과는 소련군의 대패였다. 소련군 43개 사단이 궤멸되다시피 했고 60만 명이 독일군의 포로가 되었다. 소련의 소비에트 공화국 중 우크라이나는 러시아에 이어 두 번째로 큰 피해를 입은 공화국이었다. 키예프의 거대한 기념관이 아니더라도 우크라이나의 크고 작은 도시의 어느 구석엔가는 반드시 기념비를 볼 수 있고 한적한 농촌의 작은 마을에도 그 마을 출신의 전사자 이름을 새긴 기념비를 보는 것은 어렵지 않다. 적백내전을 겪고 탄생한 소련이 겪은 절체절명의 위기였던 이 전쟁은 핏빛의 상흔이었으며 승전은 그 피의 대가로 얻은 영광이었다. 소련 해체 후의 CIS 국가들에도 이 점은 큰 변화가 없어, 대개는 추축국의 일원이 되었던 동유럽과 CIS 국가를 구분하는 기준 중의 하나가 2차 세계대전에 대한 기

키예프 대조국 전쟁 기념관(Museum of the Great Patriotic War) ☞ 기념관
바깥의 조각은 드네프르 강 전투의 병사들을 묘사한 것이다.

넘비의 유무나 이 전쟁에 대한 태도이다.

1979년에 착공되어 1981년에 완공된 기념관의 어머니상은 치켜든 칼의 끝이 깎이는 수난을 겪어야 했다. 근처의 대수도원 페체르시크 라브라의 십자가보다 높다는 이유에서였다. 1981년이면 엄연히 소련 시절이어서 이 장대한 기념상이 교회 십자가에 영향을 받았다는 것이 쉽게 믿기지 않는데 스탈린 이후 브레즈네프(Leonid Brezhnev, 1906~1982) 시대에 이르러 종교에 대한 태도의 일면을 엿볼 수 있다.

기념관의 입구 홀의 중앙 바닥에는 아마도 종전 무렵 베를린에서 노획했을 나치의 독수리 동상이 목이 잘린 채 놓여 있고, 그 뒤로 소총을 어깨에 맨 소련군 병사의 동상이 서 있다. 병사의 표정을 몹시 우울하게 표현한, 승전이 아니라 전쟁의 비극에 중점을 둔 동상이다. 원형으로 배치된 1층의 9개 전시관과 2층의 5개 전시관 등 모두 14개의 전시관들이 주제별로 전시물들을 보여 준다. 전시물은 우크라이나에만 한정되지 않는다. 1945년 8월의 대일본 선전포고 후 만주에서 벌인 전쟁에서의 노획물도 한편에 보인다. '무운장구(武運長久)'라고 써갈긴 일장기며 일본도들이 있다. 참전 병사들의 인물 사진을 벽 전체에 붙여 놓은 전시관이 인상적인데, 아마도 그들 모두 전쟁으로 목숨을 잃은 전사자들이다. 그밖에 전쟁과 관련된 다양한 전시물들을 볼 수 있다. 2층 전시관의 중앙홀은 '영광의 홀'이다. 돔형으로 꾸며진 천정의 중심에는 대형 훈장이 걸려 있다. 역사상 오직 17명에게만 수여되었던 소련 최고 영예의 '전승 훈장'을 모델로 만든 조형물이다. 그 주위에 원형 띠 형태로 만들어진 화려한 모자이크 벽화가 특히 눈길을 끈다. 홀의 기둥에는 당시 영웅

＼ 키예프 동굴 수도원 페체르시크 라브라(Kiev Pechersk Lavra) ☞ 11세기에 세워지기 시작한 정교회 수도원으로 1999년 유네스코 세계 유산 목록에 등재되었다. 대조국 전쟁 기념관에서 바라본 모습.

／ 수도원 입구에서 여인들은 스카프로 머리카락을 가린 다음 입장한다.

훈장을 받은 1만 2천 201명의 이름이 금색으로 적혀 있다. 독소전쟁으로 목숨을 잃은 우크라이나 출신 병사들은 1백 3십 7만 7천여 명이었다. 이보다 더 많은 수의 민간인들도 목숨을 잃었다. 원한다면 비용을 지불하고 어머니상의 방패까지 오를 수도 있다. 드네프르 강이 흐르는 키예프의 전경을 조감할 수 있는 자리 중 하나이다.

전시는 기념관 밖으로도 이어진다. 1943년 키예프를 수복할 당시의 드네프르 강 전투를 묘사하고 있는 병사들의 동상과 전몰자들을 위한 영광의 불꽃탑, 터널 안에 만들어진 부조들을 볼 수 있다. 모두 소련의 사회주의 리얼리즘 양식의 마지막 작품들로 강렬한 인상을 준다. 영광의 불꽃탑은 가스 값을 충당하지 못해 불이 꺼져 있다. 소련 해체와 우크라이나의 독립 후 전쟁 기념관의 어머니상을 해체해 좀 더 나은 일에 쓰자는 주장을 일삼는 인간들도 있었다는데 더 나은 일이 뭔지는 알 수 없지만 소련이 키예프의 그 수많은 정교회들을 왜 그대로 두었거나, 두어야 했는지 어머니상의 칼을 왜 깎았거나, 깎아야 했는지 한번쯤 생각할 기회가 전혀 없었을 법한 불우한 인간들이다.

금빛의 동굴 수도원

전쟁 기념관에서는 북쪽으로는 멀리 숲 너머로 어머니의 상과 높이를 다투었던 금빛으로 빛나는 돔을 얹은 건물들이 보인다. 키예보 페체르시크 라브라이다. 기념관을 나와 한적한 길을 걷다 주변이 조금 번잡해지면 언덕 아래로 이어진 입구를 만날 수 있다. 동방정교의 중심으로 대우받는 동굴 수도원이다. 영역은 언덕을 두고

＼ 키예프 페체르시크 라브라 ☞ 소박한 수도원 건물도 눈에 띈다. ／ 화려한
바로크 풍의 성모 안식 대성당(Uspensky Cathedral) 건물은 2차 세계대전 때
소련에서 파괴한 것을 우크라이나 독립 후 재건한 것이다.

위와 아래로 나뉜다. 위에는 정교회 성당과 종탑 등의 건축물이, 아래에는 동굴 수도원이 있는데, 통칭 동굴 수도원(페체르시크 라브라)이다. 입구는 내리막 길의 끝에 있고, 도로변으로 작은 문이 나 있다. 이 문 밖에서 여인들은 잠시 걸음을 멈추고 스카프를 꺼내 머리를 가린 후에야 들어선다.

　　11세기에 이곳에 처음 동굴 수도원이 만들어진 후 정교회 성당 등이 세워졌다. 재건축과 복원, 보수를 거듭해 원래의 모습이 얼마나 남아 있는지는 알 수 없다. 입구에 해당하는 성문(聖門) 교회와 대표 건축물인 성모 안식 대성당(우스펜스키 성당)은 자못 화려한 바로크 풍이다. 우스펜스키 성당 옆에는 4층으로 만들어진 대종탑이 서 있는데, 이 종탑 꼭대기의 십자가가 이웃인 조국의 어머니상의 칼끝을 자른 주인공이다. 천년의 역사를 거쳐 오는 동안 크게는 몽골의 침입과 1941년 독일의 침공으로 피해를 입었다. 몽골의 침입 당시 파괴되었던 건물의 벽 일부는 정자를 만들어 전시해 두었다. 아마도 천년의 시간을 보듬은 벽이다. 19세기에 새로이 건축된 교회들의 양식은 다르다. 대표적으로 한때는 천여 명의 수도승들이 식사를 했다는 식당 교회는 19세기 후반에 만들어진 비잔틴 양식의 건축물이다. 수도원답게 꽤 소박한 건물들도 드문드문 눈에 띈다. 동굴 수도원은 아래쪽에 있다. 교회를 비롯해 여러 가지 시설들 중에는 지하묘지가 있어 순례자들의 방문지가 되고 있다.

홀로도모르, 집단화와 집단 아사

　　도로를 두고 맞은편으로는 아프가니스탄 참전 기념비가 있

키예프 홀로도모르(Holodomor) 기념탑 앞의 야윈 소녀상 ☞ 우크라이나 기근 희생자 기념관(Memorial in Commemoration of Famines' Victims in Ukraine)는 홀로도모르와 덜 알려진 1920년대와 40년대의 기근 희생자를 추모하고 전시한다. 기념탑 앞의 소녀상은 〈어린 시절의 쓰린 기억(Bitter Memory of Childhood)〉이라고도 불린다.

다. 2차 세계대전 기념비와 함께 CIS 국가들에서 쉽게 볼 수 있는 기념비이다. 다시 그 북쪽, 슬라비 공원의 숲 사이로 곧게 뻗은 제법 넓은 포도(鋪道)를 만난다. 그 길 중간에는 양편으로 대리석 천사가 고개를 숙이고 있고 끝에는 드네프르 강을 배경으로 흰색의 탑이 서 있다. 2008년에 세워진 기념탑으로, 우크라이나의 비통한 역사 중의 하나인 홀로도모르의 희생자들을 기념한다. 탑의 전면에는 앙상하게 마른 여자아이가 밀이삭 하나를 가슴에 품은 동상이 서 있고 탑의 사면은 검은 십자가로 둘러싸여 있다. 전면의 십자가에는 금빛 학들이 하늘로 비상하고 있다. 탑 가운데의 계단을 통해 아래의 기념관으로 내려갈 수 있다.

　　홀로도모르는 아사(餓死)라는 뜻으로, 1932년에서 1933년까지 대기근으로 3~5백만 명의 우크라이나인들이 아사했던 참극을 가리킨다. 우크라이나 민족주의자들은 아사자가 7백만 명에 이른다고 주장하기도 했지만, 학계의 의견은 3백~3백 5십만 명의 아사자가 발생한 것으로 모아진다. 오렌지 혁명으로 권력을 잡은 2006년 당시의 대통령 빅토르 유셴코(Viktor Yushchenko)는 미 의회 연설에서 당시의 대기근을 2천만 명이 사망한 사건으로 언급하기도 했다. 홀로도모르는 정치적으로 우크라이나 민족주의와 불가분의 관계가 있고 반소련, 반러시아 정서를 자극하는 동시에 민족주의 정치 세력의 정통성을 강화하는 측면이 있다.

　　어떤 경우이건 수백만이 기아로 목숨을 잃었다면 참극이고 책임을 묻지 않을 수 없다. 이 해 우크라이나의 평원을 덮쳤던 가뭄과 병충해가 대기근을 일으킨 자연재해적 요소였다면, 당시 소련의 농업 집산화를 둘러싼 정치와 정책의 오류는 인재의 요소였다. 소련은 1929년부터 집산화를 강력하게 추진하기 시작했다. 1927년의 가뭄은 우크라이나 남부와 같은 곡창지대에도 식량 배급을 실시해야 할 정도의 피해를 끼쳤는데, 상대적으로 집단농장(콜호스)과 국영농장(소프호스)이 피해를 덜 입은 것에 영향을 받았다. 1929년 말이면 소련 농지의 8.8퍼센트가 집산화되는데, 3.8퍼센트였던 전년에 비해 2배 넘게 확대된 수치이다. 집산화 총력전이 시작된 것은 이즈음부터이다. 선발된 2만 5천 명의 노동자들을 농촌으로 파견해 집산화의 전위 활동을 펼치도록 한 것도 이 때이다. 이 해 12월에는 또 가축 징발령이 선포되어 농가의 가축이 집산화되었다. 농민들은 생이별해야 할 처지에 놓인 키우던 가축들을 쓰다듬으며 눈물을 흘렸고 곧 잡아먹어 버려 마을마다 한동안 고기 냄새가 끊기지를 않는 일이 비일비재했다. 『고요한 돈 강』의 미하일 숄로호프 (Mikhail Sholokhov, 1901~1984)는 그의 다른 작품 『개척되는 처녀지(Podnyataya Tselina)』에서 당시 농민들이 가축을 잡아먹는 풍경을 이렇게 묘사했다.

"저녁식사 때가 되자 삶고 구운 고깃덩어리로 상다리가 휘어질 지경이었다. 모든 사람들이 입가에 기름칠을 하고 마치 장례식 전날 밤처럼 딸꾹질을 해댔다. 모든 사람들이 마치 먹는 것에 취해 버린 듯 올빼미처럼 눈만 꿈뻑였다."

인내와 끈기를 가져야 할 사업을 관료주의와 기회주의, 한탕주의, 극단적 급진주의가 지배하면서 만들어낸 기막힌 결과였다. 우크라이나에서는 다른 공화국의 뺨을 쳤다. 1930년 1월 소련에서는 집산화된 농가가 전년도의 두 배인 16.4퍼센트쯤 되었지만 우크라이나 소비에트 공화국에서는 1930년 3월에 농지의 70.9퍼센트,

농가의 62.8퍼센트가 집산화된 것으로 중앙에 보고되는 기적같은 일이 벌어졌다. 관료주의의 과장 보고를 감안해도 우크라이나에서 집산화가 얼마나 가파르게 추진되었는지를 짐작할 수 있다.

이렇듯 집산화가 급격하게 진행되자 제정 러시아 시대 농민 반란의 영웅 스텐카 라진(Stenka Razin, 1630~1671)의 후예답게 농민들 역시 거세게 저항했다. 우크라이나 도처에서 반란이 일어났다. 집산화에 저항하는 농민들이 지주로 몰려 우랄과 중앙아시아 지역으로 추방되는 일 또한 벌어졌다. 1932년 기근이 닥치기 직전부터 농사와 관련한 모든 것이 순조롭지 않았다. 소와 말 같은 전통적인 농사용 가축들은 집단농장에서 제대로 관리되지 못했다. 이 탓에 파종이 제대로 이루어질 수 없었고 트랙터의 보급량을 늘렸지만 충분하지 못했다. 집단농장에 소속된 농민들은 농사에 열의를 보이지 않았다. 파종 면적도 줄었고 추수율도 줄어들었다. 추수를 하지 않고 버려 둔 농지가 나올 정도였다. 농업 생산성은 극적으로 저하되었다. 1차 경제개발 5개년 계획에 따라 전통적인 곡물 재배 지역에 산업 작물인 사탕무와 목화 등을 재배하도록 했는데, 이 또한 기근을 심화하는 요인 중의 하나였다. 기근에도 불구하고 해외로의 곡물 수출 또한 변함없이 계속되기도 했다.

특히 우크라이나에서 뭔가 심각하게 잘못되고 있음을 알게 되자 1930년 3월에 스탈린은 『프라우다(Pravda)』에 「승리에의 현혹 : 집산화 운동의 제문제들에 대해」라는 글을 기고하면서, 집산화는 무력이 아니라 반드시 자발적으로 이루어져야 한다고 강조했다. 그 여파로 이번엔 지주에게 땅을 되돌려주는 일이 벌어져 1933년 5월에는 우크라이나의 집산화율은 농지의 41.1퍼센트, 농가의 38.2

＼ 키예프 슬라비 공원(Park Slavi) ☞ 영광의 공원이라는 뜻의 이름으로, 키예프 시민들이 가족 모임이나 결혼 장소로도 즐겨 찾는다.

／ 키예프 마린스키 공원(Mariinsky park) ☞ 왼쪽의 동상은 1월 봉기 기념상 (Participants of January Uprising). 공원을 따라 걷다 보면 블라디미르 언덕 (Volodymyrska Hill)으로 이어진다.

퍼센트로 떨어졌고 8월에는 농지의 35.6퍼센트, 농가의 29.2퍼센트로 줄어들었다. 그러나 대기근은 이미 닥친 뒤였다. 때는 늦어도 한참 늦었다. 이미 벌어진 참상을 뒤로 돌릴 수는 없었다.

거의 30년 뒤인 1958년 중국에서도 별로 다르지 않은 일이 벌어졌다. 마오쩌둥 주도로 시작된 대약진운동은 결국 2천만 명이 넘는 아사자를 내는 것으로 끝났다. 여러모로 반복이다. 혁명이 승리한 지 10년쯤 뒤에 벌어졌고, 경제개발 계획을 내세웠으며, 대대적인 집산화 국유화 정책을 강행했다. 비극이 반복되면 희극이다. 마오쩌둥은 농촌에 소규모 용광로를 만들어 철강 생산을 독려했지만 생산된 것은 애꿎은 농기구들을 녹인 폐철이었다. 마오쩌둥이 "저 새는 해로운 새다(麻雀是害鳥)"라고 교시한 것을 시작으로 농민들을 동원해 참새들을 때려잡으면서 천적인 해충이 폭증하자 대흉년을 맞는 데에 일조하게 되었다.

어쩌면 그들이 현혹된 것은 집산화의 승리가 아니라 혁명의 승리 그 자체였는지도 모른다.

슬라비 공원에서 아르세날나 역으로

슬라비 공원은 이제 막 결혼한 선남선녀들이 즐겨 찾는 곳이다. 결혼 시즌인 봄과 가을에는 웨딩드레스를 입은 신부들과 정장을 한 신랑 그리고 친지들이 함께 몰려와 사진을 찍고 샴페인을 터트리는 등 부산하다. 신랑 신부들이 아니더라도 드네프르 강을 시원스럽게 내려다볼 수 있는 슬라비 공원은 키예프의 어른들이 아이들 손을 잡고 즐겨 찾는 곳이기도 하다. 그 한편에 엄숙한 분위기의 대리석 오벨리스크가 서 있다. 영광의 오벨리스크인데 키예프 전투에서 전사한 넋을 위한 기념비이다. 앞에 작은 영혼의 불꽃이 있다. 전쟁 기념관의 것과 달리 이곳의 불꽃은 꺼지지 않고 타오르고 있다. 사이즈가 작기 때문일 것이다.

공원 안의 길은 다리로 이어지고 다시 큰 길로 나와 한동안 걷다보면 아르세날나(Arsenalna) 메트로 역 앞의 작은 광장에 도착하게 된다. 매표소가 있는 건물은 꽤 소박한 편이지만 105.5미터의 깊이로 아직까지는 세계기록을 보유하고 있는 역이다. 기록은 스위스의 포르타 알피나 역이 완공되면 깨질 것이라고 한다. 깊이가 깊이이니만큼 계단은 아예 없다. 에스컬레이터가 지하의 승강장으로 승객들을 인도하는데, 끝이 보이지 않는 곳을 향해 하염없이 내려갈라치면 과연 끝이 있기는 있는 것일까 하는 생각에 아득하고 아찔해진다. 지하철이 이토록 지하 깊은 곳에 만들어진 것은 냉전의 산물이다. 핵폭탄 공격에도 버틸 수 있는 대피소로 겸용할 수 있도록 만들었다는 것이다. 같은 이유로 모스크바의 포베디 공원역의 깊이는 85미터에, 평양의 지하철역은 100미터에 이른다. 독소전쟁 당시 모스크바의 지하철은 공습 대피소는 물론 전쟁 지휘부의 사령부 등으로 쓰였다. 당시의 경험과 핵전쟁에 대한 공포가 깊이 100미터 급의 지하철을 만들게 된 배경이다.

1976년에 개통된 아르세날나 역은 인근의 키예프 군수공장(Kiev Arsenal)을 기념해 그 이름이 붙여졌다. 1764년에 설립된 이 오래된 공장은 1918년 1월 볼세비키의 편에 선 노동자 봉기로 유명해 졌다. 혁명 후에도 여전히 야포와 대공포 등의 무기를 만드는 공장이었다. 독일 침공 당시 우랄 산맥 인근 도시로 공장을 옮겨갔는

데, 소련은 후퇴하면서 중공업 특히 군수 부문 공장들을 우랄 산맥이나 중앙아시아로 옮겨 생산을 지속했다. 생산 설비를 모두 해체해 옮겨야 했으므로 이건 대역사였고, 키예프 군수공장은 아마도 그 일이 벌어진 최초의 공장 중 하나였을 것이다. 당시의 공장 건물은 지금 박물관으로 사용되고 있다. 이곳에 가고 싶다면 오던 길을 돌아가 조금 걸으면 오른쪽에 있다. 역 광장에 돌로 쌓은 기단 위에 작은 대포를 얹은 기념탑은 바로 이 공장에서 일어났던 봉기를 기념한다.

볼셰비키인가 민족인가

아르세날나 역의 승강장 벽에도 1918년 노동자 봉기를 소재로 한 부조가 있었는데 독립 이후에 철거했다. 그러나 기념비는 역을 지나 만나는 마린스키 공원에도 있다. 이 공원에서 만날 수 있는, 깃발을 치켜든 노동자 동상이 1918년 1월 군수공장 노동자 봉기의 기념비이다. 아르세날나 역의 부조가 철거된 이유는 이 노동자 봉기가 볼셰비키 편에 섰으며 당시의 중앙 라다(Central Rada)에 맞섰기 때문이다. 1차 세계대전의 막바지에 이르러 1917년 러시아 10월 혁명이 일어나자 우크라이나는 혼돈의 극치였다. 키예프에서는 볼셰비키파와 케렌스키(Alexander Kerensky, 1881~1970)의 임시정부파가 무력 충돌을 일으켰다. 당시 우크라이나의 정치 세력 중 하나였던 중앙 라다는 볼셰비키와 함께 임시정부를 축출했지만 곧 우크라이나 인민공화국 수립을 선언하고 볼셰비키와 대립했다. 볼셰비키는 열세인 키예프에서 물러나 동부의 하리코프(하르키우)에서 우크라이나 소비에트 인민공화국을 수립하고 중앙 라다 정부에 맞섰다. 이게 우크라이나 소비에트 전쟁이며 러시아 혁명 후 적백내전의 하나이다. 이 전쟁이 발발한 직후 키예프에서 중앙 라다에 맞서 볼셰비키의 노동자들이 벌인 봉기가 1918년 1월의 키예프 군수공장 노동자 봉기였다.

1991년 독립 후 우크라이나의 민족주의자들은 정통성을 중앙 라다의 인민공화국과 독립선언에서 찾는 경향이 있었다. 아르세날나 역 승강장의 벽화가 그들 눈에 거슬렸던 것도 그 때문일 것이다. 그러나 완고한 것은 아니어서 마린스키 공원의 1918년 노동자 봉기 기념비는 그대로 남겨 두었다. 이게 비타협적이 되려면 소련 시절을 완전히 부정하고 차르에게 충성을 바친 백군의 정신으로 돌아가야 하는데, 불가능한 일이다.

마린스키 공원의 다른 한편에는 니콜라이 바투틴(Nikolai F. Vatutin, 1901~1944)의 동상도 여전히 서 있다. 소련군 장성으로 1943년 키예프 탈환에 지대한 공을 세웠던 인물이다. 그는 우크라이나 서부의 슬라보타에서 독일군이 아니라 우크라이나 봉기군(UPA)의 습격을 받아 부상을 입고 키예프로 후송되었지만 6주 뒤에 사망했다. 우크라이나 봉기군은 우크라이나 독립을 주장하며 나치 독일과도 협력했고 소련을 상대로 1949년까지 게릴라전을 벌였던 무장 조직으로, 말하자면 우크라이나 백군과 나치의 후예이다.

마린스키 공원의 우정과 애증

1874년에 처음 만들어진 마린스키 공원은 블라디미르 언덕에까지 이어진다. 호두나무와 단풍나무 숲 사이로 포도가 이리저리

이어지는 공원은 특히 한여름에는 키예프에서 어느 곳보다 훌륭한 휴식처이며 산책로이기도 하다. 나무 그늘 아래의 벤치를 하나 잡고 땀을 식히며 여유롭게 쉴 수도 있고 공연이 있다면 야외무대를 찾을 수도 있다. 꼭두각시 극장이며 공원의 이름을 딴 궁전과 분수 등이 있는데 심지어는 '돈 먹는 개구리'도 있다. 입 벌린 자이언트 개구리 동상으로, 사람들이 운을 바라며 동전을 던지는 까닭에 공원에서는 가장 부유한 동상이 되었다. 일설에 따르면 미화 백만 달러쯤의 우크라이나 동전을 먹을 수 있다고 한다. 믿기 어렵지만 개구리의 크기를 보면 사실일지도 모르겠다는 생각이 들기는 한다.

마린스키 공원의 북쪽 끝에는 '인민의 우정의 아치'가 있다. 미국 세인트루이스의 게이트웨이 아치를 연상케하는 이 아치는 드네프르 강이나 강의 서안을 향한 듯하지만 그보다는 키예프의 동북 방향인 모스크바를 향하고 있다. 1982년 키예프 1,500주년을 맞아 세운 우크라이나–러시아 친선 아치이다. 아치 아래에는 노동자 둘이 훈장을 맞들고 있는 동상이 서 있다. 각각 우크라이나와 러시아 노동자이며 맞든 훈장은 소련의 인민 우호 훈장이다. 1972년 처음으로 제정된 이 훈장은 첫 번째 수여자가 러시아 연방 소비에트 공화국이었고 두 번째 수여자가 우크라이나 소비에트 공화국이었다.

여기까지는 범상한데 눈길을 끄는 것은 중앙의 동상을 바라보고 있는 오른쪽의 붉은 화강암 석조 군상이다. 한눈에 오래전 역사 속의 인물을 표현했음을 알 수 있다. 1654년 페레야슬라프 평의회에 모인 코사크 대표들을 형상화한 것이다. 1648년에 지금의 우크라이나 서부에 있던 자포로지예 코사크의 헤트만(추장)이던 보흐단 흐멜니츠키는 크림의 타타르와 손을 잡고 폴란드–리투아니아 연방

＼ 키예프 마린스키 공원 인민과 우정의 아치(People's Friendship Arch, Arka Druzhby Narodiv) ☞ 1982년 키예프 1,500주년을 맞아 우크라이나와 러시아의 우호의 뜻으로 세운 기념물로, ／ 아치 아래쪽에는 1654년 페레야슬라프 평의회(Pereyaslav Council)에 참석한 흐멜니츠키의 사절단을 묘사한 화강석 군상 조각이 있다.

을 대상으로 봉기를 일으킨 후 여러 전투에서 승리하면서 평화조약을 맺고 자치권을 인정받을 수 있었다. 그러나 전쟁은 다시 재개되었고 이번에는 병력의 절반 이상을 잃고 괴멸의 지경에 빠졌다. 그런 상황에서 봉기를 주도했던 흐멜니츠키가 봉기에 참여했던 모든 세력의 대표들을 모으고 여기에 러시아 차르인 알렉세이 1세의 사신까지 참여했던 회합이 페레야슬라프 평의회이다. 흐멜니츠키는 같은 정교인 러시아 차르국의 지원이 절실함을 역설했고 동의를 얻어냈다. 회합의 결과가 러시아와의 페레야슬라프 조약이다. 그 결과 러시아는 폴란드-리투아니아 연방과 전쟁을 시작했고 흐멜니츠크는 드네프르 강 서안에 독립된 코사크의 나라를 세우고 러시아의 지배 아래 자치권을 행사할 수 있었다. 우크라이나와 러시아의 우호를 상징하는 아치 아래 만들어진 석조 군상의 역사적 배경은 그렇다. 폴란드의 지배에서 우크라이나를 해방시킨 흐멜니츠키는 우크라이나의 국민 영웅으로 대접받고 있지만 역시 우크라이나의 국민 시인으로 추앙받는 타라스 셰브첸코(Tarasa Shevchenka, 1814~1861)는 흐멜니츠키가 러시아의 지배를 자청했다는 이유로 공로를 깎아내렸다. 이래저래 애증이 뒤섞인 러시아와 우크라이나의 역사이다.

가스 공주, 율리야 티모셴코

블라디미르 언덕에서 내려와 흐레샤틱 대로로 나서면 우크라이나의 지난 역사에서 빠져나와 오늘의 우크라이나로 들어서게 된다. 키예프에서 가장 화려할 이 중심가는 아마도 독립 광장에서부터 시작한다. 소련 당시에는 10월 혁명 광장으로 불렸지만, 1991년

키예프 독립 광장(Maidan Nezalezhnosti) ☞ 흐레샤틱 대로(Khreshchatyk)
의 가운데 있는 이 광장은 우크라이나 정치의 상징적 장소로 2001년에 슬라브
수호 여신 베레히냐(Berehynia) 상이 세워졌다.

독립 후 이름이 바뀌었다. 키예프의 상징 중 하나로 광장 한가운데에 하늘을 찌를 듯 서 있는 탑은 슬라브 신화의 수호 여신인 베레히냐의 탑이다. 독립 후 세워졌으며, 소련 시절에는 레닌 상이 서 있던 자리이다. 대로 쪽으로는 큼직한 분수가 서 있다. 이 광장에서는 집회나 공연도 자주 열린다. 대로를 사이에 두고 맞은편 또한 광장이다. 주말이면 차량 통행이 금지되는 거리는 청춘남녀들이 들끓는 데다 크고 작은 행사들이 벌어지고 거리의 악사들도 눈에 띄어 활기로 가득 찬다. 관공서, 상가, 호텔, 오피스 빌딩들이 이어지는 흐레샤틱 대로의 건물들은 사실 대부분 2차 세계대전 후에야 지어진 것들이다. 독일군이 침공했을 때 건물들에 폭탄을 설치했다가 후퇴 직후에 무선으로 폭파시켰다고 한다.

1년 동안 키예프를 방문할 기회가 서너 차례 있었는데 흐레샤틱 대로 한편을 변함 없이 차지하고 있는 풍경 중의 하나는 오렌지 혁명의 주역 중 하나였던 율리야 티모셴코(Yulia Tymoshenko)의 사진을 큼직하게 박아 놓은 천막 농성장이었다. 총리를 두 번 지냈고 2010년의 대통령 선거에 출마했지만 낙선한 후에는 한동안 철창과 병원 신세를 졌지만 2014년 친러 성향의 야누코비치 대통령이 축출된 후 자유의 몸이 되었다. 2009년 러시아와 가스 공급을 체결할 당시 힘을 써 러시아 측에 유리하도록 한 직권남용 혐의로 2011년 7년의 징역형과 1억 8천 8백만 달러의 벌금형을 선고받은 것이 고초의 시작이었다. 독립 후 막대한 부를 축적한 올리가르히 중의 하나였고, 주로 천연가스 수입 관련이었기 때문에 우크라이나에서는 대개 '가스 공주'로 불린다. 본인은 정치적 탄압이라고 주장하고 있지만 그렇다고 해서 우크라이나에서 혐의 내용이 사실이 아닐 것으

＼ 셰브첸코 대로 초입 ☞ 왼쪽에는 베사라브스키 시장(Besarabs'kyi rynok)
이 있고, 오른쪽에는 레닌 상이 서 있다. ／ 레닌 상을 지키는 공산당의 붉은
천막과 경찰. 상은 유로마이단 시위 와중이던 2013년 12월 극우파들에 의해
파괴되었다.

키예프-독립 광장의 베레히냐 탑

로 보는 사람은 별로 없다. 끈질기게 버티면서 야당 연합의 차기 대통령 선거의 후보로도 지명되었던 것을 보면 재력은 여전하다는 반증이다. 우크라이나의 정치 지형을 가르는 친서방과 친러시아 중에서 친서방 편으로 미국과 유럽연합의 지지를 받았다. 이 둘은 틈만 나면 가스 공주의 석방을 촉구한다. 러시아를 이롭게 한 이유로 감옥에 갇혔는데도 그렇다. 뜬금없는 정경분리인지 뭔지 모를 일이다. 2014년의 정변 후 석방되었고 대통령 선거에 출마했지만 참패했다. 가스 공주의 시대는 그렇게 구시대가 된 것으로 보인다.

셰브첸코 대로를 따라서

흐레샤틱 대로는 셰브첸코 대로를 만나면서 끝난다. 지하상가가 있고 왼쪽으로는 제법 유명한 관광지이기도 한 베사라브스키 시장이다. 오른쪽 셰브첸코 대로의 초입에는 키예프에서는 쉽게 볼 수 없는 레닌 동상이 서 있다. 공교롭게도 레닌이 바라보는 길건너 편에는 은행이 자리 잡고 있다. 그러나 눈길을 끄는 건 계단 아래의 공산당의 붉은 천막과 그 옆에서 무료한 표정을 질근질근 씹고 있는 경찰들일 것이다. 2009년 6월에 우크라이나 민족주의자 조직의 회원 5명이 사다리를 타고 올라가 상의 왼팔과 얼굴의 코 부분을 망치로 부숴 버리는 일이 벌어졌다. 공산당과 시민들이 기금을 모아 다시 복원했지만 그 후에도 협박이 거듭되면서 경찰이 보호차 상주하고 있다. 상을 훼손한 당시의 범인들은 우크라이나에서 소련의 모든 유산을 제거하기 위한 활동이라고 진술했다고 한다. 그건 불가능한 일이다. 당장 레닌 상만 해도 우크라이나 전역에 수도 없이 널려 있

키예프 미하일 황금돔 수도원(Mykhaylivs'kyi zolotoverkhyi monastyr) ☞
11세기의 수도원으로 내부는 비잔틴 양식이고 외부는 18세기 바로크 양식으로
개축되었다. 소비에트 시절에 붕괴된 것을 1999년에 복원했다.

다. 우크라이나 제2의 도시인 하리코프의 자유 광장은 키에프의 독립 광장과 같은 곳인데, 그 광장 한가운데에도 레닌 상이 버티고 있다. 내 경험으로는 레닌 상을 보지 않는 건 우크라이나 동부와 남부에서는 불가능하다. 그러려면 아마도 서부로 가야 한다. 예컨대 리비우 같은 도시에서는 레닌 상을 볼 수 없다. 하물며 소련을 상징하는 조형물로 범위를 넓히면, 키에프에서조차 불가능한 일이다. 문화의 차원에서나 역사의 차원에서나 그게 무엇이든 지워 버리겠다는 발상은 언제나 잘못된 일이다. 그건 전쟁이나 하는 짓이다.

우크라이나의 국민 시인 타라스 셰브첸코의 이름을 딴 셰브첸코 대학은 레닌 상이 있는 길로 접어들어 걷다가 만나는 볼로디미르 로에서 볼 수 있다. 맞은편으로는 공원을 둔 이 대학은 건물의 색이 붉은 색이어서 이채롭다. 정문 맞은편에 셰브첸코의 동상이 서 있다. 볼로디미르 로를 따라 다시 북쪽으로 걸으면 황금의 문(Zoloti vorota)을 만나고 좀 더 걸으면 키에프의 대표적 볼거리인 성소피아 광장과 미하일 광장을 만날 수 있다. 성 소피아 성당과 수도원, 미하일 황금돔 수도원도 그곳에서 만날 수 있다. 소피아 광장의 한복판에 서 있는 기마상의 주인공이 보흐단 흐멜니츠키이다.

키에프 시내의 체르노빌 박물관은 도심도 아니거니와 찾기에 제법 까다로운 위치이지만 많은 방문객들이 찾아온다. 건물 앞으로 핵 재앙 당시 동원되었던 차량을 전시해 두었다. 설마 진품일까 싶다. 진품이라면 폐기장에 있어야 마땅하다. 전시물은 사진 위주라서 평이하다. 2011년에 무려 25주년이 되어서야 키에프의 스바야토신에 체르노빌 희생자 기념 공원과 기념비가 만들어졌다. 뒤편에 정교회를 둔 기념 공원은 원자 형태의 원에 학이 땅으로 추락하는 인

＼ 키예프 소피아 광장(Sofiis'ka Square) ☞ 자포로지예 코사크 추장 보흐단 흐멜니츠키(Bohdan Khmelnytsky, 1595~1657)의 동상이 서 있다.

／ 키예프 스바야토신(Svyatoshin)의 체르노빌 희생자 기념 공원 ☞ 추모 기념물 뒤의 건물은 성 테오도시우스 추모 교회(Church of St. Theodosius of Chernigov)이다.

상적인 추모 조형물을 비롯해 추모비와 비석 등으로 조성되어 있다. 매년 그 날이 오면 딱히 모여 희생자들을 추모할 변변한 장소가 없어 체르노빌 인근의 슬라보티츠를 찾아야 했던 시민들도 이제 키예프에서 모일 곳을 찾았다. 그러나. 그럼에도 불구하고 체르노빌은 체르노빌에 있다.

웰컴 투 체르노빌

우크라이나 정부가 2011년부터 체르노빌 투어를 공식 허용한다고 발표한 것은 전해 12월이었다. 공교롭게도 2011년 3월 세계를 뒤흔든 후쿠시마 핵 재앙은 그 선배격인 체르노빌에 대한 합법적 투어에 기름을 부은 격이 되었다. 허가를 받으려면 보름 전 쯤에 신청을 끝내야 하고 운이 없으면 키예프에 도착하고도 투어가 취소되는 경우도 있지만 관광객 수는 비약적으로 늘고 있다. 사실 체르노빌 탐방은 2000년대 초부터 비공식적(또는 비합법적)으로 꾸준히 이루어져 왔다. 대개는 연구자이거나 저널리스트, 열혈 민간 탐방객들이었다. 그런 선구자들이 가졌던 비장함은 투어가 허용된 후론 더는 남아 있지 않지만 그래도 여전히 가벼운 분위기일 수는 없다.

9시를 넘겨 키예프 도심의 독립 광장 주변을 출발한 투어 버스에는 체르노빌 제한구역 입구에 설치된 디챠트키(Dytyatky) 검문소에 도착하는 동안 내내 긴장감이 맴돈다. 검문소에 도착하면 경찰이 명단과 여권을 대조하는 동안 가이드는 참가자들에게 3M 방진 마스크 하나씩을 나누어 준다. 알려진 것처럼 방사능 피폭은 외폭보다 내폭이 심각하다. 마스크는 호흡기를 통해 유입될 수 있는 방사

체르노빌 프리퍄트(Pripyat) ☞ 핵발전소의 배후 도시였던 프리퍄트는 대재앙
당시 직격탄을 맞아야 했다.

능 오염 물질을 막기 위한 것이다. 절차가 끝나면 버스는 바리케이드 너머 제한구역 안으로 들어선다.

웰컴 투 체르노빌. 이제 버스는 당신을 1986년 4월 26일 원자로 4호기의 폭발로 지옥이 되어 버린 26년 후의 현장으로 안내할 것이다. 어쩌면 이곳은 앞당겨 보여 주는 후쿠시마의 미래일지도 모른다. 폐허로 변한 집과 건물들, 유치원. 고농도의 방사능을 토해내는 붉은 숲. 핵발전소 배후 도시로 이제는 유령도시가 된 프리퍄트, 개장을 앞두고 파국을 맞은 놀이공원, 그리고 원자로 4호기에 이르기까지 투어는 숨가쁘게 진행된다. 그동안 당신이 보는 대부분의 것들은 26년 동안 사람의 손길이 닿지 않은 채 버려진 것들이다. 말하자면 버려진 인형과 교과서, 침대, 아파트, 빛바랜 소비에트 문장을 머리에 인 관공서, 호텔과 문화 회관, 수영장, 넘어지고 녹슨 트럭들과 기계들의 잔해, 이제 형편없이 무너져 내리고 있는 원자로 4호기의 석관이 그렇다.

그렇게 체르노빌은 유령만이 살고 있는 것처럼 보이지만, 사실을 말한다면 지난 26년 동안 체르노빌의 원자로들은 계속 돌아가고 있었다. 디챠트키 검문소조차 관광객을 위해 만들어진 것이 아닐뿐더러 최근에 만들어진 것도 아니다. 제한구역의 출입을 통제하는 모든 검문소들은 1986년에 설치되었다. 원자로 4호기가 폭발하던 당시 체르노빌 핵발전소에는 모두 네 기의 원자로가 가동 중이었고 두 기의 원자로가 건설 중이었다. 연인원 수십만 명이 동원되어 필사적으로 석관을 만들어 가까스로 4호기를 덮은 후에도 세 기의 원자로는 여전히 가동을 멈추지 않았다. 1991년 터빈실에 화재가 일어나 2호기는 중단되었지만 대내외의 압력에도 불구하고 꿋꿋이 가동되던 원자로 두 기는 1996년과 2000년에야 가동을 멈췄다. 그때까지 대략 9천여 명의 노동자들이 체르노빌 핵발전소에서 원자로의 가동과 냉각, 전력 생산, 4호기의 석관 관리 등의 일을 하고 있었다. 대재앙이 벌어진 후에도 그 원인이었던 핵발전소는 여전히 돌아가고 있었던 것이다. 2000년 이후에도 지금까지 연료봉의 냉각과 석관 관리, 새로운 격납고 건설 등을 위해 4천 명에 가까운 노동자들이 남아 있다. 투어 내내 관광객을 제외한다면 누구도 보이지 않지만 그게 사실이다. 관광객이 아닌 그들은 투어 버스가 지나친 핵발전소의 건물들 안에 들어가 '일'하고 있을 테니까.

가이거 계수기가 맹렬하게 울어대는 4호기 앞에서 눈길을 끄는 것은 무너져 내리는 석관보다 그 석관을 대체하기 위해 맞은편에 건설 중인 신격납고(NSC)로, 15억 4천만 유로가 퍼부어지고 있는 현장이다. NSC는 수명을 다한 석관을 대체하기 위해 설계된 아치형의 철근콘크리트 구조물이다. 2005년 완공 예정이었지만 우여곡절 끝에 2010년 착공했고 2015년 완공을 목표로 하고 있다. 프랑스 컨소시엄인 노바카(Novaka)가 시행사로 선정되었다. 애초의 건설 비용은 14억 5천만 달러였지만 2012년 현재 7억 8천만 달러가 추가되었다. '핵발전소 경제학 원론'에 따르면 건설 비용은 완공된 시점에서야 최종적으로 알 수 있다고 한다. 마지막 순간까지 계속 늘어날 수 있다는 말이다.

후쿠시마에서 벌어진 재앙 이후 많은 사람들이 일본이 체르노빌에서 교훈을 얻지 못했음을 질타했지만, 정작 그 비난은 일본에 앞서 우크라이나에 돌아가야 할지도 모른다. 체르노빌 재앙 이후에도 핵발전소를 계속 돌린 것 때문만은 아니다. 2000년 체르노빌의 3

호기 가동이 중단되면서 1986년 이전과 비교한다면 4기의 원자로가 퇴역되었지만 그 뒤 현재까지 4기가 신규로 가동되었다. 우크라이나 서부의 흐멜니츠크 1호기와 리우네 3호기는 재앙 직후인 1987년부터 돌아가기 시작했고 2000년 체르노빌 3호기가 멈추자 우크라이나 정부는 이른바 K2R4라는 이름으로 흐멜니츠크 2호기와 리우네 4호기 원자로 완공 프로젝트를 발표했다. 뒤이어 의혹의 눈길이 쏟아졌다. 소련식 경수로형 VVER 원자로의 안전성에도 심각한 의문이 제기되었고 무엇보다 독립 후 집권 세력들의 부정부패에 대한 불신이 적지 않았다. 1998년 체르노빌 핵발전소와 관련해 유럽 부흥 개발 은행(EBRD)이 제공한 펀드가 빼돌려진 혐의가 사실로 드러난 직후였으므로 K2R4 프로젝트의 저의 또한 의심하기에 충분했다.

그러나 결론을 말한다면 EBRD를 비롯해 유럽연합과 러시아는 K2R4에 소요된 14억 8천만 달러를 차관으로 제공했고, 2005년 2기의 원자로가 완공되어 가동을 시작했다. 소련의 해체와 독립 후 에너지 부문을 장악해 천문학적 부를 축적한 우크라이나의 올리가르히가 체르노빌 재앙에도 아랑곳않고 핵발전 확대를 도모하는 것은 포스트 소비에트의 올리가르히 부패 경제학과 무관하지 않지만 그에 못지 않게 다국적 핵발전 자본 또한 원자로 건설 참여와 체르노빌의 NSC 건설, 핵연료의 판매 등으로 막대한 이윤을 취하는 현실이 배경으로 작용하고 있다.

그런 와중에 2011년 우크라이나의 전력 수출은 전년 대비 70퍼센트를 웃도는 신장율을 보였다. 물론 핵발전으로 생산한 전력이다. 흐멜니츠크 핵발전소의 송전선로 3개 중 하나는 유럽연합의 송전망에 연결되어 있다. 우크라이나는 2011년 전력 생산량 가운데

체르노빌의 석관 ☞ 폭발한 원자로 4호기를 덮고 있다. 핵재앙 당시 수많은 목숨을 담보로 건설되어 더 큰 참변을 막았지만, 이미 수명을 다한 지 오래이다.

우크라이나 Ukraine　247

＼ 체르노빌 원자로 3호기와 4호기.
／ 체르노빌 원자로 4호기 정면에 새로 건설 중인 NSC ☞ 처음에는 2015년 완공 목표였으나 2017년으로 늦추어졌다. 수명은 100년을 예상하며, 그 동안 인류는 새로운 해결책을 찾아야 한다.

3퍼센트인 65억 킬로와트(KWH)를 헝가리, 슬로바키아, 벨라루스 등으로 수출했다. 전력 수출을 확대하기 위해 2011년에는 자포리자와 남우크라이나 핵발전소를 유럽 송전망에 연결하기로 하고, 그 사업 비용을 끌어들이려고 유럽 투자 은행(EIB)과 1억 7,500만 유로 규모의 투자 협정을 체결하기도 했다. 현재 가동 중인 원자로의 수명을 지키는 것 또한 우크라이나 정부의 관심사가 아니다. 관심은 오히려 수명 연장에 있고 남우크라이나 핵발전소의 원자로는 2012년 수명이 완료되었지만 여전히 가동 중이다. 나라 안팎의 저항을 무마해야 하다 보니 우크라이나 정부는 안전성 제고를 위해 3억 달러 규모의 EBRD 차관을 도입하려고 한다. 핵발전으로 생산된 전력을 수출까지 하면서도 거기에 더해 2016년과 2017년을 완공 목표로 흐멜니츠크 3호기와 4호기의 공사도 추진하고 있다. 후쿠시마 재앙 이후 보인 행태로 미루어 짐작한다면 일본 정부가 체르노빌 대재앙에서 반면교사로 삼고 싶은 것은 바로 이런 우크라이나의 후안무치한 지난 26년이다.

슬라보티츠의 체르노빌 사람들

체르노빌 투어에서 돌아온 며칠 뒤 슬라보티츠에 다녀왔다. 1986년 프리퍄트를 대신할 목적으로 건설된 슬라보티츠는 우크라이나에서 가장 살기 좋은 도시 중의 하나로 평가받는다. 프리퍄트에서는 45킬로미터, 핵발전소에서는 50킬로미터 떨어져 있지만 바람의 영향을 받지 않는 동쪽에 자리 잡아 방사능 오염이 거의 없었던 지역이다. 도시를 둘러싸고 있는 울창한 숲을 가로지르는 반듯한 길을

＼ 슬라보티츠 체르노빌 핵재앙 위령탑(Memorial to Chernobyl Victims) ☞
위령탑은 방사능 유출 초기에 희생된 이들을 추모하지만 프리퍄트 주민의 대
부분이 이주한 신도시 슬라보티츠에는 피폭자가 여전히 많다.

／ 슬라보티츠 광장 ☞ 슬라보티츠는 "21세기의 도시"를 표방한 철저한 계획
도시로 구 소련 8개 공화국의 건축가들이 함께 계획했다.

20여 분은 족히 달려야 하는 슬라보티츠는 마치 휴양도시와도 같은 느낌을 준다. 길은 반듯하고 깨끗하다. 5층 아파트와 단독주택들은 도시 정중앙의 작은 광장을 두고 부채꼴로 단아하고 정연하게 배치되어 있어 계획도시임을 한눈에 알아볼 수 있다. 광장 남측의 넓은 공원 아래에 만들어진 슬라보티츠 열차역을 지나는 철로는 동쪽으로는 체르니히우, 서쪽으로는 체르노빌과 연결된다. 이른 오후. 역사는 텅 비어 있지만 플랫폼에는 열차가 체르노빌 방향으로 머리를 두고 정차해 있다. 철로는 곧게 뻗어 있다. 열차가 체르노빌 역에 도착하려면 벨라루스를 지나야 하고 국경을 두 번 넘어야 한다. 슬라보티츠의 체르노빌 노동자들은 그렇게 하루에 네 번 국경을 넘는다.

광장과 공원이 연결되는 곳에 체르노빌 희생자들을 추모하는 기념탑이 서 있다. 좌우로 정교회식 묘비처럼 희생자들의 얼굴과 이름을 새긴 검은 대리석 판 서른 개가 나란히 늘어서 있는 이곳은 매년 4월 26일이면 추모 행사가 열리고 내외신 기자들도 모여들어 북적이지만 나머지 364일은 고적하기 짝이 없다. 키예프 외곽에 체르노빌 추모 공원이 만들어지기 전까지 슬라보티츠의 추모탑은 유일한 추모 장소였다. 추모탑 주변을 서성이고 있을 때 아마도 산책길에 나섰을 중년의 사내가 손녀의 손을 잡고 걸어오는 것이 보였다. 잠시 걸음을 멈춘 그는 서른 명 중 친구라도 있었느냐는 물음에 복잡한 표정을 짓고는 탑의 왼쪽에 줄지어 있던 비석 중 하나를 손으로 가리켰다. 블라디미르 플라빅. 1962년에 태어났고 1986년 11월 5일에 사망했다. 대리석 판은 그렇게 적어 두고 있었고 복장으로는 소방관이었다. 사내는 이윽고 짧지만 깊은 한숨을 쉬고는 손녀와 함께 공원으로 걸어갔다.

아무도 알 수 없는 것일까

1986년 4월 26일 재앙 직후 소련은 사태를 미봉하기에 급급했다. 사흘 뒤인 29일 타스 통신이 최초로 사건을 보도했지만 고작 단신이었다. 연중 가장 크기 마련인 5월 1일 노동절 행사는 벨라루스와 우크라이나의 방사능 낙진 오염 지역에서 취소되기는커녕 예정대로 진행되었다. 하지만 현장에서는 사투가 벌어졌다. 원자로가 폭발하면서 조종실에 있던 2명이 즉사했고 폭발로 인한 화재를 진압하기 위해 186명의 소방관이 투입되었다. 이들 소방관 중 4명은 방사능 피폭으로 작업 직후에 사망했고 그 뒤 26명이 병원에서 사망했다. 4월 30일에 2명이 사망한 것으로 발표했던 소련 정부는 같은 해 말 다시 서른 명을 추가했고 이게 지금까지 체르노빌 재앙으로 인해 발표된 공식 사망자 수가 되었다. 슬라보티츠의 추모탑에서 만날 수 있는 서른 명의 얼굴이 그들이다.

전대미문으로 기록된 체르노빌 핵재앙이 남긴 피해의 실상은 어떤 것일까. 우크라이나 환경 센터(NECU)의 에너지 부문 국장인 아더 데니셴코(Arthur Denysenko)의 의견은 이렇다.

"정부나 에너지 기업 특히 핵발전 관련 기업들은 가능하면 피해자 수를 줄이려고 합니다. 사고 직후 수습에 동원된 리퀴데이터(Liquidator)들이나 심각한 오염 지역에 거주했던 주민들이 암에 걸렸다고 하면 그게 방사능 때문이 아닐 수도 있다고 말하지요. 때때로 본인들도 확신하지 못하는 경우도 있습니다. 그건 어쩔 수 없어요. 방사능은 총알도 포탄도 아니잖습니까. 당시 피폭자들은 지금도 의심스러운 이유로 죽어가고 있습니다. 더 심각한 것은 아이들이고요. 사고 후에 태어난 피폭자들의 아이들은 암 발생률이 높습니다. 기형률도 높지요. 그 피해를 정확하게 숫자로 말할 수 있는 건 오직 신뿐일 겁니다."

키예프의 셰브첸코 대학에 재직 중인 이반 본다렌코 교수 (Ivan P. Bondarenko)는 재난 당시 어린 아들을 체르노빌 주변에 살던 친척집에 맡겨 두고 있었다. 그 아들은 5년 뒤에 백혈병으로 사망했다. 지금도 사무실 책장에 그렇게 잃은 아들의 사진이 든 액자를 두고 있다. 체르노빌 재앙 당시의 일을 기억으로 떠올리며 이야기하던 중 그는 아들 이야기를 꺼낸 다음엔 그에 눈시울을 붉혔다.

"나는 체르노빌 사고가 아들을 죽였다고 믿고 있지만 그걸 어떻게 증명할 수 있겠어요? 방사능 피폭이 아니더라도 백혈병은 걸릴 수 있거든요."

핵재앙이 공포스러운 것은 아마도 그 때문이다. 도쿄 전력이 후쿠시마의 재앙에도 불구하고 사망자는 단 한 명도 없다는 뻔뻔스러운 발표를 할 수 있었던 것도 그 때문이다. 그러나 치명적 피폭으로 현장이나 직후에 병원에 실려가 사망하지 않더라도 피해자는 서서히 죽어간다. 2005년 유엔은 세계보건기구(WHO) 등의 공동 연구 결과를 발표했다. 체르노빌에서 유출된 방사능에 직접 노출된 60여만 명 중 4000여 명 정도가 사망했다는 결론이 포함된 발표였다. 그러나 그린피스가 2006년 내놓은 사망자 수는 9만 3천 명이고 질병으로 고통받는 피해자의 수는 22만 명에 이르렀다. 2009년 뉴욕 과학 아카데미(NYAS)에서 『체르노빌: 인간과 환경에 대한 재앙의 결과(Chernobyl: Consequences of the Catastrophe for People

＼ 프리퍄트의 방사능 폐기물 운반 차량 ☞ 대재앙 당시가 아닌 현재 사용되고
있는 차량들이다.

／ 체르노빌 원자로 4호기와 그 앞의 위령탑.

and the Environment)』라는 보고서를 발간한 적이 있다. 저자인 러시아 환경 정책 센터의 알렉세이 야블로코프(Alexey V. Yablokov)는 이전까지의 연구와는 달리 주로 슬라브어로 작성된 의료 자료들을 집중적으로 조사해 보았는데, 그 결과 2004년까지 이미 98만 5천 명이 사망했으며 2005년 현재 재앙 직후 수습에 동원되었던 리퀴데이터 60여만 명 중 11만 2천~12만 5천여 명이 사망했다고 밝혔다. 주목해야 할 점은 리퀴데이터가 아닌 방사능 오염 지역의 거주자들 중에서 더 많은 사망자 수가 집계되고 있다는 것이다. 진실은 어디에 있을까? 어쩌면 '아무도 알 수 없다'일지 모른다. 체르노빌의 진실 중 이게 가장 끔찍하고 소름 끼치는 일이다.

아이들이 뛰어놀고 있는 슬라보티츠 광장에는 늦은 오후의 따스한 햇살이 넘쳤다. 공원 벤치에 앉아 책이 아닌 보고서를 읽고 있는 사내는 체르노빌 NSC 프로젝트에 참가 중인 영국인 엔지니어였다. 그동안 세계 여러 나라를 다녔지만 슬라보티츠가 가장 살기 좋은 곳이라는 의견을 내놓는다. NSC에 대해 이것저것 물었지만 자신은 전기 분야여서 알지 못한다는 신통찮은 대답만 돌아온다. 새로격납고를 만들어 덮으면 안전할 것인지를 묻는데도 모른다는 대답이다. 어쩌자는 것인지. 체르노빌 노동자들이 아직 퇴근을 하지 않은 슬라보티츠에는 여자들과 아이들, 그리고 노인들만이 눈에 띈다. 2000년 3호기가 가동을 중단할 때까지 여기에는 2만 5천여 명의 인구가 거주하고 있었다. 지금은 절반 정도로 줄었다. 프리퍄티는 주거뿐 아니라 연구와 기계 설비 생산까지 담당한 도시였지만 슬라보티츠에는 오직 주거 기능뿐이다. 그런 슬라보티츠의 미래는 불투명하기 짝이 없다. 교육 도시로 변모할 가능성을 두고 논의가 분분하

우크라이나 서부의 리우네 핵발전소 ☞ 냉각수를 지하수에 의존하는 리우네 핵발전소는 그동안 여러 차례 문제를 일으켰다.

지만 쉽지 않은 일이다. 재앙의 직격탄에서 가까스로 빗겼다고는 하지만 그곳은 여전히 체르노빌 핵발전소를 이웃한 지역이다. 멈춘 원자로의 관리와 석관, 격납고의 관리를 위해 체르노빌은 여전히 노동자들을 필요로 한다. 때문에 아주 먼 미래, 수백년 뒤에도 우크라이나의 어떤 도시보다도 오랫동안 슬라보티츠는 존재할 것이고 어떤 경우에도 체르노빌과 마지막을 함께 하는 도시가 될 것이다.

지도에서만 사라진 마을

우크라이나 서부의 흐멜니츠크와 리우네 핵발전소를 돌아보았다. 이즈음의 핵발전소가 으레 그렇지만 3미터에 가까운 담이 둘러싼 데다 진입로의 망루에는 감시원까지 배치해 둔 흐멜니츠크 핵발전소의 주변 분위기는 삼엄하다. 발전소 정면의 1호기와 그 뒤의 2호기가 산뜻해 보이는 반면 건설이 중단된 3호기와 4호기는 체르노빌의 5, 6호기처럼 붉은 녹이 슨 타워크레인이 흉물스럽기까지 하다. 벨라루스 접경 지역의 리우네 핵발전소는 나란히 선 6개의 거대한 냉각탑이 증기를 뿜고 있어, 정말(?)이지 핵발전소처럼 보인다. 주변에 강이나 호수와 같은 마땅한 수원이 없는 리우네 핵발전소는 원자로를 냉각하는 데 주로 지하수를 쓴다. 원자로 3호기는 최근 냉각수 부족으로 셧다운되는 사고를 일으키기도 했다. 원자로 1호기는 2009년 정기 점검 시에는 화재를, 2008년엔 압력용기의 누출 문제를 일으키는 등 잦은 사고로 명성을 얻고 있지만 냉각탑은 여전히 꿋꿋하게 증기를 뿜고 있다.

잠시 들른 핵발전소 주변 농가는 수확을 끝내 밀밭의 건초

↖ 벨라루스 비에트카(Vietka) 군의 제한구역 표시 ☞ 바리게이트 넘어 한때 마을로 이어지던 길은 흔적도 찾을 수 없다.
↙ 벨라루스 비에트카의 제한구역에 살고 있는 노인 ☞ 캡션

들을 옮기는 일로 분주하다. 낯선 이방인의 등장으로 내내 심심했을 마을 아이들이 모두 집에서 튀어나와 부산스럽기 짝이 없다. 핵발전소의 지척에 있는 마을이지만 숲에 가려 냉각탑의 증기조차 보이지 않는다. 그곳에서 핵발전소의 무엇이라도 느끼기란 애당초 불가능했다. 그러나 국경 너머 벨라루스의 한 마을은 핵발전소를 지척은커녕 160킬로미터 떨어진 곳에 두었지만, 지금은 지도상에 존재하지도 않는 마을이 되어 버렸다.

체르노빌 재앙으로 큰 피해를 입은 곳은 우크라이나가 아닌 벨라루스였다. 원자로 폭발 당시 불었던 동남풍은 방사능 낙진의 70퍼센트를 국경 너머 벨라루스에 뿌렸다. 오염 지역은 국토 전체 면적의 1/5인 4천 평방킬로미터에 달했다. 민스크에 이어 벨라루스 제2의 도시인 고멜(호멜)의 북동쪽에 위치한 비에트카 군(郡, Rayon)은 이때 가장 큰 피해를 입은 곳 중의 하나이다. 4천여 명의 이재민이 발생했고 시간이 지난 뒤에도 대부분의 지역은 방사능 오염으로 제한구역으로 남았다. 비에트카의 핵재앙 난민은 고향을 떠나 뿔뿔이 흩어진 후에 다시 돌아오지 못했다. 인구는 2차 세계대전 전보다 못한 8천여 명 수준으로 줄었다.

그런 비에트카 군을 남북으로 가로지르는 도로변에서는 방사능 제한구역 표지판과 바리케이드를 줄줄이 볼 수 있다. 잡목과 풀들에 가려 있기도 하고 때로는 오솔길처럼 보이기도 하지만 표지판 너머 어딘가에는 한때 마을들이 있었다. 군청 소재지인 비에트카의 도서관에서 그런 마을들 중 사람들이 돌아와 살고 있는 곳이 있느냐고 묻자 직원은 고개를 갸우뚱하고 동료에게 묻더니 프린터로 인쇄한 지도에 위치를 표시해서 넘겨 주었다. GPS 좌표를 기대한

＼ 체르노빌 재앙 직후 화재 진압에 나섰던 소방서 앞의 위령탑 ☞ 그들 대부
분은 재앙 직후에 목숨을 잃었다.
／ 벨라루스 국경의 체르노빌 재앙 희생자 위령비 ☞ 체르노빌 재앙의 피해는
벨라루스 쪽이 훨씬 컸다.

것은 아니었지만 그저 도로 어딘가에 볼펜으로 표시를 한 지도를 받자 좀 난감해졌다. 말인즉슨 그쯤 가면 왼쪽에 길이 있다는 것이었다. 물론 프린트된 지도에는 아무 길도 없었다. 세 번쯤 같은 도로를 오간 후에야 찾을 수 있었던 입구에는 오래된 버스 정류장도 있었다. 한때 정류소 이름을 적어 두었던 자리가 흰 페인트로 지워져 있었다. 양편의 나뭇가지들이 뒤덮어 어둑한 길을 지나자 노부부 두 가구가 살고 있는 마을이 나타났다. 한때는 20여 가구가 살았던 마을이다. 이제 공식적으로는 존재하지 않는 마을에는 전기도 가스도 공급되지 않았다. 노인들은 오염된 텃밭을 가꾸고 근처의 숲에서 가져온 오염된 땔감으로 불을 지펴 음식을 만들고 있었다. 집 뒤편의 숲으로 향하는 길 언저리에는 방사능 제한구역 표지판이 서 있었다. 잠시 양해를 구하고 둘러본 집안은 빈한하기 짝이 없었다. 작은 창문 앞에 둔 기울어진 나무 식탁 위에 놓인 돋보기 안경과 책 한 권이 인상적일 뿐, 더러운 이불이 놓인 작은 침대가 가구의 전부이다시피 했다. 자식들은 모두 키예프며 민스크, 독일에 살고 있다는 노인은, 자신이 돌아온 이유를 들려 주지는 않았다. 아마도 그곳이 태어나고 자란 고향이기 때문일 것이다.

누구도 편안하게 죽지 못할 것이다

제한구역으로 지정되지 않은 지역은 오염되었다고 해도 정상적으로 거주할 수 있다. 그러나 더 안전하다고 볼 수 없다. 제한구역에서 동물처럼 살아가는 노부부들보다 나은 처지에 있다고 볼 수도 없다. 26년이 지난 지금은 더욱 그렇다. 이미 2005년에 오염 지역 실태를 조사 결과를 책으로 내면서 유리 세브초프는 저주에 가까운 말을 남겼다.

"농장 노동자들, 소도시 주민들, 지식인들. 그들 모두는 지난 20년 동안 매일처럼 치명적 수준의 방사능에 노출되어 왔다. 그들 중 누구도 편안하게 죽지 못할 것이다. 그들 모두 숨을 거두기 전 지독한 고통에 시달릴 것이다. 오염 지역에 거주하는 것이 안전하다고 말하는 사람에게든, 그렇지 않다고 말하는 사람에게든 이 사실은 동일하게 적용된다."

세브초프의 말에 따른다면 체르노빌 재앙 당시 방사능에 오염되었던 지역에 거주하고 있는 모든 인간들 또한 제한구역 내의 이름 없는 마을에 살고 있는 것이나 진배 없다는 것이다. 그러나 핵발전소 제로 국가인 벨라루스조차도 2007년 러시아와 송유관을 두고 혈전을 벌인 뒤로는 핵발전소를 건설하겠다고 발표하고 추진하고 있다. 2009년 결정된 건설 예정지는 리투아니아와 접경 지역인 아스트라베츠(Astravyets)로, 리투아니아의 수도인 빌뉴스에서 불과 45킬로미터 떨어져 있다. 리투아니아는 물론이고 폴란드까지 격렬하게 반발하고 나섰다.

"이제 나는 죽음이요, 세계의 파괴자가 되었다."

1945년 7월, 인류 최초의 핵폭탄 실험이 성공하는 것을 지켜본 후 맨해튼 프로젝트의 책임자였던 오펜하이머(Robert Oppenheimer, 1904~1967)가 힌두 경전인 『바가바드 기타』의 11장 32절을 변용해 남긴 말이다. 나가사키와 히로시마에서 벌어진 참상은 그의 이 말을 예언으로 만들었다. 벨라루스의 코로스텐(Korosten) 국경 검문소를 넘어 어두운 숲 속을 달리면서 나는 오펜하이머의 이 말을 떠올렸다. 10여 분 이상을 달려야 우크라이나 쪽의 부스트포비치(Vystu-povychi) 국경 검문소를 만나는 이 특별한 숲길은 검문소조차 세울 수 없는 방사능 제한구역이었다. 히로시마 이후 67년이 지난 지금 인류는 윈드스케일(Windscale fire)과 스리마일(Three Mile Island accident)을 거쳐 체르노빌과 후쿠시마에서 핵폭탄이 아니라 핵발전이 죽음이요, 세계의 파괴자인 것을 목도하고 있다.

해바라기밭의 바람 소리 속에서

비토리오 데 시카(Vittorio De Sica, 1902~1974)의 영화 「해바라기(I Girasoli)」의 오프닝은 시종일관 광활하다고 할 수밖에 없는 해바라기 밭을 배경으로 한다. 그게 우크라이나의 해바라기 밭이다. 몰도바는 물론 루마니아나 불가리아, 세르비아에도 해바라기 밭은 드물지 않지만 우크라이나에서처럼 장관을 연출하지는 못한다. 도대체가 끝이 없다. 평원이나 구릉과 구릉을 덮어 해바라기가 세상의 전부인양 시야를 압도하는 풍광은 내 경험으로는 오직 우크라이나에서만 볼 수 있다. 그 광대한 평원을 끝도 없이 메운 해바라기들이 모두 해를 등지고 있는 꼴을 보고 있으면 기분이 묘하다. 해바라기는 움직이는 일 없이 하루에 한번 해를 바라본다. 하루에 두 번 시간이 맞는, 서 버린 시계처럼. 그나마 성장해서 씨가 어지간히 굵어지면 슬슬 고개를 숙이기 때문에 지는 해를 보기도 어렵다. 한데도 그토록 오랜 세월을 해바라기는 해를 따라 움직인다고 믿어 의심치 않고 있었던 나는 한동안 이것들이 모두 미쳤거나 어떤 이유로 유전자가 조작된 것이 아닐까 허황된 의심까지 버리지 못했다.

오데사 인근 가을의 해바라기밭.

여름이 지나면 해바라기는 미국 중서부의 옥수수처럼 들판
에서 말라간다. 꽃잎은 모두 떨어지고 갈색으로 변한 줄기 위에 검
은 꽃은 검은 땅을 본다. 냉기를 머금은 바람이 메마른 줄기 사이를
휘저으며 버석버석 소리를 낸다. 가을. 오데사 인근 국경의 해바라
기 밭. 풍경은 스산하다. 길가에 차를 세우고 내려 키를 훌쩍 넘는
마른 해바라기의 줄기 사이에 어깨를 비집고 걸어 본 것은 아마도
다비드 오이스트라흐(David F. Oistrakh, 1908~1974) 때문이었다.
20세기 최고의 바이올린 주자 중의 하나로 평가받는 그는 오데사에
서 태어났다. 하급 관리로 해바라기 농사를 부업으로 했던 아버지
탓에, 지금 내가 선 이런 마른 해바라기 밭에서 씨를 수확하는 일을
거들며 어린 시절을 보냈다.

후일 소련 음악계의 거장이 된 그는 망명하지 않고 소련을
지켰고 순응했던 까닭에 서방으로부터 '호모 소비에티쿠스'란 비아
냥이 담긴 별칭을 얻었다. 2차 세계대전 당시 불바다가 되다시피 했
던 레닌그라드에 남아 공장과 병원에서 연주회를 개최했던 에피소
드는 소련(또는 러시아) 음악계의 전설로 남아 있다. 그렇다고 해서
그가 소련에 남아 음악가가 아닌 다른 무엇이 되고자 한 것은 아니
었다. 오이스트라흐는 이런 말을 했다. "세계를 풍요롭게 하는 음악
을 인민과 나누기를 원한다. 그게 내 삶의 이유이다." 클래식과 담을
쌓은 나도 가끔은 오이스트라흐의 바이올린 협주곡을 듣곤 한다. 바
이올린의 음색으로는 만들어낼 수 없을 것같은 따뜻함을 느낄 수 있
다. 아마도 그가 말한 풍요로움의 요체란 바로 이 따뜻함, 많은 사
람들을 향한 온기인지도 모르겠다. 1908년에 태어난 오이스트라흐
는 1926년 오데사 음악원을 졸업한 직후인 1927년 모스크바로 떠

날 때까지 오데사에 머물렀다. 러시아 혁명과 소련의 탄생을 모두 오데사에서 겪은 셈이다. 그가 태어나기 직전인 1905년 혁명에서부터 1917년 혁명, 내전, 소련의 탄생에 이르기까지 오데사는 러시아의 어떤 도시 못잖은 혁명의 도시였다. 이 숨가쁜 격동의 시절을 다비드 오이스트라흐는 그저 바이올린과 비올라를 공부하며 보낸 것으로 전해진다.

전함 포촘킨의 운명

국경에서 오데사로 이르는 길은 이즈음 우크라이나의 전형적인 지방 도로이다. 아스팔트는 깨져 패었고 메마른 흙먼지가 날린다. 오데사 시내에 들어선 후에도 낡은 느낌은 여전하다. 도로의 아스팔트에 박힌 은빛의 전차 궤도는 도무지 언제적 것인지 종잡을 수가 없고 전선에서 불꽃을 튀기며 달리는 전차는 영화 「닥터 지바고」의 마지막 장면에 등장한 전차를 방불케 한다.

이 도시를 유명하게 만든, 세르게이 에이젠시테인(Sergei M. Eisenstein, 1898~1948)의 영화 「전함 포촘킨(*The Battleship Potemkin*)」의 오데사 계단은 부두를 앞에 두고 있다. 알려진 것처럼 「전함 포촘킨」은 1905년 2월 혁명 당시 제정 러시아의 흑해 함대에 속한 전함 포촘킨에서 벌어진 선상 반란을 소재로 했다. 영화 내용은 대부분 사실과 일치한다. 혁명 이전인 1903년 7월 노동자들의 총파업을 경험한 오데사에서는 1905년 혁명이 시작되자 총파업과 초보적인 무장투쟁이 벌어지고 있었다. 그해 6월 14일 전함 포촘킨은 함포 훈련을 위해 세바스토폴 항구를 떠나 오데사 맞은편의 텐드

오데사의 계단 ☞ 위가 아래보다 좁게 설계된 계단은 실제보다 높아 보인다.

라 섬(Tendra)에 정박했다. 어뢰정인 이스마일이 오데사에서 부식을 운반해 왔는데 포촘킨의 수병들은 그 고기가 썩어 있고 구더기가 들끓고 있는 것을 발견하곤 배식된 수프를 거부했다. 함장인 골리코프(Evgeny Golikov)가 이 사실을 보고받고 수병들을 선상에 집합시킨 후 군기 문란자들은 교수형에 처할 것이라 위협하며 수프를 먹을 자들은 앞으로 나오라고 명령한다. 12명을 제외한 대부분의 수병들은 움직이지 않는다. 골리코프는 무장한 경비병들에게 체포를 명령하고 동요한 수병들이 그 자리에서 도망하는 가운데 서른 명이 체포되었다. 1등 항해사인 길야로프스키(Giliarovsky)가 피가 갑판을 적시는 것을 막기 위해 방수포를 가져올 것을 명령한다. 체포된 수병들을 방수포로 덮고 사살하기 위한 것이었다. 수병 중 한 명인 마츄센코(Afanasi Matushenko, 1879~1905)가 경비병들 앞에 나서 명령을 거부할 것을 호소한다. 경비병들이 주저하고 총구를 내리자 마츄센코가 부르짖는다.

"동무들. 저들이 우리에게 하려던 짓을 보라! 총을 들어라. 저 돼지들을 쏴라!"

반란은 그렇게 시작한다. 수병들은 무기고로 달려가 무장한 다음 장교들을 공격하고 전함을 장악한다. 마스터에는 붉은 깃발이 걸리고 짜르의 초상화는 바다로 던져진다.

영화 「전함 포촘킨」은 이 선상 반란의 전후를 5막으로 나누어 다큐멘터리처럼 그려나간다. 클라이맥스에 해당하는 4막 '오데사 계단'은 사건의 재현이라기보다는 당시 오데사에서 벌어졌던 학살의 영화적 집약이다. 텐트라 섬에서의 반란으로 전함을 장악한 후 구성된 수병 위원회는 오데사로 항해할 것을 결정한다. 포촘킨 호의

＼ 오데사 계단 위 광장의 리슐리외 대리석상 ☞ 리슐리외(Armand-Emmanuel du Plessis, duc de Richelieu, 1766~1822)는 오데사의 초대 총독을 지냈다. 뒤로 카트리나 로가 이어진다.

／ 오데사 계단 아래로 내려다보이는 항구 ☞ 전함 포톰킨이 정박했던 부두가 펼쳐진다.

수병들은 오데사의 노동자들과 접촉하고 나서 이후의 진로를 결정하고자 했다. 한편 포촘킨 호의 반란 소식이 전해지자 오데사의 혁명 열기는 더욱 고조된다. 반란 중에 입은 총상으로 결국 사망한 바쿠렌추크의 시신이 오데사 계단 위로 옮겨지자 만여 명의 시민들이 몰려든다. 노동자와 혁명 운동 대표들이 포촘킨 호에서 승선해 토론을 벌이던 15일에, 이미 계엄령이 선포되어 있던 오데사 시내와 부두에서는 군과 경찰, 코사크에 의한 대학살이 벌어진다. 2천여 명의 시민들이 목숨을 잃었다. 16일 포촘킨 호는 오데사를 향해 다섯 발의 포격을 가했다. 세 발은 공포였고 두 발은 실탄이었다. 그릇된 좌표를 제공받았던 탓에 영화에서와 같이 사령부를 명중시키지는 못했다. 흑해 함대 사령부는 반란을 진압하기 위해 전함을 급파했고, 일촉즉발의 위기 속에서 또 다른 전함에서 반란이 일어난다. 에이젠시테인의 「전함 포촘킨」은 이쯤에서 막을 내리지만, 그게 현실에서 전함 포촘킨과 수병들이 감내해야 했던 운명의 끝은 아니었다.

　　반란을 진압하기 위해 세바스토폴에서 발진한 전함들이 추격해 오자 포촘킨은 루마니아의 흑해 항구인 콘스탄차로 향했다. 수병들 대부분은 루마니아에 남아 망명객이 되어야 했다. 전함 포촘킨은 러시아로 돌려보내졌다. 1907년 반란의 주도자 중 일부였던 마츄센코와 동료 5명은 러시아 정부의 사면을 약속받고 고국으로 돌아갔지만 결국 체포되어 사형당했다. 전함 포촘킨의 운명 또한 기구했다. 1917년 혁명의 와중에 백군들의 수중에 들어간 전함 포촘킨을, 전함이 볼셰비키의 손에 넘어갈 것을 염려한 백군들이 1919년 세바스토폴에서 침몰시켜 버렸다. 배는 적백내전 후에 인양되었지만 손상이 심해 복원되지는 못했다.

오데사 카트리나 로의 예카테리나 동상 ☞ 전함 포춈킨 반란 기념상을 치우고 제정 러시아의 여제 상을 세웠다.

오데사 계단 위, 미완의 혁명

　오데사 계단 위 작은 광장에는 초대 총독을 지냈던 프랑스인 리슐리외의 대리석상이 서 있다. 프랑스 혁명 후 러시아에 의탁해 망명 생활을 했던 인물로, 군인이다. 리슐리외에게 임명장을 주어 오데사로 보낸 건 여제 예카테리나이다. 리슐리외 석상을 뒤로하고 카트리나 로(路)를 똑바로 걸으면 곧 오스만과 전쟁을 치러 크림을 손에 넣었던 예카테리나의 동상을 만날 수 있다. 예카테리나상이 이곳에 선 것은 4~5년 전의 일이다. 전주인은 전함 포춈킨 선상 반란 기념상이었다. 물론 1920년 이전의 주인은 예카테리나였으니 복원된 것이라고도 볼 수 있다. 여하튼 좀 곤란해졌다. 한두 해전 일도 아닌데 주인이 바뀐 것을 모른 것이다. 주변의 여행사를 찾아 물어 보아도 고개를 갸우뚱한다. 마침 구석에 앉아 있던 젊은 여자아이가 중얼거리듯 말한다.

　"푸시킨 박물관으로 갔다는 말을 들은 적이 있어요."

　그래서 한달음에 달려간 푸시킨 박물관. 내게는 그만 "삶이 그대를 속일지라도 슬퍼하거나 노여워하지 말라……."는 이발소 액자의 시인으로 기억에 남아 버린 푸시킨이지만 러시아어권에서는 톨스토이와 맞먹는 문호로 대접을 받는다. 미국에 마틴 루터 킹 주니어 거리가 어지간한 도시마다 있다면 구소련의 어지간한 도시에는 빠짐없이 푸시킨 거리가 있다.

　박물관 앞에서는 트러커 모자를 쓴 푸시킨의 작은 동상이 방문객을 맞는다. 진보적 사고 방식으로 차르 체제와 불화하던 푸시

오데사 푸시킨 박물관 앞의 푸시킨 동상 ☞ 푸시킨은 크림 반도의 이곳저곳을 떠돌며 지냈다. 오데사에서 머물던 집은 박물관으로 남아 있다.

킨은 상트페테르부르크에서 추방되어 코카서스와 크림을 떠돌다 몰도바의 키시너우에서 한동안을 지냈다. 작품으로 두각을 나타내기 시작한 것은 이 무렵부터이다. 그가 머물던 키시너우의 집은 작은 단층집으로 꽤나 보잘 것이 없었다. 오데사는 키시너우와는 비교할 수 없이 큰 도시이고, 그가 머물던 집도 훨씬 나아 보인다. 그러나 푸시킨이 오데사에서 오래 지내지는 못했다. 오데사의 지사와 충돌을 일으켜 또 다시 유배당한 그는 이 집을 떠나 미하일로프스코예로 옮겨야 했다. 둘 모두 지금은 푸시킨 박물관이 되어 있다. 박물관의 입구에 앉아 있던 직원은 고개를 젓는다. 박물관에 기념상이 옮겨진 적이 없다고 잘라 말하곤 또 중얼거린다.

　　"아마도 중앙역 부근으로 가지 않았을까요?"

　　확신하는 표정은 아니다. 또 달려간 오데사 중앙역. 역사 전면의 꼭대기에 총을 든 수병들의 상이 있기는 하다. 주변의 공원을 돌아도 마땅히 눈에 띄는 것이 없다. 다시 돌아온 중앙역. 길을 모르면 물어야 한다. 마침 한무더기의 젊은 청춘들이 모여 있다. 다가가고 있는데, 그 중 두 명이 마중 나오듯 튀어 내게로 오더니 카메라를 들이댄다.

　　"웃으세요."

　　"뭐라?"

　　"웃으시라니까."

　　황망한 가운데 김-치, 그리고 찰칵. 역 앞에 모인 청춘들은 오데사의 사진 모임 회원들인데 오늘은 '웃음'을 주제로 사진을 찍고 있단다. 시카고에서 프리 허그꾼들과 마주쳐 원치 않는 '허그허그'를 한 후로 이런 종류의 일은 처음이다. 한번 웃어 주었더니 일이

오데사 전함 포촘킨 선원 기념상(Monument to the crew of the Potemkin) ☞ 1960년에 반란 60주년을 기념하여 제막된 상으로, 여섯 명의 수병 가운데 주먹을 쥐고 가장 앞에 선 이가 **바쿠렌추크**(Grigory Vakulinchuk, 1877~1905)이다.

잘 풀린다. 스무 명 남짓이 머리를 맞대고 포춈킨 기념상의 소재를 수사한 후 답을 전해 준다. 결론은 그동안 대여섯번 지나쳤던 장소였다. 부두 근처 언덕 아래의 한산하고 이름 없는 작은 공원이다. 오데사 사람들에게도 잊힌 포춈킨 기념상은 어쨌든 바다를 향해 놓여 있었다. 시야는 막혀 있었지만 말이다. 함선을 연상케 하는 거대한 대리석 기단 위에 투박하고 거칠게 조각된 여섯 명의 수병이 저마다의 포즈를 취하고 있는데, 상 전체가 앞을 향해 튀어나갈 듯 하다. 앞장선 수병은 콧수염을 기르고 있다. 그가 바쿠렌추크이다. 기단에는 레닌이 남긴 말이 새겨져 있다.

"전함 포춈킨은 미완의 혁명을 남겼다."

당시 레닌이 전함 포춈킨의 반란에 대해 볼셰비키 신문인 『프롤레타리(Proletary)』에 기고한 글의 한 구절이다. 레닌은 포춈킨의 반란을 무척 중요하게 여겼다. 사회민주당 중앙위원회의 의결을 거쳐 반란을 지도할 인물로 미하일 바실레프유진(Mikhail Vasilyev-Yuzhin, 1876~1937)을 오데사로 급파했지만 그가 도착했을 때 전함은 이미 오데사를 떠난 후였다. 혁명에서 무장투쟁의 여부는 볼셰비키와 멘셰비키의 노선 사이에 가장 중요한 쟁점이었고, 레닌은 노동자, 농민의 무장투쟁을 주장했다. 1917년 혁명과 적백내전에서의 승리로 소련이 탄생한 후 영화와 기념상이 만들어졌다. 영화는 에이젠시테인의 명성으로 살아 있지만 원래의 자리를 빼앗긴 기념상은 여기 이곳 인적조차 드문 곳에서 1905년으로 돌아가 그때의 말을 속삭이고 있을 뿐이다. 이렇게.

"나는 미완의 혁명이다."

╲ 헤르손의 겨울 차림 ☞ 춥다 추워!

╱ 오데사 빨치산 기념 박물관(Museum of Partisan Glory)의 기념비 ☞ 네루바스케(Nerubayske) 마을은 한때 사암을 채굴하면서 생긴 땅굴이 많아 빨치산들의 은거지가 되었다. 1969년에 오데사 카타콤(Odessa Catacombs)이라고 부르는 이 땅굴들 위에 세운 박물관이다.

피한길에 들른 땅굴 박물관

동유럽에서 한겨울을 나야 할 것이 분명해졌을 때 나는 이미 다섯 번의 겨울을 따뜻한 나라에서 보낸 뒤였다. 아물아물한 겨울의 기억을 더듬으며 오리털 점퍼 하나를 샀고 두툼한 털장갑과 내복 등속을 짐 속에 넣었다. 12월이 되었을 때, 오리털이 이 나라의 추위를 막는 데에 젬병이라는 걸 알게 되었다. 한동안 나를 지켜보던 몰도바 친구 한 명은 '당신, 이러단 고향에 돌아가지 못할지도 몰라.'라는 농담을 건네곤 나를 차에 태우고 터키산 양가죽 코트를 파는 시장으로 끌고 갔다. 주인이 진품임을 증명하기 위해 라이터 불을 들이대 털 타는 냄새가 여전히 남아 맴돌던 양가죽 롱코트를 걸치자 거짓말처럼 추위가 물러갔다. 사뭇 살 만해졌지만 여전히 추위는 고역이었다. 키시너우는 그래도 나았다. 1월의 키에프는 얼음 지옥이었다. 영하 30도의 날씨에 세찬 바람까지 몰아치는 거리는 체감온도를 영하 40도 쯤으로 낮췄다. 이러다 길바닥에서 죽어 버리는 건 아닐까 하는 생각이 절로 들었다. 고집스레 털모자를 장만하지 않은 것이 불찰이었다. 머리가 얼어 버려 마치 얼음덩어리 하나를 목 위에 매달고 언제 굴러 떨어질지 몰라 불안에 떠는 심정이었다.(모쪼록 이 엄살을 이해해 주시기 바란다.)

2월이 되어서도 추위는 (당연히) 물러가지 않았다. 세상은 여전히 얼음 여왕의 망토 자락에 갇혀 있고 봄은 영원히 오지 않을 것처럼 느껴지던 2월 2일에 길을 떠났다. 겨울 나라의 끝인 얄타, 따뜻하거나 적어도 춥지는 않을 얄타를 향해. 대략 9백 킬로미터, 왕복하면 1천 8백 킬로미터의 길이어서 그동안 번번이 미루던 얄타였다. 2차 세계대전 종전 후 처리를 두고 얄타 회담이 열린 건 1945년 2월 4일. 영국의 처칠(Winston L. Churchill, 1874~1965)은 이제 막 일흔을 넘겼고 스탈린이 예순 일곱이었다. 루스벨트(Franklin D. Roosevelt, 1882~1945)가 가장 젊어(?) 예순 셋이었지만, 지병으로 죽음을 불과 두 달 앞둔 무렵이었다. 환자를 포함한 세 명의 노인들이 모여 한겨울 소련의 어디에선가 회담을 해야 한다면 그곳이 어디였겠는가. 온화한 기후, 크림의 얄타였다.

오데사에 도착해 하룻밤을 머문 이튿날 아침 일찍 떠난 길. 기왕지사, 길에서 벗어나 그동안 지나치기만 했던 오데사 외곽의 2차 대전 빨치산 기념 박물관에 들렀다. 박물관은 마을 한구석에 자리 잡고 있다. 하지만 사람들이 이곳을 찾는 목적은 대개 박물관이 아니라 인근에 있는 땅굴이다. 2차 대전 동안 오데사를 점령한 추축국에 맞서 벌어진 빨치산 투쟁은 땅굴을 중심으로 이루어졌다. 우크라이나 남부와 같은 평원 지대는 게릴라 투쟁에는 아주 적합하지 않은 곳이다. 오데사에서는 땅굴이 그 대안이 되었다. 베트남의 꾸찌와는 달리, 게릴라들의 손으로 낸 굴은 아니었다. 오데사의 초기 부흥기에 도시를 건설하는 데 필요한 석재를 구하려고 파 내려간 다층의 지하 채석장이었다. 허물 산이 없으니 땅을 파야 했던 것이다. 오데사의 건물들은 대개 이렇게 해서 얻어진 사암들로 만들어졌다.

굴의 규모는 상상을 뛰어넘는다. 입구만 해도 확인된 것만 천여 곳이 넘는다. 총연장 길이는 지금도 확실히 모른다. 깊이는 최대 60미터에 이른다. 대부분 폐쇄되어 있고 빨치산 박물관 인근의 땅굴 하나가 공개되어 있다. 관광 비수기인 겨울이어서인지 인적을

찾을 수 없다. 굴 입구는 그저 짐승의 아가리처럼 보일 뿐이고 내부
는 깊은 어둠에 잠겨 있다. 누군가 불을 밝히며 안내하지 않는다면
범접할 수 없는 곳이다. 채석장 입구가 제법 큰 것을 보니, 내부도
바닥을 기어야 하는 베트남의 꾸찌와는 다를 것이 틀림없다. 하지만
일어난 일이야 뭐 그리 달랐을까. 주로 루마니아 군이 중심이 된 점
령군 치하에서 오데사 일대에서 2만 5천여 명의 민간인이 살육당해
매장되었다. 전쟁이란 신이 개입하는 일 없이 온전히 인간의 손으로
만들어 낸 지옥이다. 아마도 이 땅굴의 어둠 어디에서는 그때의 뼈
들이 휘파람 소리를 내며 여전히 신음하고 있을 것이다.

흑해 함대가 태어난 곳

오데사를 벗어난 후 길은 대개는 평야를 가로지른다. 가로
수 너머 눈 덮인 평야는 쓸쓸하고 바람이 쓸어대는 평야의 눈이 도
로의 아스팔트 위를 안개처럼 흐른다. 잉굴 강 하구에 자리 잡은 도
시 미콜라이프에 도착할 때까지 풍경은 변함이 없다. 남부 러시아
총독인 그리고리 포촘킨(Grigory Potemkin, 1739~1791, 전함 포
촘킨의 그 포촘킨이다)이 1788년 미콜라이프에 해군 조선소 건설을
명령함으로써 탄생한 도시이다. 러시아 흑해 함대가 등장한 것도 그
무렵이다. 흑해 함대의 사령부 또한 세바스트폴로 옮기기 전까지는
미콜라이프에 있었다. 그때부터 지금까지 미콜라이프는 조선의 도시
로 남아 있다. 220여 년의 역사를 자랑하는 유서 깊은 흑해 조선소
(체르노모르스키 조선소)와 61 코뮨 조선소, 그리고 1951년에 상선
건조를 목적으로 만들어진 오케안(대양) 조선소는 항공모함에서 잠

미콜라이프 오케안 조선소(Okean Shipyard) 크레인과 정문 ☞ 국영 오케안 조선소는 상선, 잠수함 등 여러 배를 만드는 조선소로 1951년 설립했다.

수함은 물론 유조선까지 갖가지 배를 건조해 왔다. 전함 포춈킨 역시 미콜라이프에서 건조되어 1900년 진수되었다.

도시의 중심부를 동서로 가로지르는 레닌 대로의 언저리 작은 광장에는 미콜라이프의 그러한 역사를 대변하는 독특한 기념상이 있다. 둥근 지구본을 두고 조선과 관련된 인물들이 둥글게 배치되어 있다. 기단에 적힌 글로는 1989년에 만들어졌다. 미콜라이프를 기념하는 소련 시대의 마지막 조형물인 셈이다. 배의 설계자가 모형을 들고 앉아 있고, 그 좌우로 한편에는 용접공과 여성 노동자가, 다른 편에는 키를 쥔 항해사와 선장 등이 서 있다. 배를 만들고 움직이는 사람들을 주인공으로 삼았는데, 그 중 설계자가 들고 있는 함선이 전함이 아니라 상선인 것이 흥미롭다. 이 도시는 오랜 세월 동안 전함의 도시였다.

가장 최근에 문을 연 오케안 조선소는 도시의 남쪽 끝에 자리 잡고 있다. 도심에 가까운, 주로 전함을 건조했던 두 조선소와는 멀찌감치 떨어져 있다. 배를 만들기에는 이곳이 바다에 훨씬 가까워 적지이지만 군사적으로는 방어에 취약할 수밖에 없다. 오케안은 상선을 건조하는 조선소였으니 입지 선택이 자유로웠을 법하다. 도심에서 사뭇 떨어져 있어서지 철로와 조선소 담을 낀 길은 말마따나 먼지가 풀풀 날린다. 정문은 을씨년스럽다. "조선 노동자에게 영광을"이라는 투박한 플래카드가 눈에 띄고, 문 옆의 부조며 맞은편 버스 정류장의 모자이크화가 보이지만 한겨울 인적이 끊긴 조선소 정문의 분위기를 따뜻하게 만들기란 역부족이다. 여하튼 무엇이든 만드는 사람들에게 영광을 돌리는 문화나 관습은 다분히 소비에트적인데, 오케안 조선소가 아직은 국영인 것도 무관하지 않을 것이다.

＼ 미콜라이프 레닌 대로의 조선 노동자 기념비(Monument to the ship-builders) ☞ 조선과 관련된 인물들을 정형화해 조각했다.

／ 미콜라이프 구시청 근처의 2차 세계대전 승전 기념비 ☞ 미콜라이프는 2차 세계대전 동안 1941년에 독일에게 함락되었으나 빨치산들의 게릴라 투쟁에 힘입어 1944년에 해방되었다.

그 레닌 동상들

다시 돌아온 미콜라이프 도심. 북쪽 강변에 나서면 구시청이 있고 오른쪽 광장에는 큼직한 레닌 동상이 서 있다. 광장 오른편으로 2차 세계대전 승전 기념비와 전몰 병사를 위한 영혼의 불꽃이 세워져 있다. 61 코뮨 조선소 또한 멀지 않다. 승전 기념비는 오데사의 전함 포촘킨 기념상과 흡사한 구도에 인물만 조금 바꾸어 놓은 꼴이라 조금은 충격적이다. 어느 쪽이 창의력을 발휘하기를 포기하고 무성의하기로 작정했을까. 시기로 보면 미콜라이프의 것이다. 입맛을 다시며 향한 곳은 레닌 동상이 우뚝 서 있는 시의회 광장.

소련의 해체 이후 레닌 동상이 절멸했을 것이라고 생각하는 사람들도 우크라이나에서만큼은 생각이 바뀔 것이다. 키에프는 인색한 편이지만 그밖의 크고 작은 대부분의 도시에는 여전히 레닌 동상이 도시의 중심이거나 멀지 않은 곳에 자리를 차지하고 있다. 미콜라이프에는 레닌 동상은 물론 레닌 대로의 이름도 여전히 그대로 있다. 의외로 전국에 널린 레닌 동상을 보고 해석은 분분하다.

"철거하려면 돈이 들잖아요."

농담처럼 이렇게 이야기하기도 하지만 무관심할지언정 반감이 없는 것은 사실이다. 세가 급격히 축소되고 있다고 해도 여전히 공산당이 지지 기반을 갖고 있고 그들이 레닌을 수호(?)하기 때문이기도 하지만, 그보다는 일반인들의 정서 밑바닥에 깔린 소련에 대한 노스텔지어가 레닌을 버티게 하는 가장 강한 버팀목일 것이다.

CIS 국가들에서 레닌 동상은 기본적으로는 판박이이지만

╲ 미콜라이프 시 의회 광장의 레닌 동상 ☞ 말년의 사진에 기초한 레닌 상은 모두 비슷하지만 조금씩 다르다.

╱ 헤르손 ☞ 얼어붙은 드네프르 강 하구.

그럼에도 조금씩은 다르다. 미콜라이프의 레닌은 한손으로는 인민모를, 다른 손으로는 코드 앞자락을 쥐고 상체를 내민 모습이다. 약간 부은 표정에 병색이 어려 있다. 사진을 보고 조각한 결과이다. 평소 카메라 앞에 서기를 즐기지 않은 것으로 알려지는 레닌은 남아 있는 사진이 풍부하지 않다. 그나마의 사진은 혁명 후 말년의 것으로, 대부분의 동상은 이때의 레닌을 형상화한 것이다. 포즈까지 사진을 그대로 옮긴 것도 있지만 작가가 나름대로 창의력을 발휘한 경우도 있다. 온화하거나 사납거나 동적이거나 정적이거나 인민모를 썼거나 손에 쥐었거나, 뭐 그런 차이들이다. 가장 인상적으로 드러나는 것은 경제적 차이이다. 시골 소도시의 것은 조악하다고 할 정도로 값싸 보이고, 대도시일수록 기단이 높고 웅장하며 비싸 보인다.

그 다종다양한 레닌 동상 중 다른 어떤 것도 기억에 남지 않지만, 단 하나만은 지금도 머릿속에 생생하다. 몰도바의 변방 가가우지아의 콤랏 시내 어딘가에서 본 동상인데, 1970년대 서울 변두리 초등학교 운동장 한구석에 서 있던, 시멘트로 만든 '나는 공산당이 싫어요'의 이승복과 별반 차이가 없었다. 어떤 리얼리즘과도 거리가 멀어, 이게 레닌인지를 시멘트 기단에 새겨진 이름으로만 알 수 있었다. 사진도 찍어 두지 않았지만 지금도 기억에 남아 있다.

얄타로 가는 트롤리버스

미콜라이프를 떠나 다시 길을 달린다. 크림 반도에 접어들기 전 마지막 도시인 헤르손. 키예프를 가로지르는 드네프르 강이 흑해를 앞두고 만든 삼각주의 어귀에 자리 잡은 도시이다. 도시 풍

헤르손 범선 기념탑(Kherson Naval Memorial) ☞ 헤르손에 있던 해군 조선소에서 최초의 군함을 만든 것을 기념하는 탑이다.

경은 소박하기 짝이 없다. 드네프르 강변의 슬라비 공원. 강은 꽁꽁 얼어 있고 갈매기들은 무리 지어 얼음 위에 배를 대고 병든 닭처럼 졸고 있다. 삭풍이 흘러 다니는 그 강변에서 눈길을 사로잡는 것은 범선 기념탑이다. 사실 1783년 흑해 함대에 최초의 군함을 제공한 것은 헤르손의 해군 조선소였다. 바로 그 최초를 기념하는 탑이다. 기단에 새겨진 부조는 발목에 쇠사슬을 매단 조선 노동자들을 그리고 있어, 제정 러시아의 흑해 함대가 가진 최초의 군함이 노예 노동으로 건조되었음을 알린다. 다른 한쪽에 금빛으로 새겨진 "에카테리나에게 영광을"이라는 글은 노예 노동과 영 불화한다. 1972년에 만들어진 기념탑인데 1990년대 이후 바뀌었거나 새로 새겨진 글인지도 모르겠다. 탑의 꼭대기는 잿빛 하늘을 배경으로 한껏 바람을 안고 이제라도 막 뛰쳐나갈 듯한 모습의 범선이 장식하고 있다.

크림 반도에 접어들어도 눈덮인 평원으로 이어지는 풍경은 변함이 없다. 오데사에서 크림 반도는 물론 중앙아시아에까지 이르는 광대한 스텝 평원에서 벗어날 길이 없으니 풍경 또한 변할 리가 없다. 그러나 크림 반도 남단의 산맥이 나타나면 사정은 달라진다. 크림 자치 공화국의 수도이기도 한 심페로폴에 도착했을 때에는 저 멀리 눈덮인 크림 산맥이 평원에 지친 여행객을 위무하듯 손짓하고 있다. 이미 오후도 한참 늦어 도시를 둘러볼 엄두조차 내기 힘들다. 그저 지나치듯 도시를 가로질러 달리는데 트롤리버스가 눈에 띈다. 어디에서나 볼 수 있는 평범한 트롤리버스이지만, 그게 그렇지가 않다. 세계 최장 구간의 전차 버스인 크림 트롤리버스. 심페로폴에서 얄타까지 장장 86킬로미터를 달린다. 1959년 심페로폴에서 알루시타까지의 구간이 건설되면서 산맥을 넘었고, 1961년에는 해안 구간

＼ 얄타 전경 ☞ 크림 반도 남단의 휴양 도시다.

／ 얄타 드루즈바 사나토리움(Druzhba Sanatorium) ☞ 1983년에 지어진 노동자 휴양소로 이고르 바실리예프스키(Igor Vasilievsky)가 설계한 건축물로도 이름난다. 드루즈바는 우정이라는 뜻이다.

을 연장해 얄타에 이르렀다. 철로를 연장해 깔았으면 어땠을까 싶겠지만, 험준한 산맥이 버티고 있어 트롤리가 대안이었다. 줄곧 평원의 나라 우크라이나에서 산맥이라면 폴란드와의 접경이기도 한 카르파티아 산맥 그리고 크림 산맥뿐이니, 엄두를 내지도 못했을 것이다. 심페로폴에서 얄타까지는 트롤리버스로 4시간 가량이 걸린다.

소련 시절 대중교통 수단의 상징이었던 트롤리버스가 심페로폴과 얄타에 이르러 세계 최장의 기록을 세우게 된 이면에는 지리적 이유와 더불어 제정 러시아 시대에 왕족과 귀족들의 전유물이었던 얄타가 비로소 대중들에게도 열렸던 변화가 깔려 있다. 러시아에서 가장 온화한 기후를 자랑하던 이 도시는 황제의 궁전과 귀족들의 별장이 세워진 배타적인 휴양지였다. 혁명 후 얄타는 휴양지이되 인민들의 휴양지로 탈바꿈했다. 1920년 레닌의 혁명 정부가 공포한 '노동자들의 의료적 치료를 위한 크림 지역의 활용'에 대한 포고령이 그 시작이었다. 얄타에 노동자를 위한 요양원인 사나토리아와 호텔이 지어지기 시작했다. 소련 전역에서 노동에 지치거나 병을 얻은 평범한 인민들이 얄타를 찾아 쉴 수 있게 되었다. 바로 그들을 위한 교통수단으로 심페로폴-얄타 구간의 트롤리버스가 등장했다. 노동자들은 심페로폴까지 열차로 이동한 다음 트롤리버스를 타고 얄타에 도착했다. 지금도 트롤리는 심페로폴과 얄타를 오가지만, 전구간을 이용하는 사람은 현격히 줄었다. 자동차로는 2시간이면 족하다.

2월 4일의 리바디아 궁

요트 몇 척이 정박해 있는 얄타 부두 앞은 레닌 광장이다.

\ 얄타 부두 앞의 레닌 동상 ☞ 레닌은 평생 얄타에 와 본 적이 없었다.
／ 얄타 루스벨트 로 모퉁이의 기념 현판 ☞ 루스벨트의 옆얼굴과 함께 얄타
회담 참석을 기념해 길 이름을 명명했음을 알린다.

크림 산맥을 뒤로 하고 흑해를 바라보고 있는 동상의 시선의 정면을 막아선 건 다름 아닌 맥도날드. 고의로 그곳에 자리 잡지는 않았겠지만 레닌 동상의 처지가 좀 우습게 되었다. 평생 얄타에 와 본 적이 없어 동상으로만 와 있는 레닌이다. 레닌 동상의 뒷 길은 칼 맑스 로(路)인데 맥도날드 뒤편은 루스벨트 로인 것도 재미있다. 루스벨트 로의 모퉁이에는 대리석 기념 현판이 붙어 있다. 위에는 루스벨트의 옆얼굴을, 아래에는 러시아어와 영어로 기념문을 새겨 넣었다. 2차 세계대전 승전의 공로와 1945년 얄타 회담 참석을 기념해 길 이름을 명명했음을 알리는 내용이다.

얄타 회담이 열렸던 리바디아 궁전을 찾기에는 이미 늦은 시간이다. 산 중턱의 숙소에 도착했을 때에는 이미 해가 진 후였다. 숙소는 산길 한편에 자리 잡고 있어 고적하기 짝이 없다. 모르긴 해도 방들은 거의 비어 있다. 허름하지만 작은 규모는 아니다. 소련 시절에 지어진 숙박 시설일 것이다. 소련이 해체되자 얄타는 직격탄을 맞았다. 소련 전역에서 얄타를 찾던 연간 수십만 명의 발길이 일시에 멈추었고, 숙박 시설들과 사나토리아들은 텅 비어 버렸다. 얄타는 더 이상 노동자들이 무상으로 찾을 수 있는 휴양지이거나 요양지가 아니었다. 시간이 지나면서 사나토리아들은 호텔이며 리조트가 되었고, 얄타는 서구의 여느 휴양지와 마찬가지로 경제적 여유가 있는 관광객들의 차지가 되었다. 방문객 수가 회복되었다고는 하지만 소련 시절만큼은 아닐 것이다.

2월 4일. 예정대로 1945년 얄타 회담이 열렸던 같은 날 리바디아 궁전을 찾을 수 있게 되었다. 별다른 의미를 부여한 것은 아니다. 다만 이맘때 얄타의 날씨가 어떨지 궁금하기는 했다. 궁전의

＼ 2월의 얄타 부두 ☞ 눈이 쌓여 있지만 내륙에 비할 수 없이 푸근하다.
／ 얄타 리바디아 궁전(Livadia Palace) ☞ 러시아 마지막 차르 니콜라이 2세
가 네오 르네상스 양식의 궁전으로 증축한 것이다.

앞뜰은 공원처럼 꾸며져 있고 얄타의 젊은 엄마들이 아이를 유모차에 싣고 산책을 하는, 우크라이나에서 익숙한 풍경이 펼쳐진다. 공원을 벗어나면 리바디아 궁전의 전면을 볼 수 있다. 원래 황족들의 여름 별장과 같은 곳이었는데, 제정 러시아의 마지막 차르가 된 니콜라이 2세(Nicholas II, 1868~1918)가 1911년에 있던 건물을 허물고 네오 르네상스 스타일의 건물을 새로 지어 궁전급으로 만들었다. 궁전 뒤편으로는 예배당도 세웠다. 베트남 달랏의 바오다이 황제 여름 궁전처럼 "황성 옛터"를 읊조리면 그만이었을 장소가 1945년 얄타 회담이 열리면서 세계사의 장소가 되었다.

매표소를 지나 왼쪽 입구로 들어서면 회담 본회의장으로 쓰였던 화이트홀로 들어설 수 있다. 소련 공산당 기관지인 『프라우다』의 1945년 4월 13일자 신문과 회담 사진들을 모은 전시대 뒤로 큼직한 벽난로까지 긴 홀이 펼쳐져 있다. 양편의 아치형 창문들에서 흘러들어온 따뜻한 햇살이 나른한 분위기를 만든다. 회담이 열린 원형 탁자는 벽난로에 가깝게 놓여 있고, 가운데에는 3개국 국기가 올라 있다. 얄타 회담이 67주년을 맞은 날의 늦은 오전. 아직까지 방문객은 오직 나뿐이다. 달리 무슨 행사가 있을 것 같지도 않다.

누가 이익을 보았을까

1945년 2월. 나치 독일의 패전은 기정사실로 단지 시간의 문제였다. 소련군은 이미 동부 독일로 진격하며 베를린 입성을 앞두고 있었다. 서부전선의 미·영 연합군은 독일의 아르덴 대반격에 막혀 그동안 지지부진했던 열세를 겨우 만회하는 중이어서 처지가 좀 궁색했다. 한편 루스벨트는 유럽도 유럽이지만 어떻게든 소련을 태평양전쟁으로 끌어들여 일본 본토 점령을 최단기간에 끝내면서도 피해를 최소화하기를 바랐다. 나치 독일에 소련이 가장 큰 피해를 보았다는 점도 회담의 배경을 이루었다. 소련은 전쟁으로 2천 4백만 명의 인명을 빼앗긴 나라였다. 나치 독일의 패전에는 소련의 구실이 결정적이었다. 후일 처칠이 자인한 것처럼 "나치 독일의 배를 가른" 나라는 영국도 미국도 아닌 소련이었다.

얄타 회담에서 스탈린이 음모와 술수로 많은 것을 얻었고 루스벨트와 처칠이 뒤통수를 맞았다는 식의 평가는 꽤 일방적이어서 매카시즘의 산물이라 할 만하다. 회담의 주요 의제에서 스탈린은 우직하게 이미 알려진 소련의 입장을 관철시키고자 했다. 잔꾀는 처칠과 루스벨트 쪽에서 난무했다. 전후 독일의 처리를 두고 스탈린은 독일의 분할과 모든 공업 시설의 제거, 전쟁 배상금의 기계류 대체를 주장했다. 가장 먼저 의제에 올랐던 독일 분할은 결국 협정문에 포함되긴 했지만 처칠이 주장한 유보적 문구에 의해 모호해졌다.

회담의 2라운드에 해당하는 전쟁 배상 문제에서 소련은 소기의 성과를 달성하지 못했다. 승리는 처칠에게 돌아갔다. 배상은 독일의 무장 해제와 밀접한 관련을 맺고 있었다. 이 문제와 관련해서 미국과 영국은 이미 1944년 9월의 퀘벡 회담으로 의견을 모은 바 있었다. 이때 등장한 안이 미국 재무장관이던 모겐소(Henry Morgenthau Jr. 1891~1971)가 내놓은 플랜이다. 모겐소 플랜은 간단하게 말해서 전후 독일은 유럽의 감자밭(Potato Patch)이 되어야 한다는 것이다. 우선은 세 개 이상의 국가로 독일을 분할하고 모든 중공업을 제거하며 전쟁에서 파괴되지 않은 산업 시설은 배상금으로서 연합국들에 넘겨져야 한다, 결국 독일을 현대전을 수행할 수 없는 농업 국가로 만든다는 계획이었다. 중부 유럽에서 소련의 영향력이 커질 것을 우려한 처칠은 모겐소 플랜에 저항했지만 전후 미국의 차관을 얻어내는 데 재무장관의 협조는 필수적이었으므로 마지못해 합의한 바 있었다. 모겐소 플랜은 소련의 입장과 매우 유사했다. 이 계획이 등장할 수밖에 없었던 이유는 나치 독일이 일으킨 전쟁으로 지옥 같은 나날을 보내야 했던 대중들의 정서가 엄존했기 때문이다. 소련은 물론 유럽 대부분의 나라들에서 대중들은 악마의 독일을 지도상에서 깨끗하게 지워 버리고 싶어 했다.

얄타 회담에서 처칠과 루스벨트는 스스로 서명했던 퀘벡 협정과 모겐소 플랜을 뒤집었다. 스탈린은 독일의 무장 해제와 배상 책임을 분명히 하고 수치로 남길 것을 주장했지만, 처칠과 루스벨트는 만사를 뒤로 미루었던 독일의 분할 문제 때와 마찬가지로 예의 '연기 전술'로 시종일관했다. 스탈린이 배상 위원회에 넘기자고 주장했던 배상금 총액 200억 달러와 소련이 가질 50퍼센트의 권리는 협정에 포함되지 못했다. 회담 말기에 가까스로 배상 위원회에 넘길 문서에 소련이 이같은 수치를 제시했다는 사실을 기록한 성과가 스탈린이 얻은 전부였다. 말하자면 얄타 회담에서 스탈린은 별로 재미를 보지 못했다. 한쪽이 재미를 보지 못했다면 다른 쪽이 재미를 봤다는 말이다. 하지만 역사는 돌고 돈다. 배상을 통해 독일의 공업 시설과 전쟁 능력을 제거하기를 원한 스탈린에게 처칠이 "말이 수레를 끌기를 원하면 (굶어 죽지 않도록) 사료를 줘야 한다"고 넉살을 부렸을 때 스탈린은 "그 말이 뒤로 돌아 당신을 차지 않도록 조심해야 할 것"이라고 대꾸했다. 67년이 지난 지금 유럽의 맹주가 된 독일은

얄타 리바디아 궁전의 화이트홀(White Hall) ☞ 얄타 회담의 본회의장으로 쓰
인 방이다.

유로존 위기 속에 한때 자신이 침략했던 나라들의 엉덩이를 신나게
걷어차고 있는 중이니 스탈린의 우려도 일리는 있었던 셈이다.

루스벨트와 스탈린의 전우애

화이트 홀을 뒤로 하고 1층 복도를 걷다보면 또 하나의 방이
전시실로 꾸며져 있다. 루스벨트의 거처로 마련된 방이다. 이른바
세 거두 중 루스벨트는 거의 살인적인 여정 끝에 얄타에 도착했다.
이제 막 선거를 끝내고 4선 고지에 오른 그는 지병에 시달리고 있어
환자나 다름이 없었다. 그런 그가 버지니아 뉴포트에서 배를 타고
지중해의 말타까지 7,812킬로미터를 항해하고 그곳에서 얄타 인근
의 사키까지 2,200킬로미터는 비행기로, 다시 자동차를 타고 5시간
을 넘게 달려 얄타에 도착했을 때에 반송장이 되어 있었던 것은 남
겨진 사진들로 알 수 있다. 스탈린은 자신과 처칠과는 달리 리바디
아 궁전 내에 루스벨트의 거처를 마련해 체력 소모를 최소화하도록
배려했다.

바로 그 방에서 루스벨트와 스탈린은 소련의 태평양전쟁 참
전을 두고 두 번의 회담을 가졌다. 루스벨트는 스탈린에게 소련의
일본에 대한 선전포고와 대일전을 요청했다. 미국은 독일이 항복한
후에도 일본과의 전쟁이 1년쯤은 더 걸릴 것으로 보았다. 이 예측은
그동안의 경험에 따른 것이었다. 일본 본토를 점령하는 데에는 50
만 명의 미군이 전사할 것이란 예측도 함께 등장했다. 황당한 예측
은 아니었다. 얄타 회담 직후 시작된 이오지마 전투에서 미군은 6천
800명이 전사했고 2만여 명이 부상을 입었다. 일본군은 거의 전부

인 2만 2천여 명이 전사했다. 이른바 옥쇄(玉碎)였다. 중요한 섬이라곤 하지만 지도상에서 겨우 점으로 보이는 섬 하나를 점령하기 위해 치른 대가였다. 뒤이은 오키나와 전투에서 미군의 사상자 수는 8만 5천여 명에 달했다. 미군 전사자는 1만 2천 500여 명이었지만 일본군은 10만 이상의 사상자 가운데 9만 5천여 명이 전사였고 민간인도 다수였다. 또 다시 옥쇄였다. 이오지마와 오키나와에서만 벌어지고 말 일은 아니었다. 일본 본토 상륙 작전이 시작된 후에 옥쇄 정신으로 저항할 일본인들에 대한 당시 미국의 우려는 악몽에 가까웠다. '일본 본토 점령에 미군 50만 명 전사, 기간 1년'은 그 악몽으로부터 산출된 숫자였다.

　　미국은 소련을 끌어들여 일본 본토 상륙을 앞두고 예상되는 피해를 최소화하고자 했다. 미국이 소련에게 약속한 대가는 쿠릴 열도의 할양, 사할린 섬 남부의 반환 등이었지만 2차 세계대전의 승전국이 될 소련이 러일전쟁 이전의 영토였던 사할린 남부의 영유권을 주장할 권리는 일본과 전쟁을 치르지 않는다고 해도 사라지지 않았을 것이다. 쿠릴 열도가 일본과의 중립 조약을 깨고 전쟁까지 치를 만큼 가치 있는 것도 아니었다. 그러나 스탈린은 루스벨트의 요청을 받아들였고 독일과의 전쟁이 끝난 후 90일 이내에 개전할 것을 약속했다. 전쟁 중에 미국의 군사 지원을 받고 있기도 했고 처칠처럼 전후의 경제 지원을 기대했을 법도 하다. 여하튼 당시 그 둘은 전우였다. 1945년 5월 8일 독일은 항복했고 소련은 약속대로 88일 만인 1945년 8월 8일 대일본 선전포고와 함께 만주로 진격했다. 이 전쟁을 위해 소련은 백만이 넘는 병력과 군수물자를 시베리아 반대편으로 수송해야 했다. 9천~1만 2천 킬로미터의 이동이었다. 개전 후

일본이 항복할 때까지 쌍방이 도합 9만여 명의 사상자를 낸 것을 고려하면, 소련군은 휘파람을 불면서가 아니라 피를 흘리며 진격한 것이다. 소련이 만주로 진격한 날을 전후해 8월 6일에는 히로시마에, 8월 9일에는 나가사키에 차례로 핵폭탄이 투하되었다. 이 날짜들이 우연하게 정해졌을 리는 없다. 소련의 선전포고와 핵폭탄 투하는 일본에게 이른바 트윈 쇼크였다. 이 두 사건이 일본이 전의를 버리고 항복하게 된 직접적인 계기였다. 소련의 선전포고와 핵폭탄 투하 중 어느 쪽이 일본의 항복에 더욱 결정적이었는지를 가늠하는 것은 역사의 가정일 뿐이다. 분명한 사실은 둘 중의 하나만이었다면 일본이 그처럼 빠르게 항복하지 않았을 것이란 점이다.

부당의 정당화

2차 세계대전이 끝난 후에도 소련이 얄타 회담에서 제기했던 요구들은 이미 점령지였던 폴란드와 관련된 건을 제외하고는 성사되지 못했다. 독일이 4개국에 의해 분할되기는 했지만 배상 책임에 관해서라면 소련은 점령지(후일의 동독)에서만 자신들의 배상 정책을 실현할 수 있었다. 미국과 영국은 1947년 자신들의 독일 점령지를 바이조니아로 통합했고 이후 1949년 프랑스 점령 지역이 가세하면서 독일연방공화국(서독)을 완성했다. 종전 후 소련과 서방의 회담은 번번이 결렬되어, 얄타 회담에서 제기된 현안들은 어떤 것도 합의에 이르지 못했다. 전범 국가인 독일의 배상 책임은 서독에서는 완전히 실종되었다. 서독은 오히려 미국의 전후 유럽 부흥 정책인 마샬 플랜의 최대 수혜자가 되었다. 마샬 플랜 이후에도 서독은 미

＼ 얄타 리바디아 궁전 복도 ☞ 얄타 회담 삼거두와 당시의 기록사진이 걸려
있다.
／ 얄타 리바디아 궁전 2층 루즈벨트의 방 ☞ 루즈벨트는 건강이 매우 악화된
상태에서 회담을 치러야 했다.

국의 계속된 원조로 차질 없이 전후 경제 부흥을 이루어 오늘날 유럽의 경제를 쥐락펴락하는 나라가 되었다. 일본 또한 같은 길을 걸었다. 일본을 점령한 후 군정 통치를 시작한 미국은 1951년 샌프란시스코 강화조약으로 일본의 주권 회복은 물론 전범 국가로서의 족쇄를 풀어 주었고 전후 경제 부흥을 전폭 지원해 일본의 경제 대국화를 가능하게 했다. 이게 8천만에 가까운 인명을 살상하고 수많은 도시들을 폐허로 만들었던 세계대전을 책임져야 했던 독일과 일본이 패전 후 나아갔던 길이다. 그 과정에서 이를 직접 후원했던 미국은 세계 최강의 패권 국가가 되었다.

리바디아 궁전의 2층은 원래의 주인 니콜라이 2세와 관련된 전시물들로 꾸며져 있다. 사진이나 초상화, 궁전의 집기, 훈장 따위들이다. 부득이 시간은 1945년에서 1917년 러시아 혁명으로 거슬러 돌아간다. 한때 이 궁전을 거닐거나 노닐었을 로마노프 왕조의 마지막 차르 니콜라이 2세는 혁명 후 퇴위 당했고 가족들과 함께 우랄의 예카테린부르크의 한 상인의 저택으로 옮겨졌다. 연금되어 목숨만 부지하고 있었던 것이다. 그러나 이듬해 7월 17일 이들은 지하실에서 집단으로 처형당했다. 시베리아를 장악한 백군이 예카테린부르크 인근에까지 진격해 오자 내린 결정이었다. 시체는 인근의 광산에서 불에 태워졌다. 소련이 해체된 후 조사 끝에 광산 인근의 묘지에서 발굴된 유해가 유전자 검사를 통해 황족들인 것으로 확인되었다. 신원이 확인된 유해는 상트페테르부르크의 한 성당으로 옮겨졌다. 2008년 러시아 최고법원은 니콜라이 2세와 그 가족들이 부당한 정치 탄압에 의해 희생되었다며 정치적 복권 판결을 내렸다. 차르의 희생이 부당하다면 러시아인들은 박해받는 차르의 노예로 사는 것이

제비둥지 성(Swallow's Nest, Lastochkino gnezdo) ☞ 1912년에 세워진 네오 고딕 양식의 성으로 얄타에서 세바스토폴로 가는 해안도로 위에 있다.

온당한 처사였을까? 씁쓸한 농담이다.

크림 반도 해안선을 따라

얄타를 떠나 돌아가는 길은 올 때와는 달리 새로운 길을 택했다. 크림 반도의 서쪽을 돌아 우크라이나의 특별시인 세바스토폴을 거치는 길이다. 2월의 얄타는 완전한 비수기라 관광객들을 찾아보기 어렵지만 관광지 대부분도 눈이 치워져 있지 않으면 찾아가기도 쉽지 않다. 해변 절벽 위에 자리 잡은 제비둥지 성이 그렇다. 오르락내리락 두 번을 돌았는데도 딱히 뚫린 길을 찾지 못했다. 부실한 내비게이터 탓인지도 모른다. 근처에 있는 안톤 체홉의 별장도 함께 들를 겸 가던 길이었지만 모두 포기했다. 제법 가까이서 성 외관을 볼 수는 있었다. 식당인 내부는 애초에 가 볼 생각이 없었으니 섭섭할 이유도 없다. 바쿠에서 큰돈을 번 독일 귀족이 지었다는 성은 다분히 키치스럽다. 원래 그 자리에 있었던 건물은 황궁 전속 의사의 작은 목조 별장이었고 별칭은 '사랑의 성'이었다고 한다. 이름이 좀 오글거리지만 위치와 풍광으로 보면 그 편이 더 어울리지 않았을까 싶다.

잠수함 기지가 있다는 세바스토폴 아래의 발라클라바는 외양으로는 그저 한적한 어촌이다. 강이 있는 것도 아닌데 흑해가 마치 강의 하구처럼 쑥 밀고 들어와 천혜의 요새가 되었다. 어딘가에서 잠수함 지하 기지의 입구를 볼 수 있다는데 찾아볼 여유는 없다. 부두에는 배들이 정박해 있고 외지인들이 눈에 띄는 걸로 봐서는 연락선이거나 관광페리 쯤이 드나드는 모양이다.

세바스토폴은 자치 공화국 행정 수도인 심페로폴과는 비교할 수 없을 만큼 큰 도시이다. 흑해 함대의 사령부가 있었던 도시로 러시아가 2042년까지 해군 기지의 사용권을 갖고 있다. 그저 지나치는 길이라 들를 여유가 많지는 않았지만 바닷가에 접해 있는 그리스 유적지를 찾았다. 신전 기둥과 원형 경기장의 형태가 남아 있는 모습이 북키프러스의 지중해변에 있는 살라미스 유적지와 흡사하다. 근처 언덕 위 황금빛 돔을 얹은 정교회가 묵묵히 유적지를 내려다보고 있다.

바흐친사라이, 크림 타타르의 고향

바흐친사라이는 세바스토폴에서 심페로폴로 향하는 길 사이에 있다. 1440년 쯤에 킵차크 한국이 멸망하면서 분열한 네 개의 한국 중 하나인 크림 한국의 수도였다. 인적도 드물고 가옥의 양식도 특별하지 않은 듯 보여 그 흔적이란 한때의 칸의 왕궁에 남아 있는 미나레트로만 알아볼 수 있다. 킵차크 한국에서도 이슬람의 영향력은 강했지만 크림 한국은 오스만의 간접 통치 등으로 터키화되고 이슬람화 되어 있었다.

해는 빠르게 기울고 이제 사방이 어둑하다. 길가의 어딘가에서 쿠피(무슬림 모자)를 쓴 이스마일 가스프린스키(Ismail Gasprinski, 1851~1914)의 흉상이 서 있는 기념탑을 만났다. 특이하게도 이름은 키릴 문자로 적혀 있지 않고 로마자로 적혀 있다. 크림 타타르 출신으로 크림은 물론 러시아의 무슬림 개혁 운동을 지도했던 인물이다. 정치가이자 언론인이기도 했지만 그에 앞서 교육가

였다. 그는 무지가 낙후의 근본 이유라고 주장했고 종교에 초점을
둔 모스크 중심의 이슬람 교육체계에 반기를 들었다. 러시아 무슬림
들의 근대화는 오직 교육을 통해서만 가능하다고 믿었던 그는 '고립
을 피하려면 반드시 읽을 수 있어야 한다'는 기치를 내걸고 근대적
초등 교육의 실현에 혼신의 힘을 쏟았다. 동시대를 풍미했던 브나로
드 운동과도 연관이 있을 법하다. 교육은 지배계급의 독점적 전유물
이고 다중은 읽지도 쓰지도 못하는 무지한 상태로 노예와 다를 바
없는 존재였던 것이 제정 러시아 시대이다.

　　몽골 제국의 후손인 크림 타타르는 오스만의 속국처럼 지내
기도 했지만 나름대로 독자성을 유지해 오다 1783년 러시아에 정복
되고 나서부터 본격적인 쇠락의 길을 걸었다. 2차 세계대전은 악몽
이었다. 1942년 독일군에 점령당한 크림 타타르의 일부는 독일에 협
조했고 일부는 소련의 편에서 맞서 싸웠다. 크림을 해방시킨 후 소
련은 1944년 5월 크림의 타타르인들을 우즈베키스탄과 카자흐스탄
등지로 강제 이주시켰다. 그 수는 20여만 명에 달했다. 적국인 독일
에 협력할 가능성이 있다는 이유에서였다. 1930년대 극동의 조선인
들을 강제 이주시킨 사건의 재판(再版)이었다. 조선인들이 그랬던
것처럼 크림의 타타르인들도 혹독한 이주 과정에서 45퍼센트 가량
이 희생되었다. 크림의 타타르인들이 디아스포라로 동유럽 등지를
떠돌기 시작한 것은 제정 러시아 시대부터였지만, 1944년 5월의 이
강제 이주로 크림에서 타타르인들이 완전히 자취를 감추게 되었다.

　　스탈린 시대의 민족 강제 이주는 조선인과 타타르인들에게
만 벌어진 일이 아니다. 폴란드인과 발트 3국인, 핀란드인, 독일인,
키프러스 그리스인 등 강제 이주 대상은 3백만 명을 웃돌았다. 이 저

열하고 폭압적인 정책은 위기 의식의 산물이라고는 하지만, 그런 이유로는 결코 용납할 수 없는 스탈린 시대의 범죄적 그늘 중의 하나이다. 흐루쇼프 시대 이후 스탈린 격하와 함께 이주당한 민족들의 재이주가 허용되기 시작했다. 크림의 타타르인들은 1991년에 이르러서야 재이주가 가능해졌다. 27만 명 정도가 고향으로 돌아왔다고 한다. 중앙아시아에서 크림의 타타르인들을 맞았을 조선인(고려인)들은 소련 해체 후 고조된 민족주의의 물결에도 불구하고 그저 남아 있거나 극히 소수가 연해주로 돌아갔을 뿐이다.

우크라이나 몰락에 대한 추서

키예프의 중심을 흐르는 드네프르 강은 우크라이나 전체를 거의 중간쯤에서 우안과 좌안으로 나눈다. 우안은 우크라이나의 서부가 되고 좌안은 우크라이나의 동부와 동남부가 된다. 여행에서 돌아온 후 우크라이나에서 격화된 우안과 좌안의 갈등은 결국 전쟁으로 이어졌다. 이 글을 쓰고 있는 2015년 2월 우크라이나는 여전히 전쟁 중이다.

여행하는 동안 지나쳤던 우크라이나 사람들의 얼굴에 깃들었던 평화로운 표정을 떠올리면 정말이지 그 사람들이 지금 서로 죽고 죽이는 일에 몰두하고 있다는 사실을 현실로 받아들이기란 불가능에 가깝다. 말하자면 리비우의 오페라하우스 광장 앞 분수에 뛰어들어 한여름의 더위를 식히고 있던 갈리치아 청년과 하리코프 자유광장의 공원 나무 그늘 아래의 벤치에 앉아 권태로움을 씹고 있던 짝 없는 젊은이가 이제는 적이 되어 돈바스 어딘가에서 서로에게 총

부리를 들이밀고 있어야 한다는 사실 따위들이 그렇다. 웃통을 벗은 젊은이들이 낄낄거리고 유치한 장난을 치며 걷던 루니 공원의 오데사에서 시위대가 몸을 피한 노동조합 건물에 불을 질러 화형시키다시피한 일이 벌어지고, 그 일을 두고 트위터에 죽은 자의 사진과 바베큐 사진을 나란히 올리는 일이 현실에서 벌어지고 있다는 걸 믿을 방법을 도대체 어디에서 찾아야 할지 모르겠다.

빛의 속도로 전쟁을 전하는 뉴스가 이 전투에서 몇 명이 저 전투에서 몇 명이, 이 지역에서 몇 명이 저 지역에서 몇 명이, 이 편에서는 몇 명이 저 편에서는 몇 명이 죽었다는 사실을 가끔씩 시시콜콜하게 전하는 가운데 돈바스 전쟁으로 인한 사망자 수는 1년 만에 5만 명(독일 『프랑크푸르터알게마이네존탁스차이퉁』)에 이르고 난민의 수는 1백만 명에 치달았다. 죽은 자들은 거리에서 뒹굴며 안식처를 찾지 못하고, 산 자들은 제 집을 떠나 뼈를 에이는 혹한 속을 방황하고 있다.

어쩌다 이런 일이 벌어진 것일까. 소련이 해체되고 우크라이나가 독립한 지 23년이 지난 시점에서 벌어진 일이다. 역사적으로 드네프르 강의 우안과 좌안이 퍽이나 달랐고 독립 후 동과 서, 남부로 나뉘는 모습을 보였다고는 하지만 최소한 우크라이나는 몰도바나 조지아, 아르메니아/아제르바이잔처럼 지역과 민족 갈등이 내연하던 곳은 아니었다. 소련의 해체에 가장 앞장선 소비에트 공화국 중의 하나였고, 독립을 묻는 국민 투표에서 찬성률이 90퍼센트에 달하기도 했다. 그런 우크라이나의 한 부분이 꽤나 이질적인 크림 반도였다. 1954년 소련은 당시 러시아의 자치주였던 크림을 우크라이나에 속하게 했는데, 독립 당시는 물론 그 후에도 트란스니스트리아나 압하지아, 남오세티아에서와 같은 일은 일어나지 않았다. 말하자면 독립할 당시의 우크라이나는 다른 어떤 소비에트 공화국보다 새로운 국가를 일굴 만한 조건을 두루 갖추고 있었다. 비옥한 토지와 천연자원, 우수한 노동력, 산업화 수준, 국토와 인구 등 모든 면에서 그랬다. 2014년 우크라이나를 전쟁의 도가니로 몰아 넣은 주범 중의 하나인 극우민족주의만 해도 이미 명맥이 단절된 상태였다. 2014년의 아수라장에서 드러났듯이, 23년 동안의 우크라이나는 한 국가를 최악의 상태에 빠뜨리기 위해서 무엇을 해야 하는지를 혼신의 힘을 다해 증명해 보인 국가였다. 2014년의 혼란 때 "우크라이나는 나라가 아니다"라는 비아냥거림이 등장한 것도 무리는 아니었다.

　　우크라이나를 막장에 몰아넣은 일차 주범은 독립 후 국영자산의 민영화 과정에서 등장한 이른바 과두 재벌, 올리가르히였다. 국가의 재산을 강탈하다시피 하면서 등장한 이들 신흥 재벌은 지속적으로 부를 늘려갔고, 그 부를 이용해 정치를 장악했다. 올리가르히의 손에 넘어간 정치는 부정부패의 온상이었고, 국민이 아닌 올리가르히만을 위해 봉사했다. 의회정치는 복싱이나 레슬링의 수준으로 전락했다. 그 결과 날것으로의 시장경제에 아무런 보호 장치 없이 내동댕이쳐진 노동자, 농민의 삶은 계속해서 악화되었다. 정치는 최소한의 제구실도 포기한 채 희화화되었고, 국가 경제 또한 올리가르히들이 축적한 천문학적인 부와는 별도로 끝을 알 수 없는 나락으로 빠져들었다. 그런데 이게 우크라이나만의 문제였을까. 올리가르히의 횡포를 말하자면 러시아 또한 그랬고 소련 해체 이후 등장한 크고 작은 독립국가들에서도 만연했으며 대개는 지금까지 이어지고 있지만, 우크라이나는 그 이상이었다.

1991년 독립 후 초대 대통령과 2대 대통령의 자리에 오른 크라우추크(Leonid M. Kravchuk)와 쿠치마(Leonid D. Kuchma)는 모두 소련 시절의 공산당 관료 출신으로 독립 후 재빨리 변신한 기득권 세력을 대표한다. 이들은 국유자산을 민영화하는 과정을 통해 올리가르히를 탄생시키는 동시에 부정부패를 심화시켜 자신들의 이익을 챙기는 데에 열중했다. 부정 부패, 언론 탄압 등으로 악명을 높이던 쿠치마 정권은 말 그대로 올리가르히 위에 세워진 정권이었다. 전 산업을 장악한 올리가르히는 저마다 자기네 신문이나 방송을 소유하고 영향력을 행사했으며 내각의 요직을 차지하거나 의원, 주지사를 겸임하는 등 사실상 우크라이나의 주인으로 행세했다. 이들이 탐욕스럽게 이익을 추구하며 자신들의 힘을 이용해 세금 한 푼내지 않는 동안 국가 경제는 수렁에 빠져들었다. 2004년 대통령 선거와 부정선거 의혹의 와중에 불거진 시민 저항의 배경에는 이런 현실에 대한 분노와 불신이 자리 잡고 있었다. 하지만 후일 오렌지혁명으로 불린 그 저항은 아무것도 바꾸어 내지 못했다. 이 저항의 상징으로 부상했고 가장 큰 이익을 취한 금발의 가스 공주 율리야 티모셴코 스스로가 올리가르히였다.

다중의 삶은 여전히 고달프기 짝이 없었고 특히 젊은이들은 꿈과 희망을 잃어갔다. 그들에게 유일한 희망은 우크라이나를 탈출하는 것이었다. 젊은 여자들은 타국에서 몸을 팔거나 국제결혼을 미끼로 우크라이나를 빠져나갔고 청년들 또한 외국에서 일자리를 구하는 것이 꿈이 되었다. 유럽연합은 그런 젊은이들을 유혹했다. 우크라이나가 유럽연합에 가입한다면 그들은 비자 없이 서유럽을 여행할 수 있었고 한층 자유롭게 서유럽에서 일자리를 구할 수 있었다. 2차 세계대전 후 명맥이 끊겼던 극우민족주의는 꿈과 희망을 잃은 젊은 이들 사이를 파고들어 부활한 것이었다.

2010년 대통령선거에서 친유럽연합 전사가 된 티모셴코와 대결한 야누코비치는 이번에는 대통령의 자리를 차지할 수 있었다. 야누코비치와 티모셴코의 경쟁은 친러시아와 친유럽연합, 동부와 남부·서부의 대립으로 비추어졌다. 물론 정권을 두고 올리가르히들도 경쟁했다. 자신 또는 자신의 인물이 정권을 장악하면 더 많은 이익을 취할 수 있다는 것이 경쟁의 동력이다. 친러시아이거나 친유럽연합이거나 어느 쪽이든 이익을 좇기는 마찬가지이다. 우크라이나의 올리가르히도 그런 논리에 따라 각자의 입지를 선택할 뿐이다. 도박을 하는 경우도 있지만 그 또한 이익의 극대화를 위해서이다. 한편 우크라이나의 올리가르히라면 그 누구라도 유럽연합과 미국의 입김을 무시할 수 없다. 무엇보다 그들이 축적한 막대한 부가 달러와 유로이며, 대부분은 유럽연합이나 미국의 금고에 들어 있기 때문이다. 러시아에 대해서라면 올리가르히가 취하는 이익의 상당 부분이 러시아와의 무역을 통해서 나오는 이유로 또한 무시할 수 없다. 이런 올리가르히 때문에 우크라이나는 동과 서의 제국주의적 욕망에 지극히 취약할 수밖에 없다. 자신들의 이익에 따라서 동과 서를 기웃거리는 올리가르히가 지배하는데, 국가와 국민의 이익을 위해 제국주의적 요구에 저항한다는 것이 애초에 불가능하다.

2013년 만신창이가 된 경제와 외환 보유고가 바닥을 드러낸 가운데 야누코비치 정권은 유럽연합과의 FTA 협정 체결을 놓고 유럽연합과 IMF, 러시아로부터의 경제 지원을 저울질해야 했다. 사실 야누코비치는 2003년 우크라이나가 유럽연합 가입을 신청할 당시 총리였던 인물이었고 2010년 집권 이후 유럽연합의 거의 모든 요구를 받아들여 왔다. 그러나 연금 삭감, 가스 요금 인상 등 신자유주의적 긴축을 조건으로 내건 유럽연합과 IMF의 지원은 2015년 대선에 나서야 하는 자신의 정치 이익에 맞지 않았다. 반면 러시아의 조건 없는 차관은 훨씬 매력적이었다. 결국 2013년 11월에 야누코비치는 유럽연합과의 FTA 협정 체결을 연기하는 법안을 통과시키는데, 이것이 반대 시위를 촉발했다. 이것을 경찰이 강경 진압에 나서면서 이른바 유로마이단 시위로 발전했다. 노동자, 빈민, 실업자, 학생 등 다양한 시민 세력들이 마이단에 결집했다. 야누코비치 정권의 등장 이후 가속화 한 신자유주의 정책으로 다중의 삶이 그만큼 더욱 고통스러워졌음을 반증했다. 유로마이단 시위는 유럽연합 가입을 위한 것이 아니라 오히려 부패하고 무능한 친 올리가르히 정권에 저항하기 위한 것이었다.

　　여러모로 양상은 2004년의 시위와 유사했지만 한 가지 차이를 보였다. 2014년의 유로마이단 시위에는 새롭게 극우 파시스트 세력이 등장한 것이다. 폭력적인 이들이 시위를 주도해 나가기 시작했다. 2차 세계대전 당시 나치 독일의 하수인으로 10만여 명의 폴란드인과 유대인을 학살한 우크라이나 민족주의 기구(OUN)의 지도자였던 스테판 반데라(Stepan Bandera, 1909~1959)의 초상화를 앞세운 이들은 가감없이 신나치 세력이었다. 2004년 이후 극우 파시스트 세력은 제도권에서는 스바보다와 같은 정당이나 프라비 섹토르(우익 진영)와 같은 준군사조직을 근거지로 삼아 약진했다. 유셴코 정권은 집권 말기에 스테판 반데라와 같은 극렬한 친나치 파시스트에게 '우크라이나 영웅 훈장'을 수여함으로써 이들의 성장을 후원해 왔음을 스스로 증명했다.

시위에 맞서 야누코비치는 강경 진압과 함께 시위를 원천적으로 봉쇄하는 반시위법 제정을 추진했다. 이것이 사태를 더 악화시켰다. 유로마이단은 불길에 휩싸였고 극우 파시스트 조직에 주도권이 넘어간 시위는 내전을 방불케 했다. 반 야누코비치 편에 선 올리가르히들이 이들의 적극적인 후원 세력이었다. 반면 2010년 이후 자식들을 통해 그 자신이 올리가르히의 반열에 올랐음에도 야누코비치는 지지 기반이었던 동부 올리가르히들에게 별다른 지원을 얻지 못했다. 시위는 유혈 사태로 발전했고 2014년 2월 23일 야누코비치가 키예프를 탈출함으로써 정권은 붕괴되었다. 임시정부와 조기 대선을 거쳐 가스 공주 티모셴코와 초콜릿왕 포로셴코(Petro Poroshenko, 1965~)가 대결한 가운데 초콜릿왕이 대통령의 자리에 올랐다. 대통령 선거에서 올리가르히와 올리가르히가 대결한 일은 아무리 우크라이나라고 해도 처음이었다. 그러는 사이 극우민족주의 세력은 무섭게 약진했다. 위협적인 현실 정치 세력으로 등장했고 신정권의 덜미를 쥐어 잡을 기세였다. 그런 일이 실제로 벌어지기 전에 크림 반도가 독립을 선언했고 선거가 끝난 직후 러시아에 병합되었다. 동남부 지역에서도 같은 움직임을 보이면서 돈바스 전쟁이 시작되었다. 정부군이 지리멸렬한 가운데 프라비 섹토르와 같은 극우 세력들이 무장한 채 전선으로 달려가고, 신정부도 정부군이 아니라 오히려 이들에게 신뢰를 보내는 믿기 힘든 현실이 펼쳐졌다. 포로셴코 정권의 총리인 야체뉴크(Arseniy Yatsenyuk, 1974~)가 독일 방문 중 방송 인터뷰에서 "우리는 소련이 독일과 우크라이나를 침공한 것을 기억합니다."라는 가공할 발언을 내놓음으로써 자신들과 나치 독일을 동일시하고 있음을 증명한 사건은 막장을 달리는 나라 우크라이나의 현실을 가감 없이 보여 준다. 이쯤 되면 유럽연합이나 미국도 사실상 신나치 정권을 자임하는 이들을 대놓고 지원하기 곤란해질 정도이다. 유럽연합이나 미국이야 뒷짐을 지고 러시아를 견제하는 선에서 그칠 수도 있고 분할된 우크라이나도 그다지 나쁘게 여기지 않을 것이다. 하지만 그동안 온갖 고달픔을 감내해 왔던 우크라이나인들은 다시 지금까지와는 비교할 수 없는 재앙을 맞아 신음하고 있다.

민중의 고통을 책임질 자

전혀 그럴 것처럼 보이지 않았던 우크라이나가 소련 해체 후 독립한 나라 중 가장 극악한 처지에 빠진 것이다. 유럽연합과 러시아의 틈바구니에서 국가 분할의 위기에 직면해 있고, 이미 크림은 러시아의 손에 들어갔다. 전쟁은 언제 끝날지 알 수 없고 경제는 나락으로 떨어졌다. 미치광이들의 손에 넘어간 권력은 지금까지보다 더욱 기괴한 반민중적 행태를 보일 것이 자명하다. 유럽연합과 미국이나 러시아를 향해 목을 뺀 외세 의존의 태도는 한층 심화될 것이고 우크라이나의 자존은 형체를 잃어갈 것이다.

그런데 가슴 아픈 일이지만 이런 일은 언제 어디에서나 자업자득이다. 올라가르히가 준동하고, 국민의 재산이나 다름없는 국가의 재산을 강탈해 가고, 정치를, 민주주의를 농락하면서 국민의 삶을 도탄에 빠뜨리는 것도 부족해 국가를 분열시키고, 급기야 전쟁까지 불러일으키는 미친 짓을 막지 못한 책임은 결국 국민에게 있다. 2004년과 2014년 키예프의 독립 광장에서 벌어졌던 저항은 부

키예프 대조국 전쟁 기념관(Museum of the Great Patriotic War) ☞ 크라이나
인민들을 묘사한 부조이다.

정과 부패, 권력과 부를 가진 자들의 전횡에 대항하는 행동으로 출발했지만, 두 번의 저항에 붙여진 "혁명"이란 이름은 그저 공허하기 짝이 없는 농담이었다. 아무것도 바뀌지 않았다. 저항의 과실은 고작해야 저항의 대상이던 자들의 호주머니에 들어갔을 뿐이다. 더욱 참혹한 것은 자신들의 삶이나 이익과는 전혀 관계 없는 전쟁과 분쟁에 끌려들어가 노동자와 농민 들이 목숨을 잃고 희생되고 있다는 사실이다. 전쟁은 언제나 뒷전에서 살아남아 주판알을 튕기는 자들 몇몇을 위해 다중이 목숨을 잃어야 하는 비극이며 절대악이다.

우크라이나인들은 좀 더 일찌감치 탐욕스러운 올리가르히에 지혜롭게 맞설 방법을 찾고 실천함으로써 그들의 성장과 전진을 막고 자신들 스스로의 복지를 위해 싸워야 했다. 우크라이나인들은 지난 23년 동안 그러지 못했고 지금 그 결과를 목도하고 있다. 뒤늦게라도 필요한 것은 혁명이다. 오렌지나 유로마이단의 공허한 혁명이 아니라 진정 우크라이나를 변화시킬 수 있는, 청년들에게 희망과 미래를, 다중에게 더 나은 삶을, 그리고 전쟁 대신 평화를 가져올 수 있는, 그 어떤 허울로도 수식되지 않는 혁명이어야 할 것이다.

서쪽 국경도시, 리비우로

4월 초의 우크라이나 리비우. 비가 추적인다. 이맘때의 동유럽 날씨는 대개 이렇게 구질구질하다. 종일 하늘은 먹먹하고 하늘 아래는 어디나 물기로 번질거린다. 우크라이나에서 웬 동유럽이라고 할지도 모르지만 서쪽 국경도시 리비우는 기후에 관해서는 그쪽 관할이다. 우크라이나의 한 잡지가 꼽은 '가장 살기 좋은 도시'인 리비

리비우 라틴 대성당 앞의 아이들.

우에는 '작은 파리'라는 별칭도 붙어 있다. 다른 지역, 예컨대 중부 또는 동부, 남부와는 분위기가 다르다. 우선 사람들도 비교적 체구가 작은 편으로 동부나 남부의 사람들과는 다른 느낌을 준다. 건축 양식이나 거리의 분위기 또한 사뭇 유럽 풍이다. 정교보다 가톨릭이 우세한 도시이기도 하다.

구시가지는 리비우의 문화적 다양성을 잘 보여 주는 장소이다. 고딕, 르네상스, 로코코 양식의 건물들이 빼곡하다. 구시가지의 중심격인 리네크 광장은 14세기 후반 복잡다단했던 폴란드 왕국의 역사에서 대왕 칭호를 얻은 카시미르 3세(Casimir III, 1310~1370)의 명령으로 도시를 남쪽으로 옮기면서 계획적으로 탄생했다. 정사각형의 광장 중심에는 시청을 포함해 플랫하우스 스타일의 건물들이 역시 정사각형으로 모여 있다. 처음에는 고딕 풍으로 지어졌지만 1825년에 시청이 불타면서 인근의 건물들도 함께 피해를 입었고 그 뒤 르네상스 풍으로 다시금 지어졌다. 리네크 광장 주변의 건물들도 세월의 흐름에 따라 제각기 변화를 겪어 다양한 양식을 반영하고 있다. 좀 심상할 수 있는 건축물 관람에서 가장 돋보이는 건물은 광장 동쪽의 검둥이 집(블랙하우스)이다. 방금 화재를 겪고 방치된 것처럼 건물 전체가 새까맣다. 16세기 말 세금징수원인 이탈리아인 토마스 알베르티(Tomas Alberti)라는 사람이 지은 집이라는데, 전면이 사암인 까닭에 세월이 지나면서 검게 변했다는 말이다. 사암이 세월이 흐르면 검게 변한다는 건 캄보디아의 앙코르 유적을 봐도 알 수 있다. 요즘은 관광객들이 몰리면서 백화 현상에 시달리고 있지만 2000년대 이전 앙코르의 사암은 말 그대로 검은 돌이었다.

리네크 광장 인근의 오페라 극장은 르네상스와 로코코 스타

＼ 리비우 오페라 극장(Lviv Theatre of Opera and Ballet) ☞ 건축가 고골 레프스키(Zygmunt Gorgolewski, 1845~1903)의 설계로 폴트바 강(Poltva River)을 복개하고 세웠다.

／ 리네크 광장(Rynek we Lwowie) ☞ 구 도시의 중심이다.

일이 섞인 리비우에서 가장 아름다운 건축물 중의 하나이다. 3년의 공사 끝에 1900년 완공되었다. 오페라 극장 앞으로는 분수가 있고 남쪽으로 길게 공원이 이어진다. 리네크 광장은 도시의 탄생과 함께 만들어진 것이나 마찬가지이지만 오페라 극장와 공원은 그렇지 않다. 1897년 공사가 시작될 때에 리비우의 이 지역은 건물들이 들어차 있어 적당한 공간을 찾을 수 없었다. 공모전에서 뽑혀 건축 설계를 맡은 지그문트 고골레프스키는 과감하게 당시로서는 유럽 어디에서도 전혀 사용된 적이 없었던 콘크리트 공법으로 폴트바 강을 덮어 버리고 기초를 만들어 건물을 세웠다. 공원은 길쭉하고 남쪽 끝에서 약간 동쪽으로 휜다. 한때 폴트바 강이 흐르던 자리를 복개천으로 만들고 공원을 탄생시킨 것이다.

건물들로 빼곡한 구시가지에서 이만큼 트인 공간을 얻어 공원으로 쓸 수 있게 된 것은 시민들에게는 어쩌면 오페라 극장의 등장보다도 더한 축복이었을 것이다. 리네크 광장은 말이 광장이지 중앙을 정방형의 건물로 메우고 있어 트인 공간은 인색하기 짝이 없다. 시민들에게 근사한 극장과 공원을 선물한 고골레프스키 자신은 정작 저주를 받았다. 최신의 콘크리트 공법으로 강 위에 세운 건축물의 기반이 조금씩 침하하기 시작했던 것이다. 이 사실에 신경이 곤두선 고골레프스키는 급기야 심장병과 우울증에 시달렸고 결국 오페라 극장이 완공된 지 3년 뒤 사망했다. 항간에는 스스로 목을 매달았다는 소문이 돌았지만 사실은 아니었다. 극장 건물은 고골레프스키가 운명을 달리한 후 비로소 침하를 멈추었다고 한다. 작품이 예술가의 생명을 앗은 스토리는 비단 이뿐만이 아니지만 고골레프스키의 이야기는 유난히 안타깝다. 검증되지 않은 공법을 과감하게 시도

리비우 오페라 극장 앞 분수(Fontanna pod Operą) ☞ 연중 가장 화창하고 맑을 무렵이다.

한 후 건물이 침하하고 있는 것을 알았을 때 이 가련한 건축가의 심장은 얼마나 오그라들었을 것인지.

비가 추적이는 궂은 날씨인데도 오페라 극장 앞의 분수는 기세 좋게 물을 뿜고 있다. 분수 본연의 의무를 다하기는커녕 썰렁함을 더하는 우울한 분수였지만, 8월에 다시 리비우를 찾았을 때에는 어린아이들은 물론 어른들까지 퐁당거리는 훈훈한 분수였다는 걸 덧붙인다.

두 시인, 셰브첸코와 미츠키에비츠

오페라 극장 앞을 떠나 공원의 남쪽으로 걸으면 조형물과 함께 서 있는 타라스 셰브첸코의 동상을 볼 수 있다. 우크라이나 전역, 모스크바에서 타시켄트에 이르기까지 소련의 이곳저곳에서 동상으로나마 흔히 볼 수 있는 인물로, 시인이자 화가이다. 톨스토이나 푸시킨, 도스토예프스키와는 달리 농노 출신인 셰브첸코는 우크라이나의 국민 시인으로 존경받는다. 공원의 남쪽 끝 가톨릭 성당에 접한 광장에는 조금 의외의 인물이 동상으로 서 있다. 1798년 태어나 셰브첸코에 앞선 시대를 살았던 폴란드 시인인 아담 미츠키에비츠가 주인공이다. 광장의 이름도 미츠키에비츠이다. 제정 러시아로부터 폴란드를 독립시키기 위해 부단히 싸웠던 인물로 지금의 벨라루스 출신이다. 상트페테르부르크와 모스크바, 오데사 등지를 여행하면서 혁명 세력들과 교류하기도 했고 작품을 발표하기도 했다. 5년 동안 유배 당했고 그 후엔 유럽 전역을 방랑하다시피 했다. 그러니 폴란드에서야 국민 시인으로 대접받지만 우크라이나의 리비우 사람들

리비우 스보보디(Svobody) 가의 타라스 셰브첸코 동상 ☞ 1992년에 세워져
리비우에서 가장 눈에 띄는 조형물의 하나가 되었다.

리비우 미츠키에비츠 광장의 미츠키에비츠(Adam Mickiewicz, 1798~1855) 동상 ☞ 1904년에 동상이 세워진 데서 광장의 이름이 유래했다.

에겐 딱히 기념할 만한 인물이 아닌데도 상의 규모는 제법 크다. 높은 대리석 기단을 세우고 그 위에 다시 탑을 올린 앞으로 동상을 만들었다. 대리석 기단에는 로마자로 금빛 이름을 새겼다. 리비우 사람들은 끝이 뾰족한 이 동상을 그저 '연필'이라는 시큰둥한 별명으로 부른다. 멀지 않은 곳에 이웃한 셰브첸코와는 천양지차의 대우라고 할 수도 있겠다. 그런 미츠키에비츠가 이곳에 서 있는 이유는 리비우가 폴란드 땅이었던 때가 있었기 때문이다.

1772년 이후 3차에 걸친 폴란드 분할로 리비우가 속한 갈리치아는 오스트리아에 합병되었다. 갈리치아의 폴란드인들은 러시아나 프로이센에 합병된 지역과는 달리 폭넓은 자치권을 인정받았다. 미츠키에비츠 동상은 그 무렵의 르부프(Lwów, 리비우의 폴란드 어 이름)에 세워졌다. 르부프는 2차 대전 이후 다시 소련으로 편입되어 리비우가 된 것이다.

미츠키에비츠는 세계적으로 저명한 시인 중의 하나이니 그 동상은 당연히 폴란드의 주요 도시 곳곳에서 볼 수 있거니와 그가 대학을 다니고 첫 시집을 발표했던 리투아니아의 빌누스, 탄생지인 벨라루스에서도 볼 수 있다. 하지만 리비우의 동상은 꽤 위험한 고비를 넘기고 살아남았다. 1차 세계대전 후 갈라치아 지방은 폴란드 제2공화국의 영토가 되었다. 그 직전 우크라이나 민족주의자들이 동부 갈리치아에 세운 서우크라이나 인민공화국(ZUNR)와 전쟁까지 치른 후였다. 패배한 ZUNR은 망명 정부를 세우고 무장 독립 투쟁을 계속했다. 러시아 백군과 손을 잡은 것도 이 때이다. 1929년에는 비엔나에서 연합체인 우크라이나 민족주의자 기구(OUN)가 조직되었다. 동부 갈리치아에서 반폴란드 투쟁은 더욱 거세어졌다. 폴란드의 약화를 노린 독일의 지원이 물심양면으로 이루어졌고 동부 갈리치아에는 파시즘이 뿌리를 내리기 시작했다. 1940년에 OUN은 두 파로 분열되었는데, 스테판 반데라가 지도하는 OUN-B는 극우 파시스트 조직과 다를 바가 없었다. 독일의 폴란드 침공으로 2차 세계대전이 시작되자 OUN은 나치의 편에서 자발적으로 폴란드인과 유대인 인종 학살에 나섰다. 1942년 우크라이나 봉기군(UPA)으로 재편된 OUN-B는 6만~10만을 헤아리는 폴란드인을 학살한 것으로 알려진다. 희생자들은 대부분 민간인들이었다. 이런 미치광이들의 핵심 근거지 중 하나였던 리비우에서 미츠키에비츠의 동상이 살아남은 까닭은 어쩌면 그들이 인종 학살과 같은 일에 몹시도 분주했기 때문일지 모르겠다.

극우 파시즘의 자양분

UPA는 소련군이 진군한 마지막 순간까지 나치와 함께 했고, 주요 지도급 인물들은 그 뒤 서방으로 망명했다. 그들 중에서 종전 후 처벌받은 자는 아무도 없었다. 미국은 오히려 이들을 대소련 첩보 활동에 활용하기도 했다. 그와 달리 우크라이나에서는 명맥이 끊겼고 1991년 독립 후에도 마찬가지였다. 하지만 독립을 전후해 민족주의의 부활과 경제 악화, 부정부패와 지역 감정의 심화 등은 젊은이들 사이에 극우 파시즘이 싹트는 배경이 되었고, 오래전 UPA의 근거지였던 서부 지역은 그 온상이 되기에 적절했다. 그 부활의 신호가 스테판 반데라였다. 리비우를 비롯해 서부 지역의 주요 도시에 스테판 반데라의 동상과 박물관, 이름을 딴 거리들이 등장했다.

아마도 결정판은 2010년 당시 대통령이던 빅토르 유셴코가 반데라에게 '우크라이나 영웅' 칭호를 수여했을 때였을 것이다. 우크라이나 내부는 물론 러시아, 슬로바키아에서 극우 파시스트이며 인종 학살의 주역을 국가 영웅의 반열에 올린 유셴코의 반인륜적 처사에 항의하는 목소리가 높았다. 유럽 의회가 이 결정의 재고를 요청하기도 했지만, 유셴코 정부는 꿈쩍하지 않았다. 서훈은 이듬해 우크라이나에서 정권이 바뀐 후에야 취소되었다. 자민족을 학살당했던 폴란드는 이 해프닝에 격렬하게 반응했을 법도 하지만, 기실은 침묵을 지키는 편이었다. 극우 파시스트 세력이 약진하여 2014년 유로마이단을 장악하고 전쟁까지 벌어지는 데 크게 기여했음은 앞에서 언급한 바와 같다. 우크라이나만의 일도 아니다. 유럽연합도 러시아도 개입하지 않을 수 없는 전쟁이다. 유럽연합과 미국은 이 극우 파시스트들이 반러시아라는 이유로 암묵적인 편을 들고 있는데, 화약을 두고 불장난하는 장면을 구경하는 기분이다.

조지아
Georgia

아르메니아
Armenia

아제르바이잔
Azerbaijan

몰도바
Moldova

우크라이나
Ukraine

폴란드
Poland

벨라루스
Belarus

루마니아
Romania

헝가리
Hungary

독일
Germany

체코
Czech

폴란드
Poland

🌏 면적 312,679km², 인구 3,851만 명(2011년 조사), 공용어 폴란드어, 화폐 단위 즈워티(PLN). 유럽 평원에 위치한 공화국으로 동쪽으로는 벨라루스·우크라이나·리투아니아·러시아, 남쪽으로는 체코·슬로바키아, 서쪽으로는 독일과 접하며, 북쪽은 발트 해다. 1918년에 공화국으로 독립했다. 서유럽의 해양성 기후와 동유럽의 대륙성 기후 사이의 점이 지대이고 강수량은 적은 편이다. 무연탄·구리·황 등 광물 자원이 풍부하고 철강·조선·자동차 등 기계공업도 발달했다. GDP에서 농업이 차지하는 비율은 적지만 동유럽에서는 러시아 연방 다음의 농업국으로 밀·호밀·감자 재배와 소·양·돼지 사육이 활발하다.

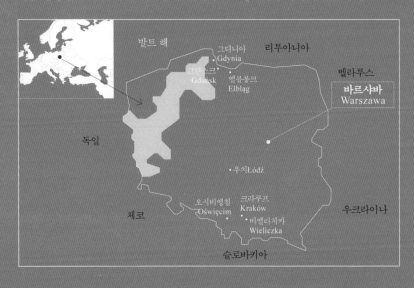

비엘리치카(Wieliczka) 소금 광산의 암염 계단 ☞ 무거운 암염 덩어리를 짊어
지고 올라야 했던 이런 계단에서 광부들은 목숨을 걸어야 했다.

리비우를 떠나 도착한 폴란드와의 국경. CIS를 벗어나 유럽연합으로 통하는 국경이기도 하다. 국경 통과는 크게 까다롭지는 않다. 폴란드에 입국한 후 반대편 차선의 사정은 좀 다르다. 트럭들이 줄지어 서 있고 승용차들의 길도 제법 길게 꼬리를 물고 있다. 크라쿠프로 이어지는 폴란드 4번 국도는 왕복 2차선이고 곧은 구간이 별로 없다. 도로는 그렇지만 국경을 떠난 지 1시간 쯤 되었을 때부터 도로변의 풍경은 의외로 창고형 양판점의 연속이다. 생소한 브랜드를 열거하는 대신 말하자면, 크고 작은 월마트나 카르푸, 이케아, 홈디포 따위가 줄줄이 늘어선 모습이다. 양판점 분위기는 썰렁하다. 폴란드는 2008년 금융 위기를 겪은 후 긴축하는 대신 내수를 활성화해 비교적 선방했다는 평가를 받지만 그도 한계가 있을 것이다. 3천 8백만의 인구로 중부 유럽의 중국으로 일컬어지는 나라이기 때문에 내수 활성화나마 가능했다는 평가도 있다. '고작 3천 8백만으로'라고 생각할 수 있겠지만, 인구 순으로 따졌을 때 중부 유럽에서는 1위이고 러시아를 포함한 유럽 전체에서도 8위를 차지한다.

소금 조각이 투박한 까닭

폴란드 대표 관광지 중의 하나인 비엘리치카의 소금 광산 근처에 숙소를 잡았다. 시즌이 아닌데도 제법 관광객들로 붐빈다. 이튿날 아침 일찍 찾은 광산은 300미터 깊이에 갱도의 총연장이 300킬로미터에 이른다는, 세계 최대의 암염 광산이다. 13세기부터 채굴하기 시작했으니 꽤 오래된 광산 가운데 하나이기도 하다. 관광객들을 위해 마련된 코스는 60미터 정도까지를 내려간다. 나무 계단이

＼ 비엘리치카 소금 광산 입구 ☞ 캡션
／ 광산의 암염 조각 ☞ 1493년에 코페르니쿠스(Nicolaus Copernicus, 1473~
1543)가 방문한 것을 기념해 지구를 손에 든 코페르니쿠스를 조각한 것이다.

설치되어 있으며 안전하고, 갱도 또한 안전하다. 소금의 위력은 대단하다. 갱도의 벽과 천정은 소금이 새어나와 온통 얼음에 덮인 것처럼 희다. 갱목이 대어지지 않은 곳에마다 물에 섞여 흘러내린 소금이 종유석처럼 매달려 있다.

비엘리치카의 소금 광산 관광은 퍽이나 역사가 깊어, 초기 관광객들 중에는 코페르니쿠스 같은 인물도 눈에 띈다. 16세기 정도부터 볼거리가 있었다는 반증이다. 16세기 인물인 코페르니쿠스는 몰라도 괴테(J. W. von Goethe, 1749~1832)나 쇼팽(Frédéric Chopin, 1810~ 1849)이 다녀갔을 즈음에는 이곳의 노동자들이 암염을 깎아 만든 거대한 예배당과 소금 조각들이 호기심 많은 관광객들을 끌어들였을 것이다.

"세상의 소금이 되라"는 말은, 소금이 인간의 생존에 필수적인 동시에 오랫동안 귀한 물건이기 때문에 격언이 되었다. 소금은 곧 돈이기도 했다. 소금이 많은 자들은 부자였으며 없는 자들은 빈자였다. 그러나 막대한 부를 창출하는 현장인 소금 광산은 노동자들에게는 지옥과도 같았다. 안내를 맡은 가이드는 탄광에 비한다면 쾌적하기 짝이 없다는 말을 늘어놓지만, 지독한 농담이다. 암염 광산은 탄광에 비해 압력이 높은 반면 암염의 강도는 낮아 붕괴의 위험 또한 그만큼 높다. 비엘리치카의 소금 광산에서도 근대 이전에는 매년 10퍼센트의 노동자들이 붕괴나 추락과 같은 사고로 목숨을 잃었다. 관광 코스는 안전하게 만들어진 나무 계단을 따라 내려가도록 되어 있지만 그건 관광객을 위한 시설일 뿐이다. 나무 계단 옆으로 가끔 볼 수 있는, 가파르고 좁은 암염 계단을 보면 무거운 소금덩어리를 짊어지고 그 계단으로 오르내렸다는 것이 믿어지지 않을 정

비엘리치카 소금 광산의 소금 예배당. 성녀 킹가의 예배당이다.

비엘리치카 소금 광산의 암염 조각 ☞ 죽음이 어른거리는 갱도에서 광부들은
신을 향해 손을 뻗었다.

도로 위태롭게 보여, 추락 사고 또한 당연히 비일비재 했을 것이라고 믿게 된다. 끝임 없이 스며들어 고이는 물은 소금을 녹이고 갱도를 취약하게 만드는 주범이므로 필사적으로 퍼올려야 했다. 소금 성분 탓에 녹이 스는 금속은 쓸 수 없었다. 목재로 만든 권양기(윈치)를 말이 돌려서 물을 퍼올렸다고 하지만, 말 대신 노동자들이 돌리거나 직접 물통을 짊어지고 나르는 경우가 일반적이었다. 이토록 위험하고 고된 노동에는 노예, 죄수, 전쟁 포로 들이 동원되는 일이 흔했다. 강제 노동이나 다를 바가 없었던 셈이다.

어두운 지하 갱도에서 혹독한 노동에 시달리며 하루하루를 죽음의 공포에 시달리며 보냈을 노동자들이 신에게 매달린 것은 어쩌면 당연한 일이다. 노동자들은 휴식 시간이나 동원된 시간에 소금 덩어리로 예수를 깎고 십자가를 깎고 성모마리아와 동방박사를 깎고 제단의 기둥을 깎았으며 최후의 만찬을 새겼다. 비엘리치카를 유명하게 만든 거대한 암염 예배당과 수많은 종교적 소금 조각들은 그렇게 만들어진 것들이다. 그 모든 조각들과 부조들 속에서 조금이라도 행복하고 즐겁게 보이는 인물이 있을까 찾았지만 헛된 노력이었다. 모든 인물들은 그저 무표정할 뿐이거나 우울해 보였다.

신도 찾지 않는 지하 갱도의 바통 터치

예배당의 조각들은 대개 투박하고, 어떤 사람들은 실망스럽다는 반응을 보인다. 암염이라는 재료 자체가 정교한 조각을 가능하게 할 수 있지도 않지만, 끌이나 쇠붙이를 든 노동자들이 원했던 것은 예술적 세련됨이나 아름다움이 아니라 공포와 절망으로부터 그들

＼ 비엘리치카 소금 광산 성녀 킹가의 예배당 안 최후의 만찬 암염 조각.
／ 광산 노동자들 밀랍 인형 ☞ 과거에 소금을 채굴하던 과정을 보여 준다.

을 한순간이나마 자유롭게 해 줄 망각이거나 최면이었을 것이다. 그게 그들이 남긴 예술이어서 오히려 절절하게 다가온다.

소금 예배당은 지금도 많은 신자들을 부르고 있다. 요한 바오로 2세(폴란드어 본명 Karol Józef Wojtyła, 1920~2005)와 같은 교황도 그 중 한 명이었다. 그들에게 이 장소는 신을 증명하고 신심을 증명할 것이다. 그러나 잊지 말아야 한다. 신은 이 어둠 속 지하의 막장에서 신을 찾으며 절규했던 이들에게 결코 화답하지 않았으며 신의 대리자들 또한 기꺼이 지하로 내려가 그들을 찾지 않았다.

광산으로 생긴 지하 염호를 지나면 투어는 막바지에 이른다. 엘리베이터가 있는 중앙홀 한편에 20세기 복장을 한 광산 노동자 둘이 곡괭이와 갱목을 들고 있는 조각으로 서 있다. 20세기 들어서도 소금 광산은 계속 돌아갔지만 쇠락의 길을 걸었다. 산업혁명 후 흔해지고 값싸지면서 소금은 더 이상 수지맞는 상품이 아니게 되었기 때문이다. 소금 광산의 일부는 현대화해 남아 있지만 대부분은 오래전에 생산을 멈추었다. 비엘리치카는 1990년대에 가동이 거의 중단되었고 2007년에 들어서는 그때까지 유지하던 식탁용 소금 생산까지 포기했으므로, 지금은 완전한 관광용 광산이다. 여전히 운영 중이라고 소개하는 이름난 소금 광산 중에는 이런 곳들이 많다. 그렇다고 해서 산업혁명 이후 이런 지옥이 사라진 건 아니었다. 바통은 탄광으로 넘어갔다. 영국의 초기 탄광들은 임금이 싸고 갱도를 만드는 데에 비용이 적게 든다는 이유로 어린아이들을 광부로 썼다. 갱도 안은 아이들이 소쿠리에 든 탄을 밀고 끌면서 길 수 있는 만큼의 폭이어서, 어른들은 움직일 수조차 없었다.

엘리베이터에서 내려 건물 밖으로 나오자 눅눅한 공기와 흐

↖ 크라쿠프 직물회관(Sukiennice, Colth Hall) ☞ 리네크 광장(Rynek Główny)의 중심 건물이다.

↗ 우치(Łódź) ☞ 약속의 땅 우치는 산업혁명 이후 폴란드에서 가장 산업이 발달한 도시였다.

린 하늘이 우울함을 더 한다. 한동안 기분이 여간해서는 나아지지 않을 것이다. 또 다른 지옥, 아우슈비츠를 찾아가는 길이다.

우치의 공장에서 크라쿠프의 시장으로

아우슈비츠를 찾아가는 길에 들른 크라쿠프. 폴란드 제2의 도시이며 11세기 초부터 5백년 동안은 폴란드의 수도였던 곳이다. 리비우에서 홀대를 받고 있는 아담 미츠키에비츠의 동상이 당당하게 서 있는 리네크 광장은 비에 젖어 짙은 갈색이다. 리비우의 리네크 광장과 이름이 같다. 폴란드 어 리네크이나 우크라이나 어 루녹이나 모두 시장을 뜻한다. 사고 파는 기능이 중요했던 광장이라는 뜻이다. 모임이나 집회가 중요하다면 대개는 타운 스퀘어란 이름이 붙고, 그저 휴식을 위한 공간이라면 가든 스퀘어란 이름이 붙는다. 리비우나 크라쿠프나 광장을 마켓 스퀘어라고 부르는 셈이니 상거래가 발달했음을 증명한다.

그게 어디라도 이런 날에는 여유롭게 돌아다닐 마음이 생기지 않을 법한데 광장에는 우산을 쓴 단체 관광객들이며 커플들이 분주하게 오간다. 성당, 교회, 시청에 둘러싸인 광장은 범상하다. 유독 눈길을 끄는 것은 마켓 스퀘어에 걸맞게 광장 중앙에 길게 놓인 직물 회관이다. 아케이드 형태의 2층 건물로 1층에서는 관광지답게 기념품이나 토산품을 팔고 있고 2층은 박물관이다. 르네상스 풍의 멋들어진 외관과 달리 내부는 관광지에서 흔히 볼 수 있는 시장처럼 보이지만, 역사는 간단하지 않다. 폴란드의 황금시대로 불리던 15세기에 이곳은 실크로드에서 유입된 비단이며 향료와 차 그리고 폴란

↖ 바벨 성(Zamek Królewski na Wawelu, Wawel Royal Castle) ☞ 비스와 강(Wisła)을 내려다보는 언덕 위에 자리잡은 옛 왕궁이다. ╱ 지그문트 1세 (Zygmunt I Stary, 1467~1548)가 세운 르네상스 양식의 궁전과 성채는 이후 나치 총독부가 되었다.

드에서 생산된 직물과 비엘리치카의 소금 광산에서 온 소금까지 활발하게 거래되며 흥청거리던 시장이었다. 왕국이 소멸한 후에는 쇠락의 길을 걷다 오스트리아의 지배 아래 있던 1879년에 지금의 모습으로 다시금 탄생했다.

건물이야 그렇다 치더라도 예전의 영화는 다시 찾았을까. 아마도 얼마간은 그랬을 것이다. 산업혁명 후 자본주의가 태동하던 시기에 폴란드는 변방이 아니었다. 특히 유럽의 배꼽쯤에 해당하는 지정학적 이점과 1850년 러시아의 관세 철폐를 동력으로 면직산업이 급속하게 발달한 우치가 그랬다. 당시의 우치를 배경으로 한 소설이 노벨 문학상 수상 작가이기도 한 폴란드의 대표적 문학가 브와디스와프 레이몬트(Władysław Reymont, 1867~1925)의 『약속의 땅』이다. 1975년에 안제이 바이다(Andrzej Wajda)가 레이몬트의 소설을 원작으로 만든 동명의 영화는 면직 산업에 뛰어든 폴란드인과 독일인, 유대인 세 친구를 주인공으로 초기 자본주의의 무자비한 비정함과 잔인함, 탐욕, 파멸을 영상에 생생하게 그리고 있다. 비록 러시아령에 속한 우치와 달리 크라쿠프는 오스트리아령이었고 또 200킬로미터 정도 떨어져 있었지만 우치의 면직 산업 발달이 크라쿠프의 직물 거래와 무관하지는 않았을 것이다.

크라쿠프의 나치 총독부

1939년 폴란드를 점령한 다음 나치는 군정을 실시하는데, 독일에 인접한 서부는 제3제국에 편입시키고 중부와 남부의 점령 지역은 총독부를 두고 통치했다. 도시의 중심을 흐르는 비스와 강을

아우슈비츠 비르케나우 수용소(Auschwitz-Birkenau) ☞ 철로와 정문.

아우슈비츠 비르케나우 수용소 ☞ 끝없이 이어지는 철조망.

굽어 내려보는 크라쿠프의 언덕에 자리 잡은 바벨 성이 나치의 폴란드 총독부가 소재했던 곳이다. 딱히 언덕이랄 것도 없이 조금 높은 지대일 뿐이지만 주변이 모두 평지인 크라쿠프의 전경을 한눈에 내려볼 수 있다. 바벨은 언덕의 이름이었다. 이처럼 겸손한 언덕에 구약에 등장하는 바벨의 이름을 붙이지는 않았을 것이다. 자리가 좋아 오랫동안 사람들이 모여 살고 장도 섰던 바벨 언덕에서 평민들을 몰아내고 성을 지은 것은 물론 왕이다. 지금의 모습을 갖추기 시작한 것은 16세기 초에 폴란드의 왕 지그문트 1세가 이탈리아와 독일, 오스트리아 등 근동의 난다 긴다는 건축가와 예술가들을 불러들여 르네상스 양식의 왕궁을 세우면서부터이다. 왕조가 바뀌어 수도를 크라쿠프에서 바르샤바로 옮긴 다음에는 쇠락의 기운이 맴돌기 시작했고 외세의 침략과 지배를 받으면서 모양도 바뀌고 파괴되기도 했다. 성 안쪽은 규모가 큰 편은 아니지만 성채와 대성당, 폐허와 부속 건물들로 제법 아기자기하다. 나치의 총독부는 성채에 자리를 잡았다.

1945년 소련군이 동계 공세를 했을 때 크라쿠프는 바르샤바보다 하루 늦은 1월 18일에 해방되었다. 하루 전날인 1월 17일 크라쿠프에서 60킬로미터 떨어져 있던 아우슈비츠(오시비엥침)의 나치 강제수용소에는 이동명령이 떨어졌다. 걸을 수 없는 노약자 7,500명을 제외한 6만여 명 정도가 보지스와프 실롱스키(Wodzisław Śląski)를 향한 죽음의 행진을 시작했다. 1월 27일 아우슈비츠에 도착한 소련군 322 보병 사단이 세 개의 수용소에 남아 있던 죄수들을 해방시켰다. 아우슈비츠는 폴란드 독일 총독부가 소재했던 크라쿠프에서 불과 60킬로미터 떨어져 있었지만 행정 구역이 전혀 달라서, 폴란드 침공 후 나치가 제3제국에 편입시킨 영토 안

아우슈비츠 비르케나우 수용소 ☞ 여러 나라 언어로 표시된 추모탑 앞의 동판들.

에 위치했다. 말하자면 폴란드 독일 총독부의 관할이 아닌 독일 제3
제국 관할 지역이었다. 아우슈비치의 수용소가 나치에게 그만큼 중
요했다는 반증이다.

비르케나우, 자작나무 숲에서

아우슈비츠 제2수용소로 일컬어지는 비르케나우 수용소를
먼저 찾았다. 안개처럼 흩뿌리는 가는 빗물 사이로 희부옇게 나타난
수용소 정문은 첫 대면인데도 친숙하기까지 하다. 철도 역사 형태
의 입구 좌우로 끝없이 이어진 철조망들과 일정한 간격으로 선 망루
들. 영화들에서 줄곧 보아 온 그대로이다. 철로는 입구를 지나 수용
소 안쪽까지 뻗어 있다. 425에이커에 달하는 비르케나우 수용소는
나치가 만든 강제수용소 중 가장 큰 규모의 것이었다. 1941년 10월
에 완공되어 문을 연 이 수용소의 첫 희생자는 소련군 전쟁 포로였
다. 독소불가침 조약을 파기하고 소련을 침공한 독일군에 의해 포로
가 된 1만 3천여 명이 수용되었다. 사실상 포로수용소였다. 1945년
1월 27일이 되어 소련군이 이곳을 해방시켰을 때, 그때까지 생존해
있던 소련군 포로는 고작 92명뿐이었다. 혹독한 강제 노동과 굶주
림, 처형, 질병으로 사망한 포로들은 수용소 북쪽에 집단 매장되었
다. 아우슈비츠 메인 캠프의 가스실에서 최초로 희생된 사람들도 소
련군 포로였다. 지금은 기념 묘역으로 조성되어 있다는데 수용소 북
쪽을 서너 번 돌았지만 쉽게 눈에 띄지 않는다.

독일인의 습성이 그런 것인지는 모르겠지만 수용소는 정연
하고 깔끔하게 구획되어 있다. 폐허가 된 블록을 그대로 둔 곳도 있

아우슈비츠 비르케나우 수용소 ☞ 자작나무 숲.

지만 대개는 보존이나 복원되어 있다. 입구에서 가장 가까운 블록은 유대인의 수용소 중 하나로 안내문까지 세워 두었다. 콘크리트 기초에 세워진 목조 건물인데, 안쪽은 화덕과 연로가 난방 구실을 하도록 건물 전체를 가로지르고 그 양편으로 3층 목조 침대가 줄지어 놓여 있다. 지붕 아래 채광창까지 만들어 두었으니 세심하기까지 하다. 내가 알고 있는 포로수용소, 예컨대 거제도 포로수용소에 비한다면 시설은 여기가 낫다. 텅 비어 있는 수용소 건물은 기묘하다. 마치 박제로 버려진 것처럼 어떤 소리도 들려 주지 않는다. 한숨과 비탄 절망과 비명, 절규의 소리는 모두 어디로 사라져 버린 것일까. 기괴한 일이다.

수용소 끝의 기념탑 앞에는 여러 나라의 말로 표기된 동판들이 줄지어 놓여 있다. 적혀 있는 글은 이렇다.

"나치가 약 1백 50만 명의 남자와 여자 그리고 어린이, 대부분은 유럽 각지에서 끌려온 유대인을 살해한 이곳을 영원히 절망의 울부짖음과 인간성에 대한 경고의 장소로 두소서."

고개를 숙인 채 한동안 묵묵히 동판의 글귀를 보았다. 아마도 오직 유대인만을 명시하고 있는 이 동판이 홀로코스트의 진정한 비극일 것이다. 나치가 유대인들과 함께 살해한 전쟁 포로들과 집시들, 사상범들과 장애인들, 전쟁터에서 죽어간 그 모든 인간들은 이 동판의 어디에 숨어 있는 것일까. 나치의 모든 죄악을 오직 유대인에 대한 인종 학살로만 묻어 버린 후 면죄부를 안긴 전후의 역사는 시오니즘의 이스라엘이라는 괴물을 탄생시켰다. 인류는 그 대가로 유대인 대신 팔레스타인인들이 토해내는 절망의 울부짖음을 듣고 있으며, 이곳에서 비참하게 살해되어 아우슈비츠의 허공을 재가 되어

↖ 아우슈비츠 ☞ 메인 캠프 입구에는 "진리가 너희를 자유케 하리라(Arbeit macht frei)"는 슬로건이 새겨져 있다.

↙ 아우슈비츠 ☞ 주인을 잃은 가방들.

방황하는 유대인들의 영혼조차 목조르고 있다.

그 자리를 떠나 이웃한 가스실 건물의 폐허를 지나 자작나무 숲 사이로 뚫린 길을 걸었다. 비르케나우는 자작나무 습지란 뜻이다. 비는 그쳤지만 한껏 물을 머금은 길은 질척하다. 사방은 그저 고요하다. 자작나무의 앙상한 가지들에서는 아직 새순이 돋지 않았고 숲속에서는 바람 소리도 새들의 울음소리도 어떤 뒤척임 소리도 들리지 않았다. 자작나무 숲에는 오직 침묵과 정적만이 존재할 뿐이었다.

아우슈비츠에서의 떨림

원래 폴란드 포병의 병영이었던 아우슈비츠 메인 캠프는 비르케나우와 지척의 거리이지만 주택가에 파묻혀 있다. 입구는 "노동이 너희를 자유케 하리라"는 철제 슬로건을 머리에 이고 있다. 괴벨스(Paul J. Goebbels, 1897~1945)의 나치쯤 되면 이런 말까지 이런 곳에 사용할 궁리를 할 수 있는 모양이다. 인간을 해방시키는 노동은 자유로운 노동이지 강제 노동일 리 없다. 그러나 나치가 이 말을 철학적으로 고려한 것은 아니었다.

강제수용소에 처음 이 슬로건을 사용한 것은 1933년 독일의 정치범들을 수용했던 뮌헨 인근의 다하우 강제수용소에서였다. 다하우는 아우슈비츠를 포함해 나치 독일이 만든 모든 강제수용소의 아버지로 불렸다. 다하우에서 죄수들은 매일 수용소 외부의 노역장을 오갔다. 이 슬로건을 하루에 한번은 거꾸로 한번은 제대로 봐야 했다는 뜻이다. 2차 세계대전이 개전하기 직전에는 이른바 〈다하우의

아우슈비츠 ☞ 끌려온 유대인들의 사진은 뭉크(Edvard Munch, 1863~1944)
의 그림 속 인물들의 표정을 연상시킨다.

노래〉를 만들어 죄수들이 행진할 때 부르게 했다. 작사와 작곡도 모두 수용소의 죄수들을 동원했다.

〔…〕 우리가 다하우에서 얻은 교훈.

그 교훈이 우리를 강철처럼 강하게 만든다.

동료들이여 남자가 되자.

동료들이여 남자로 살자.

동료들이여. 열심히 일하고 성취하자.

노동을 위하여. 노동이 우리를 자유케 하리니!

슬로건의 정신은 철학적인 대신에 무척 실용적이었다. 노동이 아무리 혹독해도, 처지가 아무리 고통스러워도 열심히 일을 해라. 열심히. 더욱 열심히. 그게 네가 수용소에서 석방될 수 있는 유일한 길이다. 혹독한 노동에 착취당하면서도 슬로건은 무의식적으로 죄수들에게 석방될 수 있다는 희망을 안겨 주었지만 다하우에서도 아우슈비츠에서도 수용소에서 살아남은 인간은 극히 소수였다. 그래도 마지막 순간까지 그들은 자유에 대한 희망을 버리지 못했을 것이다. 나치의 비열함이라니.

지금 아우슈비츠의 철제 슬로건은 원래의 것이 아니라 2009년에 절도당한 뒤 다시 만든 것이다. 세 명의 절도범이 체포되었고 세 동강이 난 도난품은 다시 돌아왔지만 제 자리를 찾는 대신 별도로 보관되어 있다.

아우슈비츠에서 수용동으로 사용되었던 건물은 지금은 제각기 다른 전시물들을 보여 주고 있다. 모두 끔찍하다. 이곳을 찾은 사람들은 여간해서는 말이 없고 모두들 심각한 표정이거나 질린 표정이다. 시체들에서 얻었을 머리카락들과 주인을 잃은 안경과 가방

아우슈비츠 ☞ 방문객들은 말이 없고 질린 표정이 되어 버린다.

들, 가스실에서 사용했던 가스 캔. 보고 있는 것만으로 고통스러운 전시물은 당시 이곳으로 끌려왔던 수인들의 사진들이다. 이름과 수인 번호, 도착한 날과 사망한 날을 표기한 수인복의 상반신 사진들은 극한의 상황에 처한 인간들의 표정을 가감없이 보여 준다. 뭉크(Edvard Munch, 1863~1944)의 〈절규〉를 연상케 하는 겁에 질린 얼굴, 무표정하고 온화하고 불만스럽고 심지어는 거만한 표정을 짓고 있는 그 다양한 표정의 인간들은 모두 오직 죽음이라는 하나의 운명을 눈앞에 둔 인간들이었다. 이곳에 도착한 모든 이들이 찍혀야 했던 석 장의 사진들을 함께 모아 둔 곳도 있다. 13살의 폴란드 소녀 크리스티나. 1942년 12월 13일에 아우슈비츠에 도착했고 1943년 5월 18일에 죽었다. 겁에 질렸다기보다 무한한 슬픔에 잠긴 듯한 소녀의 눈동자는 그만 보는 이의 눈시울을 젖게 만들고 곧이어 몸이 떨리도록 분노하게 만든다. 그럴지도 모른다. 우리를 자유케하는 것은 언제나 슬픔과 분노인지도.

그단스크로 가는 밤

발트 해의 폴란드 항구도시 그단스크를 향해 북쪽으로 달리는 길. 해는 오래 전에 저물었고 졸음을 참느라 머리가 어질하다. 길가의 휴게소 비슷한 공간에 차를 대고 잠시 눈을 붙이고 있는데 차한 대가 들어와 앞에 선다. 잠시 뒤 누군가 내리는 기색이더니 뚜벅뚜벅 어둠 속을 걸어와 안을 살피려는 듯 차창에 얼굴을 붙인다. 어둠 속이고 짙은 색의 차창이라 안이 보일 리 없다. 시동 걸 준비는 했지만 상대방의 차가 앞에 주차해 버려 후진이라도 하지 않으면 빠

그단스크 모트와바 강(Motława) ☞ ＼ 중세 때 화물을 하역하던 목조 크레인과 ／ 강변의 구시가지

져나갈 길이 없다. 창문을 조금 내리고 인기척을 내자 한걸음 뒤로 물러선다. 대화가 되지 않아 한동안 선문답을 주고받았다. 가까스로 이해한즉 이런 말이다.

"여긴 밤에는 위험한 곳이다. 조금 더 가면 가로등이 있다. 그곳에 주차하고 잠을 자든지 해라."

폴란드에 대해 두 가지를 알았다. 한밤중에 어두운 곳에 차를 대고 자다가는 봉변을 당할 수도 있다. 그러나 누군가 친절하게 경고해 줄지도 모른다. 고맙다는 말을 해야 하는데 한동안 폴란드어로 그게 뭔지 떠오르지 않다 더듬거리듯 튀어나온다. 지엥쿠예 (Dziękuję).

이른 아침. 그단스크 인근의 모텔에서 눈을 떴다. 가로등 아래는 너무 밝아 잠을 청하기에는 적당하지 않았다. 오랜만에 해가 나와 있는 아침이다. 그단스크 시내로 향하는 길은 눈이 부시다. 도시 외곽의 풍경은 좀 메마른 편이지만 도심으로 접어들면 단정해지고, 골든게이트로도 불리는 바라마 즈워티를 지나 구시가지의 두와가 거리에 들어서면 양편으로 알록달록해진다. 대개는 르네상스 양식의 건축물들인데 저마다 파스텔 색조로 외벽을 꾸며 놓았다. 그단스크는 2차 세계대전을 치르면서 각각 개전과 종전 무렵 폐허가 되다시피 했던 곳이어서, 고풍스러워 보이지만 거의 모두 전후에 복구된 건물들이다. 구시가지를 두고 흐르는 모트와바 강은 크라쿠프를 가로질러 흐르던 바로 그 비스와 강의 지류이다. 무역항 그단스크의 연원을 짐작케 하는 모트와바 강변의 거대한 목조 크레인은 1367년에 만들어진 구조물로, 화물을 하역하거나 배에 마스크를 올리는 등에 사용했다. 동유럽 최대의 무역항인 노비 포트는 비스와 강이 발

＼ 그단스크 노비 항(Nowy Port) ☞ 한때 '죽은 비스와(Martwa Wisła)'라고 불리던 비스와 강 하구에 있으며 유럽 최대의 무역항 중 하나다.

／ 베스테르플라테(Westerplatte)를 가리키는 표지판 ☞ 2차 세계대전의 시작을 알린 곳이다.

트 해와 만나는 서쪽 하구에 자리 잡고 있다. 톱이 쌓여 '죽은 비스와'로 불렸던 하구는 강바닥을 낮추고 운하를 만들어 배가 들고나는 데에 문제가 없도록 만들었다. 노비 포트의 맞은편은 베스테르플라테로, 2차 세계대전이 시작한 곳이다.

그단스크의 폴리가미와 모노가미

그단스크이거나 단치히(Danzig). 바다를 볼 수 없었던 동유럽 내륙 국가들의 무역항으로 성장한 이 도시는 융성했던 만큼 주변의 손을 탔다. 프로이센과 폴란드, 자유도시, 소련과 독일에서 다시 폴란드를 오가며 손이 바뀌었고 그때마다 고단한 세월을 감내해야 했다. 귄터 그라스(Günter Grass, 1927~2015)의『양철북』은 그 세월 중에서 '자유도시 단치히' 시절을 배경으로 한다.『양철북』은 귄터 그라스의 자전적 소설이라고도 할 수 있다. 1927년생인 귄터 그라스는 주인공인 오스카와 마찬가지로 단치히에서 태어났고 1945년 종전 직전에 서독으로 이주할 때까지 단치히에서 성장했다. 오스카의 단치히는 귄터 그라스 자신의 눈에 비친 단치히이다.

현대 그단스크의 가장 가까운 뿌리이기도 한 자유도시 단치히는 어떤 도시였을까. 1차 세계대전에서 패배한 독일은 베르사유 조약으로 서프로이센을 잃었고 3차에 걸친 분할로 지도에서 사라졌던 폴란드가 제2공화국으로 부활했다. 폴란드(단치히) 회랑(Korytarz polski)은 신생 폴란드에게 발트 해로의 진입을 보장했다. 단치히는 독일에도 폴란드에도 속하지 않고 주변의 200여 개의 마을과 정착지를 포함시켜 국제연맹의 보호령인 자유도시 단치히가 되었다. 동프로이센과 독일이 폴란드 회랑과 자유도시 단치히에 의해 단절된 것이다.

그 시절 단치히는 묘한 도시였다. 인구의 90퍼센트 이상은 독일인이었지만 관세와 철도, 우체국의 행정권은 폴란드에게 있었으며 탄약 창고가 있던 베스테르플라테에는 폴란드 군이 주둔했다. 독일은 이 도시에 대해 어떤 권리도 갖고 있지 못했다. 그러나 두 세계대전 사이에 존재했던 이 도시는 어느 때보다 평화로웠고 또한 풍요로움을 유지했다. 도시의 독일인들은 폴란드인과 유대인들 그리고 포메라니아 토착민인 카슈브인(Kashubians)들과 조화롭게 일상을 유지했다. 『양철북』에서 카슈바이 혼혈인 오스카의 어머니가 독일인 남편 마차레트와 폴란드인 연인 얀과 유지하는 폴리가미적 평화로움은 당시의 단치히가 누렸던 평화의 알레고리이기도 하다. 아그니스와 마차레트, 얀의 폴리가미적 평화는 폭압적 모노가미 이데올로기인 나치즘의 등장으로 붕괴되기 시작하는데 실제로도 그렇다. 독일인이 압도적 다수를 이루었던 단치히에서 나치는 빠르게 뿌리를 내리며 세력화되었다. 단치히의 거리에는 하켄크로이츠 깃발이 내걸리고 급기야 유대인 상점을 공격하는 일이 벌어지기 시작한다. 1939년 9월 1일 베스테르플라테 앞바다에 독일 전함이 등장하고 함포 사격을 시작했다. 베스테르플라테의 폴란드 주군군 병영에는 180명의 병사들이 있었다. 이들은 함포 사격과 전투기의 폭격을 동원한 3천 5백의 독일군 병력의 공격에 맞서 일주일을 버텼다. 이것이 2차 세계대전의 개전을 알린 베스테르플라테 전투이다.

모트와바 강변을 떠나 그단스크의 서쪽에 자리 잡은 베스테르플라테로 향하기 전에 날씨는 이미 흐려져 있었다. 항구 부근이기도 하거니와 도로 공사 중인 구간이 드문드문 튀어나와 산만하기 짝이 없는 길을 지나자 한동안 고적한 숲길이 이어지다 길이 멈춘 곳에서 발트 해를 만난다. 부근에는 베스테르플라테 전투 당시 숨진 폴란드 병사들의 기념 묘역과 기념탑, 기념공원과 지금껏 남아 있는 당시의 병영 건물을 볼 수 있다. 그단스크 북항의 방조제가 보이는 앞으로 철책이 세워져 있어 해변으로 나갈 수는 없다. 물론 군사적 이유가 아니라 항구의 안전을 위해서이다.

얻어맞는 동안 그저 머리를 감싸고 있는 일

베스테르플라테에서 치열한 전투가 벌어지고 있을 무렵 단치히 시내에서도 나치 당원들이 우체국을 공격해 비정규전이 벌어지고 있었다. 이른바 우체국 전투이다. 『양철북』에서 우체국 직원이던 얀은 엉겁결에 전투에 휘말려 결국 포로가 된 후 총살된다. 이건 후일 자서전에서 밝힌 대로 귄터 그라스 자신의 삼촌에게 닥쳤던 비극이기도 하다. 2차 세계대전으로 자유도시 단치히의 역사가 막을 내린 후 시작한 독일3제국의 단치히는 1945년 3월 30일 소련군이 입성으로 끝났다. 줄곧 전시였으므로 모노가미적 평화조차 있을 수 없었다. 소련군의 진격 이전에 단치히에서는 독일인들의 대대적인 탈출이 시작되었고 귄터 그라스와 그의 가족들 또한 마찬가지였다. 『양철북』의 오스카도 이때 단치히를 떠난다. 오스카와 마리아 모자가 단치히를 떠날 때 할머니인 안나가 그들을 배웅한다. 경찰에 쫓겨 감자밭으로 숨어든 폴란드 사내를 치마 속에 숨겨 주고 오스카의 어머니인 아그니스를 잉태한 카슈바이 아낙네인 안나는 손자인 오스

\ 베스테르플라테에서 바라본 발트 해.
/ 그단스크 조선소 2번 정문 ☞ 솔리다리티(Solidarity)로 대표되는 폴란드
자유 노조의 산실이다.

카에게 이렇게 말한다.

"카슈브 사람들은 늘 머리를 얻어맞고 살지. 넌 좀 나은 곳으로 가거라. 나만 남으면 돼. 카슈브 사람들은 옮겨다니는 데에 익숙하지 않단다. 우린 독일인도 폴란드인도 아니니까 그저 있는 곳에서 다른 사람들이 내려치도록 머리를 감싸고 있는 게 우리가 할 일이야. 너도 카슈브 사람이라면 독일인이나 폴란드인이 되기에 적당하지 않을지도 모른다. 그들은 뭐든 남김없이 원하는 사람들이지."

레그네츠 강과 비스와 강 사이. 포메라니아로 불리던 그 지역에는 카슈브 사람들이 별로 기름지지도 않은 땅에서 밭을 일구며 살아왔다. 뭐든 남김없이 원하는 자들은 떠나고 결국 그곳엔 땅과 그들만이 남는다. 철책 너머 발트 해에서 거센 바닷바람이 불어오는 베스테르플라테에서 나는 독일인 귄터 그라스가 안나의 입을 빌어 적었던 그 구절을 떠올렸다. 그러나 늘 머리를 얻어맞으며 살 수는 없는 일 아닌가. 그게 히틀러 같은 인간이라면 더더욱 그렇다. 목숨까지 빼앗길 테니까.

그단스크 시내로 돌아가는 길. 베스테르플라테에서 멀지 않은 곳에는 고풍스러운 요새 하나가 있다. 중앙에 굴뚝같은 탑이 서 있어 운하 쪽에서 바라보면 마치 무슨 배처럼 보인다. 요새라곤 하지만 15세기 중엽에 처음 만들어졌던 건 요새가 아니라 중앙의 탑이었다. 비스와 강을 오가는 배들을 위해 조명을 밝혀 등대 구실을 했던 탑이다. 16세기 들어 발트 해를 둘러싼 세상이 시끄러워지고 대포를 날려대는 일이 잦아지면서 탑 중심으로 별 모양의 요새를 만들었다. 모두 오래 전의 일이라 요새 부근은 한적하다. 전형적인 하구 습지로 주변에는 마른 갈대들이 무성하고 근처의 허름한 집 마당에는 닭들이 모이를 쪼느라 분주하다. 바다 반대편이어서인지 바람도 잦아드는 곳이다.

폴란드 공화국의 성장과 노동자

2차 세계대전이 끝난 후 단치히는 종전 직후 성립된 폴란드공화국의 도시가 되었고 이름 또한 폴란드식인 그단스크로 바뀌었다. 영토 또한 조정되었다. 커즌 선(Curzon Line) 동편은 소련의 영토가 되었고 독일과의 국경은 오데르-나이세 선(Oder-Neisse Line)으로 서진했다. 동프로이센의 남부 또한 폴란드의 영토가 되었다. 전후 폴란드에는 50만의 소련군이 주둔했다. 1947년의 선거에서는 이른바 민주 진영으로 불린 노동당과 사회당, 민주당만이 소련의 지원을 받았고 80.1퍼센트의 득표율을 과시한 민주 진영은 의회에서 압도적 다수인 394석을 차지했다. 1948년 노동당은 합당을 거쳐 통일노동당을 창당했고 1952년 국민투표를 거쳐 폴란드 공화국은 폴란드 인민공화국이 되었다. 전후 폴란드에 수립된 정권은 소련의 괴뢰정권이었을까. 외국군이 주둔하고 있던 나라에 세워진 정권을 달리 뭐라 부를 수 있겠는가. 1945년 폴란드 주둔 소련군은 50만에 달했다. 1946년 이후 1955년까지 12~15만의 주둔군 병력을 유지했던 소련은 그후 1989년까지 4만의 병력을 유지했다.

전후 토지개혁과 산업화가 추진되면서 꾸준히 경제가 발전한 것만은 의심할 여지가 없다. 동시에 교육과 의료 등 사회복지 부문도 급속한 발전을 이루었다. 가장 괄목할 만한 성장은 노동 부문에서 이루어졌다. 노동자들은 그저 숫적으로만 성장한 것이 아니라 정치 세력으로 성장했다. 1956년 포즈난의 스탈린 제철소 노동자들의 파업은 당시 비에르트 정권을 붕괴시키고 고무우카 정권을 등장시킨 직접적 계기였다. 한때 티토주의자로 몰려 투옥되기까지 했던 고무우카(Władysław Gomułka, 1905~1982)의 권력 장악은 정치에 대대적인 변화를 가져왔다. 당과 군부의 지지를 얻은 그는 완고한 스탈린주의자들에 대한 숙청을 단행했고 소련과의 갈등을 무릅쓰면서 자주적 입장을 고수했다. 흐루쇼프는 뒤로 물러섰고 고무우카 체제를 인정했다.

1970년 고무우카를 무너뜨린 것도 노동자들이었다. 식료품 가격 인상을 계기로 벌어진 투쟁은 발트 해 연안의 그단스크, 그디니아, 엘블롱크 등지의 조선소 노동자들이 앞장섰다. 그디니아에서 벌어진 노동자들의 시위에 진압군이 발포하면서 44명이 목숨을 잃는 유혈 사태로 발전하자 반정부 시위는 폴란드 전역의 주요 도시로 퍼져나갔고 결국 고무우카 정권을 무너뜨렸다. 고무우카를 대신해 들어선 기에레크(Edward Gierek, 1913~2001) 정권은 1980년 그단스크의 레닌 조선소 노동자들과 첨예하게 대립하다가 결국 폴란드 자유노조가 등장하는 과정에서 허물어졌다. 레닌 조선소 노동자였던 바웬사(Lech Wałęsa, 1943~)는 일약 폴란드 민주화의 상징으로 떠올랐으며 솔리다리티로 대표되는 폴란드 자유노조 운동은 1989년 체제를 무너뜨린 주역이 되었다. 폴란드 인민공화국은 1990년 1월 30일 공식적으로 해체되었다. 바웬사는 같은 해 12월의 대통령 선거에서 승리해 폴란드 제3공화국의 초대 대통령의 자리에 올랐다. 조선 노동자 출신 대통령이었다.

그단스크 솔리다리티 광장 기념탑 ☞ 처음에는 높이 44미터로 설계되었지만 크레인이 닿지 않아 42미터가 되었다. 광장에는 유럽 솔리다리티 센터 (Europejskie Centrum Solidarności)가 들어선다.

솔리다리티 광장에서 웅장한 것, 초라한 것

그단스크 조선소 2번 정문 앞 솔리다리티 광장. 동유럽 정권의 연이은 붕괴와 소련의 해체로 이어지는 거대한 변화의 신호탄을 올린 현장은 남루하기 짝이 없다. 도착하기 전부터 그랬다. 멀리서 보이는 조선소의 타워크레인은 녹이 슬어 있다. 건물들은 목불인견이었다. 정문 앞 작은 광장 한가운데에 세워진 기념탑과 기념벽에 부착된 여러 기념물들이 아니라면 이곳이 한때 세계를 떠들썩하게 만들었던 바로 그 장소임을 알아차리기 쉽지 않다. 1970년 투쟁에서 목숨을 잃은 44명의 노동자들을 기념하는 기념탑은 1980년에 세워졌다. 콘크리트 십자가 세 개에 닻을 걸어둔 42미터 높이의 거대한 기념탑의 갈라진 기단 사이로는 잡초가 자라고 있다. 폐쇄되어 사용하지 않는 정문에는 요한 바오로 2세의 초상화를 걸어둔 앞으로 꽃들이 걸려 있다. 정문 안쪽으로는 제법 큰 건물을 신축 공사 중이다. 2014년 완공을 목표로 건설 중인(2014년 8월 개장) 그단스크 유럽 솔리다리티 센터 건물이다. 건물에는 회의실과 식당, 전시실, 도서관 등과 함께 바웬사의 솔리다리티 재단 사무실이 들어서게 될 예정이다. 공사비는 6천 6백 59만 유로이고 3천 8백 45만 유로는 유럽연합이 지원한다. 이 건물이 완공되면 광장의 분위기도 조금은 나아질 것이란 생각이 들지만, 그게 또 무슨 대수이겠는가.

한때 4만 명 이상의 노동자가 일하던 그단스크 조선소에서는 이제 고작 2천여 명의 노동자가 일한다. 그단스크 조선소 노동자 출신으로 대통령의 자리에 오른 바웬사가 먼저 서두른 일이 그단스

＼ 그단스크 솔리다리티 광장의 기념벽　☞ 조선소 정문이 옆으로 보인다.

／ 바르샤바 크라신스키 궁전(Pałac Krasińskich)　☞ 17세기에 세워진 바로크 양식 궁전으로, 2차 세계대전 때 파괴된 것을 재건했다. 지금은 폴란드 국립 도서관의 고문서 컬렉션을 소장하고 있다.

크 조선소의 민영화였다. 그 뒤 벌어진 일은 목불인견이다. 1996년
에는 파산을 겪어야 했고 부지를 팔아낸 끝에 규모는 1/5로 줄었다.
지분은 럭비공처럼 이리저리 오가다 2006년 국영기업들 손에 잠시
넘어가더니 2007년 우크라이나 자본에게 넘어갔다. 그 과정에서 노
동자 수는 1/20로 줄었다. 그단스크 조선소만 이런 꼴을 당한 것이
아니다. 네 번에 걸쳐 정부를 전복시키고 체제까지 무너뜨렸던 폴란
드 노동자들은 자본주의 시대가 화려하게 개막한 이후 정부 전복은
커녕 일자리 걱정을 해야 하는 처지가 되었다. 한때 1천만 명에 이르
러 세계에서 가장 큰 단일 노조였던 폴란드 자유노조는 이제 노조원
수가 고작 30~40만 명을 헤아릴 뿐이다. 1995년 대통령 선거에 재
출마한 바웬사는 낙선했고 2000년 선거에 다시 출마했지만 지지율
은 1퍼센트에 머물렀다. 노동자를 배신한 노동자 출신 정치가인 바
웬사에게는 1퍼센트도 과분했지만 자유노조의 오늘은 초라함을 넘
어 비참하기까지 하다. 그단스크 조선소 2번 정문 앞 솔리다리티 광
장은 어쩌면 누군가에게는 탄식의 광장일지도 모른다. 도대체 누구
를 위해, 무엇을 위해 싸웠던 것인가.

토룬과 바르샤바의 폐허 시대

지금은 그럴 리 없겠지만 오래 전에 '폴란드'라는 나라
는 '낙엽은 폴란드 망명정부의 지폐'로 시작하는 김광균(金光均,
1914~1993)의 「추일서정」이 독점권을 행사하고 있었다. 폴란드하
면 낙엽이거나 망명정부라는 식으로. 김광균은 1940년 어느 날인가
다방 한구석에서 잡지에 실렸던 사진과 기사를 본 다음 이 시를 만

크라신스키 광장의 바르샤바 봉기 기념비(Pomnik Powstania Warszaws-
kiego) ☞ ＼ 야체크 부딘(Jacek Budyn)이 건축을 맡고 ／ 빈센티 쿠치마
(Wincenty Kućma)가 조각／을 맡았다.

들었다고 한다. 2차 세계대전 개전과 관련된 기사였을 텐데 폴란드 망명정부 수립을 다루었던 모양이다. 과연 어떤 사진이 실렸는지는 「추일서정」이 세세하게 그리고 있다. "포플라 나무의 근골 사이로 공장의 지붕은 흰 이빨을 드러낸 채 한 가닥 구부러진 철책이 바람에 나부끼고"라는 식으로. 폭격으로 폐허가 된 폴란드의 도룬 시를 담은 사진이었다고 전해진다. 지동설을 주창한 니콜라우스 코페르니쿠스가 태어난 바로 그 도시, 토룬이다. 멀고도 먼 곳이고 실감할 수 없는 남의 전쟁이지만 폭격으로 폐허가 된 도시를 담은 사진을 두고 애수와 고독을 찾는 모던한 시를 지어 낸 당대의 서정시인은 곧 태평양전쟁이 발발할 것이고 10년 뒤에는 한국전쟁으로 한반도 전역이 도룬 시는 저리가라 할 정도로 폐허가 될 것이며 자신도 그 폐허 사이를 한목숨 부지하고자 전전긍긍하며 뛰게 될 것을 예상하지는 못했을 것이다.

2차 세계대전 당시 폴란드에서 토룬과는 비교할 수조차 없을 만큼 철저하게 파괴된 도시는 수도인 바르샤바였다. 도시의 85퍼센트가 파괴되었던 바르샤바는 종전 후 잔해만 남은 도시였다. 바르샤바와 피해를 비교할 수 있는 도시는 함부르크나 드레스덴 등 연합군의 융단폭격을 받았던 독일의 도시들 정도였다. 바르샤바는 누구의 손에 파괴되었던 것일까. 결론을 말한다면 독일군이고 그 시작은 1944년 8월 1일에 시작해 63일 동안 계속된 바르샤바 봉기였다.

바르샤바의 구시가지 크라신스키 광장의 봉기 기념비는 1989년 8월 1일에 45주년을 맞아 세워졌다. 공교롭게도 사회주의 정권이 붕괴하던 해이기도 하다. 기념비를 조각한 이는 빈센티 쿠치마로, 1979년 세워진 그단스크의 1939년 우체국 전투 기념비의 조각가이기도 하다. 뒤편의 15개 기둥들은 봉기에 동원되었던 국내군 (AK) 대대들을 나타낸다. 조각은 두 부분으로 나뉘어 따로 설치되어 있다. 계단 위쪽의 것은 무너지는 건물 사이에서 뛰쳐나오는 봉기군 병사들을, 아래쪽은 후퇴하는 병사들을 묘사하고 있다. 같은 사회주의 리얼리즘이라고 해도 동유럽 쪽은 소련의 것보다 비교적 덜 과장되고 상대적으로 분방한 편인데, 쿠치마의 바르샤바 봉기 기념비도 그런 편이다. 인물들의 표정은 밝은 대신 무표정하거나 우울해 보인다. 말하자면 전쟁에 나서 비장하거나 용감한 병사와는 거리가 멀다. 바르샤바 봉기를 폴란드인의 긍지로 삼는 사람들에게는 퍽 실망스러울 이 기념비를 두고 '공산주의자들의 마지막 복수'라고 평가하는 폴란드인들도 있다. 영웅주의적 표현에 능해 언제나 이런 사람들의 요구를 만족시키는 데에 장점을 보였던 사회주의 리얼리즘이 크라신스키 광장에서 그만 나사가 느슨해져 버렸는지도 모른다. 좀더 살펴보자.

눈길을 끄는 건 계단 아래 쪽이다. 맨홀 위로 상반신만 드러낸 병사는 이제 막 하수구를 통해 후퇴하려는 참이다. 뒤편의 병사 둘은 차례를 기다리고 있다. 오른쪽의 폐허에서 서서 절망스런 표정을 짓고 있는 사내는 손에 쥐고 있는 작은 책이 성경인 듯 보이니 아마도 사제일 것이다.

누가 그 사람들을 하수도에 처넣었나

봉기 이후 독일군의 응단 폭격과 포격, 섬멸 작전으로 초토화되어 가던 바르샤바에서 봉기군에게 남은 유일한 출구는 도시의 지하를 연결하는 하수구였다. 안제이 바이다의 전쟁 3부작 중 하나인 영화 「지하수도(*Kanał*, 1957)」는 이렇게 지옥의 나락으로 떨어져야 했던 인간들을 그린다. 영화의 한 장면을 소개한다.

하수구의 벽에 기대어 봉기군 병사인 미할이 혼잣말처럼 중얼거린다.

"깊은 심연에 이르렀을 때 나는 지옥의 공포에 떨고 있는 인간들을 보았다. 세상의 모든 하수구의 오물을 뒤집어 쓴 것처럼……."

미할과 함께 있던 할링카가 묻는다.

"미할. 무슨 소리를 하는 거에요?"

"…… 내가 아니야. 단테야."

눈을 감은 미할은 힘없이 대답한다.

미할이 중얼거린 단테란, 단테의 『신곡』 중 「지옥」 편에서 묘사하는 지옥의 3층을 말한다. 끝임 없이 내리는 비와 저주, 추위와 중압감에 둘러싸인 그곳은 하수도와 마찬가지로 더러운 오물이 가득한 곳이다. 이 오물 속에 뉘인 채 죄인들은 세 개의 대가리와 붉은 눈알을 가진 잔인하고 포악한 케르베로스의 이빨과 발톱으로 생살이 갈기갈기 찢겨나간다. 이게 단테의 지옥의 3층이 되어 버린 바르샤바 봉기 와중의 하수도였다.

봉기가 시작된 후 15~20만으로 추산되는 민간인들이 목숨을 잃었고 2~4만에 달하는 봉기군 병사들 또한 전사했다. 독일군은 폭격과 포격으로 시가지를 초토화시킨 다음 남은 건물들은 폭탄을

바르샤바 게토 영웅 기념비(Pomnik Bohaterów Getta, Ghetto Heroes
Monument) ☞ 가장 먼저 봉기가 일어난 바르샤바 게토에 1948년 세워졌다.
이 기념물은 나트한 라포포르트(Nathan Rapoport, 1911~1987)의 작품으로
원래 슈페어가 나치 기념물을 지으려고 공수해 둔 재료를 이용해 만들었다.

장치해 파괴했다. 또 폐허를 하나씩 수색하며 대부분은 민간인인 생존자들을 사살했다. 봉기가 수포로 돌아간 후 바르샤바는 잔해와 주검의 도시가 되었다. 이들을 이 끔찍한 지옥으로 밀어 넣은 자들은 누구였을까. 런던의 폴란드 망명정부였다. 봉기의 결정은 독단이었다. 연합군 측과는 합의도 이루지 않았고 영국과는 협의가 있었지만 동의를 얻지는 못했다. 소련 측에는 그나마 통보조차 하지 않았다. 63일의 봉기 기간 동안 소련군은 바르샤바로 진주하지 않았다. 영국과 미국의 실질적 지원 또한 실현되지 않았다. 무모한 봉기는 고립되었고 결과는 군사적으로건 정치적으로건 대패였다.

런던의 폴란드 망명정부는 미친 자들의 소굴이었다. 소련군의 지원 없이는 봉기가 실패로 돌아갈 것이 명확했음에도 전세가 독일에게 불리하게 돌아가고 소련군이 바르샤바에 진주한다면 전후 폴란드에서 자신들의 입지가 불리해질 것이라는 예측에만 연연했다. 허황된 우려는 아니었다. 귀족과 지주, 부르주아, 민족주의자들의 이해를 대변하고 있던 망명정부를 소련이 반길 리 없었다. 그러나 어떤 경우에도 소련군의 도움이 없이 바르샤바에서 독일군을 몰아내는 것은 불가능했다. 그런데 500킬로미터를 진격해 온 끝에 바르샤바 방어를 위해 두 배로 증원된 독일군 병력과 마주친 소련군은 바르샤바 근교에서의 첫 번째 전투에서 병력의 40퍼센트를 잃고 멈추어야 했다. 망명정부의 봉기 명령은 그 시점에서 이루어졌다. 군사적 모험주의의 극단이었으며 바르샤바 시민들의 모든 것을 건 도박이었다. 그런 봉기에 참여한 이들에 대한 연민이 담긴 빈센티 쿠치마의 조각은 역사적 리얼리즘에 충실한 작품이지만, 영웅적 바르샤바 봉기를 입에 담는 자들의 불평을 사고 있다. 런던의 폴란드 망명

정부가 목덜미를 잡아 가장 먼저 지옥으로 처 넣은 자들이 그런 자들이었다.

조지아
Georgia

아르메니아
Armenia

아제르바이잔
Azerbaijan

몰도바
Moldova

우크라이나
Ukraine

폴란드
Poland

벨라루스
Belarus

루마니아
Romania

헝가리
Hungary

독일
Germany

체코
Czech

벨라루스
Belarus

🌍 면적 207,600km², 인구 950만 명(2014년 추계), 공용어 벨라루스어·러시아어, 화폐 단위 루블(BYR). 내륙국으로 동쪽으로는 러시아, 서쪽으로는 폴란드·리투아니아, 남쪽으로는 우크라이나, 북쪽으로는 라트비아와 경계를 이룬다. 1922년부터 벨로루시 소비에트 사회주의 공화국이었다가 1991년에 독립했다. 국토의 대부분이 평지이고, 대륙성 기후로 온화한 편이다. 석유화학공업과 기계공업, 조립업이 발달해 자동차·농기계·공작기계·전기 기기 등이 유명하다.

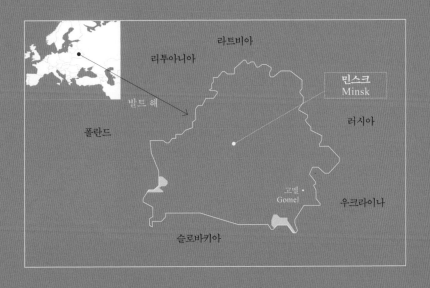

라트비아

리투아니아

발트 해

폴란드

민스크
Minsk

러시아

고멜
Gomel

우크라이나

슬로바키아

바르샤바에서 벨라루스 국경을 향하는 폴란드 2번 국도
(E30)의 절반은 왕복 2차선에 곧은 길이 드물다. 국경에 도착했을
때에는 이미 해가 저문 뒤였다. 국경이란 늘 그렇듯 신경을 예민하
게 만든다. 첫 방문인 벨라루스는 미답의 국경이다. 벨라루스 쪽인
브레스트(Brest) 국경에서는 출입국 카드를 작성하는 것부터가 쉽
지 않다. 이즈음에는 CIS 국가들의 출입국 카드마저 영어를 병기
해 놓은 경우도 있지만, 없다고 해서 불평할 수 있는 분위기가 아니
다. 벨라루스 브레스트 국경의 출입국 카드는 오로지 키릴 문자만
서비스하고 있다. 딱 두 군데 영어가 눈에 띈다. 카드 윗편에 적힌
'Russian Federation'과 'Republic of Belarus'. 1997년 러시아와
벨라루스의 조약에 따라 등장한 러시아-벨라루스 연방의 흔적이다.

흔적이라고 표현한 이유는 현재에 이르기까지 큰 진전이 없
기 때문이다. 두 나라를 통합할 것을 목표로 했던 이 조약은 1999년
소련 시절의 연방 수준으로 발전한 '러시아 벨라루스 연방 국가 설
립에 관한 조약'의 체결로 강화되었고 두 나라의 의회까지 통과했지
만, 연방 통화, 연방 의회, 연방 법원이나 국방 등의 현안을 결론내
지 못하면서 답보 상태에 있다. 러시아-벨라루스 관세동맹은 2001
년에 슬그머니 무효화되었다가 2010년에야 카자흐스탄을 포함한 3
국 관세동맹으로 부활했다. 국가간 이동과 취업은 자유롭다. 예컨대
벨라루스에 입국한 것은 러시아에 입국한 것과 같은 효력을 지닌다.
출입국 카드에 두 나라의 이름이 함께 영문으로 등장한 배경이다.

국경에서 개굴개굴

출입국 카드는 눈치껏 작성할 수 있는 난이도(?)이지만 자동차를 통과시켜야 하는 세관 신고서는 그렇지 않다. A4 용지 두 장의 신고서는 누런 것은 갱지요, 검은 것은 글자일 뿐이다. 속절 없이 손을 놓고 있을 수밖에 없을 무렵 어디선가 구원투수가 등장해 말을 건넨다.

"러시아 말 하세요?"

"못하지요."

"그럼 폴란드 말은?"

"못하지요."

"쯔쯧……."

대개 이런 식으로 혀를 찬다. 사정이 딱하다는 눈치가 아니라 '무슨 인간이 말을 못할까'라는 표정이다. 이런 대접을 받으면 까닭 없이 미안해지고, 세상 어디에서나 영어가 통할 것이라고 생각했던 우물 안 개구리의 근거 없는 믿음이 파열음을 내게 마련이다. 처음에는 좀 황당한 기분이 들다가 시종일관 겪다 보면 어느 즈음에 개구리는 우물 밖으로 나와 세상에는 많은 말이 있음을 깨닫게 된다. 개굴개굴…….

말이 통하지 않으면 안타깝다. 언젠가 우크라이나에서 몰도바로 돌아가던 중 야심한 새벽에 길을 잘못 들어 트란스니스트리아를 거쳐야 했던 적이 있다. 그 시간대면 특별한 요금(뇌물)이 기대되는 모양인데 말이 통하지 않으니 이민국 관리는 답답할 수밖에 없다. 이 편도 마찬가지이다. 말이 통해야 얼만지 감이라도 잡을 수 있지, 섣불리 돈을 내밀 수도 없다. 그저 선문답을 일삼으며 시간을 먹고 있다 보니 더 답답해진 상대방이 포기해 버렸다. 오해는 하지 말

민스크 독립 광장의 정부 청사(House of Government) ☞ 벨라루스 의회가 위치한 건물로, 1930년대 초에 벨라루스의 저명한 건축가 이오시프 란그바르트(Iosif Langbard, 1882~1951)가 설계했다.

기 바란다. 한때 악명이 드높던 트란스니스트리아 국경을 포함해 CIS 국가들에서 입국시 뇌물을 뜯는 관행은 대부분 사라져 버렸다. 우크라이나 국경의 입국 심사대 창문에는 '우리는 돈을 받지 않습니다.' 뭐, 이런 스티커도 붙어 있다. 물론 야심한 시각이라면 쥐꼬리보다 못한 월급으로 부수입에 목이 마른 빈한한 관리가 즐거웠던 과거의 관습을 따르는 일도 없지는 않다. 야심한 밤. 벨라루스 국경은 어떨까 싶었는데 손을 내미는 관리는 없다.

브레스트 국경 검문소의 젊은 세관 관리는 아예 세관신고서와 자동차 아이디 카드를 갖고 사라져 버렸다. 한참만에 자신이 직접 작성한 신고서를 세관의 다른 관리에게 넘긴 친절한 청년은 자동차를 그 앞으로 옮겨 놓고 기다리라고 말한 뒤 사라졌다. 국경 검문소의 밤. 통관을 기다리는 차들은 몇 대 되지 않는데 시간은 제법 걸려서 국경 검문소를 빠져나왔을 때는 이미 한밤중이다. 길은 곧 국경 도시 브레스트로 이어진다. 독소불가침 조약을 파기한 나치 독일이 1941년 6월 소련 침공에 나섰을 때의 격전지 중의 하나이다.

벨라루스는 인구 대비로 따진다면 당시 소련의 어느 소비에트 공화국보다 큰 피해를 입었다. 290개에 달하는 벨라루스의 도시는 모두 폐허가 되다시피 했고 인구의 1/4~1/3에 이르는 1~2백만 명이 목숨을 잃었다. 심지어는 종전 무렵에도 후퇴하던 독일군은 초토화 작전을 펼쳐, 불지르고 학살하면서 벨라루스의 시골 마을 하나하나까지 지도상에서 없애 버리는 만행을 저질렀다. 바르샤바를 떠날 때에는 좀 늦더라도 브레스트 요새를 들러볼까 했는데 폴란드에서 시종 구불구불했던 길과 국경에서의 지체로 고작 수은등이 밝히고 서 있는 입구만 둘러볼 수 있을 뿐이다.

브레스트를 떠나 수도인 민스크로 향하는 고속도로에 들어선 후부터 도로는 대개는 중앙 분리대를 둔 왕복 6차선으로 펼쳐진다. 자정이 넘은 시간이긴 하지만, 그 넓은 길을 오직 내가 모는 차 한 대가 달리고 있다. 국경과 통하는 도로들에서 자정을 넘기고도 흔히 볼 수 있는 컨테이너 트럭의 행렬도 완벽하게 실종되어 있다. 도로변은 암흑에 가깝다. 헤드라이트 불빛에 드러난 표지판 중 하나는 상상을 초월한다. '휴게소 전방 165킬로미터.' 휴게소가 드물어서 놀라운 것이 아니라 165킬로미터 전에 표지판을 둔 것이 놀랍다. 까짓 165킬로미터. 아우토반은 저리가라 할 정도이다. 이 시커먼 도로에 경찰이 잠복하고 있을 것이라고도 상상할 수 없다. 새처럼 날아 도착한 165킬로미터 후의 휴게소는 그저 차를 대고 잠시 쉴 수 있는 곳이다. 고속도로 톨게이트 옆에 있던 매점에서 물이라도 샀어야 했다. 그렇다면 모텔이나 호텔은? 새벽 3시 무렵. 모텔로 의심(?)되는, 불밝힌 작은 건물을 스쳐지나기는 했지만 오직 그뿐이었다. 눈을 붙인 것은 500킬로미터를 달린 후 부옇게 동이 틀 무렵 민스크 근처 어딘가의 주유소 입구였다. 트럭 꽁무니에 차를 대고 눈을 감았지만 히터를 틀지 않고는 한기 때문에 쉬 잠을 청할 수도 없다.

경제봉쇄의 고약한 셈법

유럽과의 통로격임에도 무인지경에 가까운 592킬로미터 브레스트-민스크 구간의 고속도로는 유럽과 미국이 완고하게 고집하고 있는 경제봉쇄에 처한 벨라루스의 현실을 가감없이 설명한다. 이즈음 이런 나라로는 쿠바와 미얀마, 북한이 있다. 쿠바에게 베네수

엘라와 남미 좌파 정권의 국가들, 미얀마와 북한에게는 중국이 있는 것처럼 벨라루스 또한 러시아나 우크라이나 등과 관계를 유지하므로 경제봉쇄는 완벽하지 못하다. 그러나 유럽연합과 접한 벨라루스의 경제에 미치는 타격이 가벼울 리 없다. 경제에서 러시아 의존도가 절대적인 이유가 경제봉쇄의 반작용이기도 하다. 러시아와의 연방 구성에 벨라루스가 적극적이었던 이유 또한 이와 무관하지 않다.

　　제제는 경제봉쇄뿐만이 아니다. 벨라루스는 오랫동안 독재국가로 낙인찍혀 있다. 1994년 이래 대통령의 자리를 지키고 있는 루카셴코(Alexander Lukashenko)는 국가 정상으로서의 대우는커녕 유럽연합과 미국으로부터 여행 금지 조치를 받은 흔치 않은 정상급 인물 중의 하나이다. 말하자면 벨라루스는 유럽에서 한때의 미얀마급 나라이다. 소련이 해체되고 독립한 후 벨라루스는 의회 민주주의를 도입했다. 대통령은 직선이고 루카셴코는 당적이 없다. 대통령의 보좌직인 총리는 의회에서 선출한다. 루카셴코는 그동안 대통령 선거에서 연승을 거두었는데 이를 두고 부정선거 의혹이라거나 비밀경찰을 동원한 반정부 인사의 탄압이라거나 언론 탄압이라거나 하는 비난을 받아왔고, 이게 벨라루스를 유럽연합과 미국이 벨라루스를 독재국가로 심판하는 데 내세운 이유였다. 여전히 흔쾌하지는 않다. 비난을 액면 그대로 받아들인다고 해도 벨라루스 수준의 독재를 하는 나라는 드물지 않다. CIS에서는 중앙아시아와 아제르바이잔 등이 루카셴코를 한참 뛰어넘는다. 한데 유럽연합과 미국이 이런 나라들에 대해서 '세계 민주주의를 위한 정의의 심판자'를 자임하지는 않는다는 건 널리 알려진 사실이다. 하물며 미얀마에 대해서라면, 최근의 개방정책을 주도하는 세력이 군부인데도 경제봉쇄는 바야흐

↖ 민스크 시내 건물 외벽의 조각 ☞ 소련 당시의 조형물들은 물론 기념물들
대부분이 그대로 보존되어 있다.
╱ 민스크 거리.

로 빛의 속도로 허물어지고 있는 중이다.

　벨라루스가 서방 세계에 미운털이 단단히 박힌 결정적 이유는 경제이다. 1990년대 소련의 해체와 때를 맞추어 글로벌 차원에서 몰아친 신자유주의의 광풍 앞에서 갓 등장한 CIS 국가들은 일제히 무릎을 꿇었다. 그 유일한 예외가 벨라루스이다. 이 시기에 CIS 국가 대부분은 일시에 시장을 전면 개방했고 IMF의 조언에 따라 국유 자산의 민영화에 필사적으로 매달렸다. 속도를 조절했던 우즈베키스탄이 예외라면 예외였지만, 근본적인 차이는 없었다. 그 결과는 산업혁명 후 자본주의가 막 태동하던 시기로의 후퇴였다. 국유 자산 매각을 통한 자본의 야만적인 본원적 축적은 올리가르히의 등장과 함께 극심한 빈부격차와 정치, 경제의 부패를 결과했고 사회복지의 붕괴, 산업의 공동화, 경제의 왜곡 등 온갖 부작용을 겪게 했다. 그 와중에 벨라루스는 시장경제를 도입하긴 했지만 국유 자산의 민영화에 지극히 부정적이었고 오히려 이를 기반으로 소련식 계획경제를 유지해 온 특이한 국가였다. 경제봉쇄도 그 과정에서 등장했다.

　한 나라의 민주주의 발전에 경제봉쇄 따위가 전혀 도움이 되지 않는다는 건 이미 유럽연합도 미국도 잘 알고 있는 사실이다. 민주주의가 아니라 정권의 붕괴와 시장 확보에 초점을 맞추는 게 경제봉쇄라는 점에서 이보다 치사한 내정간섭이 없다. 정권의 위기의식을 고조시키면 민주주의는 오히려 더욱 후퇴한다. 벨라루스는 물론 쿠바, 미얀마, 북한 등에서 벌어졌던 일이다. 이 점에 대해서 미국이건 유럽연합이건, 프로파간다의 소재 이상으로는 관심이 없다. 운이 좋아 무너지면 그로써 좋고, 버티다 못해 시장을 주면 그도 좋고, 벼랑 끝까지 밀어붙여 전쟁이라도 한판 일어나면 군산복합체의

↖ 민스크 독립 광장의 붉은 성당(Red Church) ☞ 정식 이름은 성 시몬과 엘레나 성당(Church of Saints Simon and Helen)이지만 흔히 붉은 성당으로 부른다. 제정 러시아에서 종교 자유를 허락하자마자 1910년에 세워졌다.

↙ 시내의 도로 청소 노동자 ☞ 민스크는 세계의 어느 도시보다 깨끗하다.

창고를 비울 수 있으니 그도 좋다는 식의 고약한 제국주의 심보에서만 벌일 수 있는 게 경제봉쇄이다.

깨끗한 도시가 알려 주는 것들

부은 눈을 비비며 깬 아침. 차창을 열자 냉기가 밀려들어 온다. 주유소 편의점에서 사 온 물로 대충 고양이 세수를 하고 시내를 향해 달린다. 길은 여전히 넓고 깨끗하다. 도시 전체가 봄맞이 단장 중인지 화단이며 보도에는 청소 노동자들이 분주하다. 열심히 청소하고 있으므로 날씨는 축축하지만 도시 전체는 깨끗하다. 베를린이나 런던, 파리, 로스앤젤레스, 뉴욕 같은 볼썽사납게 더러운 도시들과는 사뭇 다른 인상이다. 도시란 더러운 게 멋이라며 더러운 도시를 좋아하는 사람들도 있지만 나는 별일 없으면 깨끗한 편이 낫다고 생각하는 편이다. 도시가 깨끗하면 공공 부문이 강하다는 반증이다.

벨라루스는 요즘 같아서는 꽤나 진기한 기록을 보여 주는 나라이다. 뭐든 공공 부문이 50퍼센트 이상을 점유하고 있는 벨라루스에서는 임금 노동자의 절반 이상이 공공 기관이거나 국영기업에 고용되어 있다. 실업률은 가공할 만큼 낮다. 2012년 추정치로 0.86 퍼센트를 기록하고 있다. 벨라루스의 실업률은 2007년 이후로 1퍼센트를 넘은 적이 없다. 정부 발표이고 실업자로 등록된 수를 집계한 결과이다. 신뢰성에 의문을 제기하는 측에서는 실업수당이 월 10 달러 고작이라 아예 등록하지 않은 실업자들도 많으므로 그 수를 고려하면 20퍼센트를 넘을 것이라고 주장한다. 등록한다고 해서 딱히 불이익이 있는 것도 아닌데 실업수당이 낮다는 이유로 1퍼센트를 무

민스크 승리 광장(Victory Circus, ploshchad Pobedy)의 승전 기념비(Victory Monument) ☞ 높이 38미터의 기념비는 1954년에 2차 세계대전 동안 소련군 과 벨라루스 빨치산의 업적을 기려 세워졌다. 광장 일대는 오래 전부터 민스크 의 중심가로 박물관, 방송국 등이 위치한다.

려 20퍼센트 이상으로 폄하하는 건 확실히 정상적인 두뇌 활동의 결과는 아니다. 민스크 시내를 한동안 돌았지만 좀 썰렁하기는 해도 실업률이 높은 도시에서는 반드시 발견할 수 있는, 일 없이 거리나 공원을 서성거리는 젊은 인간들이 눈에 띄지는 않는다. 물론 그 1퍼센트를 그걸로 증명할 수 있는 것도 아니다.

스탈린 라인 박물관에서

　　남한의 두 배에 달하는 면적에 인구는 고작 천만에도 미치지 못하는 작은 나라이지만, 소련의 적자는 러시아가 아니라 벨라루스인 것처럼 보인다. 민스크 시내 중심에 있는 2차 세계대전 승전 기념탑의 꼭대기에 매달린 붉은 별 위에 CCCP(에쎄쎄아르, 소련)이라는 문자가 여전히 선명하고, 정부 청사의 문장은 '벨라루스 공화국'이라고 새겨져 있지만 소련 시절의 문장과 다르지 않다. 청사 앞 레닌 동상은 어느 곳에서보다 위용이 당당하다. 대통령인 루카셴코는 1990년 벨라루스 소비에트 공화국 최고회의 부의장 중 한 명이었는데 1991년 소련을 해체시킨 독립국가연합 의정서에 벨라루스가 서명하는 데에 반대한 유일한 인물이었다. 아마도 그는 소비에트 체제가 우월하다거나 최소한 열등하지 않다고 믿고 있는 사람 중 하나이다. 루카셴코의 집권 후 벨라루스는 대체로 소비에트의 유산을 걸어내는 대신 가능한 한 유지하는 노선을 걸어 왔다.

　　스탈린도 벨라루스에서는 예우를 받고 있다. 2005년에 종전 60주년을 기념해 민스크 외곽에 만들어진 '스탈린 라인' 박물관은 일종의 야외 공원으로 2차 세계대전 당시 소련의 방어선이었던 스

민스크 스탈린 라인 박물관(Stalin Line Museum) ☞ 스탈린 시대의 방어선 일부에 소련 시절의 무기를 전시한 박물관이지만, ＼ 안내원은 2차 세계대전 당시 러시아 군복 차림이고 ／ 방문객들은 벙커 안에 직접 들어가 체험해 볼 수도 있는 일종의 놀이 공원이다.

탈린 라인을 테마로 만들어졌다. 스탈린 라인은 원래 1920년대부터 소련 방어를 목적으로 구축되기 시작했는데, 독·소 불가침조약으로 소련의 국경이 서쪽으로 이동하고 새로이 몰로토프 라인이 구축되기 시작하면서 한동안 방치되어 있었다. 하지만 새 방어선이 제대로 구축되기도 전에 독일의 침공이 시작되었다. 속절없이 독일군에 밀려 몰로토프 라인을 포기하고 후퇴한 소련군이 전열을 재정비하고 맞선 방어선이 스탈린 라인이다. 1차 세계대전 후 최대의 허황한 삽질로 평가받는 프랑스의 마지노선이 그랬듯이 스탈린 라인 역시 참호전을 전제로 만들어져 전차전에 취약했고, 여하튼 소련군은 스탈린 라인도 포기하고 후퇴를 거듭할 수밖에 없었다.

스탈린 라인 박물관은 당시 방어선의 일부였던 곳에 만들어져 있다. 구릉지이고 서쪽을 굽어볼 수 있는 높은 지대이니 참호를 구축하기 적절한 곳이다. 탱크를 만져 보거나 야포를 조작해 볼 수 있고 참호를 걷거나 벙커 안에 들어가 기관총이나 감시경 따위를 만져 볼 수도 있다. 그것으로 그치지 않는다. 박물관 남쪽으로는 소련 시절의 어지간한 무기는 모두 옮겨 두었다. 지대공 미사일, 전투기, 레이더, 군용 트럭에 대륙간 탄도 미사일까지 하늘을 보고 있다. 마치 어뮤즈먼트 파크처럼 아이들이 부모들의 손을 잡고 와 있는 그곳에 전쟁 무기들이라니, 마음이 편해지는 곳은 아니다.

이곳에 이름을 빌려준 스탈린은 박물관 입구 왼쪽의 언덕에 자신만의 자리를 만들고 있다. 중앙에 서 있는 스탈린의 대리석 흉상은 민스크 쪽을 바라보고 있는데, 조화일지언정 화환이 앞에 놓여 있고 주변 역시 정갈하게 꾸며져 있다.

"살긴 어떠신가?"

＼ 스탈린 라인 박물관 언덕의 스탈린 흉상.
／ 박물관에서 만난 벨라루스 소년.

참호 근처에서 만나 한동안 대화를 나누며 걷던 젊은이에게 넌지시 물었다.

"환율이 50퍼센트 넘게 올랐으니 말이에요."

민스크에서 컴퓨터를 판매하는 회사에서 일하고 있다는 그는 죽을 맛이라며, 노골적으로 불평을 늘어놓지는 않았지만 쩝쩝 입맛을 다셨다. 2010년 12월의 선거에서 루카셴코가 4선에 성공한 후 2011년 5월 벨라루스 중앙은행은 공식적으로 루블의 35퍼센트 평가절하를 단행했다. 2011년 초부터 소문이 돌아 중앙은행은 물론 모든 은행의 달러와 유로가 바닥이 날 때 쯤이었다. 그 해 9월에는 고정환율제를 포기하고 변동환율제를 도입했다. 루블은 곤두박질쳤고 2012년 3월에는 달러당 8,000루블을 찍었다. 평가절하 전의 환율은 달러당 3,155루블이었다. 그 유명한 짐바브웨의 하이퍼인플레이션에 맞먹을 정도는 아니지만, 벨라루스가 고통스러운 수준의 인플레이션에 시달려야 했던 것은 물론이다. 2012년 벨라루스의 인플레이션은 21.8퍼센트를 기록했다. 아이엠에프에서 주장한 수치는 65.9퍼센트이다. 2011년 금융 위기의 직격탄을 맞은 결과인 셈이다. 살림살이는 당연히 팍팍해졌다. 달러로 환산한 평균임금은 530달러에서 330달러로 주저앉았다. 대통령 선거 전에 유권자 인심 얻기 차원에서 공공 부문 노동자들의 임금을 500달러 수준으로 대폭 인상했던 것이 도루묵이 되어 버린 셈이다.

계획경제의 미래

민스크에 들어서서 내가 받은 첫인상은 아마도 이 도시에는

↘ 민스크 시내의 맥도널드 ☞ 경제봉쇄를 받고 있지만 미국과 유럽의 수입품들을 도시에서 어렵지 않게 만날 수 있다.

↗ 눈물의 섬(Island of Tears)에서 바라본 스비슬라치 강(Svislach)과 민스크 시가지 ☞ 강가에는 우는 천사의 동상이 서 있다.

맥도널드가 없을 것이란 예측을 포함했는데, 웬걸. 정부 청사를 지나 얼마 지나지도 않아 낯익은 로고가 보였다. 드라이브 스루 서비스까지 제공하는 맥도널드였다. 중심가 도로를 걸었을 때 카메라 상점을 보았더니 당연하다는 듯 캐논과 니콘을 전시하고 있었다. 유럽연합과 미국의 경제봉쇄 아래 루카셴코의 벨라루스는 자립 경제에 상당한 중요성을 부여하고 있지만 폐쇄적 자립 경제가 가능할 리 없고 그게 대안인지도 의심스럽다.

소련은 공화국별로 산업을 분배하고 전체 연방 차원에서 상호 보완하는 산업화를 실현시켰다. 공화국별 자립이란 고려 사항이 아니었다. 중앙집중적 계획경제가 이를 완고하게 실현시킬 수 있었던 도구였다. 벨라루스는 전통적 농업국가에서 독립 당시에는 산업의 비중이 50퍼세트를 넘는 명실상부한 산업국가로 발전했지만 주로 기계류와 석유화학 분야에서였다. 또한 어느 공화국이건 마찬가지였지만 소비재보다 비소비재의 생산을 중시했던 소련의 계획경제의 유산은 독립 후 CIS 국가들이 예외 없이 소비재를 수입에 의존하도록 만들었다. 벨라루스 또한 다를 바 없었다. 식량자급을 실현하기 위해 농업 분야의 중요성을 강조했지만 별다른 성과를 거두지는 못했다. GDP에서 농업의 비중은 여전히 10퍼센트에도 미치지 못한다. 체르노빌 핵재앙으로 남동부의 곡창지대가 치명적 타격을 받은 이유도 있지만, 경제구조를 손쉽게 인위적으로 변화시킬 수는 없었다. 유전지대를 갖고 있음에도 에너지 또한 자립하지 못하고 가스는 전적으로 러시아에 의존하고 있는 실정이다.

2011년의 금융 위기에서도 알 수 있듯 벨라루스의 계획경제는 근본적으로 수많은 허점을 드러냈던 소련식 계획경제와 큰 차별

민스크 눈물의 섬 아프가니스탄 참전 기념비 ☞ 1979년부터 1988년까지 벌어
졌던 아프가니스탄 전쟁 희생자를 기리는 기념비는 안쪽에 작은 예배당을 품
고 있다.

성을 보여주지 못하면서 경제의 발목을 잡고 있다. 민주주의의 신장은 정치 현안이지만 이 역시 답보 상태이다. 두루두루 난제가 산적해 있고 좀처럼 그 미래를 예측하기 어렵지만 새로운 연방의 구성, 규제되지 않는 시장경제의 지양, 계획경제의 적용 등 벨라루스는 여전히 독자노선을 걷고 있다. 벨라루스의 미래가 CIS의 대안이 될 수 있을지를 판단하기에는 아직 이른 때이다.

눈물의 기념비

CIS 국가라면 아마도 어디에나 있는 것. 2차 세계대전 승전 기념비. 그리고 아프가니스탄 참전 기념비이다. 2차 세계대전은 소련에 크고 깊은 상흔을 남겼다. 도시와 공장들은 폐허가 되었고 2천만 명이 넘는 인명이 목숨을 잃었다. 전후의 재건기에 소련은 오직 '승전'에 긍지와 자부심을 걸고 총력전을 펼쳤다. 도시는 물론 시골 작은 마을에도 하나씩 있는 승전 기념비와 참전용사 기념비는 그 처절하고 비장했던 과거를 돌아보게 한다.

아프가니스탄 참전 기념비는 대체로 전사자들에 대한 기념비가 대부분이다. CIS 국가 어디에나 있는 이유는 소련 시절 모든 공화국들에서 병력을 차출했기 때문이다. 물론 아프가니스탄에서 지리적으로 가까운 공화국들이 더 많은 병력을 보내기는 했다. 벨라루스에서는 아프가니스탄 전쟁으로 1,500여 명의 청년들이 희생되었다. 민스크 시내를 흐르는 스비슬라치 강에 만들어진 인공섬에는 '눈물의 섬'이라는 이름이 붙어 있다. 섬은 그 이름처럼 눈물방울과 같은 모양으로 만들어졌다. 이 섬에는 소련이 범했던 불의의 전쟁에서 희생된 벨라루스 출신 병사들을 기리는 작은 예배당이 있다. 예배당은 전체가 마치 기념비와 같다. 사면으로 난 좁고 높은 문의 좌우에는 슬픔에 가득 찬 표정을 한, 어머니이거나 아내일 여인들의 상이 검은 돌로 만들어져 있다. 예배당 안쪽에도 사면으로 동판 부조들이 걸려 있고 층지어진 벽에는 작은 촛불들이 달려 있다.

우크라이나 키예프에 있는 아프가니스탄 기념비가 떠오른다. 세 명의 병사들을 동상으로 만들었다. 그들 중 가운데의 병사는 땅바닥에 주저앉아 무릎에 얼굴을 파묻고 있다. 티라스폴의 기념비도 생각난다. 상체를 벗은 병사는 총도 갖고 있지 않은 채 망연한 표정을 짓고 있다. 그들 모두에게 아프가니스탄에서의 전쟁은 그저 무죄한 병사들의 죽음일 뿐이며 어머니와 아내들의 억장을 무너뜨리는 비극일 뿐이다. 워싱턴DC의 베트남전쟁과 한국전쟁 기념비가 떠오른다. 한국전쟁은 판초 우의를 입고 정찰 중인 수색대 병사들을 만들어 두었다. 베트남전쟁은 기관총과 소총을 든 흑인 병사들의 동상과 검은 대리석 판에 전사한 병사들 이름을 모두 새겨 둔 것이었다. 전쟁에 대한 반성과 회한의 기색은 어느 한 구석에서도 보이지 않는 기념비들이었다. 이게 몰락한 제국과 여전히 살아 있는 제국의 차이인지 다른 무엇인지는 알 수 없지만, 오늘 미군 병사들은 베트남의 정글에 뒤이어 소련군 병사들이 헤맸던 아프가니스탄의 메마른 산악을 다시금 헤매고 있다. 언젠가 그들을 위한 기념비가 워싱턴DC의 한구석에 세워진다면 그게 진정 그들의 영혼을 위로하는 것이 되기를 바랄 뿐이다.

조지아
Georgia

아르메니아
Armenia

아제르바이잔
Azerbaijan

몰도바
Moldova

우크라이나
Ukraine

폴란드
Poland

벨라루스
Belarus

루마니아
Romania

헝가리
Hungary

독일
Germany

체코
Czech

루마니아
Romania

🌐 면적 238,391km², 인구 2,000만 명(2014년 추계), 공용어 루마니아 어, 화폐 단위 레우(RON). 북쪽으로 우크라이나, 동쪽 몰도바, 서쪽 헝가리·세르비아, 남쪽으로 다뉴브 강을 끼고 불가리아와 접한다. 발칸 반도에서 가장 넓은 나라로 동쪽으로 흑해와 접하며, 국토 한가운데로 카르파티아 산맥이 지난다. 1877년에 오스만 왕국에서 독립했고 1947년에 루마니아 인민 공화국을 수립했다. 사계절이 뚜렷한 대륙성 기후이다. 농업 생산량이 매우 높고 석유·천연가스·광물·수력·삼림 등 자원도 풍부하다. 2000년대 들어 유럽에서 가장 빠른 경제 성장률을 보이는 나라 중 하나이다.

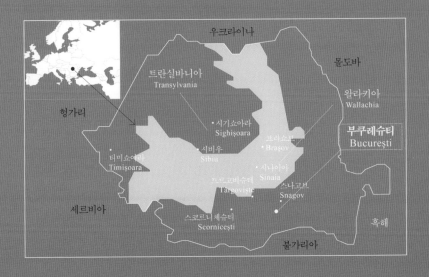

브라쇼브의 라슈노브 농민 요새(Cetatea Râşnov)와 눈 내린 루마니아 마을 ☞
산 위의 성채는 13세기부터 요새로 지어지기 시작했다. 외부에서 침입이 있을
때마다 마을 농민들이 안으로 피신하다 보니 아예 거주지가 되어 버렸다.

2차 세계대전 당시 연합군의 폭격과 독일군의 폭격으로 폐
허가 된 드레스덴과 바르샤바는 종전 후 폐허 속에서 쓸 수 있을 만
한 돌들을 추리며 안간힘을 쓴 결과 얼추 옛 모습을 되찾을 수 있었
다. 이 두 도시와는 비교할 수 없을 만큼 멀쩡했던 한 도시가 있었으
니, 루마니아의 부쿠레슈티(부카레스트)였다. 추축국의 일원이었던
탓에 1944년에 연합군의 폭격을 받기는 했지만 그 피해 규모는 10
퍼센트 초반이었다. 드레스덴이 도시의 90퍼센트 이상, 바르샤바가
80퍼센트 이상 파괴되었던 것과 비교하면 이게 얼마나 간소한 피해
였는지를 짐작할 수 있다. 사태를 재빨리 파악한 왕정파가 1944년 8
월에 친나치이던 안토네스쿠(Ion Victor Antonescu, 1882~1946)
의 군부 정권을 무너뜨린 후 연합군 편에 가담했던 것도 피해를 최
소화하는 데에 도움이 되었다.

차우셰스쿠의 "체계화" 도시

그런 부쿠레슈티가 유럽에서 전쟁 전의 모습을 가늠하는 데
에 가장 어려운 도시가 된 것은 1977년 부쿠레슈티를 덮쳤던 지진
을 계기로 시작해 1989년까지 진행되었던 대규모 도시 개발의 결과
였다. "체계화(Sistematizare)"라는 이름으로 불렸던 도시 개발은
공산당 서기장으로 최고 권력자였던 니콜라에 차우셰스쿠가 주도했
다. 당시 부쿠레슈티의 "체계화"가 얼마나 과격했는지는 철거 대상
지역이 500헥타르에 달했고 그중 도심에 해당하는 면적이 200헥타
르에 달했다는 기록이 말해 준다. 도시의 역사를 증언해 줄 건물들
이 수도 없이 사라졌다. 도심에서는 27개에 달하는 유서 깊은 정교

＼ 부쿠레슈티 통일 대로(Bulevardul Unirii) ☞ 체계화 사업의 일환으로 1984
년부터 조성하기 시작한 부쿠레슈티의 중심 가로이다. 원래의 이름은 사회주
의 승리 대로(Bulevardul Victoria Socialismului)였다.
／ 통일 대로 인근의 아파트들.

회와 6개의 시나고그, 3개의 개신 교회가 직격탄을 맞았고 일반 가옥들 또한 1만여 채가 철거의 운명을 피하지 못했다. 어떤 정교회는 건물을 끌어 40미터를 옮기는, 그야말로 역사를 새로 쓴 끝에 철거를 면했다고 전해진다.

그 결과 모습을 드러낸 새로운 부쿠레슈티의 상징적 장소가 통일 대로이다. 도심을 동서로 관통하는 3킬로미터의 대로는 주변이 거대한 아파트와 일반 건물들로 메워져 있는데, 모두 1980년대에 등장한 건물들이다. 통일대로의 서쪽 끝에 자리 잡은, 단일 건물로는 세계에서 두 번째로 크다는 인민 궁전은 아마도 그 결정체라고도 할 수 있을 것이다. 한때 "작은 파리(Micul Paris)"라는 별칭을 얻었다는 부쿠레슈티에 걸맞게 파리의 샹젤리제 거리를 참조해 설계하고 조성했다는 통일대로는 샹젤리제보다 딱히 못할 것도 없다. 도로 폭은 샹젤리제보다 좁지만, 때문에 위압감을 덜었다. 주변의 건물들도 그럭저럭 어울리는 편이다. 대로 중간의 광장과 분수대도 적당히 잘 만들어졌다. 한여름엔 그늘이 부족한 것이 흠이지만. 길가에는 쇼핑센터도 있고 카페도 있고 샹젤리제에 있는 건 어지간히 모두 있다. 부쿠레슈티를 찾는 관광객들에게 첫손에 꼽히는 관광지 중의 하나가 통일대로인 것도 그 덕분이다.

떡갈나무 가로수 아래 가지런히 포도가 깔려 있고 벤치가 늘어선 길은 산책로로 손색이 없다. 눈 쌓인 겨울은 겨울대로, 나무 그늘이 드리워진 여름은 여름대로. 하지만 마음은 결코 편해지지 않는다. 묘지를 걷는 기분이다. 하물며 이 대로가 무덤으로 만들어 버린 건 건물과 집들이 아니라 역사인 것이다. 오래된 어떤 것들을 보존해야 함은 그게 역사의 매개이기 때문이다. 봉건주의 유산을 보

↖ 부쿠레슈티 겐체아 시립 공동묘지(Ghencea cemetery)의 차우셰스쿠 묘 ☞ 1989년 총살된 독재자 부부의 합장 묘지에 여전히 추모객들이 적지 않다.

╱ 스코르니체슈티(Scorniceşti)의 차우셰스쿠 생가 ☞ 빈농의 오두막이 이 외딴 마을에서 유일하게 체계화의 불도저를 피해 옛 모습을 남긴 집이 되었다.

존하지 않는다면 자본주의를, 자본주의의 유산을 보존하지 않는다면 사회주의가 아니라 별건들 이해할 수 있겠는가. 구시대의 숨통은 끊어도 유산은 보존해야 역사가 숨을 쉴 수 있다. 지금은 통일대로(1918년 트란실바니아와의 통일을 기념하는 이름이다)라는 이름으로 불리지만 원래의 이름은 '사회주의 승리대로'였다. 이 대로가 탄생한 정신은 그 이름에서 충분히 추측할 수 있지만 현실은 결국 '사회주의 패배대로'였다. 이 거대한 도시 개발을 주도했던 차우셰스쿠는 아내와 함께 백여 발에 가까운 총탄 세례를 받으며 처형되었다.

차우셰스쿠의 죽음과 탄생

1989년 동유럽의 사회주의 정권들이 붕괴되던 시기 세계를 떠들썩하게 했던 차우체스쿠가 그의 아내와 함께 묻힌 곳은 통일 대로에서 그리 멀지도 않은 겐체아 시립 공동묘지의 한구석이다. 도주 중이던 그들 부부는 결국 트르고비슈테에서 잡혀 총살당했다. 둘의 시신은 이 공동묘지에서 길을 사이에 두고 따로 묻혔다가 후일 하나의 묘로 합장되었다. 묘가 빼곡히 들어찬 공동묘지이지만 차우셰스쿠를 찾는 건 어렵지 않다. 묘지 관리인에게 이름을 말했더니 바로 손을 들어 한 위치를 가리켰다. 다른 묘들과 달리 붉은 대리석이어서 쉽게 눈에 띈다. 묘는 평범하지만 최근에 다시 손을 쓴 흔적이 역력하다. 대리석 위에는 가지런히 꽃들이 놓여 있다. 살림살이가 팍팍해지면서 차우셰스쿠 시절에 대한 향수가 고개를 들기 시작한 것은 꽤 오래전부터라고 한다. 묘비의 니콜라에 차우셰스쿠의 이름 밑에는 '루마니아 사회주의 공화국 대통령'이라는 직함이 적혀 있다. 차우셰스쿠의 장남으로 그의 후계자로 알려졌던 니쿠(Nicu Ceauşescu, 1951~1996)는 체포되어 20년 형을 받았다. 1992년 말에 간경변 때문에 병보석으로 석방되었으나 4년 뒤에 사망해 같은 공동묘지에 묻혔다.

차우셰스쿠가 태어난 마을인 스코르니체슈티는 찾아가기도 쉽지 않다. 위치가 정확하지 않아 들판을 헤매던 끝에 마을에 도착한 후에도 세 번을 헛걸음한 끝에야 집을 찾을 수 있었다. 이 마을에서 빈농의 아들로 태어난 차우셰스쿠는 1980년대의 체계화 때 자신의 고향도 바꾸어 버렸다. 농촌에서 체계화는 농촌 마을의 도시화가 기본 방향이었다. 농촌의 생활환경이 갖는 문제점들, 예를 들자면 교육과 의료시설의 부족, 기타 도시민들에게만 가능한 서비스의 결여 등의 해결을 목표로 하고 근거지에 해당하는 마을들에 저층 아파트 형태의 주거시설과 함께 교육과 의료시설 등을 건설했다. 농촌의 도시화를 실현하고 이를 통해 농촌 지역의 주민들이 도시민들과 동등한 생활 조건을 갖출 수 있도록 한다는 것이었다. 말하자면 농촌 지역에 수없이 많은 작은 규모의 표준 도시들을 만들자는 것이 체계화가 추구하는 바였다. 스코르니체슈티도 그 중의 하나였다. 도시에서도 사뭇 떨어진 작은 마을인데도 도로나 주택과 건물들은 걸맞지 않게 현대화되어 있다. 자동차 정비 공장도 하나 있다. 주변을 헤맨 결과 알게 된 사실로도 이곳은 지독하게 외진 곳이었다.

차우셰스쿠의 집은 마을 어귀에 있고 여전히 원래의 모습을 간직하고 있다. 마당에 큼직한 흉상 하나가 놓여 있는데 조악하기 짝이 없다. 담을 따라 심어 놓은 나무에는 출입금지 표시가 있다. '사유지'란 말도 함께 적혀 있다. 사유지이기 때문에 그나마 보존되고 있다는 말이다. 마당의 초라한 흉상도 이 집의 현소유주가 세워 두었을 것이다.

두려움을 모르는 자의 마지막

동유럽에서 체제의 전환이 폭력적으로 이루어진 나라는 루마니아가 유일하다. 하물며 정권의 수뇌가 처형된 경우도 차우셰스쿠가 유일하다. 당시 차우셰스쿠의 재판과 처형 장면은 비디오테이프에 담겨 전세계 유명 언론에 배포되었다. 1989년 한국의 연말연시를 장식했던 뉴스 중의 하나도 차우셰스쿠였다. 자연스럽게 김일성과 연관짓는 보도가 대부분이어서, 차우셰스쿠의 다음은 김일성이라는 식이었다. 비디오가 19금 이상으로 워낙 충격적이어서 당시 공중파에서 방영했던 텔레비전의 영상은 지금도 기억이 난다. 25년이 지났다. 가끔 조갑제닷컴 같은 곳에서나 그 이름이 등장할 뿐 이제는 잊어진 인물일 뿐이다. 그런 차우셰스쿠를 특별히 고민해야 할 이유가 있는 것은 아니지만 그래도 부쿠레슈티는 차우셰스쿠를 빼놓으면 허전해지는 곳이다.

평양을 방문했고 주체사상에 관심을 가졌으며 평양의 도시개발에 흥미를 가졌을지는 몰라도 차우셰스쿠와 김일성은 결과적으로 판이한 길을 걸었다. 차우셰스쿠는 미국을 포함해 서방과 비동맹국가들을 돌아다니며 전방위적 외교 관계를 완성한 인물이었다. 마오쩌둥과 폴 포트, 김일성 등을 만나기도 했지만 미국 대통령인 닉슨과 포드(Gerald Ford, Jr., 1913~2006), 프랑스의 시라크에 일본의 히로히토까지 만난 인물이니 더 할 말은 없다. 소련과 동유럽

↖ 부쿠레슈티 시스미규 공원(Parcul Cişmigiu) ☞ 1847년에 인공 호수를 중심으로 세워진 유서깊은 공원이다.

╱ 인민 궁전(Palatul Parlamentului) ☞ 1984년 짓기 시작해서 1997년에 완공되었으며 공공 건물로는 세계에서 가장 크다.

을 통틀어 이런 인물은 차우셰스쿠 외에는 티토(Josip Broz Tito, 1892~1980)가 유일하다. 1965년 노동당 서기장의 자리에 올라 루마니아의 최고 권력자가 된 차우셰스쿠는 1968년 소련의 체코슬로바키아 침공에 공개적으로 반발한 이후 줄곧 비소 친서방 노선을 걸었다. 1971년에는 관세 무역 일반 협정(GATT)에 가입함으로써 서방의 경제체제로의 편입을 자처했다. 세계 무역 기구(WTO)의 아버지인 그 가트이다.

    냉전 시대의 서방은 서방대로 소련에 반기를 든 동유럽의 이단아인 루마니아에 대해 전폭적인 지원을 아끼지 않았는데, 주로 돈이었다. 물론 공짜는 아니어서 차우셰스쿠에게는 독이 든 사과였다. 1970년대에서 80년대로 넘어갈 때까지 기하급수로 늘어난 외채는 종국엔 루마니아 경제를 휘청거리게 만들었다. 1971년에 12억 달러이던 외채가 1982년에는 130억 달러까지 늘어났다. 지금도 그렇듯이 친절한 아이엠에프(IMF)가 내핍을 권고하고 나섰고, 수입의 축소와 수출의 증대를 대안으로 제시했다. 서방으로부터의 수입이란 주로 식량이었고 수출은 기계류와 석유화학제품이었다. 극단적 긴축이 예상되는 권고였다. 차라리 디폴트를 선언하는 것이 살 길이었을 텐데, 결벽증이라도 있었는지 차우셰스쿠의 루마니아는 외채를 상환하기 위해 아이엠에프식 해결책을 받아들이고 그 길로 들어섰다. '향후 외채 도입 금지'라는 조항을 포함시키도록 헌법을 개정하겠다며 국민투표까지 치른 걸 보면 반성의 수준은 높았던 모양이다.

    그리하여 1986년에 절반을 상환했고 1989년에는 마침내 외채에서 해방될 수 있었지만, 때는 늦어도 퍽 늦었다. 경제는 만신창이가 되었고 식량은 물론 모든 소비재의 결핍으로 허리띠를 졸라매

　＼ 부쿠레슈티 혁명 광장(Piaţa Revoluţiei)의 부활 기념비(Memorialul Renaşterii)와 ／ 세부 ☞ 1989년 루마니아 혁명을 기념하는 이 광장의 주위로 루마니아 국립 미술관과 극장, 부쿠레슈티 대학 도서관이 둘러싸고 있다. ／ 과거 루마니아 공산당 중앙 위원회(Partidul Comunist Român)였던 건물도 이 광장에 위치한다.

야 했던 인민의 불만은 이미 하늘을 찌르고 있었다. 그 와중인 1984년에 인민 궁전까지 짓겠다고 나선 차우셰스쿠는 어쨌든 제정신을 가진 인물은 아니었다. 서방의 총애를 한몸에 받던 이단아의 몰락의 드라마는 모쪼록 이렇다. 사회주의의 승리에 지나친 확신을 갖는 인간들의 가장 큰 결함은 자본주의를 공부하지 않으며 두려워하지 않는다는 것이다. 신념은 오만이 되고 무지는 파멸을 부른다.

부쿠레슈티 도심 산책

한때의 루마니아 공산당 중앙위원회 건물은 1968년 차우셰스쿠가 모여든 군중을 대상으로 소련의 체코슬로바키아 침공을 비난하며 사자후를 토하던 곳이다. 21년 뒤인 1989년 12월에 차우셰스쿠는 같은 장소에서 그를 비난하고 조롱하는 대중들을 상대로 설득을 시도하지만 수포에 그치자, 건물로 밀려든 시위대를 피해 옥상에서 헬리콥터를 타고 도주했다. 건물 앞의 광장은 이제 혁명 광장이 되어 있다. 광장 한편에 오벨리스크 형식으로 치솟은 기념비는 상부에 마치 새의 둥지와 같은 형상의 조형물을 걸어 두었다. 기념비의 공식 이름은 '부활 기념비'로, 공산주의 몰락 후의 루마니아를 상징한다. 새의 둥지와 같은 조형물은 왕관에 해당하는데 2005년 등장한 이후 뭘 표현했는지 모르겠다는 등 가끔씩 구설수에 오르곤 했다. 아마도 사람들이 원하는 것은 혁명에 걸맞게 훨씬 강렬한 메시지를 전달하는 기념비였을 것이다. 부쿠레슈티에 두 번째 들렀을 때에는 왕관 아래로 누군가 붉은 페인트로 피를 흘리는 것처럼 그려 놓은 것을 볼 수 있었다. 꽤나 높은 곳이어서 방법도 딱히 떠오르지 않는

╲ 부쿠레슈티 개선문(Arcul de Triumf) ☞ 1878년에 독립군의 행진을 위해 급하게 지었던 것을 1936년에 같은 자리에 지금의 모양으로 다시 세운 것이다.
╱ 국방 대학(UNAp) 본관 앞 기념비(Monumentul Eroilor Patriei) ☞ 1957년 세워진 동상으로 루마니아에서 보기 드문 사회주의 리얼리즘 양식이다.

데, 아마도 총같은 기구를 쓰지 않았을까 싶다. 관리하는 측에서도 지울 생각을 하지 않는 모양이었다. 혁명 광장 맞은편의 크레출레스쿠 교회(Biserica Kretzulescu)는 체계화의 광풍에서 살아남은 루마니아 정교회 중의 하나이다. 붉은 벽돌과 작은 크기로 인상적인 건물이다.

파리의 개선문은 샹젤리제 거리의 초입이거나 끝이 되지만 부쿠레슈티에서는 도심에서 꽤 떨어져 있다. 1878년 오스만으로부터 루마니아의 독립을 기념한다. 유럽에서 개선문이란 대개 판박이 신세를 면치 못하는데 부쿠레슈티의 것도 그렇다. 부쿠레슈티에서는 2차 세계대전과 관련된 기념물을 찾기가 쉽지 않다. 추축국의 일원이었던 원죄를 고려하면 당연한 일이기도 하다. 1944년 8월 이후에는 연합군 편에서 싸웠고 제법 피해를 입기도 한 결과, 드물긴 하지만 그래도 있다. 국방 대학 본관 앞에는 반파시즘 애국 열사들을 기리는 탑이 있는데 그 기단의 측면에 2차 세계대전 참전 육해공군의 부조가 붙어 있다.

드라큘라 투어리즘

소설이 관광에 미치는 영향은 때때로 대단하다. 제임스 힐턴(James Hilton, 1900~1954)의 『잃어버린 지평선』은 중국 윈난성 관리들에 이르러 산하 현 중의 하나인 종디엔의 이름을 샹그릴라(香格里拉)로 바꾸는 위력을 발휘하기도 했다. 그러나 이 분야의 최고봉은 루마니아라는 나라를 드라큘라의 나라로 만들어 버린 브램 스토커(Bram Stoker, 1847~1912)가 아닐까 싶다. 이른바 "드라

＼ 브란 성(Castelul Bran) ☞ 드라큘라 성으로 알려졌지만 정작 블라드 체페
슈는 근처를 지나쳤을 뿐이라고 한다. 20세기에 루마니아 왕실에서 사용했다.

／＼ 시기쇼아라의 블라드 체페슈 생가와 동상 ☞ 드러큘레슈티 집안 출신인
블라드 3세는 엄격한 공포 정치로 체페슈(가시)라는 별칭을 얻었다.

쿨라 관광 루트"는 부쿠레슈티 인근의 스나고브에서 시나이아의 펠레슈 궁전, 브라쇼브 인근의 드라큘라 성으로 불리는 브란 성그리고 시기쇼아라로 이어진다. 대개는 드라큘라의 모델로 알려진 블라드 체페슈(Vlad Țepeș, 1431~1476)와 직접적인 관련이 없다. 무덤이 있는 것으로 알려진 스나고브의 수도원에는 무덤이 없고, 브란 성은 블라드 체페슈가 기거한 적이 없었던 성이다. 블라드 체페슈가 태어난 시기쇼아라만이 그중 진본(?)에 해당한다. 펠레슈 궁전과 브라쇼브는 애당초 무관하다.

　　드라큘라에서 눈을 돌리면 이 루트는 왈라키아에서 트란실바니아로 이어지는 루마니아의 변화무쌍한 풍광을 눈에 담을 수 있는 길이다. 시기쇼아라에서 시비우로 향하는 길에는 트란실바니아의 역사 중 하나를 엿볼 수 있는 비에르탄(Biyertan)이 있다. 트란실바니아에 정착했던 독일인들이 일군 마을이다. 세계 문화 유산으로 지정된 요새화된 교회를 볼 수 있고 그보다는 한적하고 평화로운 트란실바니아의 마을과 주변을 둘러싼 여유로운 경치를 느껴볼 수 있다. 선입견 때문인지 독일의 산간 마을 분위기가 나는 듯도 하다.

　　그리곤 서부 국경에서 멀지 않은 티미쇼아라. 우크라이나의 리비우가 그랬던 것처럼 도시의 분위기가 사뭇 다르다. 세르비아와 헝가리 국경에서 멀지 않은 티미쇼아라는 헝가리인과 독일인, 루마니아인, 세르비아인들이 어울려 살던 곳이다. 흑토로 기름진 바나트 평야의 남동부에 위치하고 있다. 1차 세계대전 후 바나트 평야가 루마니아 왕국과 세르비아 크로아티아 슬로베니아 왕국에 의해 분할될 때 티미쇼아라는 루마니아의 영토가 되었다.

루마니아 Romania　417

↑↗ 시나이아 근처의 펠레슈 성(Castelul Peleş) ☞ 루마니아 독립 후 왕실의
여름 별궁으로 지어졌다. 테라스 정원에는 이탈리아 카라라 대리석으로 조각
한 수많은 상들이 카르파티아 산맥을 바라보고 서 있다. 1959년 박물관이 되었
으나 차우셰스쿠 집권 동안은 일반 출입이 금지되기도 했다.

／ 스나고브(Snagov) 호수의 수도원 ☞ 스나고브 호수와 드넓은 숲은 자연 보호 구역으로 지정되어 있고, 호수 속 작은 섬에는 수도원이 있다. 이 일대는 한때 차우셰스쿠 일가의 여름 휴양지이기도 했다.

루마니아 Romania   419

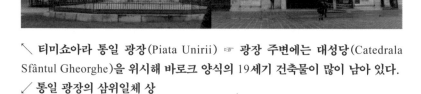

↖ 티미쇼아라 통일 광장(Piata Unirii) ☞ 광장 주변에는 대성당(Catedrala Sfântul Gheorghe)을 위시해 바로크 양식의 19세기 건축물이 많이 남아 있다.
↗ 통일 광장의 삼위일체 상
↖ 국립 티미쇼아라 오페라 극장(Opera Naţională Română Timişoara)

티미쇼아라, 혁명의 시작

티미쇼아라 구시가지는 공원에 둘러싸여 있고 광장들이 이 곳저곳에 흩어져 있다. 대표적인 광장은 통일 광장과 승리 광장인데, 그 중 승리 광장은 1989년 혁명의 도화선을 당긴 곳이다. 발단은 헝가리 개혁 교회 목사인 퇴케시 라슬로(Tőkés László, 1952~)였다. 헝가리 텔레비전에서 차우셰스쿠의 체계화를 비판한 퇴케시의 인터뷰가 방송된 것을 계기로 교구는 그를 시골 교회로 전보하고 티미쇼아라의 거주지에서 퇴거할 것을 지시했다. 퇴케시는 이를 거부하고 싸움에 나섰다. 강제 퇴거를 통보한 1989년 12월 16일에 신학생들을 중심으로 퇴거 반대 시위가 벌어졌는데 이게 반정부 시위로 발전했다. 저녁쯤 보안경찰이 시위를 진압하기 위해 등장하자 사태는 공산당사에 불을 지르는 등 더욱 악화되었다. 동원된 군이 발포하면서 유혈 사태로 발전한 가운데 19일에는 십만 명의 시위대가 오페라 광장(승리 광장)을 점거하기에 이르렀다. 뒤이어 티미쇼아라의 시위는 다른 도시로 전파되었고 종국엔 차우세스크 정권과 체제를 붕괴시켰다.

부쿠레슈티의 혁명 광장과 달리 티미쇼아라의 승리 광장에서는 그 기념비를 찾기가 쉽지 않다. 물어물어 찾은 기념비는 오페라 극장 오른쪽, 승리 광장에서 통일 광장으로 향하는 길의 초입에 정육면체로 만들어져 있다. 당시 희생자들의 이름을 새긴 동판이 사면과 윗면을 덮고 있다. 사방으로는 물을 흘리는 꼭지가 나 있는 것이 독특하다. 크기도 작은 편인데다 공중 수도처럼 보였으니 찾기가

＼ 티미쇼아라 승리 광장(Piaţa Victoriei)의 기념비(Fântâna Prieteniei) ☞ 자매 도시인 독일 카를스루에에서 기증한 공중 수도로, 시민들이 늘 애용한다.
／＼ 승리 광장의 시민들
→ 퀴르퇴시 노점 ☞ 헝가리계 사람들의 명절 음식이자 평소에도 즐겨 먹는 퀴르테시컬라치(Kürtőskalács)를 루마니아 일대에서는 퀴르테시라고 부른다.

어려웠을 수밖에 없다. 잠시 보고 있는 중에도 근처의 시민들이 물을 받아가는 걸 보면 진짜 공중 수도의 역할을 하고 있다. 시민들과 함께 매일매일 살아 숨쉬는 기념비인데, 어쩌면 이게 진짜 기념비인지도 모른다.

오페라 광장 스케치

광장의 풍경은 아기자기하다. 큰 오크통에 포도주를 담아 파는데 계피나 향신료들을 섞어 김이 나도록 데워서 판다. 주로 연말연시에 홀짝거리는 따뜻한 와인으로 루마니아에서는 빈 피에르트(vin fiert)라 부르고 프랑스에서는 방쇼(vin chaud), 독일에서는 글뤼바인(Glühwein)으로 부른다. 바로 옆의 매점에서는 퀴르퇴시를 판다. 트란실바니아의 헝가리계 사람들이 만들어 먹기 시작한 퀴르퇴시는 둥근 나무막대에 설탕과 기타 비법의 성분을 섞어 반죽한 밀가루를 붙여 숯불에 굽는다. 막대를 빠져나온 케이크는 속이 비게 된다. 하여 굴뚝 케이크라는 이름으로도 부른다. 하나 사서 쩝쩝거리니 감칠맛이 난다. 겉에 사탕가루까지 뿌려 무척 단 편인데 입맛에 거슬리는 단 맛은 아니다.

길게 이어진 광장의 중심에는 늑대상이 세워져 있다. 로마의 건국 신화에 등장하는 로물루스와 레무스가 늑대 젖을 빨고 있는 동상을 높은 탑 위에 세웠다. 루마니아가 로마의 후손임을 알리는 상이다. 이탈리아어와 비교해 루마니아어가 고대 로마어에 훨씬 가깝다는 이유로 어떤 루마니아인들은 자신들이 로마의 적통이라고 주장하기도 한다. 이름도 훨씬 비슷하기는 하다. 로마의 적자가 되면

＼ 티미쇼아라 승리 광장의 아기 예수 ☞ 아기 예수, 동방박사, 살아있는 양.
╱ 카피톨리노의 늑대상(Statuia Lupoaicei) ☞ 루마니아의 통일을 축하하며
1921년에 이탈리아에서 늑대상 복제품 5개를 선물했는데, 그 중 하나이다.
＼ 루마니아 정교회(Catedrala Mitropolitană din Timişoara) ☞ 1936년 지은
네오 몰다비다 양식 교회이다.

뭐가 좋은지는 모르겠지만.

광장의 끝 루마니아 정교회를 마주보고 있는 그곳에는 크리스마스가 지난 지 얼마 되지 않아서인지 아기 예수의 구유가 남아 있다. 아마도 내가 본 아기 예수의 구유 중에서 최고로 놀랍다. 깨끗하게 씻기고 털조차 가지런히 빗겨 실물인 듯 보이지 않지만(목동들이 치는 양이 얼마나 더러운지는 직접 보지 않으면 짐작조차 할 수 없다.) 진짜 살아 있는 튼실한 양을 우리에 넣어 두었다. 양은 가끔 건초를 씹을 때를 빼고는 물끄러미 동방박사의 밀랍인형과 마리아를 바라보고 있다. 구유의 아기 예수를 찾은 것은 동방박사와 들에서 양을 치던 목자였다고 했으니 살아 있는 양을 둔 것도 그 때문일 것이다. 목자, 목동은 어디에 있을까. 동방박사 뒤편의 인형이 아닐까 싶다. 더없이 초라한 외양간의 구유의 예수와 그를 찾아온 천하고 가난한 목동들이 있는 길 맞은편에는 더없이 크고 화려한 교회가 서 있다. 예수는 그곳에도 있다. 교회의 제단 위 십자가에 매달린 채.

헝가리
Hungary

✤ 면적 93,030km², 인구 988만 명(2014년 추계), 공용어 헝가리어, 화폐 단위 포린트(HUF). 유럽 내륙국으로 오스트리아, 슬로바키아, 우크라이나, 루마니아, 세르비아, 크로아티아, 슬로베니아에 둘러싸여 있다. 국토의 대부분은 드넓은 헝가리 평원이며, 그 가운데로 도나우 강이 흐른다. 1918년 오스트리아에서 독립했으나 2차 대전 패전 후 소비에트에 의해 1949년 헝가리 공화국을 수립했다. 사계절이 뚜렷한 대륙성 기후이다. 전통적인 농업국이었으나 지금은 서비스와 제조업을 바탕으로 고도화된 산업 구조를 보인다. 석유·천연가스 등 자원도 풍부하다. 2006년에 유럽 연합에 가입했다.

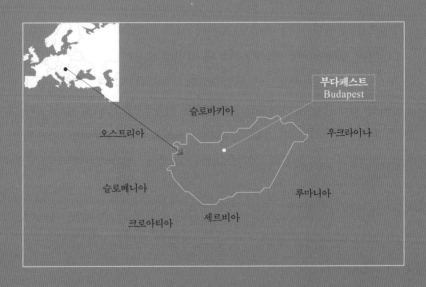

부다페스트
Budapest

슬로바키아

오스트리아

우크라이나

슬로베니아

루마니아

크로아티아

세르비아

루마니아와 헝가리 국경은 기억에 남아 있지 않다. 같은 셍겐 조약국이어서 월경이 수월했을 것이다. 도로는 차이가 확연하다. 내내 거칠고 빛바랜 루마니아의 도로는 국경 너머에서 짙은 흑색의 깨끗한 아스팔트 도로로 바뀌고 고속도로에 진입하면서는 톨 게이트 대신 무인 카메라가 등장한다. 세계에서 수위를 다투는 무인 카메라의 나라인 한국에서 왔지만 고향 떠난 지 반년이 넘어서인지 나도 모르게 목덜미가 오그라든다.

고속도로의 무인 감시 카메라

누군가 당신을 보고 있다는 생각이 들면 이유를 막론하고 절대 유쾌해지지는 않는다. 이 분야의 세계 최악은 미국의 무인 폭격기 드론에 장착된 카메라일 텐데, 당신이 어디에 있건 랭글리의 CIA 건물 어느 방에서 모니터를 지켜보고 있던 자가 버튼을 누르면 당신은 잿더미로 최후를 맞게 된다. 『1984』의 디스토피아적 전망이 극적으로 실현된 때는 아마도 드론에 이르러서이다. 차를 몰다보면 오만가지 생각이 머리에 들고나는데 이번엔 드론이다.

헝가리 고속도로의 무인 카메라는 달리는 자동차에 폭탄을 날리기 위해서가 아니라 도로세 미납을 적발하기 위해 설치된 것이다. 흔히 '그린카드'로 불리는 자동차 책임보험은 유럽연합 국가에 더해서 옵션으로 몰도바, 우크라이나, 러시아, 벨라루스 등을 선택하고 기간을 정해 가입할 수 있다. 그 후로는 신경을 쓰지 않아도 좋다. 반면 비네트(Vignette)라고도 불리는 도로세 스티커는 나라마다 구입해야 해 번거롭기 짝이 없다. 헝가리는 온라인으로 구입할 수 있고, 주유소에서 구입하더라도 그저 전산에 입력해 줄 뿐이지 따로 실물 스티커를 주지는 않는다. 유럽연합 국가의 자동차가 미납 상태로 고속도로에 진입하면 시스템이 알아서 적발하고 친절하게 과태료 고지서를 해당 국가의 등록지 주소로 보내 준다. 유럽연합 자동차가 아니라면 그러지는 못한다. 그럼 이민국 데이터베이스로 보내는 건 아닐까? 그건 알 수 없지만 국경 검문소에서 약식으로 통과할 때 이걸 검사하는 경우도 가끔 있다. 여하튼 서쪽으로 갈수록 점점 집요해진다는 걸 느끼게 되는데, 통제의 정교화는 발전이거나 개발의 척도이기도 하다.

살아남은 자유의 상

부다페스트의 겔레르트 언덕. 고작 해발 235미터의 언덕이지만 이 도시에서는 가장 높은 곳이다. 어둠 속에서 다뉴브 강이 흐르고 부다페스트의 야경이 펼쳐진다. 절제된 야경은 수려하다. 강을 둔 야경만큼 까다로운 것이 없다. 빛이 조금이라도 과하면 천박해 보이고 부족하면 묻혀 버린다. 불빛이 아닌 어두운 강물에 시선을 주도록 한 야경은 부다페스트가 아니라면 좀처럼 찾기 어렵다. 연인 몇 쌍이 보일 뿐 한밤의 언덕은 적막하다. 요새의 성벽은 어둠에 묻혀 있고 자유의 상만이 불빛 아래 모습을 드러내고 있다. 팜 야자나무의 잎을 두 손으로 높이 치켜든 여성상으로, 부다페스트의 가장 높은 언덕 위의 40미터 기단 위에서 14미터 높이로 다뉴브 강을 비스듬히 바라보고 있다. 야자나무 잎은 올리브 잎처럼 평화를 상징한다. 처음 디자인은 야자나무 잎이 아니라 아이를 들고 있었다고

＼ 겔레르트 언덕(Gellért-hegy)에서 내려다본 부다페스트 ☞ 가운데를 흐르는 두너(Duna, 다뉴브) 강 양쪽의 부더와 페스트가 합쳐져 형성된 도시다.

／ 자유의 상(Szabadság Szobor) ☞ 슈트로블(Zsigmond Kisfaludi Strobl, 1884~1975)의 조각으로 "소비에트 영웅을 기념하며"라는 기단의 문구는 이제 "헝가리의 독립, 자유, 번영을 위해 희생한 모든 이들"로 바뀌었다.

한다. 들라크루아(Eugène Delacroix, 1798~1863)의 그림에서 유래한 자유의 여신과는 사뭇 다르다. 자세는 다부지고 여성성은 지극히 약화되어 있다. 1947년에 완성되어 이 자리에 세워진 동상은 '해방 기념상'으로 불렸고 때와 이름으로 추측할 수 있듯이 1945년 1월 소련의 헝가리 해방을 기념하는 상이었다. 1990년 이후 철거 논의가 활발했지만 대부분 보존하고 전면의 '소련 병사'상만 없애는 것으로 결론지었다. 기단의 동판에 새겨진 문구도 바뀌었다. 지금 소련의 흔적은 왼쪽의 횃불을 든 작은 동상이 소비에트 스타일을 연상시킨다는 정도로만 남아 있다.

소련의 해체 후 특히 동유럽에서는 청산 작업이 활발했다. 대표적으로 공공장소에 놓인 소련 당시의 조형물들은 예외없이 철거 신세를 면치 못했다. 레닌은 물론 맑스와 엥겔스, 국내파 공산주의자들, 기타 소련과 공산주의를 연상시키는 일체의 조형물들이 대상이었다. 겔레르트 언덕의 해방 기념상처럼 이름은 바뀌었을지언정 살아남은 일은 예외에 속한다. 조각가인 지그몬드 키슈펄루디 슈트로블이 정치색이 옅고 사회주의 리얼리즘과는 관련이 없는 예술가라는 점도 작용을 했을 것이다.

철거된 조형물들은 어디로 갔을까? 운이 나쁜 경우는 고철로 처리되었고 다른 경우는 눈에 띄지 않는 후미진 곳에 버려졌다. 장구한 세월이 흐르면 땅 속에 파묻혀 먼 훗날 미래의 인간들에게 발굴되어 박물관으로 모셔질 판이었는데 동유럽 대부분의 나라에서는 이런 신세를 면치 못했다. 부다페스트는 좀 달랐다. 1993년에 시당국이 쏟아져 나온 철거 조형물들을 한데 모아 공원으로 만들자는 아이디어를 내어 실현되었다. 이게 부다페스트 외곽의 공지에 만들어진 야외 박물관인 메멘토 공원의 시작이다.

혁명은 끝나고 동상들만 남았네

　　지금 메멘토 공원은 부다페스트의 관광지 중의 하나이다.
입구 맞은편에서는 콘크리트 축대 위에 검은 장화 두 개가 덩그러니
놓인 동상을 볼 수 있다. 1956년 헝가리 반소 항쟁 당시 부다페스트
시내의 거대한 스탈린 동상은 그야말로 처참하게 동강이 나 버렸고
한동안 장화만 기단에 남아 있었다. 메멘토 공원의 장화 동상은 그
때를 재현해 둔 것이다. 입구에는 레닌 상과 맑스·엥겔스 상이 놓여
있다. 레닌은 그저 평이하고 맑스와 엥겔스 상은 큐비즘 양식이다.

　　사회주의 리얼리즘은 1932년 소련의 '문학과 예술 조직의
재편성과 관련한 법령' 포고와 함께 등장한 문예 창작 이론을 가리
키는 것으로 사회 리얼리즘과는 그 점에서 구분된다. 엄격하기 짝이
없었던 이론이 좀 분방해지는 건 스탈린 사후로, 동유럽에서는 인상
주의와 큐비즘, 심지어는 초현실주의까지 받아들인 작품들이 등장했
다. 입구를 들어서면 원형 잔디밭 주변으로 조형물들이 전시되어 있
다. 입구 왼쪽의 것이 겔레르트 언덕에서 추방(?)된 소련군 병사 동
상이다. 흔히 따발총이라 불리는 파파샤 소총(PPSh-41)을 어깨에
메고 큼직한 깃발을 들고 있다. 깃발에는 낫과 망치의 소비에트 엠
블렘이 새겨져 있지만 소련 깃발은 아니다. 동상이라 색은 없지만
뭐, 붉은 깃발이다.

　　광장을 압도하는 것은 전면의 거대한 1919년 공화국 기념상
이다. 1차 세계대전 종전 직후인 1919년 3월에 등장해 5개월의 단

부다페스트 메멘토 공원(Memento Park, Szoborpark) ☞ 공산주의 시대의 기념 동상들을 모아 놓은 공원은 명소가 되었다. ＼ 스탈린 장화(Stalin's Boots)는 복제품이다. ／ 맑스 엥겔스 상(Marx és Engels)은 공산당 본부 입구에 1971년에 세워졌던 상이다. ＼ 겔레르트 언덕 자유의 상에서 떨어져 나온 소련 붉은 군대 군인상(Felszabadító szovjet katona).

＼ 부다페스트 메멘토 공원의 공화국 기념상(Tanácsköztársasági emlékmű)
☞ 1919년 헝가리 혁명과 그로 인해 등장한 헝가리 소비에트 공화국
(Magyarországi Tanácsköztársaság)을 기념해 1969년 만들어졌다. ／ 상의
원형이 된 포스터의 작가 베레니(Berény Róbert, 1887~1953)는 공화국 건국
에 적극 가담하고 예술 부서를 이끌었다가 독일로 망명했다.

명에 그쳤던 헝가리 소비에트 공화국을 기념해 시 공원 한켠 세워져 있었던 동상이다. 동상은 1919년 당시 가장 유명했던 혁명 포스터에 묘사되었던 인물을 그대로 재현한 것이다. 붉은 깃발을 들고 절규하듯 고함을 지르며 달려가는 노동자인 듯한 인물과 "전장으로! 전장으로!"라는 구호가 함께 쓰였던 아방가르드 풍의 이 포스터는 베레니 로베르트가 디자인 한 것으로, 후일 처참하게 실패한 헝가리의 1919년 혁명과 동의어가 되었다. 체코슬로바키아와 루마니아 군의 침공을 받아야 했던 혁명은 군사적으로 침몰할 수밖에 없었다. 혁명의 지도자였던 쿤 벨러(Kun Béla, 1886~1938)는 소련으로 망명했고 스탈린의 대숙청 시기에 굴락에서 사망했다. 동상은 포스터의 인물을 그대로 재현하고 있지만 뭐랄까. 온순해졌다. 울부짖는 표정은 비장함을 잃었고 불거진 근육들은 옷 속에 묻혀 둔해져 버렸다. 일러스트레이션과 동상의 차이라고도 할 수 있겠지만, 전혀 비장하지 않은 시기에 만들어진 탓도 있을 것이다. 1919년 혁명의 주역이던 쿤 벨러와 서무엘리 티보르(Szamuely Tibor, 1890~1919), 런들레르 예뇌(Landler Jenő, 1875~1928)의 모습도 공원 한구석의 부조로 볼 수 있다. 원래 쿤 벨러 광장에 설치되어 있었던 조각이다. 다른 한쪽에, 총을 든 병사들과 시민들의 판금 군상이 이채로운 기념비 역시 쿤 벨러를 위한 것이다.

추축국 헝가리의 전범

1차 세계대전 후 1920년의 트리아농 조약으로 헝가리는 트란실바니아며 사방의 영토를 빼앗겼다. 이전 영토의 71퍼센트를 잃

부다페스트 메멘토 공원. \ 쿤 벨러 기념비(Kun Béla emlékmű) ☞ 1986
년에 베르뫼제 공원(Vérmező)에 세워졌던 상으로 군인들을 독려하는 벨러
를 뛰어나게 표현했다. / 스페인 내전 국제여단 기념상(A Spanyolországi
nemzetközi brigádok magyar harcosainak emlékműve) ☞ 1936년 스페인 내
전에서 헝가리는 국제여단의 일원으로 파시즘에 맞선 인민전선을 지원했다.

었고 헝가리계 인구의 66퍼센트는 창졸간에 루마니아와 체코슬로바키아, 세르비아 등지에서 외국인으로 살아야 했다. 2차 세계대전이 발발한 후 섭정인 호르티 미클로시(Horthy Miklós, 1868~1957)가 권력을 쥐고 있던 헝가리는 두 번에 걸친 비엔나 중재로 체코슬로바키아와 북(北)트란실바니아 등의 영토를 되찾았다. 그 보은이었는지 아니면 나머지 영토도 모두 찾아 볼 욕심이었는지, 독일의 소련 침공에 때를 맞추어 추축국에 가담하고 참전했다. 패전이 임박했을 때 호르티는 은밀하게 연합군과 휴전을 모색했다. 1945년 10월 15일 공개적으로 휴전을 선포했지만, 그 결과는 독일군의 침공과 괴뢰정권인 시(矢)십자당(화살십자당) 정권의 출현이었다. 막판 뒤집기에 성공했던 루마니아와는 달리 헝가리는 소련군이 진주할 때까지도 추축국의 일원으로 남게 된 것이다. 말하자면 헝가리는 소련에게 독일과 다른 나라가 아니었다.

소련의 헝가리 해방은 독일로부터의 해방이 아니라 친나치 정권으로부터의 해방이었다. 시십자당의 당수였던 살러시 페렌츠(Szálasi Ferenc, 1897~1946)는 1946년 헝가리 인민 법정에서 사형을 선고받고 교수형을 당했다. 명백하게 전범이며 헝가리군이 세르비아 등지에서 저지른 대량 학살의 책임자였던 호르티 미클로시는 뉘른베르크 법정까지 갔지만 고작 증인일 뿐이었고 1945년 12월 석방되어 미국의 보호를 받았다. 1956년 헝가리 항쟁이 실패로 돌아갔을 때 호르티는 몹시 실망한 채 이듬해인 1957년에 망명지이던 포르투갈에서 죽었다. 2차 세계대전 전범 처리는 매사 이런 식이었다. 오죽하면 히로히토가 목숨을 부지한 정도를 넘어서 "천황"으로 남았겠는가. 그 배후에는 또 예외 없이 미국이 있었다.

부다페스트 시내 건물 벽의 탄흔 ☞ 1956년 소련에 대항해 일어났던 헝가리 의거 당시의 흔적일 듯 싶다.

너지 임레의 미완의 실험

부다페스트에서 머물던 호텔은 시내 이면 도로에 위치해 있었다. 맞은 편 건물의 벽에는 탄흔이 역력하게 남아 있다. 건물 벽이 총상을 입으려면 2차 세계대전 당시가 아니라면 1956년 항쟁 때이다. 어떤 경우건 반세기가 넘은 지금 평범한 건물에 탄흔이 남아 있을 것이라고는 생각하지 못했기 때문에 리셉션 데스크를 지키는 청년에게 물었다. 역시 고개를 갸우뚱한다. 1956년 당시 소련군과 격렬하게 충돌했던 거리가 근처이니까 아마도 그럴 것이라 한다. 공교롭게도 묵고 있던 객실 창문 너머의 건물이다. 물끄러미 보고 있다 보니 시간은 거꾸로 돌아간다.

1956년 흐루쇼프의 스탈린 격하는 동유럽에 적잖은 반향을 불러일으켰다. 같은 해 10월 23일 부다페스트에서 일어난 시위는 작가 동맹이 앞장서고 학생들이 주도했다. 의심할 바 없이 반소 시위였다. 시위가 걷잡을 수 없이 확산되면서 헝가리 주둔 소련군의 진압 작전이 시작되었고 사태는 더욱 악화되었다. 혼란 속에서 이전에 실각했던 너지 임레(Nagy Imre, 1896~1958)가 시위대의 지지를 받아 수상으로 복귀했다. 너지의 대안은 소련의 위성국이 아닌 독립적인 헝가리. 스탈린식 도그마의 거부였다. 다당제의 도입과 바르샤바 조약 기구의 탈퇴, 헝가리 주둔 소련군의 철수 요구는 그런 가운데 등장했다. 경제적으로는 소련식 중공업 중심 경제 정책과 농업 집산화 정책의 포기를 선언했다.

소련의 응답은 탱크를 앞세운 전면 침공이었다. 11월 1일

＼ 부다페스트 두너 강의 야경 ☞ 강 오른쪽이 페슈트이고, 불밝힌 돔이 헝가리 의사당(Országház)이다. ／ 1849년에 개통된 세체니 현수교(Széchenyi lánchíd)는 최초로 부더와 페슈트를 이은 다리이다. ＼ 1848년에 착공했으나 1905년에야 완공된 성 이슈트반 대성당(Szent István-bazilika)은 부다페스트에서 가장 큰 가톨릭 성당이다.

국경을 넘은 소련군은 시가전까지 벌여야 하기는 했지만 압도적인 무력으로 11월 20일에 작전을 종료했다. 유고슬라비아 대사관으로 몸을 피했던 너지는 신변 보장을 약속받고서 대사관에서 나왔지만 체포되었고 2년 뒤 처형되었다. 스탈린이 사망한 직후인 1953년 수상의 자리에 올랐던 너지 임레는 1955년 실각할 때까지 새로운 사회주의를 기치로 내걸었다. 1956년 항쟁의 와중에 그가 제시했던 해결책은 말하자면 스탈린주의를 극복한 사회주의로서의 새로운 노선이며 실험이기도 했다. 그 시도는 탱크의 무한궤도에 짓밟혔고 새로운 실험은 시작조차 할 수 없었다. 스탈린 격하에 나섰으면서도 스탈린이 남긴 아무것도 바꾸지 않기로 작정했던 소련의 미래는 1956년 헝가리 침공에서 이미 결정된 것이 아닐까 싶다.

영웅과 익명인

부다페스트 관광은 부더의 왕궁(Budavári Palota)과 페슈트의 언드라시(Andrássy út)라고 했다. 언드라시 대로의 성 이슈트반 성당에서부터 세체니 온천 목욕탕까지를 걸으면 대충 페슈트의 볼거리는 그 안에 있다. 세계에서 두 번째로 오래된 부다페스트의 지하철은 입구부터 고풍스럽고 내부는 소박하기 짝이 없어 키에프나 모스크바의 것과는 차이가 현격하다. 말하자면 이 도시는 핵전쟁의 공포에 시달린 적은 없는 도시인 것이다. 타려고 내려간 것이 아니어서 다시 올라와 거리를 걷는다. 언드라시 대로의 끝이 되는 영웅광장은, 분수가 있고 화단이 있어 사람들이 모이는 아기자기한 광장과는 거리가 멀다. 영웅이 있는 자리라면 평범한 인간들은 설 자리

↖ 부다페스트 영웅 광장(Hősök tere) ☞ 1989년 너지 임레의 재매장 의식이 거행된 곳이기도 하다. ／ 광장 조형물 가운데 기둥 위의 가브리엘은 헝가리 왕관과 로렌 십자가를 들고 있다. ↖ 익명인 상(Anonymus) ☞ 방대한 역사서 『게스타 훙가로룸(Gesta Hungarorum)』을 집필한 익명의 사관을 기려 미클로시 리게티(Miklós Ligeti, 1871~1944)가 1903년에 조각했다.

를 잃게 마련이다. 그저 경배나 할 뿐이다. 조형물은 1900년에 만들어져 밀레니엄 기념비라는 이름으로도 불린다. 영웅 광장이란 이름도 그때 붙여졌다. 오스트리아-헝가리 제국 시절이다. 중앙의 기둥 위에는 왕관과 십자가를 든 대천사 가브리엘의 동상이 서 있고 좌우의 그리스 신전 풍 주랑(柱廊)에는 양쪽으로 각각 7개의 동상들이 늘어서 있다. 모두 이런저런 일로 헝가리의 영웅이다. 가브리엘이 선 기둥 앞의 말 탄 자들의 조각은 헝가리인들을 카르파티아 분지로 인도한 지도자들이다. 주랑 위에는 노동과 풍요, 지식과 번영을 상징하는 조각이 끝쪽에, 전쟁과 평화를 상징하는 조각이 안쪽에 각각 대칭으로 놓여 있다. 영웅 광장의 이 기념비로 의욕에 찬 새로운 백년을 시작한 제국은 그 뒤 20년이 지나기도 전에 몰락하고 말았다. 모쪼록 그게 모든 제국의 피할 수 없는 운명이다.

영웅 광장 뒤편에는 농업 박물관(버이더후냐드 성)이 있고, 그 입구에는 좀 음침하게 만들어진 조각이 있다. 두건을 써서 얼굴은 보이지 않고 의자에 걸터앉아 있는데, 오른손에는 펜을, 왼손에는 공책을 들었다. 한때 왕의 사관(史官)이며 공증인이기도 했던 이 인물은 이름은 밝혀지지 않아 '어나니머스(익명인)'라 불린다. 그의 이름이 'P'로 시작한다는 대단한(?) 연구 결과가 보고된 바 있다. 벨러 3세(III. Béla, 1148~1196) 당시 인물로 추정되니 12세기 사람이다. 라틴어로 쓴 저작들이 몇 권 남아 있다. 저작이 남았음에도 불구하고 이름이 알려지지 않았다는 것은 책에 이름을 남기지 않았다는 뜻이다. 대저 작가에게 이름이란 무엇인가를 생각해 볼 기회를 준다.

↘ 부다페스트 세체니 온천(Széchenyi gyógyfürdő) ☞ 유럽 최대의 온천으로 세체니 이슈타반(Széchenyi István, 1791~1860)의 이름을 땄다. ╱ 1913년에 지어진 건물은 네오 바로크 양식으로 곳곳에 물이나 목욕에 관련된 조각들이 서 있다.

인민의 온천, 인민의 오페라

그리곤 세상의 모든 공중목욕탕을 초라하게 만들고야마는 세체니 온천 목욕탕. 1913년에 문을 열었다. 제국이 남긴 부다페스트의 아마도 마지막 역사(役事)가 공중목욕탕이라니 의외로 훈훈하다. 대지만 1,900평. 문을 연 첫 해에만 20만 명 이상이 이 목욕탕을 찾았고 이듬해에는 방문객이 90만 명에 달했다고 한다. 네오 바로크 양식의 건물은 얼핏 목욕탕처럼 보이지 않지만 주변의 장식이나 조각들을 보면 모두 물과 관련이 있는 것들이다. 입구에 들어서면 분위기는 거진 동네 목욕탕이다. 목욕용품 등속을 담은 바구니를 든 중년의 여자들. 피곤에 지쳐 넥타이를 절반쯤 풀어 버린 샐러리맨 풍의 사내들. 시큰둥한 표정을 하고 있어 끌려온 것이 분명한 소년 소녀들. 매표소에서 느긋하게 수다를 늘어 놓는 할머니. 눈에 익은 정경이 훈훈하지 않은가. 스케일이 큰 목욕탕이다 보니 알몸으로 휘휘 돌아다닐 수는 없다. 아니. 가능하긴 하지만…… 결코 쉽지 않다. 몸을 가릴 만한 큰 수건을 준비하는 것이 좋다. 입장한 후에도 유료로 빌릴 수는 있다. 보증금이 포함되므로 넉넉한 액수를 준비해야 한다.

어부의 요새며 시장이며를 슬렁슬렁 돌아다니다 저녁에 찾은 오페라 극장. 등급이 낮은 좌석이기는 하지만 요금은 천원이 넘지 않는다. 오페라의 제목은 생소하다. 발레는 몰라도 오페라는 어지간하면 시도하지 않는 것이 좋다. 대사를 이해할 수 없으니 유성영화를 무성으로 보게 된다. 문화에서 계급적 요소가 약화되면서 이

헝가리 국립 오페라 극장(Magyar Állami Operaház) ☞ 1884년 문을 연 이래
세계에서 가장 뛰어난 오페라 하우스의 하나로 꼽힌다.

부다페스트 영웅 광장의 석양 ☞ 밀레니엄 기념비(Millenáriumi Emlékmű)의 왼쪽 주랑 위 실루엣은 야자나무 잎을 들고 전차에 탄 여인상으로 평화를 상징한다.

른바 고급문화가 실종된 것은 확실히 소비에트의 유산이다. 왕년의 고급문화의 무릎을 꺾어 주저앉혀 대중의 눈높이에 맞춘 것 이외에 새로운 대중문화에 대한 창의성과 다양성에서는 별 성과를 보여 주지 못했다. 왜 만날 오페라와 발레나 클래식 콘서트였단 말인가. 레닌그라드의 아파트 보일러실의 노동자 출신으로 80년대 초 언더그라운드 록커로 등장해 1987년 다섯 번째 앨범인 『혈액형(*Gruppa krovi*)』으로 연방 전체를 록으로 휩쓸었던 빅토르 초이(Viktor Tsoi, 1962~1990)가 전설이 되어 버린 때는 소련 해체의 전야에 이르러서였다. 한데 록이란 건 1950년대 미국의 록앤롤에서 시작한 것이 아니었던가.

| 조지아 | 아르메니아 | 아제르바이잔 |
| Georgia | Armenia | Azerbaijan |

| 몰도바 | 우크라이나 | 폴란드 | 벨라루스 | 루마니아 | 헝가리 | 독일 | 체코 |
| Moldova | Ukraine | Poland | Belarus | Romania | Hungary | Germany | Czech |

독일
Germany

✥ 면적 357,021km², 인구 8,072만 명(2014년 추계), 공용어 독일어, 화폐 단위 유로(EUR). 북쪽으로 덴마크와 북해, 발트 해, 동쪽으로 폴란드와 체코, 남쪽으로 오스트리아와 스위스, 서쪽으로 프랑스, 룩셈부르크, 벨기에, 네덜란드와 국경을 맞대고 있다. 1949년에 연합군 점령지 경계선을 따라 독일 민주 공화국(동독)과 독일 연방(서독)으로 분단되었으나, 1990년에 통일되었다. 유럽에서 인구가 가장 많고, 통일 후 타격을 입었음에도 국내 총생산 세계 5위로 경제 대국이다.

드레스텐 미술 대학(HfBK) 돔의 검은 조각들 ☞ 브륄 테라스변의 이 건물은 과거에 왕립 미술 아카데미였다.

1943년 미국 하버드 대학의 비밀 연구소에서 개발이 완료된 네이팜 폭탄은 2차 세계대전 후반과 뒤이은 한국전쟁, 베트남전쟁에서 사용되면서 인간에게 지옥의 불구덩이 무엇인지를 보여 주었다. 화학적으로 젤리 성분을 구현하고 인을 섞어 기존의 소이탄을 획기적으로 개량한 신무기인 네이팜은 '끈적한 휘발유'를 구현해 불이 뼈에 이를 때까지 살을 태우는 폭탄이었다. 물론 1천도에서 3천도에 이르는 고온으로 모든 것을 불태워 버리는 효과 또한 향상되었다. 네이팜은 특히 미군의 일본 공습에서 위력을 발휘했다. 1945년 3월 10일의 도쿄 공습은 고작 3시간의 폭격으로 10만 명의 목숨을 앗았고 41평방 킬로미터의 면적을 초토화시켰다. 1차 인도차이나 전쟁에서 프랑스는 미국으로부터 지원받은 네이팜 폭탄을 베트민 게릴라들에게 사용했다. 1950년의 한국전쟁은 네이팜의 본격 무대였다. 1969년 다우 케미칼이 15~30초의 발화 시간을 10분으로 늘인 네이팜B의 개발을 완료하면서 2차 인도차이나 전쟁은 말 그대로 불의 전쟁이 되었다.

1911년에 단엽기를 몰던 이탈리아 군의 지울리오 가보티(Giulio Gavotti, 1882~1939)가 트리폴리 상공에서 수류탄을 던진 것으로 시작된 폭격이 불바다를 만들기 시작한 것은 2차 세계대전에 이르러서이다. 폭격기의 성능이 대폭 개선된 데다 소이탄이 발달하면서이다. 진정한 불지옥은 전쟁 말기에 등장했다. 태평양전쟁에서는 일본이, 유럽전쟁에서는 독일이 불의 실험장이었다. 융단폭격이 등장한 것도 이때이고 이른바 블록버스터가 등장한 것도 이때였다. 독일에서는 쾰른과 함부르크, 드레스덴, 베를린이 지옥의 화염에 휩싸인 대표적인 도시였다.

＼ 드레스덴 브륄 테라스(Brühlsche Terrasse) ☞ 이 일대에 작센의 재상 하인리히 폰 브륄(Heinlich von Brüh)의 저택이 있었던 데서 이름이 유래한 강둑으로 유럽의 발코니라는 애칭을 얻기도 했다. ／ 브륄의 테라스에서 보이는 아우구스트 다리(Augustusbrücke)는 드레스덴에서 엘베 강을 가로지르는 가장 오래 된 다리이다.

드레스덴, 공습의 유산

　　드레스덴의 올드 타운 엘바 강변의 브륄 테라스. 낮게 드리운 구름 아래로 강물은 고적하게 흐르고 아우구스트 다리 앞 선착장에는 유람선 한 대가 한가롭게 정박해 있다. 관광객들이 오가며 카메라의 셔터를 눌러대는 부잡스러운 테라스 길에서 한때 이 도시가 휩싸였던 지옥의 흔적을 찾기란 쉽지 않지만, 어렵지도 않다. 미술대학 건물의 돔 앞에 세워진 조각들은 하나를 빼고는 모두 검은 대리석을 쓴 양 시커멓다. 소이탄의 화염에 날아가 타 버린 조각들을 찾아 원래의 자리에 올려놓아 그렇다. 1945년 2월 13일에 이루어진 미·영 연합군의 드레스덴 공습은 도시의 90퍼센트를 파괴하고 대부분 민간인으로 2만 5천에서 최대 13만 5천 명의 목숨을 앗아갔다. 800대의 폭격기가 동원되었고 2차에 걸쳐 투하된 폭탄은 4천 톤에 달했다. 쾰른, 함부르크에 뒤이은 대대적 융단폭격이었다.

　　드레스덴 공습 후의 사진을 보면 브륄 테라스는 그래도 원래의 모습을 어지간히 유지하고 있지만 뒤편은 그저 돌들의 무더기이다. 지금의 뉴마켓 광장 주변이다. 검은 돌과 흰 돌이 뒤섞인 건물들은 얼룩덜룩하다. 검은 돌들은 그나마 폐허에서 쓸 만하게 남아 있던 것들이고 흰 돌들은 그러지 못해 새로 쓴 것들이다. 마르틴 루터(Martin Luther, 1483~1546) 동상 뒤로 서 있는 프라우엔 교회(성모 교회)는 2005년에야 복원이 완료되었다. 종전 후 독일민주공화국(DDR) 시절에 프라우엔 교회는 오랫동안 폐허인 채로 보존되어 미·영 연합군의 공습을 증언하고 있었다. 오페라 극장

독일 Germany　　455

드레스덴 노이마르크트(Neumarkt) ☞ ＼ 2004년에 복원을 마친 성모 교회
(Dresdner Frauenkirche) ／ 전쟁의 폭격을 이긴 마르틴 루터 동상(Luther-
denkmal) ／ 드레스덴 왕궁(Dresdner Schloss) 슈탈호프(Stallhof)의 외
벽 ☞ 작센을 통치한 베틴 왕조(Wettin) 800주년을 맞아 역대 군주들의 행렬
(Fürstenzug)을 묘사한 타일 벽화로 공습에도 크게 다치지 않았다.

(Semperoper)의 복원을 마친 1985년에야 복원하기로 결정되었지만 베를린 장벽의 붕괴 등으로 실현되지 못하다가 1993년 착공되었다. 1억 8천만 유로가 소요되었다. 교회는 광장 쪽에서는 말끔하게 보이지만 뒤편은 폐허에서 남은 석재들을 많이 쓰다 보니 검게 그을려 있다. 마르틴 루터 동상은 공습에서 기적적으로 살아남았다. 지금 서 있는 동상도 복원되긴 했지만 원래의 것이다. 광장의 한편에는 여전히 폐허로 남아 있는 건물도 있다.

드레스덴 왕궁 벽의 102미터짜리 타일 벽화 또한 공습에서 살아남은 드문 경우이다. "군주들의 행차'이라는 이름이 붙은 이 벽화에는 작센과 튜링겐 등을 지배했던 공국인 베틴 가문의 공작이나 왕이었던 35명이 그려져 있다. 1889년에 평범한 벽화로 그려졌던 것을 1904년부터 오래 보존하기 위해 2만 3천여 개의 자기 타일로 바꾸기 시작해 1907년에 지금의 모습대로 완성되었다. 고귀한 자들이 말 등에 올라 시중을 받으며 보무당당하게 나아가는데 가장 마지막에 깃발을 든 뒤로 일군의 평민들이 터덜터덜 쫓아가고 있는 아주 조금의 모습이 인상적이다. 벽화의 그들은 공습에서 정말 힘들게도 살아남았다고 한숨을 쉬는 듯하다. 그러나 얼마나 많은 평범한 인간들이 목숨을 잃었던가.

드레스덴의 하이데프리트호프 공동묘지(Heidefriedhof)에는 공습의 희생자들을 기념하는 비석이 서 있다. 비석에는 이렇게 적혀 있다.

"얼마나 죽었던가. 아무도 알지 못한다. 여기 이름 없는 너의 상처에서 가혹한 시련을 본다. 인간이 만든 불지옥에서 타 버린 당신이 겪어야 했던."

공습으로 타 버린 시신들은 신원을 확인하기 쉽지 않았다. 공습 후에 전쟁 포로와 죄수들을 동원해 산더미처럼 쌓은 시신들을 나치는 화염방사기로 태워 재로 만드는 편을 택했다. 모두 이름 없는 주검이 되어야 했다. 드레스덴 공습으로 몇 명이 목숨을 잃었는 지는 지금도 정확하게는 알 수 없다.

2차 세계대전 말기 일본과 독일의 민간인을 대상으로 했던 무자비한 공습이 대량 학살인지 아닌지에 대해서는 의문을 제기할 필요조차 없다. 이게 대량 학살이 아니라면 나치의 홀로코스트 또한 대량 학살로 단죄할 수 없게 된다. 아우슈비츠의 가스실에서 죽어간 유태인과 드레스덴의 아파트 지하 방공호에서 불에 타고 질식해 숨진 독일인 사이에는 근본적으로 차이가 없다. 역사가 늘 승자의 편이라고 해도 진실이 변하지는 않는다. 집단살해와 반인도주의는 전쟁범죄를 구성하는 첫 번째 요건이다. 영국 폭격 사령부의 작전 분석관으로 일했던 프리먼 다이슨(Freeman John Dyson)은 나중에 이렇게 적었다.

"전쟁이 끝난 뒤 나치 전범들과 나의 차이는 그들은 감옥에 갔거나 교수형을 당한 반면 나는 자유롭다는 것뿐이다."

진보와 퇴보의 갈림길

옅은 안개가 깔려 있는 이른 아침 뉘른베르크 거리는 평범하다. 독일 여행은 구동독 지역으로 한정했기 때문에 원래의 여정에는 없었던 도시이다. 스쳐지나듯 들른 이곳에서 뉘른베르크 법원 앞에 잠시 멈추었다. 하루의 일과가 시작되기 전 거리는 한산하다.

종전 후 소련은 독일 전범들에 대한 재판을 베를린에서 열기를 제안했지만, 폭격으로 만신창이가 된 베를린에는 마땅한 곳이 없었다. 미군 점령지였던 뉘른베르크 또한 사정은 크게 다르지 않지만, 제법 규모가 큰 법원 건물이 멀쩡했고 죄수들을 수용할 만한 부속 건물도 있었다. 히틀러가 권력을 장악한 1933년 이후 뉘른베르크가 매년 나치가 전당대회를 열면서 위용을 과시하던 도시였던 점도 얼마간 작용했을지도 모른다. 도로변으로 난 정문에서는 당시의 흔적을 찾을 수 없다. 전범 재판 기념관은 오른쪽 골목에 들어서야 입구를 볼 수 있다. 입구 안쪽의 주차장 한켠에 아마도 기념비라고 할 만한 조형물이 세워져 있다. 미국과 영국, 소련과 프랑스 등 당시 전범 재판을 주도했던 나라들의 국기를 이용해 디자인했다. 제법 깔끔한 디자인인데 배치가 묘하다. 프랑스와 영국이 앞서 있고 소련과 미국이 뒤로 물러서 있다. 가장 뒷자리를 차지하고 있는 소련은 어떤 위치에서 보아도 절반이나 1/3쯤이 가려진다.

24명을 대상으로 1945년 10월 18일에 시작한 뉘른베르크 전범 재판은 1년 동안 진행되었고 12명이 교수형, 3명이 종신형, 4명은 10~20년 징역형을 선고받았다. 재판은 법리적으로나 진행의 측면에서나 많은 논란을 불러일으켰다. 죄형법정주의 위반이라거나 승자의 재판이란 비난은 처음부터 제기되었다. 그럼에도 불구하고 흐지부지 끝나 버린 1차 세계대전 후의 라이프치히 전범 재판을 떠올려 본다면 뉘른베르크 전범 재판은 인류 역사상 전쟁범죄자에 대한 사실상의 첫 번째 국제재판이었다. 전쟁범죄에 대한 사법적 형태의 국제재판은 처칠이 극렬하게 주장했던 즉결 처형에 비한다면 역사적 정의의 실현에 조금 더 접근한 방법이었다. '재판 방식을 도입

＼ 뉘른베르크 법원(Justizpalast) ☞ 고등법원, 지방법원, 지원이 모여 있는 단지로 1916년 완공되었다. ／ 뉘른베르크 전범 재판 기념관(Memorium Nuremberg Trials) 입구에는 재판을 주도한 네 나라의 국기를 이용한 조형물이 있다. 전범 재판이 열렸던 600호 법정은 여전히 제 용도로 사용되고 있지만 재판이 없을 때는 일반에 공개한다.

함으로써 이후 나치의 범죄와 죄악상에 대한 신빙성 있는 기록을 남겨 모든 인류가 연구할 수 있도록 한다.'는 미국의 입장은 처칠의 야만스런 고집과 비교한다면 온당하기 짝이 없는 태도였고 전쟁에 대한 인류의 반성에서 반보 전진이었다. 침략과 집단살해에 더해 반인도적 범죄를 전쟁범죄에 포함시킨 것도 나름의 성과였다. 뉘른베르크 전범 재판에서 출발해 인류는 전쟁을 단죄하고 평화를 수호할 수 있는 좀 더 나은 길을 찾을 수 있었다.

　　뉘른베르크 전범 재판 이후의 역사는 끔찍하기 짝이 없다. 1948년 12월 '집단살해 범죄의 방지 및 처벌에 관한 조약'이 등장했고 조약이 명시했던 국제형사재판소(ICC)는 우여곡절 끝에 54년이 지난 2002년 7월에야 모습을 드러냈지만, 2차 세계대전 후 줄기차게 전쟁을 벌여왔던 초강대국 미국이 비준을 거부해 절름발이 처지를 면치 못하고 있다. 그러는 동안 전쟁은 계속되었다. 한국전쟁과 1,2차 인도차이나 전쟁은 물론 중동전쟁과 이라크 전쟁, 유고슬라비아 내전 등에서 전쟁범죄에 대한 단죄가 실종되고 승자의 논리와 제국주의 논리만 관철되는 가운데 전쟁의 참상은 쉼 없이 지구 곳곳을 피로 물들였다. 인류는 오히려 뉘른베르크에서조차 퇴보한 현실을 경험해 왔다. 인류가 상상의 지옥을 현실화하고 그 지옥의 불구덩이를 향해 스스로 뛰어들어 마땅한 미개한 생명체인지 확신이 드는 건 아니지만 적어도 그럴 만한 자격만큼은 충분히 갖추고 있다고 말할 수 있다. 전쟁이 필연적으로 강제하는 죽음의 공포 앞에서 세상을 저주하고 오줌을 지릴 것이 분명한 인간들이 전쟁을 스마트폰의 게임에서처럼 무책임하게 지껄여대는 꼴을 보면 더욱 그렇다. 히틀러가 혼자서 전쟁을 일으킨 것도 아니고, 나치가 취미삼아 고양

베를린 유태인 학살 추모공원(Denkmal für die ermordeten Juden Europas)
☞ 건축가 피터 아이젠만(Peter Eisenman)과 엔지니어 뷰로 하폴드(Buro Happold)는 2,711개의 석비가 늘어선 공원을 설계했다.

이를 죽이는 따위의 미친 짓을 주말마다 벌이는 수십 명 친목 단체도 아니었다. 1934년 9월 5일 시작한 뉘른베르크의 나치 전당대회에서 히틀러가 광기를 보일 때 그 앞에 운집한 70만 명이 어떤 짓들을 했는지는 나치의 프로파간다 영화인 「의지의 승리(*Triumph des Willens*)」에서 생생하게 확인할 수 있다. 그 70만 명 중 몇 명이 살아남았고, 그 70만 명이 몇 명의 무고한 인간들을 살해했는지는 알수 없지만 분명한 것은 그들 중 누구도 자신들이 지옥에 빠질 것이라고 생각하지는 않았을 것이다. 한줌의 전쟁 미치광이들이 탄생할때 광기를 막아야 하고 막을 수 있는 다중이 보인 이런 우둔함이 인간의 본성이고 결코 개선될 수 없는 유전자적 결함이라면 고통스럽지만 인류가 머지않아 절멸할 생명체란 사실을 겸손하게 받아들이는 편이 나을지도 모르겠다.

바우하우스가 살아남은 곳

다시 돌아온 구동독의 켐니츠. 거리는 이미 어두워졌다. 독일민주공화국 시절 이 도시에 붙여진 이름은 칼 맑스였다. 켐니츠 강이 흐르는 유역에 자리 잡은 도시는 동독 시절에 집중적으로 산업 발전이 이루어져 자동차를 비롯해 산업의 중심지였다. 말하자면 동독 시절의 자동차인 트라반트의 부품 등이 생산된 곳이기도 하다. 2차 세계대전 중에는 군수 공장들이 있었고 폭격으로 피해가 컸다. 건물들의 대부분은 전후 동독 시절에 지어졌다. 눈에 띄는 건물은 시내 중심가의 머큐어 호텔이다. 원래의 이름은 인테르호텔 (Interhotel Kongreß)이었다. 소비에트 스타일인 듯하면서도 아닌

╲ 드레스덴 문화궁전(Kulturpalast Dresden) ☞ 1969년에 동독 건축가 볼프 강 해니쉬(Wolfgang Hänsch)의 설계로 지어졌으며 2017년 준공 목표로 리모 델링 중이다.

╱ 베를린에서 만난 트라반트(Trabant) ☞ 1957년부터 1991년까지 생산된 동 독의 자동차 브랜드로 내수는 물론 동서유럽에 널리 수출되기도 했다.

듯하다. 주변의 오래된 아파트들도 그렇다. 무뚝뚝하기 짝이 없는 흐루쇼프의 아파트와는 다르다. 반듯하게 각이 지고 간결한 창문과 발코니, 날렵한 외관을 갖고 있다. 문득 드레스덴 뉴마켓 광장의 문화 궁전이 떠오른다.

드레스덴의 뉴마켓 광장에서 어쩌면 가장 눈에 띄는 것은 성당과 교회, 왕궁과 성이 아니라 그 모든 것들에게 시치미를 뚝 떼고 납작하게 엎드려 있는 문화 궁전이었는데, 한눈에 바우하우스 양식이어서 절묘한 대조를 이루었다. 바우하우스가 주창한 것 중 하나가 그리스 로마 양식에서 벗어난 근대 양식의 건축이었다. 뉴마켓 광장은 그리스 로마 양식이 압도하고 있는 장소였으니 묘할 수밖에 없었다. 드레스덴의 문화 궁전은 1969년에 완공되어 문을 연 건물이다. 바이마르 시대에 탄생한 바우하우스는 데사우 시절을 거쳐 새로운 건축 이념을 발전시켰지만 베를린에서의 사립 연구소를 끝으로 1933년 해산되었다. 나치에게 퇴폐주의, 볼셰비키의 낙인이 찍힌 후였다. 바우하우스를 주도했던 인물들은 독일을 떠나 주로 미국에 정착했고 오히려 자신들의 이념을 세계에 전파할 수 있었다.

전후 재건에 관련해서 동독에서는 바우하우스의 기능주의 건축 이념이 폭넓게 도입되었다. 지금은 '798예술구'로 알려져 있는 중국 베이징의 '718연합창'은 소련의 원조로 지어진 공장 건물들로 설계와 건축은 동독에서 담당했다. 1957년 문을 연 이 건물들은 바우하우스 양식으로 종전 후 1950년대 동독의 건축 흐름을 알려 주는 사례 중의 하나이다. 또한 1954년에서 1962년까지 동독이 북한에 지원한 함흥 지역 재건 공사에도 다수의 바우하우스 출신들이 참여한다. 바우하우스는 동독에서 건재했던 모양이다. 플리커에서 발견한 함흥의 사진들을 보면 혁명박물관, 문화회관, 함흥역 그리고 아파트 건물들에서 바우하우스의 흔적이 역력하다.

한편 대량생산품에 공예 정신을 불어넣으려 했던 바우하우스의 시도, 그러니까 산업디자인은 동독에서 별다른 발전의 모습을 보이지 않았다. 산업 생산에서 중화학공업에 집중하고 소비재 생산을 소홀히 했던 소비에트 경제정책은 동독에서도 마찬가지여서 딱히 무슨 정신을 불어넣을 대량생산품을 찾을 수 없었다. 설령 있다고 해도 별 관심을 기울이지 않았을 것임은 동독이 생산한 자동차였던 트라반트의 '시종일관 43년'의 디자인을 보면 알 수 있다. 이런 현상은 1950년대 이후 미국에서 바우하우스가 명성을 높여가던 것과는 대조를 이룬다. 바우하우스는 대량생산에 기초한 상품 소비사회를 구현한 미국에서 지대한 영향력을 행사할 수 있었다. 1960년대 말 동독에서는 바우하스 운동에 대해 '사회주의적 이상을 실현하려 했지만 자본주의 아래에서는 존재할 수 없는 운명을 지녔으므로 실패할 수밖에 없었다'는 평가가 나왔지만 현실은 정반대였다.

맑스여 행복하라

켐니츠 도심의 브뤼켄 거리는 마침 작은 축제라도 열렸는지 도로 한복판에 설치되었던 대형 천막이며 앰프들을 철거하느라 부산하다. 여운이 가시지 않은 청춘남녀들이 맥주병을 들고 오가는 거리 한편에는 한때 사회주의 통일당 당사였던 건물 앞으로 세계에서 가장 큰 7미터 높이의 칼 맑스 두상이 서 있다. 도시의 이름으로 칼 맑스를 빌렸으니 이런 기념비가 선 것도 어쩌면 당연한 일이다. 두상 뒤편의 건물 벽에는 "만국의 프롤레타리아여 단결하라!"는 맑스와 엥겔스의 「공산당 선언」의 마지막 구절을 독일어와 러시아어, 영어와 프랑스어로 새긴 거대한 동판이 붙어 있다. "한 유령이 유럽을 배회하고 있다"는 시작하는 「공산당(공산주의자) 선언」은 꽤 긴 글이고 만국의 프롤레타리아의 단결에 관한 글이 아니라 자본주의와 공산주의, 프롤레타리아와 혁명에 관한 글이다. 프롤레타리아의 본산인 산업도시 한복판에 세워진 칼 맑스는 더부룩한 수염에 예의 무뚝뚝한 표정 그대로이다. 「공산당(공산주의자) 선언」의 결론은 "단결하라"가 아니라 그 전줄의 "프롤레타리아가 잃을 것은 쇠사슬뿐이요, 얻을 것은 온 세상이다"에 있었다. 세상의 일부를 얻은 후 온 세상을 얻기 전에 모두를 잃어 버린 칼 맑스의 표정은 어둠이 내려깔려서인지 침울해 보이고 뒤편의 "만국의 프롤레타리아여 단결하라"는 구호도 힘을 잃었다.

트리어의 칼 맑스 생가에서 보았던 방명록이 떠오른다. 안내 데스크 뒤에 서 있던 중년 독일 여성이 이즈음엔 꽤 많은 중국인들이 찾는다는 말과 함께 가리킨 방명록이었다. 간체자로 적힌 글은 이랬다. "나의 신념은 지금도 칼 맑스의 사상을 따르고 있다." 베이징이나 상하이의 거리에서 칼 맑스는 아마도 켐니츠와는 비교할 수도 없이 지독하게 침울한 표정을 지을 테지만 그곳에서도 그는 여전히 살아 숨 쉬고 있다. 우울해하지 마시라. 당신은 행복한 인간이다.

독일 분할, 그리고 프랑스

자동차 여행의 가장 큰 단점은 차가 길바닥에 주저앉았을

＼ 캠니츠의 칼 맑스 동상 ☞ 1953년부터 1990년까지 이 도시의 이름은 카를마르크스슈타트(Karl-Marx-Stadt)였다. 40톤이 넘는 동상은 소련과 동독의 합작으로 1971년에 세워졌다.

／ 베를린 중앙역(Berlin Hauptbahnhof) ☞ 통일 후 동서를 잇는 새로운 중심으로 구상되었다. 19세기의 레어터 역(Lehrte) 터에 2006년에 열었다.

때 표표히 떠날 수 없다는 것이다. 하물며 몰도바에서 몰고 나온 차가 독일에서 이런 일을 당했으니 난감하기 짝이 없다. 도로는 무제한의 속도를 허용할 수 있지만 차는 그렇지 않다는 걸 배웠다. 드레스덴 주변의 정비 공장에 맡긴 차는 부품 때문에 처음 말과는 달리 며칠의 시간을 더 요구한다. 속절없이 이틀을 까먹은 후에야 다시 돌아오는 것으로 하고 열차로 베를린으로 향했다. 베를린 프리드리히슈트라세 역에 도착했을 때는 이미 밤 열시가 넘었다. 통일 이전이라면 중앙역은 서베를린에 속했고 다음 역인 이곳은 동베를린에 속했다. 중앙역과는 달리 별로 역전 분위기는 나지 않는데 한밤의 거리는 불량한 분위기가 물씬하다. 비가 추적이는 밤인데도 집으로 돌아갈 생각은 전혀 없는 것처럼 보이는 청소년들이 역전 계단이며 가로등 아래서 담배나 맥주병을 빨아대고 있다.

다음날 아침. 날씨는 여전히 구접스럽지만 물기를 비치지 않아 그나마 다행스럽다. 슈프레 강을 넘어 박물관 섬을 향해 걷는다. 공교롭게도 동물원을 빼면 베를린의 어지간한 볼거리는 옛 동베를린 지역에 몰려 있다. 행정구역과 인구가 기준이었다는데 그 탓에 동서 베를린을 나누는 선은 반듯하지 않다.

독일과 베를린의 분할 점령이 결정된 것은 1944년 9월 12일 체결된 런던 의정서이다. 독일의 무조건 항복과 동시에 효력이 발생하는 문서로 얄타 회담에서 다시금 확인되었다. 이때의 독일 영토는 1937년 당시의 국경을 기준으로 했다. 오스트리아 병합 이전의 영토이다. 독일은 동부와 남서부, 북서부의 세 부분으로 분할되었다. 원래의 문서를 보면 소련이 그 중에 동부를 점령하는 것으로 명시되어 있지만 북서부와 남서부의 점령 주체는 '＊＊＊'으로 표기되어 있다. 베를린 분할도 마찬가지로 북동부와 북서부, 남부로 나뉘는데 북동부는 소련이, 북서부와 남부는 '＊＊＊'이 점령하는 것으로 되어 있다. 생뚱맞게 '별별별'이라니. 미국과 영국이 두 지역을 두고 갈등을 빚었기 때문에 결정을 뒤로 미루었다는 후문이다. 동부전선은 소련이 맡고 있었으므로 독일과 베를린에서 각각 동부를 점령 지역으로 삼는 건 자연스러운 일이었다. 미국은 접근이 용이한 북서부를 원했지만 결국 남서부를 점령하게 되었다. 런던 의정서는 물론 얄타 회담에 이르기까지 프랑스는 전승국 대접을 받지 못했지만 얄타 회담에서 독일 분할 점령에 참여한다는 합의를 도출했다. 포츠담 선언에서는 전승국의 대열에 끼었고, 결국 독일과 오스트리아의 점령에 참여했다. 이는 전후 구상에서 소련을 견제하는 데에 전력을 투구한 처칠이 힘을 쓰고 미국이 지원한 결과였다. 물론 드골(Charles de Gaulle, 1897~1970)도 팔을 걷어붙이고 나섰다. 한데 프랑스가 그럴 자격이 있었는지는 의문이다.

독일에 침공을 당하고 나자 친독 비시 정부까지 등장한 프랑스는 전쟁 기여도로 본다면 미미할 뿐이다. 1942년까지 존속했던 비시 정부는 괴뢰정부라고는 하지만 프랑스가 나치의 편에서 적극적으로 부역한 실체였다. 종전 직전부터 그런 프랑스가 받은 대우는 파격을 넘어서 부당함에 가까웠다. 해방 이후 프랑스에서 벌어졌던 극렬한 나치 청산 소동은 그런 부당함을 최소화시키기 위해 벌어진 히스테리에 가까웠다. 재판도 없이 1만여 명에 달하는 자국민을 즉결 처형한 것은 문명사회에서는 있을 수 없는 막장 행각이었고 청산이 아니라 학살이었다. 이 미개한 인간들은 파리를 비롯한 도처에서 개인적 복수심에 불타 여자들의 머리를 깎고 남자들의 생식기를 자르는 짓을 서슴지 않았는데, 그 수가 어지간하지 않았으므로 집단적 광기였을 뿐이다. 종전 뒤에 '합법적 숙청'이란 이름을 내걸고 벌였던 나치 부역자 처리 때도 처음에는 그 대상이 30만 명에 이를 정도로 수선을 피웠지만 사형선고를 받은 수는 6천 7백여 명이었고 그 중 집행된 자는 791명이었다. 비시 정부의 최고 책임자였던 페텡(Philippe Pétain, 1856~1951)은 사형선고를 받았지만 곧 종신형으로 감형되었다. 프랑스의 히틀러가 감형된 격이다. 사면 복권은 그 뒤에도 줄을 이었다.

식민지에서는 더욱 가관이었다. 인도차이나 식민지에서 비시 정부가 앞장선 프랑스는 일본군과 일심동체였다. 아프리카의 모로코, 알제리, 기니에서는 독일군과 함께 싸웠다. 그런데도 프랑스는 지금까지 단 한 번도 제대로 사과한 적이 없다. 그런 프랑스가 2차 세계대전 후에 벌인 일이 1차 인도차이나 전쟁이었고, 알제리 학살이었다. 1차 인도차이나 전쟁 때 프랑스는 외인부대에 크게 의존했는데 독일군 출신들이 득시글거리는 부대였다. 결국 프랑스가 원한 것은 패전한 나치와의 부도덕한 야합의 흔적을 지우고 승전국이 되어 전리품을 얻는 것이었고, 말하자면 이게 프랑스가 종전 후에 실현한 나치 청산이자 정의였다.

박물관 섬의 장물들

베를린 슈프레 강의 박물관 섬. 여의도와 비슷한데 강폭이 좁아 샛강은 마치 좁은 운하처럼 보인다. 박물관들은 섬 북쪽에 모여 있다. 독일이 후발 제국주의 국가로 분발한 결과를 증명하는 페

베를린 슈프레 강(Spree Fluss)의 박물관 섬(Museumsinsel) ☞ ＼ 북쪽 끝의 보데 박물관(Bode Museum) 뒤 멀리 베를린 텔레비전 송신탑(Fernsehturm)이 보인다. ↗ 보데 박물관 옆의 페르가몬 박물관(Pergamonmuseum). ／ 베를린 돔(Berliner Dom)은 섬 가운데 있는 개신교 교회로, 1905년에 지어진 건물은 제국주의 양식이다. ＼ 베를린 돔 앞의 슐로스 광장(Schloßplatz)은 동독 시절 마르크스 엥겔스 광장으로 불렸고, 동상은 1986년에 세워졌다.

르가몬 박물관은 후안무치하다. 터키 페르가몬의 제우스 신전을 통째로 뜯어와 놓고는 박물관으로 만들어 버렸다. 신전이 원래 있었던 자리에는 지금 소나무 세 그루만 덜렁 남아 있다고 한다. 박물관이 아니라 장물 보관소이다. 이집트의 오벨리스크는 대부분 프랑스와 이탈리아에 있고, 심지어는 미국도 하나를 가져가 뉴욕 센트럴파크에다 세웠다. 특별히 심오한 뜻이 담겨 있다기보다는 그저 제국주의 국가 면허증을 가지면 응당 해 볼 수 있고 해 봐야 하는 일로 생각했던 모양이다. 이런 식으로 만들어진 것이 루브르 박물관, 대영 박물관, 바티칸 박물관 따위들이다. 자기들이 가져오지 않고 내버려 뒀으면 보존될 수 없었을 것이라는 엉뚱한 소리들을 하는데, 1차 세계대전의 와중에 자국의 도시들을 홀랑 부숴 놓고서 복원한 자들이 할 소리가 아니다. 이걸 뜯어서 여기까지 가져오는 데 보통 힘든 일이 아니었다고 은근히 자랑을 늘어 놓는 경우도 있는데, 이 또한 도둑이 할 말이 아니다. 원래의 자리에 두었으면 모두 알아서 보존될 유물이었다.

　　고전주의 풍이 물씬한 구 미술관 건물은 웅장하게 만들어졌다. 겉보기와는 달리 조적식이긴 하지만 철근까지 사용된 현대적 공법의 건축물이다. 미술관 앞으로는 정원을 두고 삼면에는 도리아식 기둥을 줄지은 회랑을 만들어 둔 것이 이채롭다. 정원 한 편에 설치된 현대 조각은 우주선이며 자동차 등 잡동사니들을 얼기설기 모아 놓았다. '험티덤티 머신'이라는 이름을 갖고 있는 작품으로, 건물이나 회랑이나 심지어는 정원과도 별로 어울리지 않는다. 험티덤티는 달걀 모양을 한 아저씨이다. 『이상한 나라의 앨리스』에도 등장하는 그 달걀 아저씨이다. 험티덤티가 하루는 담 위에 앉아 있다 굴러 떨

＼ 베를린 구 미술관(Altes Museum) ☞ 1823년부터 독일 건축가 싱켈(Karl Friedrich Schinkel)이 설계한 신고전주의의 대표 건축물로, 2차 대전 중 크게 파손된 입면을 1966년에 복구한 것이다. ／ 미술관 정원의 〈험티덤티 머신(Die Humpty-Dumpty-Maschine der totalen Zukunft)〉은 독일 조각가 요나탄 미스(Jonathan Meese)의 2010년 작품이다.

어졌다. 달걀이 굴러 떨어졌으니 결과는 당연히 비참하다. 왕의 말들이나 신하들도 그런 험티덤티를 어쩔 수가 없었어요. 서양 아이들이 부르는 〈험티덤티 노래〉의 가사는 대략 이렇다. 자, 그럼 이 조각은 뭔가? 회랑에서 비를 그으면서 한동안 보고 있었지만 늘 그렇듯이 이런 경우엔 뾰족한 해답이 떠오르지 않는다. 달걀 아저씨가 굴러 떨어져 저 모양이 되었다는 것인가.

베를린 돔은 정면의 넓은 가든 광장으로 더욱 돋보인다. 고풍스럽게 보이지만 지금의 건물은 1905년에 착공된 20세기 초의 건물이다. 은연중에 조선총독부 건물을 연상시키는데 같은 양식이기 때문이다. 세워진 시기도 10년 간격으로 비슷하다. 슈프레 강은 섬을 두고 양쪽으로 흐른다. 둘 모두 폭이 인색한 샛강이다. 베를린 돔 뒤쪽에 샛강을 낀 맞은 편에 역시 박물관이 하나 더 있다. 섬에 있는 박물관들과 달리 작은 규모이고 사립이다. DDR(독일민주공화국, 동독) 박물관이란 이름이 붙어 있다. 대개는 박물관 섬을 찾은 관광객들이 호기심에 찾는 박물관이고 딱히 인상적인 전시물은 없다. 맑스와 엥겔스, 레닌의 초상화를 엘시디 모니터에 나란히 출력해 놓고 가끔 윙크를 하게 만들어 놓아 방심한 관광객들을 놀라게 한다는 것에서 알 수 있지만, 좀 거시기한 박물관이다. 동독 당시의 상품과 주거 공간 등을 재현해 둔 것은 그럭저럭 볼 만하다. 감방도 그 중의 하나다. 수세식 변기가 입구에 있고 1인용 침대가 창가에 있는 독방은 1980년대 한국의 것에 비하면 월등한 수준이다. 그 옆으로 비밀경찰인 슈타시의 취조실도 있다. 동독이 베를린 관광에서 빼놓을 수 없는 상품이 된 지 오래다. 이 작은 사설 박물관도 제법 붐빈다.

＼ 베를린 동독 박물관(DDR Museum) ☞ 독일에서는 드문 사설 박물관으로 2006년 문을 열었다. 베를린에서 방문객이 11번째로 많은 박물관이다. ／ 동독 시절의 생산품과 일상 생활을 재현해 보여 준다.

분단의 확정

1945년 종전 후 점령기에 접어든 독일의 미래는 불확실했다. 얄타 회담에 이르기까지 논의되었던 분할이 가장 유력한 미래였다. 소련은 독일 분할의 열렬한 주창자였다. 처칠의 영국은 미지근한 태도를 보였으며 트루먼(Harry S. Truman, 1884~1972)의 미국 또한 그런 영국의 입장을 옹호했다. 모두 소련 때문이었다. 공산주의 소련을 저지해야 한다는 공감대가 영국과 미국, 프랑스를 가재는 게편으로 몰아갔다. 1947년 1월 미국과 영국이 자신들의 점령지를 경제적으로 통합한 바이조니아(1949년 프랑스 점령 지역으로 확대되어 트라이조니아가 되었다)를 등장시키고 아무런 법적 근거 없는 경제위원회를 구성한 후 기민당(CDU)의 에리히 쾰러(Erich Köhler, 1892~1958)를 위원장으로 앉힌 것은 도발에 가까웠다. 1948년 3월 경제위원회는 의회의 형태를 띠었고 유사 정부의 실체를 갖추기 시작했다. 1949년 5월 23일 독일연방공화국(BRD)이 등장했고 같은 해 10월 7일에는 독일민주공화국이 등장했다. 서독과 동독이었으며 독일 분단의 확정이었다.

동독과 서독의 시작은 어떻게 달랐을까. 가장 큰 차이는 경제였다. 소련에게 동독은 전범 국가였고 이미 여러차례 천명한 대로 동독에게 전쟁배상의 책임을 산업 시설로 물었다. 일례로 브란덴부르크의 오펠 자동차 라인을 전쟁배상으로 통째로 뜯어간 것이 소련이었다. 한편 동독과 달리 서독의 전쟁배상은 처음부터 실종되어 있었다. 서독이 마셜 플랜에 힘입어 경제 부흥의 언저리에 진입하는

베를린 찰리 검문소 박물관(Haus am Checkpoint Charlie) ☞ 1963년에 인권운동가 힐데브란트 부부가 동독 탈출을 알리고자 찰리 검문소 바로 앞에 문을 열었다.

동안 동독은 경제 침체와 산업 기반 시설의 부족 등으로 심각한 어려움을 겪어야 했다. 1953년 5월에 동독 각지에서 벌어진 노동자들의 총파업과 시위, 유혈 진압은 그런 가운데 벌어졌다. 그런 동독을 경제적으로 지원한 것은 소련이 아니라 결국은 서독이었으니 1969년 등장한 빌리 브란트(Willy Brandt, 1913~1992)가 주도한 동방 정책의 결과였다.

베를린은 소련이 점령한 동부 지역 안의 도시였다. 다른 연합군 점령 지역에서 베를린에 오려면 소련 점령 지역을 거쳐야 했다. 베를린 서쪽의 검문소들은 그런 용도였다. 베를린 안에서 동서 베를린의 경계에 또한 8개의 검문소가 있었다. 이 검문소들은 대개 서베를린에 거주하는 독일인의 동베를린 방문을 위한 것이었지만 그 중 시내 중심가의 한 곳은 외교관들과 외국인들을 위한 것이다. 소련군은 길 이름을 따 프리드리히 검문소로 불렀고 미군들은 C검문소라고 해서 찰리 검문소로 불렀다. 통일 이후 철거되었지만 다시 복원되어 현재 베를린의 대표적인 관광지 중 하나로 남아 있다. 당시 미군과 소련군 복장을 한 인간들이 사진을 찍도록 유혹하는데 그 뒤에 예외 없이 돈을 뜯으려는 인간들과 곤혹스러워진 관광객의 실랑이를 봐야 하는 딱한 장소이다.

봉쇄와 장벽

베를린 장벽은 이곳저곳에 있다. 가장 특이한 장소 중의 하나는 니더키르흐너 거리에 위치한 '공포의 지형'으로 나치의 게슈타포와 친위대 본부가 있었던 자리에 마련된 야외 전시관인데 바로 그

＼ 베를린 공포의 지형(Topographie des Terrors) ☞ 베를린 장벽의 외벽 중 니더키르히너 거리(Niederkirchnerstraße)의 가장 긴 구간을 야외 전시물로 남겼고, 2010년에는 실내 박물관(Mauermuseum)도 개관했다.
／ 베를린 장벽의 관광객들.

뒤로 베를린 장벽이 평행으로 지난다. 보존되어 있는 장벽 중에서 원래의 모습을 그대로 간직하고 있는 장벽이다. 한편 슈프레 강변의 1.3킬로미터 구간의 장벽은 강 때문에 살아남았다. 철거해 봐야 강과 마주하는 셈이어서 딱히 필요가 없었다. 그렇게 남은 장벽에 누군가 벽화를 그리기 시작해 시간이 흐른 뒤에는 장벽 전체가 그림으로 메워져 오픈 갤러리가 되었고 '이스트 사이드 갤러리(East Side Gallery)'라는 이름을 얻었다. 그밖에 베를린 장벽 박물관이 있고 포츠다머 광장처럼 장벽 일부가 보존되어 있는 곳들도 있다.

베를린 장벽의 시작은 아마도 1948년 6월 24일 베를린 봉쇄일 것이다. 바이조니아의 경제위원회가 마셜 플랜에 따른 원조의 수용을 결의하고 뒤이어 새로운 통화를 도입하자 전범 국가인 독일을 다시는 전쟁을 할 수 없는 나라로 만들겠다는 소련의 구상은 수포로 돌아갔다. 경제원조를 하는 마당에 전쟁 배상책임을 물을 리도 없었다. 또한 전쟁으로 폐허가 되다시피 했던 나라에서 세계에서 유일한 경제대국으로 부상한 미국이 후원하는 새로운 통화는 동부 독일의 마르크화를 극도로 위축시킬 것이 자명했다. 그건 또 동부 독일의 문제만이 아니고 마르크화를 보유한 동유럽의 소련군 점령 지역 전체의 문제였다. 연합국의 독일 관리위원회(Allied Control Council)는 이미 파탄이 나 버렸다. 6월 24일 소련이 베를린 봉쇄를 시작한 배경은 그렇다. 점령 지역 안으로 깊숙이 들어와 있는 베를린에서 3국의 철수를 통고한 것이었다. 서베를린으로 통하는 철도와 도로, 수로가 차단되었다. 미국과 영국은 베를린에서 철수하는 대신 '공수(空輸)'로 대응했다. 식량은 물론 연료와 생필품 등 모든 물자를 수송기로 공급하기 시작했다. 미군과 영국군 수송기를 동원한 이 전대미문의 공수 작전은 11개월 동안 20만 회 이상에 걸쳐 240만 톤의 물자를 공수하는 기록을 세웠다. 1949년에 들어서서는 껌과 사탕까지 공수 물자에 포함되는 가운데 서베를린은 거뜬히 생존할 수 있었다. 군사적 긴장은 고조되었다. 소련은 점령 지역의 병력을 증원해 베를린을 포위했지만 그 이상의 일은 벌어지지 않았다. 종전 직후이기도 했지만 일본에 투하한 핵폭탄으로 미국이 군사적 초강대국의 지위를 차지한 후였던 것이다. 동유럽의 소련 점령 지역에 대한 경제봉쇄가 이루어지자 오히려 고통스러워진 쪽은 소련이었다. 1949년 4월 15일에는 부활절을 기념해 순전히 과시용으로 24시간 동안 1,383대의 수송기가 12,941톤의 물자(주로 석탄)를 공급하는 기록을 세우기도 했다. 무력을 쓰지 않는 한 서베를린에서 미국과 영국을 몰아낼 수 없음이 분명해졌다. 4국 간의 협상이 시작되었고 5월 4일에는 봉쇄 중단에 대한 합의가 이루어졌다. 5월 12일 베를린 봉쇄는 막을 내렸다. 이제 막 시작된 냉전의 첫 번째 대결이었던 셈인데 미국과 영국의 판정승이었다.

베를린에서 이 엄청난 공수가 이루어진 현장은 템펠호프 공항이었다. 공항은 2008년 폐쇄되었지만 북동쪽 모서리의 작은 공원에는 베를린 봉쇄 당시를 기념해 루프트브뤼케(공수)라는 이름이 붙어 있고 근처의 지하철역에도 같은 이름이 붙어 있다. 루프트브뤼케 공원에는 기념비가 서 있고 밑둥에는 당시 베를린 공수 중 추락 사고로 사망했던 38명의 미군과 31명의 영국군 이름이 적혀 있다. 폐쇄된 후 공항은 박람회나 공연 장소로 쓰이고 있다. 주말인 이날도 베를린의 청춘남녀들이 끊임없이 공항을 향해 걷고 있다.

베를린 봉쇄 이후 베를린은 전후 냉전 시대의 상징이 되었다. 한국전쟁이 벌어진 이듬해인 1951년에는 미국과 영국, 프랑스가 독일에 대한 전쟁이 종료되었음을 선언했다. 서독에 대한 점령의 공식적 종료이다. 같은 해 샌프란시스코 강화조약으로 일본의 미군정 또한 종지부를 찍었다. 1955년에는 소련 또한 전쟁 종결을 선언했다. 이즈음 스탈린은 독일을 통일시키고 중립국화하자는 제안을 내놓았지만 거부당했다. 동독에 대한 소련의 입장은 점령 당시부터 전범 국가였고 전쟁배상까지 실현해냈으므로 소련도, 사회주의통일당(SED)도 독일인에게는 인기가 없었다. 서독에 대한 미국의 경제 지원은 더욱 가속화되었고 1950년대 말에는 이른바 경제 부흥이 본격적으로 시작되었다. 동독 주민들의 탈출은 지속적으로 늘었다. 국경은 길었고 헝가리를 거쳐 오스트리아로 가는 루트가 일반적이었지만 동베를린에서 서베를린으로의 탈출도 적잖았다. 1961년 8월에 베를린 장벽이 건설되기 시작했다. '반파시스트 보호 장벽'이란 이름이 붙여졌다. 당시 서베를린 시장이던 빌리 브란트는 '수치의 장벽'이란 이름을 붙였다. 확실히 수치스러운 장벽이었다. 고립된 섬에 불과한 서베를린으로부터 나머지 동독을 보호한다는 명분은 궁색하기 짝이 없었고 벽으로 뭔가를 보호한다는 건 유대인 게토를 만들었던 나치의 발상이었다. 1989년 11월 9일 동독 정부는 서독과 서베를린에 대한 자유 방문을 허용했고 1990년 베를린 장벽은 허물어지기 시작했다. 1990년 8월 31일 양독간 통일 조약이 체결되었고 9월에는 양독과 한때의 4개 점령국의 2+4 회의가 열려 독일의 통일을 확정지었다. 서독으로의 흡수 통합이었고 동독은 그 역사를 마감했다.

볼프강 베커(Wolfgang Becker)의 「굿바이 레닌」은 통일 이후 8개월 동안 의식을 잃은 후 깨어난 열렬한 동독 공산당원인 어머

＼ 베를린 공수 희생자 기념비(Denkmal für die Opfer der Luftbrücke) ☞ 공수가 이루어졌던 옛 템펠호프 공항(Flughafen Berlin-Tempelhof)에 1951년에 세워졌다. 희생자 이름이 새겨진 기단의 위쪽은 베를린으로 들어오던 세 개의 항로를 상징하는 조형물이다.

／ 베를린 브란덴부르크 문(Brandenburger Tor) ☞ 18세기의 신고전주의 양식 개선문은 베를린 장벽 붕괴 때 세계 언론에 가장 많이 등장한 상징이었다.

니를 위해 동독이 여전히 존재하고 있는 척 꾸미는 아들 알렉스의 고군분투를 그리는 영화다. 동독 최초의 우주비행사였지만 통일 후 택시 운전사로 일하는 지그문트 옌은 영화의 마지막 가짜 뉴스에서 공산당 서기장 호네커(Erich Honecker, 1912~1994)의 뒤를 이은 인물로 등장해 취임사에서 이렇게 말한다.

"우주에서 보면 작은 나라일 뿐입니다. …… 완벽한 나라도 아닙니다. 그러나 우리의 이상은 그동안 전세계의 많은 이들에게 영감을 불어넣기를 멈추지 않았습니다. …… 사회주의는 고립이 아니라 (장벽 너머의) 다른 이들에게 손을 뻗고 함께 살아가는 것입니다. 더 나은 세상을 단지 꿈꾸는 것에 그치지 않고 실현하는 것입니다."

연대가 아닌 고립. 실현되지 않은 이념. 동독 사회주의가 좌초한 이유를 영화는 에둘러 그렇게 말하고 있다.

불멸의 의지에 대하여

루프트브뤼케에서 다시 돌아온 포츠다머 광장. 동서 베를린의 경계로 장벽이 지나가던 곳이다. 장벽은 이중으로 세워졌고 그 사이는 이른바 노맨스 랜드였다. 장벽이 해체될 때까지 노맨스 랜드에 속했던 포츠다머 광장은 인적을 잃은 채 30여 년의 세월을 보내야 했다. 지금의 포츠다머 광장에서는 그 30년을 증언하는 두 가지를 찾을 수 있다. 우선은 장벽 조각들이고 다른 하나는 1951년 세워진 후 장벽이 무너질 때까지 광장 서쪽을 지키고 있던 카를 리프크네히트 기념비의 기단이다. 로자 룩셈부르크(Rosa Luxemburg, 1871~1919)와 함께 스파르타쿠스 동맹을 조직하고 독일 공산당

↖ 베를린 포츠다머 광장(Potsdamer Platz) ☞ 포츠담으로 가는 교역로에서
이름이 유래한 광장 주변은 베를린에서 가장 번화한 중심부가 되었다.
↙ 포츠다머 광장의 리프크네히트 기념비 ☞ 1951년에 카를 리프크네히트
(Karl Liebknecht, 1871~1919) 탄생 80주년을 기념해 기단까지는 세웠지만
상은 결국 세워지지 못했다.

창립을 주도했던 바로 그 카를 리프크네히트이다. 1차 세계대전이 발발한 후 독일 사회민주당이 애국주의에 빠져 전쟁 채권 발행을 찬성하자 이 전쟁을 제국주의 전쟁으로 규정한 리프크네히트는 사회민주당 제국의회 의원 중 유일하게 반대 입장을 표명했다. 반전에 더해서 제국주의 전쟁을 계급 전쟁으로 전화시켜야 한다고 주장했다. 그로써 사회민주당에서 축출된 그는 정부 타도와 전쟁 중단을 요구한 1916년 노동절 시위를 주도한 이유로 투옥되었고 1918년 독일혁명의 와중에 사면되고서 혁명에 뛰어들었다. 1918년 11월 9일 제정이 붕괴하자 의회주의 노선의 사민당 다수파는 민주공화국 수립을 선포했고 혁명 노선의 스파르타쿠스 동맹의 리프크네히트는 자유 사회주의 공화국 수립을 선포했다. 양측은 전투에 돌입했다. 1918년 12월 31일 독일공산당이 창립되었고 뒤이은 1919년 1월 스파르타쿠스 동맹이 무장봉기를 일으킨 후 리프크네히트는 로자와 함께 사민당이 끌어들인 우익 반혁명 의용대인 자유 군단(Freikorps)에 체포되고 살해되었다.

1951년 동베를린시는 리프크네히트의 기념비를 세우기로 했는데 그 장소가 서베를린과의 경계인 포츠다머 광장이었다. 1916년 5월1일 리프크네히트와 노동자들이 제국주의 전쟁 반대 시위를 벌였던 장소였으므로 합당했다. 1951년 8월 14일 동베를린 시장과 청년 동맹원들이 참여한 가운데 기단이 먼저 선을 보였는데 어찌된 일인지 정작 기념비는 세워지지 않았다. 1961년 장벽이 세워지자 기단은 1990년 동서독의 통일을 맞을 때까지 장벽과 벗삼아 광장을 지켰다. 1995년 철거되었지만 2002년 다시 제자리로 돌아왔다. 로자 룩셈부르크의 기념비는 그가 고문당한 후 개머리판에 얻어맞아 살해당한 뒤 던져진 란트베어 운하의 바로 그 장소에 있다. 같은 시기에 살해당한 독일 공산당원의 수는 둘뿐이 아니었고 수백 명에 달했다. 봉기는 실패했고 공산당은 철저한 탄압에 직면했다. 살해당한 마지막 날 저녁에 남긴 글에서 로자 룩셈부르크는 이 실패를 인정했지만 그렇다고 해서 혁명의 최종적인 승리와 노동자 계급에 대한 믿음을 저버리지는 않았다.

"노동자 계급 대중은 오늘의 실패를 국제 사회주의의 힘과 긍지로 받아들여질 역사적인 실패 중의 하나로 발전시킬 것이며 이게 이 실패로부터 미래의 승리가 꽃피우게 될 이유이다. …… 내일이 오면 혁명은 폭풍우처럼 몰아칠 것이고 승리의 나팔소리가 너희를 공포의 도가니에 몰아넣을 것이다!
나는 나였고, 나이고, 나일 것이다."

과거의 내가 오늘의 나이기는 어렵다. 68혁명의 와중인 베를린에서 '서른이 넘은 자들은 아무도 믿지 마라'는 말이 구호처럼 외쳐졌던 이유는 그 때문이다. 오늘의 내가 미래에도 나이기를 바라는 일은 더욱 어렵다. 내가 미래에도 나로 남아 있을 수 있으려면 나의 의지는 역사적 의지이어야 한다. 죽음도 막을 수 없는 그 의지는 비로소 우리의 의지가 됨으로써 불멸하고 불패한다. 포츠다머 광장을 묵묵히 지켜보고 있는 리프크네히트의, 그저 육중한 돌무더기처럼 보이는 기단을 보고 있으면 그런 생각이 든다.

조지아
Georgia

아르메니아
Armenia

아제르바이잔
Azerbaijan

몰도바
Moldova

우크라이나
Ukraine

폴란드
Poland

벨라루스
Belarus

루마니아
Romania

헝가리
Hungary

독일
Germany

체코
Czech

체코
Czech

⊕ 면적 78,866km², 인구 1,051만 명(2012년 추계), 공용어 체코어, 화폐 단위 코루나(CZK). 서쪽은 독일, 남쪽은 오스트리아, 남동쪽은 슬로바키아, 북동쪽은 폴란드와 국경을 맞댄 유럽의 내륙국이다. 1918년 오스트리아-헝가리 제국으로부터 체코슬로바키아로서 독립했다가 1993년에 슬로바키아와 평화롭게 분리했고, 2004년에 유럽 연합의 정회원국이 되었다. 산과 평원, 강과 습지 등 지리적으로 다채로우며 습하고 연교차가 큰 대륙성 기후를 보인다. 중공업과 무기 제조업, 자동차 등이 강하다.

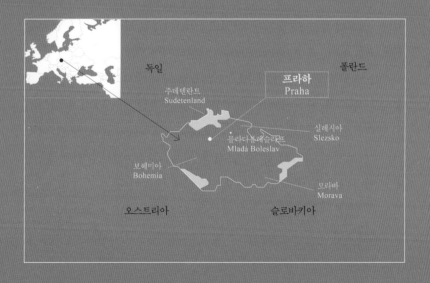

자전거를 만들면 자동차를 만들 수 있다.

이걸 보여 준 자동차 회사가 프랑스의 푸조였다. 1882년에 페니-파딩(penny-farthing, 앞바퀴는 무시하게 크코 뒤바퀴는 작은) 자전거를 만든 바 있었던 아르망드 푸조(Armand Peugeot, 1849~1915)는 1889년 증기기관을 쓴 삼륜차의 시제품을 만들어 보았는데, 무겁고 큰 데다 예열 시간이 오래 걸리는 탓에 아니구나 싶었다. 이듬해인 1890년에는 휘발유 내연기관을 이용한 사륜차를 만들었다. 엔진을 직접 만들 기술은 갖고 있지 못해서 독일 다임러의 라이센스를 가지고 프랑스의 파나르에서 만든 엔진을 사용했다. 여하튼 푸조는 그렇게 자동차 회사로 탈바꿈할 수 있었고 지금도 프랑스를 대표하는 자동차 회사로 존재하고 있다.

또 다른 회사도 있다. 1859년 자신이 몰던 자전거가 잦은 고장에 시달리자 운영하던 서점을 때려치우고 동생과 함께 자전거 수리점을 개업한 바츨라프 형제는 체코의 믈라다 볼레슬라프 출신이었다. 형제는 자전거 생산 공장을 열었고 뒤에는 오토바이를 만들었다. 오토바이는 큰 인기를 끌었고 1905년 최초의 자동차인 브와툴레트 A(Laurin & Klement A)를 생산하기에 이르렀다. 1924년 군수자본인 슈코도비 자보디(Škodovy závody)에서 바츨라프 형제의 공장을 인수해 이름이 바뀌었지만 자동차 생산은 지금까지 이어지고 있다. 체코의 자동차 산업을 대표하는 스코다(슈코다)가 그 이름이다. 한국에서는 전혀 볼 수 없지만 유럽, 러시아에서는 흔히 볼 수 있는 자동차이고, 폴크스바겐 정도의 가격 수준이다.

자전거를 만들면 오토바이를 만들 수 있고, 오토바이를 만들 수 있으면 자동차를 만들 수 있음을 보여 준 스코다 본사와 공장은 바츨라프 형제의 고향인 체코의 플라다 볼레슬라프를 본거지로 하고 있다. 드레스덴에서 프라하를 향하는 길을 일부러 돌아 플라다 볼레슬라프에 들른 이유는 동유럽(사실 체코는 중부 유럽에 위치해 있다고 봐야 하긴 하지만) 최고 수준의 산업국가였던 체코의 자동차 도시를 보고 싶어서였다. 드레스덴 인근의 자동차 정비소에서 수리한 차가 다시 또 고장 나는 바람에 엔진을 식히며 가고 서기를 반복해 무려 9시간이 걸려 플라다 볼레슬라프에 도착할 수 있었다. 2∼3시간이면 고작인 길이었다. 차는 다시 수리를 해야 했고 꼬박 이틀이 걸렸다. 덕분에 반나절을 예정했던 곳에서 사흘을 지내야 했으니 인연이 돈독했던 모양이다.

스코다, 보헤미아의 자동차

아침 일찍 나선 도보 여행길. 본의 아니게 느긋한 길이어서 마치 산책과도 같다. 드물게 화창한 날씨이다. 숙소인 호텔은 말하자면 구 시가지에 자리 잡고 있었으니, 바츨라프 형제가 자전거와 씨름하던 19세기 중엽의 플라다 볼레슬라프이다. 다운타운의 중심에는 길죽하게 만들어진 광장에 제법 멋을 부린 분수대와 교회, 천막을 친 간이 시장. 눈부신 햇살이 부서지는 광장 주변은 소박하기 짝이 없고 시장까지 열려 있는 데도 인적은 드물어 한가롭다. 막연히 울산 정도를 생각하고 있던 탓에 이곳이 과연 플레다 볼레슬라프인가 싶다.

원래의 계획대로 스코다 자동차 박물관을 향해 걷는 동안 주변의 풍경은 대로를 앞두고 자동차 도시답게 일신한다. 노동자들

↑ 믈라다 볼레슬라프 구 도심 광장(Staroměstské náměstí) ☞ 자동차 도시로 근대에 번영을 구가했지만 중세부터 형성된 구 도심은 소박하기 짝이 없다.
↓ 스코다 자동차 박물관(ŠKODA Muzeum) 임시 전람실 ☞ 바츨라프 형제 (Václav Laurin & Klement)가 만든 모형들부터 역사를 한눈에 볼 수 있다.

의 주거지인 아파트 단지가 왼쪽으로 이어지는 가운데 맞은편으로 는 끝이 보이지 않는 스코다 자동차 공장이 펼쳐진다. 박물관은 공 장 맞은편의 작은 광장에 위치해 있는데 입구에 바츨라프 형제의 동 상이 서 있다. 왼쪽이 형인 라우린, 오른쪽이 동생인 클레멘트이다. 전륜구동으로 설계해 불안전했던 오토바이 시제품을 타다 앞니가 모 두 깨졌다던 형은 동생에 비해 사뭇 키가 작다. 동상 뒤편으로 크레 인이 보이나 싶더니 근처의 안내판에는 봄부터 가을까지 확장 공사 로 박물관은 휴관이라 적혀 있다.

광장 한편의 스코다 전시장을 기웃거렸더니 임시로 자동차 를 보관해 놓은 장소를 구경할 수 있다고 한다. 임시 보관소일 뿐인 데도 무료는 아니고 입장료를 내야 한다. 하지만『스코다의 역사』란 꽤 사치스럽게 보이는 양장판에 총천연색인 책을 한 권 주기 때문 에 아깝다는 생각은 전혀 들지 않는다. 눈길을 끄는 것은 입구에 놓 인 자전거이다. '라우린과 클레멘트의 바이시클 슬라비아(Slavia)' 란 제목이 붙어 있다. 1895년에 생산된 것인데 지금의 것과 별로 다 르지 않다. '슬라비아'는 모델명일 텐데 체코가 슬라브에 속하는 나 라라는 사실을 새삼 깨달을 수 있다. 꽤 많은 차가 모여 있는데 스코 다의 연혁을 한눈에 알 수 있고 일종의 저력을 확인할 수 있다. 사실 체코에서 가장 먼저 자동차를 생산한 것은 스코다가 아니라 1897년 에 트럭을 선보인 타트라(Tatra)이다. 하지만 타트라는 시작부터 지 금에 이르기까지 줄곧 트럭만을 생산하며 모라비아(모라바) 지역을 본거지로 하고 있다. 믈라다 볼레슬라프는 보헤미아(체히) 지역에 속한다.

산업국가 체코

합스부르크 제국에서 전통적으로 산업 지역이라면 보헤미아와 모라비아, 실레지아(슬레스코) 지방을 든다. 실레지아의 북부를 빼면 지금의 체코이다. 영국이 시작한 산업혁명의 영향을 유럽 대륙에서 가장 빨리 받아들인 지역이기도 하다. 일찍부터 방직산업, 광업이 발달했고 1845년 비엔나-프라하 철로가 개통되는 등 교통이 발달했다. 위치가 유럽의 배꼽쯤인 것도 이유 중의 하나일 것이다. 같은 이유로 산업이 앞서 발달했던 폴란드의 우치는 러시아를 포함해 중간쯤에 위치해 있다. 체코의 산업혁명은 1848년 프랑스 2월 혁명의 영향으로 프라하에서 일어났던 봉기가 무력 진압된 후에 본격적으로 시작한다. 그 이전 반세기 정도 진행되었던 민족 부흥 운동을 주도한 세력이 헝가리나 폴란드와 달리 귀족 세력이 아니고 농민이거나 인텔리였다는 점이 근대화와 산업화를 촉진시킬 수 있는 유리한 조건을 조성했다. 19세기 말부터 등장한 자동차 산업은 그 산물이기도 하다.

1차 세계대전 후 체코는 마침내 오스트리아-헝가리 제국으로부터 슬로바키아와 함께 체코슬로바키아로 독립했다. 2차 세계대전의 전야인 1938년에 영국, 프랑스, 독일, 이탈리아의 뮌헨 협정으로 서부의 주데텐란트 지역이 독일에 합병되는 수모를 겪었고 이듬해에는 체코슬로바키아 전체가 독일에 합병되었다. 종전 후 체코슬로바키아는 공산당의 주도 아래 소비에트 블록에 편입되었다. 동유럽 최고 수준의 산업국가인 체코슬로바키아(슬로바키아는 농업 중심이었지만)는 냉전 시대 최전선으로 군비 증강과 중공업 중심 정책에 매달린 대표적인 나라였다. 이 시기 스코다는 국영이 되었고 이름을 ANZP로 바꾸어 여전히 자동차를 생산했다. 루마니아와 폴란드 등 동유럽의 다른 나라들이 피아트나 푸조와 합작해 자동차를 생산한 것과 달리 스코다는 독자적인 기술을 발휘했다. 1989년 12월 소련에 앞서 사회주의 정권이 붕괴하고 나자 다른 모든 국영기업들처럼 스코다 역시 민영화의 광풍 속에서 폴크스바겐에게 넘어 갔다. 신정권 출범 직후인 1990년 12월에 우선 협상 대상자로 선정된 폴크스바겐은 1991년 3월에 30퍼센트의 지분을 인수했고 그 뒤 1995년에는 70퍼센트, 2000년에는 100퍼센트를 손에 넣어 스코다는 명실상부한 독일 기업으로 바뀌었다. 현재 스코다는 체코 수출 총액의 10퍼센트를 맡고 있다.

스코다 공장의 7번 게이트 앞에는 꽤 큰 쇼핑몰이 서 있다. 중간쯤에 옥외 주차장이 있는데 그곳에 서면 공장의 전경을 어지간히 조감할 수 있다. 게이트 앞 주차장에는 빼곡이 차들이 주차되어 있는데, 대부분은 스코다이다. 도로변의 단층 건물은 마침 철거 중이었지만 간판은 여전히 걸려 있다. '하노이'라는 이름 아래 '아시아 요리 전문'이라 적혀 있다. 소련 시절에 역시 소비에트 블록의 일원이었던 1975년 통일 이후의 베트남은, 소련으로 꽤 많은 이주 노동자를 보냈는데 동유럽도 포함되어 있었다. 국가 차원의 노동자 송출이었으므로 귀국이 원칙이었지만 소련의 해체 이후 상당수는 그대로 현지에 남는 편을 택했다. 한데 산업국가로서 노동자의 수요가 상대적으로 많았을 체코의 경우는 그 수가 만만치 않다. 베트남인은 체코에서 인종 순위에서 3위를 차지하고, 베트남에서 가장 흔한 성씨

믈라다 볼레슬라프의 카리니 서커스(cirkusu Carini) ☞ 한때 번성했던 서커스
는 소련의 붕괴와 함께 빠르게 사라졌다.

인 응웬은 체코의 성씨에서 9위를 차지한다. '하노이'라는 이름의 식당 주인도 아마 그들 중 하나였을 것이다. 유라시아 대륙을 횡단해 체코에까지 와 정착한 베트남인들의 스토리는 만만할 리 없는데 인종차별은 그 중의 하나이다. 말하자면 체코인들이 가장 싫어하는 인종으로 러시아인, 집시에 뒤이어 베트남인이 꼽힌다는 식이다. 이유로는 체코의 마약 밀매 조직을 베트남인들이 장악하고 있으며 살인 등을 일삼는다며 사회문제를 들곤 하는데 그게 대다수 베트남인들과 무관함은 스코다 공장 앞의 '하노이 식당'을 봐도 짐작할 수 있다.

서커스단은 언제나 애수

믈라다 볼레슬라프에서의 이튿날. 이곳저곳을 여유롭게 거닐던 중 벽에 붙은 서커스 광고지가 눈에 띠었다. 좋은 기회였다. 일년 동안 머무르던 몰도바의 키시너우에도 시내 중심가에서 멀지 않은 곳에 서커스 상설 공연장이 있었다. 왕관 모양을 한 건물은 국립극장 못잖게 규모도 제법 되었다. 오페라나 발레보다는 그쪽에 더 관심이 있었지만 섭섭하게도 일 년 내내 문이 닫혀 있었다. 서커스란 결국 소련과 운명을 같이 한 그 무엇이었다. 소련이 해체될 당시 연방 전역에는 70개의 서커스 상설 공연장이 있었고 50개의 이동 공연장이 있었다. 1990년대 이후 대부분은 문을 닫았고 '모스크바 서커스'처럼 그나마 세계적인 명성으로 버티는 곳만 남아 있다. 6천 명이 넘었던 공연자들의 운명 역시 마찬가지여서 대개는 일자리를 잃었고 일부는 라스베이거스와 같은 곳으로 진출해 생계를 유지할 수 있었다.

믈라다 볼레슬라프의 카리니 서커스 ☞ 알레스(Aleš)라는 집안에서 대대로 이어 오고 있다는데 실력이나 내용은 평범하지만 아이들을 즐겁게 하기에는 충분했다.

아파트 단지 공터에 천막을 친 서커스단의 이름은 카리니 서커스. 소개에 따르면 1880년에 체코에서 서커스를 시작했던 유서 깊은 알레스 가문의 서커스단이다. 시간이 되자 사람들이 모여들기 시작한다. 대개는 아이들의 손을 잡고 나온 부모들이다. 노인들도 간간히 눈에 띈다. 공연은 생각보다 오랜 2시간 동안 계속되었다. 어릿광대의 우스개 장난과 소녀들의 묘기, 접시돌리기에 사자와 말들이 등장하는 서커스는 평범했다. 위험한 곡예는 없었고 사자가 등장했을 때를 빼고 출연자들은 가끔씩 실수를 했다. 모스크바 서커스의 그 전설의 공중 발레인 〈학들의 비상(Flying Cranes)〉을 연상하게 할 만한 공연은 없었다. 그러나 아이들의 얼굴에서는 해맑은 웃음이 떠나지 않았고 부모들은 즐거워했으며 노인들은 애수가 서려 있었을지언정 시종 미소를 잃지 않았다.

서커스가 유난히 사회주의권에서 발달했던 것은 '평등주의'를 가장 잘 실현한 장르라는 평가 때문이었다. 이때의 평등주의란 심오하게 받아들일 필요 없이 남녀노소 누구나 함께 즐길 수 있다는 의미였다. 무엇보다 세상의 다른 평범한 아이들과 마찬가지로 소비에트의 아이들도 국립극장의 발코니에 앉아 있기를 싫어했을 테니까. 국가 차원에서 육성이 시작되었고 1927년에는 전문 공연자를 배출하는 학교가 모스크바에 등장했다. 서커스단은 국영이 되었고 기술은 예술의 경지에 이르렀다. 전형적인 예가 공중 발레를 실현한 '학들의 비상'이었다. 시장경제가 도입된 1990년대 이후 서커스는 철의 장막 너머의 서커스가 그랬던 것처럼 소련과 동유럽에서도 빛의 속도로 몰락의 길을 걸었다. 서커스 학교들은 학교를 운영할 수 없었고 서커스단들은 극장을 운영할 수 없었다. 이제는 민영

체코 Czech 499

화에 성공한 일부만이 살아남아 명맥을 유지하고 있다. 영국과 프랑스 등 유럽에서 정기적으로 순회공연을 펼치는 '모스크바 국립 서커스(Moscow State Circus)'도 소련 시절에 쓰던 이름을 그대로 쓰고 있을 뿐이지 사실은 사기업에서 운영한다.

공연이 끝나고 거리로 나서자 카리니 서커스 천막에도 해거름이 깔리기 시작했다. 손녀의 손을 잡고 내 앞에서 걷고 있는 은발 할머니의 구부정한 등에도 그늘이 깔렸다. 서커스란 것. 어쩐지 사람의 마음을 애잔하게 만드는 구석이 있다. 사라져가는 것들이 모두 그렇지만.

보헤미아 이야기

이른 아침 믈라다 볼레슬라프를 떠났다. 프라하까지는 한 시간 남짓이 걸린다. 이 구간을 연결하는 10번 고속도로는 1970년대에 건설되었는데 체코 최초의 고속도로였다. 드레스덴에서 믈라다 볼레슬라프로 오는 도중에는 완연히 산세를 보이는 구간도 있었지만 프라하까지는 대체로 들판이 이어진다. 물론 농지이다. 일찍 산업화가 되었다고는 하지만 이전엔 어디나 농업이 주였다. 보헤미아 지방의 주요 작물 중에는 사탕무와 호프가 포함된다. 사탕수수가 그렇지만 사탕무도 제당 공장을 옆에 두어야 한다. 전통적인 산업 작물인 셈이다. 호프의 재배는 체코의 맥주가 명성을 얻는 배경일 것이다.

지금 체코의 절반 이상은 한때 보헤미아로 불리던 지역으로 그 이름의 연원은 기원전으로까지 로마 시대로까지 거슬러 올라간다. 독립적인 역사는 10세기 프라하를 근거로 등장했던 보헤미아 공국인데 14세기에는 왕국이 되었다. 보헤미아 지역에 슬라브 족들이 이주하기 시작한 것은 6세기경으로 알려져 있다. 이들이 7세기쯤에는 토착 지배 세력을 밀어낸 후 유럽 최초의 슬라브 통치 지역을 탄생시켰다. 모라비아 공국은 이들이 세운 나라이고 9세기에 보헤미아와 모라비아 지역을 통합해 등장해 70여 년 동안 유지되었던 대모라비아는 먼 훗날인 1차 세계대전 후 독립할 때 전혀 어울릴 법하지 않은 두 지역이 통합해 탄생한 체코슬로바키아의 기원이 되었다. 그렇긴 해도 신성로마제국과 룩셈부르크 왕가, 합스부르크 제국, 오스트리아-헝가리 제국의 지배를 차례로 받으면서 이곳은 줄곧 보헤미아로 불렸다. 슬라브어에서 기원한 체코란 이름이 공식적으로 사용된 것은 1918년 체코슬로바키아로 독립하면서이지만 19세기 전반기 체코에서 일어난 민족 부흥 운동이 미친 영향이 컸다. 현대 체코어가 정립되고 문학이 발달하는 등 민족 정체성이 확립된 시기이다. 체코란 이름이 대내외적으로 폭넓게 사용되기 시작한 것은 이때부터이다. 물론 유럽에서는 보헤미아가 더욱 친숙한 이름이었다.

보헤미아 사람들을 가리키는 보헤미안은 떠돌이나 방랑자와 같은 의미로 쓰였다. 배거본드와 비슷하다. 유럽에서는 둘 모두 가난뱅이 떠돌이라거나 범죄자, 도망자를 가리키는 좋지 않은 말로 쓰였다. 퀸의 「보헤미안 랩소디」의 난해한 절망적 가사를 연구(?)하는 데에는 아마도 이런 배경의 이해가 도움이 될 것이다. 배거본드와는 달리 보헤미안은 지역에 대한 편견을 내포했다. 어쩌다 보헤미아 사람들이 편견의 대상이 되었을까. 주로 프랑스 지역에서 집시를 보헤미아에서 온 사람들로 여겼기 때문에 빚어졌다. 물론 집시는 보헤미아를 거쳐 이동하기도 했을지언정 훨씬 더 먼 곳에 뿌리를 두고

프라하 성(Pražský hrad) ☞ 성 안의 왕궁은 체코의 왕들과 신성 로마 제국의
황제들이 거쳐갔고 현재는 체코 공화국의 대통령이 관저로 사용한다. 궁전뿐
만 아니라 성당, 정원, 장인들의 골목도 모여 있는 요새형 성이다.

있다. 그런데도 집시에 대한 편견과 차별에 보헤미아 사람들이 더해진 셈이다. 늘 이런 식이다. 지역주의와 인종주의에 근거한 차별이란 무지에서 출발해 슬금슬금 자라나고, 증오와 갈등이 필요한 자들이 프로파간다와 선동을 양분으로 견고하게 완성시킨다. 나치가 배양한 집시와 유대인에 대한 편견과 차별은 결국은 학살로 이어졌다. 편견과 차별의 의미로서 보헤미안은 그렇게 굳게 자리를 잡지는 않았고, 뒤에는 일탈자라거나 분방한 자 정도로 그쳤다.

민족자결주의라는 제국주의

프라하에 도착해 외곽의 숙소에 짐을 풀고 나서자 어둑한 하늘에서는 빗방울이 떨어진다. 믈레다 볼레슬라프에서 사흘 동안 이어졌던 화창한 날씨는 꿈이었던가 싶다. 프라하 중앙역에서 시작한 걷기는 역전을 벗어나기 전에 윌슨과 마주친다. 민족자결주의의 바로 그 우드로 윌슨(Woodrow Wilson, 1856~1924)의 동상이다. 4.2미터의 꽤 높은 기단 위에 세워져 있다. 기단 아래에는 "세계는 민주주의를 위해 안전해져야 한다."는 1917년 4월 윌슨의 의회 연설 중 한 대목이 영어와 체코어로 새겨져 있다. 윌슨의 이 연설에서 민주주의 안전보다 유명한 대목은 "정의가 평화보다 귀중하다"는 1차 세계대전 참전의 변이었다. 민족자결주의가 등장한 것은 1918년 1월 8일의 의회 연설로 동맹국의 패전을 앞두고 전후 처리를 협의할 파리강화회의를 앞둔 때였다. 오스트리아-헝가리 제국의 지배를 받던 체코슬로바키아는 1918년 10월 28일 공화국으로 독립을 선포하면서 민족자결주의의 도움을 받았다. 프라하 중앙역 앞에 윌슨 동

＼ 프라하 구시가 광장(Staroměstské náměstí) ☞ 프라하 관광의 출발점이 되는 곳으로 오른쪽이 바로크 양식의 성 미쿨라셰 성당(Kostel svatého Mikuláše)이다.

／ 블타바 강의 보와 뱃길 ☞ 체코에서 가장 긴 강으로 프라하 구간에만 18개의 다리가 지난다.

상이 세워진 것은 그 때문이다. 동상의 운명은 좀 기구했다. 1919년 윌슨 역으로 이름을 바꾼 중앙역 앞에 체코 출신 미국인인 알빈 폴라섹(Albin Polasek, 1879~1965)이 조각한 동상이 선 것은 1928년 7월 4일. 미국 독립 기념일이다. 1941년 체코슬로바키아를 점령한 나치가 녹여 없애 버렸고 다시 이 자리로 돌아온 건 극히 최근인 2011년 9월이다. 이번에는 미국쪽에서 돈을 대긴 했지만 체코 조각가들이 만들었다. 남아 있는 사진과 부분 석고상 등을 참고해 1928년의 것과 같은 모습으로 복원했다.

윌슨의 민족자결주의는 체코슬로바키아와 유고슬라비아, 폴란드 등 중부 유럽의 나라들이 독립하는 계기는 되었지만 아시아, 아프리카의 유럽 제국주의와 일본의 식민지를 외면했다. 윌슨은 영국이며 프랑스와 같은 승전국의 반발로 그 해가 가기 전에 자신의 민족자결주의가 패전국 식민지에만 해당한다는 사실을 두 번이나 공개적으로 밝혀야 했다. 파리강화회의에 대표를 파견했던 대한민국 임시정부가 문전박대 당한 일은 당시 민족자결주의의 주소를 말해 준다. 사실 식민지라고는 쿠바와 필리핀 밖에 없었던, 후발 중의 후발 제국주의 국가였던 미국으로서는 자신의 영향력을 확대하자면 유럽 제국주의의 식민지들이 독립하는 편이 나았다. 신식민주의 야망의 표출이었던 셈인데, 때가 일렀다. 그 뒤 2차 세계대전 전후 처리를 앞두고 영국은 미국이 자신의 식민지에 대한 기득권 약화를 시도할 것이란 의심을 버리지 못했고 전력을 다해 이를 방어했다. 그러나 이번에는 때가 늦었다. 구식민지는 어쨌든 종말을 향해 치닫고 있었으니까.

시베리아의 체코슬로바키아 군단

오스트리아-헝가리 제국의 지배에서 벗어나고자 했던 보헤미아와 모라비아 지역의 체코슬로바키아로의 독립은 물론 윌슨의 덕분만은 아니었다. 1차 세계대전 개전 이듬해인 1915년 독립을 주장하는 해외 망명세력을 중심으로 체코 해외위원회가 조직되었고 곧 체코슬로바키아 국민회의가 등장했다. 외교적 노력뿐 아니라 군사력을 조직해 참전하는 데에도 힘을 기울였다. 그 결과 체코인과 슬로바키아인의 부대가 프랑스와 이탈리아, 세르비아에서 참전했지만 가장 큰 규모는 제정 러시아의 체코슬로바키아 군단이었다. 국민회의가 차르의 후원을 얻어 조직한 이 군단은 동맹국 포로 중 체코인과 슬로바키아인들을 끌어들여 1917년 러시아 혁명 당시에는 군단급인 3만여 명의 병력을 갖추었다. 혁명으로 러시아가 연합국에서 이탈하자 국민회의는 러시아의 군단을 프랑스로 이동시켜 동맹국과의 전투를 계속하고자 했다. 서부전선이 막혀 군단은 열차로 유라시아 대륙을 횡단해 블라디보스토크에서 선편으로 서유럽으로 갈 전대미문의 계획을 세웠다. 1918년 2월 볼셰비키와의 협상 끝에 내전 중인 우크라이나를 떠나 블라디보스토크까지의 1만 킬로미터에 가까운 대장정에 나선 군단은 독일군과의 전투를 벌이며 소비에트 러시아에 진입했다. 체코슬로바키아 군단과 볼셰비키 간의 위태로운 합의는 볼셰비키가 무장해제를 요구하고 첼야빈스크에서 군단에 의한 폭동이 일어나면서 무위로 돌아갔다. 그 뒤 군단은 영국 및 프랑스의 요청을 받아들여 백군과 함께 반혁명 세력의 일원이 되었다. 그 해 여름 시베리아의 주요한 도시들은 모두 체코슬로바키아 군단과 백군에 의

해 점령되었다. 이 뜻하지 않은 체코슬로바키아 군단의 반혁명 공로는 영국과 프랑스가 체코슬로바키아 국민회의와 독립을 인정하는 외교적 성과를 이끌어냈다.

1918년 7월 미국의 제안으로 러시아에서 체코슬로바키아 군단을 구한다는 명분으로 국제군의 시베리아 개입이 본격화되었다. 시베리아 점령의 야욕을 불태우던 일본이 7만여 명, 미국이 5천여 명을 파병했고 이탈리아와 영국, 프랑스가 참여했다. 블라디보스토크 주변을 벗어나지 않는다는 것이 합의였지만 일본군은 바이칼 호수 동쪽까지 전진했다. 백군인 콜착의 옴스크 정부를 지원하며 적군과 전투를 벌인 것은 물론 민간인 학살에도 앞장섰다.

한편 적군이 전열을 정비하고 반격에 나서 옴스크까지 점령한 직후인 1919년 초 체코슬로바키아 군단은 시베리아횡단철도로 돌아와 이르쿠츠크로 향했다. 이미 세계대전은 끝났고 병사들의 소망은 독립한 조국으로의 귀환이었다. 1920년 2월 이르쿠츠크에서 적군과 협상에 들어간 군단은 콜착의 양도, 카잔에서 탈취한 금괴의 반환 등을 조건으로 블라디보스토크까지의 안전한 여행을 보장받았다. 6만 7천여 명의 군단 일행은 마침내 체코슬로바키아로 돌아갈 수 있었다. 세계대전과 혁명, 적백내전, 반혁명. 20세기 가장 격렬했던 세계사의 소용돌이를 헤치고 조국을 향해 이 년 동안 지구의 반바퀴를 돈 대장정의 드라마는 그렇게 막을 내렸다. 만주의 조선 독립군이 체코슬로바키아 군단으로부터 구입한 무기로 청산리 전투 등에서 일본군과 싸운 것은 이들이 연해주에 이르러 남긴 마지막 흔적이다.

1920년 4월 시베리아 개입에 나선 국제군 또한 철군했지만

프라하 천문시계탑(Pražský orloj) ☞ 구시가 광장의 천문시계는 1410년에 세워져 세계에서 가장 오랜 천문시계이며 여전히 작동하고 있다.

일본군은 남아 콜착의 뒤를 이은 세메뇨프를 지원하며 버텼다. 1922년 10월 적군의 블라디보스토크 점령과 함께 일본군 또한 철군할 수밖에 없었다. 5천여 명이 전사하고 9억 엔의 전비를 탕진한 후였다. 만주사변과 중일전쟁, 태평양전쟁, 패전으로 이어지는 일본제국주의의 가까운 미래는 이미 이때 예고된 것이었다.

사랑이 용기를, 용기가 진실을

프라하 구시가지의 길은 대개 좁고 구불구불해 헤매기 십상이다. 어느 도시나 구시가지는 이런 식이지만 프라하의 경우엔 꽤 아기자기해 헤매면 헤매는 대로 걸을 만하고 목적지를 찾지 못한다고 해서 조급해지지는 않는다. 돌고 돌다 막혔던 시야가 툭 터졌다. 광장이다. 가장 먼저 구시청 건물의 금빛 천문시계가 눈에 띈다. 시간마다 해골이 줄을 당기면 두 개의 창문이 열리고 예수의 12제자가 등장한다고는 하는데, 둔한 사람은 알아차리지 못할 정도이다. 하지만 15세기 초에 처음 만들어진 시계로 당시의 장인 정신을 엿볼 수 있다. 시계는 지금의 시계와는 달리 천체의와 같은 것이라 평범한 사람이라면 이마에서 김이 날 만큼 복잡하다. 그럴 때면 탑의 상단에 붙어 있는 익숙한 시계를 보면 긴장을 푸는 데에 도움이 된다. 아니면 아래쪽의 달력이나.

천문시계탑을 돌면 광장이다. 거의 중앙에 원형의 돌 기단 위에 선 동상이 체코의 종교개혁가 얀 후스(Jan Hus, 1372~1415)의 기념비이다. 구 시가지 광장이란 이름이 심심했던 한국인 중 누군가 이 광장에 종교개혁 광장이란 이름을 붙이게 한 주인공이다.

프라하 카를 교(Karlův most) ☞ 15세기부터 19세기까지 블타바 강(Vltava)
을 가로질러 구시가와 프라하 성을 잇는 유일한 다리였다. ╱얀 네포무크(Jan
Nepomucký, 1345?~1393) 또는 네포무크의 요한 성인의 동상은 다리 좌우의
상 가운데 가장 오래된 것이다. ╲ 다리의 시작점이 되는 탑은 구시가의 화약
탑을 본따서 만들었다.

얀 후스는 면죄부를 팔아 치부하던 가톨릭과 교황청에 반기를 들고 청빈한 교회를 주장했던 신학자였다. 프라하 대학 교수이기도 했던 얀 후스는 그저 이론만 읊조린 것이 아니라 대중 앞에서 자신의 주장을 설교로 피력하곤 했고, 그로써 교황청의 적을 자처했다. 마르틴 루터에 100년을 앞섰으니 선각자로서 얀 후스의 진면목을 알 수 있다. 얀 후스는 1414년에 왕의 동생이 안전을 보장한 덕분에 스위스 콘스탄츠에서 열린 종교회의에 참석해 자신의 주장을 펼치고자 했으나, 도착하자마자 곧 체포되어 투옥되었고 1415년 7월 6일 화형에 처해졌다. 지금의 기념비는 얀 후스의 사거 500주년을 맞은 1915년에 세워졌다. 기단에는 체코어로 이런 말이 적혀 있다.

"서로를 사랑하라. 모든 이들 앞에서 진실(혹은 정의)을 부정하지 말라."

후스가 감옥에서 보낸 10번째 편지의 마지막에 적었던 이 글은 종교재판에 대한 항소이유서의 한 구절이기도 한데, 울림이 크다. 진실은 언제나 받아들이는 것보다 부정하기가 쉽다. 진실을 긍정하려면 용기가 필요하다. 그 용기란 서로에 대한 사랑, 타자에 대한 사랑에서 나오는 것이다. 모쪼록 후스의 말은 그렇다.

카를 교를 건너

다시 또 구부정한 좁은 길을 걷다보면 또 앞이 툭 트인다. 블타바 강이다. 거친 강이란 뜻이지만 프라하에 이르러 크게 휘도는 블타바 강은 도시를 어머니처럼 품에 안고 조용히 흐른다. 구시가지와 프라하 성을 잇는 카를 교는 15세기 초에 완공되었다. 난간

프라하 카를 교(Karlův most) ☞ 보행 전용인 다리는 관광객과 기념품을 파는 노점, 초상화가, 악사 등으로 붐빈다.

을 장식하고 있는 서른 개 남짓의 석상과 동상들은 지금은 모사품이기는 하지만 여전히 이 다리를 파리나 부다페스트 등의 다리와는 달리 특별하게 만든다. 동상 중의 하나는 이름이 얀 네포무크이다. 궁정의 사제였던 이 사람은 고해성사로 왕비가 바람을 피고 있다는 것을 알았다. 눈치를 챈 왕이 네포무크를 불러 이실직고할 것을 명하나 이를 거부했다. 그 결과 블타바 강에 던져져 목숨을 잃었다. 사제의 고해에 대한 비밀 엄수의 의무를 지키기 위해 죽음을 마다하지 않은 것이다. 동상으로 카를 교 난간에 서 있는 네포무크의 표정은 심하게 어지럽고, 기운을 잃은 몸은 연체동물처럼 휘청거려 보는 이를 안타깝게 한다. 교황청에 맞서는 일도 아닌 왕비의 바람기쯤이었다면 슬쩍 알려 주었어도 되지 않았을까. 하지만 그래서야 누가 사제에게 자신의 비밀을 털어 놓으려 하겠는가. 얀 네포무크가 블타바 강에 던져진 것은 1383년으로 전해지고, 사제를 흥신소 직원으로 취급했던 왕은 신성로마제국의 황제이기도 했던 바츨라프 4세(Václav IV, 1361~1419)이다. 훗날 교황청과 각을 세우고 얀 후스를 후원하기도 했던 그 왕이다.

　　카를 교를 건널 때에는 비가 부슬부슬 돌다리를 적신다. 난간 앞의 젊은 걸인 하나는 큼직한 개를 담요에 싸 옆에 두고 엎드려 구걸을 하고 있다. 프라하의 걸인은 독특하기도 하다 싶었는데 잠시 뒤에 다시 본 걸인도 마찬가지로, 이번에는 숄에 개를 싸 옆에 두었다. 역시 작은 개가 아니다. 무심하게 넘길 수도 있지만 머리가 산만해진다. 큼직한 개가 담요 속에 들어가 꼼짝 없이 자빠져 있으려면 그건 훈련의 결과인가, 아니면 약물의 효과인가. 적선을 한다면 그건 사람을 돕자는 것인가, 개를 돕자는 것인가.

체코 Czech　513

↖ 프라하 레논 벽(Lennonova zeď) ☞ 1980년대 후사크 대통령 재임기에 학생들이 반항적인 내용을 쓰곤 해서 정부와 대치하곤 했던 벽에는 존 레논(John Lennon, 1940~1980)의 초상화뿐만 아니라 수많은 낙서가 생겨나고 사라진다. 프라하 성의 성 비토 대성당(Katedrála svatého Víta) ☞ 중세 때부터 지어지기 시작해 1929년 완공된, 체코에서 가장 큰 성당으로 역대 왕들의 유골이 안치되어 있다. ／ 고딕 양식의 가고일, ↖ 14세기에 완성된 동쪽 제단.

다리 중간에서는 5인조 악단이 신나게 살롱 풍의 음악을 연주하고 있다. 모두들 나이가 지긋하고 색소폰 주자는 보컬을 겸하고 있다. 거리의 악사들은 어디에나 흔하지만 프라하 카를 교 다리의 이 지긋한 보헤미안들은 적당히 분방하고 적당히 쾌활하면서 적당히 진지해 주변에 몰려든 관광객들을 편하게 한다.

카를 교 다리를 건너면 부근에 레논 벽이 있다. 1980년대에 등장한 것이다. 벽에 낙서를 하는 것으로 시작했는데 존 레논의 초상화나 노래의 가사 등이 벽을 장식했다고 한다. 관계 당국의 요주의 장소가 되었고 지우고 다시 그리고 쓰는 일이 반복되었다. 레닌주의에 빗대 레논주의라는 말도 등장을 했다고 한다. 1980년대의 프라하에 어쩌다 60년대의 상징인 존 레논이 등장했는지는 수수께끼에 가깝다. 헛갈리기는 관계 당국도 마찬가지여서 알코올 중독자라거나 정신병자, 자본주의 스파이 등의 소행으로 매도했다는데 가끔씩 세태를 정곡으로 힐난하는 반정부적 낙서들이 등장했던 까닭에 방치해 둘 수도 없었다. 간간이 지웠을 텐데 낙서란 게 지운다고 없어지면 이미 낙서가 아니다. 해서 지금까지도 남아 있고 아직도 존 레논의 벽이다. 벽에는 그라피티가 난무하는 가운데 존 레논의 얼굴이 그려져 있고 평화의 심볼도 한구석을 차지하고 있다. 씌어진 낙서들도 대개는 존 레논스럽고 「이매진」이라거나 「평화에게 기회를」 등의 가사들도 구석구석을 메우고 있다. 철수는 영자를 사랑해. 이런 전형적인 초등학교 화장실 낙서도 있긴 하지만.

카를 교 다리를 건넌 후에 가파른 골목길을 오르고 또 오르면 프라하 성으로 통하는 좁은 입구가 나온다. 고딕 스타일의 성 비토 대성당 건물은 확실히 인상적이다. 규모도 그렇지만 마침 비가

프라하 바츨라프 광장(Václavské náměstí) ☞ 프라하의 봄과 벨벳 혁명
(sametová revoluce)의 무대였다.

내린 탓에 벽면의 그로테스크한 가고일들이 실제로 물을 흘리고 있어서 더욱 그렇다. 이곳저곳의 고딕 건물들에서 크고 작은 가고일들을 본 적은 있지만 본연의 임무인 빗물 홈통으로 일을 하고 있을 때를 본 적은 없었다. 성당 건물 벽면을 보호하기 위해 빗물 홈통 역할을 하도록 만든 가고일은 흉측할수록 좋은 평가를 받았다고 한다. 일종의 부적으로서 악령을 쫓는다고 믿기도 했고 성당을 찾는 신자들에게 악마의 존재를 환기시켜 돈독한 믿음을 유도하는 구실도 했다. 무지가 판을 쳐 암흑시대로 일컬어졌던 중세의 산물이다.

프라하의 "가벼운" 봄

다시 카를 교를 넘어 돌아와 향한 중앙역 근처의 바츨라프 광장. 프라하에서는 드물게 대로를 끼고 있어 늘 역사의 현장이었다. 1968년 프라하의 봄이나 1989년의 벨벳 혁명의 무대였지만 특별한 기념물은 없다. 적어도 한국에 있어서 프라하를 가장 유명하게 만든 것은 '프라하의 봄'이다. 박정희 시대에는 '헝가리 의거'가 헝가리를 대신한 것처럼 체코는 '프라하의 봄'이 대신했다. 뒤에는 밀란 쿤데라(Milan Kundera, 1929~)의 『참을 수 없는 존재의 가벼움』. 이 소설과 이 소설을 원작으로 제작했던 영화 「프라하의 봄」이 프라하의 자리를 대신했다. 정작 프라하의 봄은 프라하에서는 존재감이 희박하다. 프라하의 봄 이후인 1969년 1월 분신으로 침공에 항거했던 대학생 얀 팔라흐(Jan Palach, 1948~1969)의 기념비가 광장 바닥에 남아 있는 정도이다. 딱히 특별한 흔적이 없기로는 1945년의 프라하 봉기도 있다. 5월 5일 프라하의 라디오 방송국을 점거로 시작한 봉기는 치열했고, 5월 8일 독일군과의 협상을 통해 도시의 파괴 없이 프라하를 해방시켰다. 소련군이 프라하로 진군하기 하루 전이었다. 바르샤바 봉기와 비교할 만하지만 시작과 끝, 내용이 전혀 다른 봉기였다. 마땅히 긍지를 느낄 만도 한데 그 흔한 기념비 하나 없다. 프라하에서는 그렇게 '봄'의 무게가 가볍다. 밀란 쿤데라식으로.

밀란 쿤데라는 1968년 프라하의 봄에 참여했고 그 때문에 1975년 프랑스로 이주해 그곳에 눌러앉은 이후를 망명으로 표현하기도 하지만 전후의 행적을 보면 딱히 망명이라고 보기도 마땅치 않다. 1950년 반당 행위로 공산당에서 출당되었지만 1956년에는 재입당 신청을 해 받아들여졌다. 다시 출당된 것이 1970년으로 프라하의 봄 이후이다. 1975년 프랑스의 렌 대학에 자리를 얻어 이주한 것은 탈출이 아니라 합법적으로 이루어진 것이었다. 같은 해 바츨라프 하벨(Václav Havel, 1936~2011)이 당시 대통령이던 구스타우 후사크(Gustáv Husák, 1913~1991)에 대해 공개 편지를 발표하며 저항했고 1977년에는 77헌장 선언의 주역이 되었으며 결국 감옥에 갇혀야 했던 것과 대비된다. 쿤데라는 1979년에 체코슬로바키아 시민권이 박탈되었는데 곧 프랑스 국적을 얻었고 1990년 발표한 『불멸』을 마지막으로 이후의 작품은 프랑스어로 썼다. 이전의 작품도 프랑스어로 직접 번역했고 이게 정본임을 스스로 선언했다. 프랑스로 이주한 후 소련이 해체될 때까지 20여 년 동안 정치적으로 서방의 기대를 만족시킬 정도로 반체제 망명객으로 행동한 적은 없었다. 여하튼 쿤데라 개인의 작품 세계로 본다면 19세기 초의 민족부흥운동이나 프라하의 봄이 큰 영향을 미치지는 않은 것으로 짐작할 수 있다. 쿤데라 자신도 자신의 작품에 정치성을 부여하는 행위에 대해서 극도로 민감한 반응을 보였다.

혁명 그리고 유령

밀란 쿤데라의 작품이나 개인적 성향과 무관하게 프라하의 봄은 세계사적으로 간단치 않은 사건이었고 소비에트 블록, 특히 소련에게는 더욱 그랬다. 프라하의 봄은 1968년 1월 체코슬로바키아 공산당 서기장이 된 알렉산데르 둡체크(Alexander Dubček, 1921~1991)의 개혁 정책으로 시작되었다. 1960년대 초부터 체코슬로바키아의 경제는 침체를 거듭했다. 2차 세계대전 이전에 이미 상당한 수준의 산업화를 이루었던 체코슬로바키아에서 소련식 경제 체제는 잘 맞아 돌아가지 않았다. 1965년에는 경제 문제를 해결하기 위한 신경제 모델이 도입되었지만 경직된 정치체제에서는 실현하기 어려운 모델이었다. 1968년 4월 둡체크가 발표한 '행동 강령'은 경제는 물론 정치, 외교 전반에 걸친 개혁을 내용으로 담고 있었다. 언론과 결사의 자유 신장, 검열의 완화, 소비재 생산의 강조, 서방과의 관계 개선 등을 담은 이 강령은 이른바 '인간의 얼굴을 한 사회주의' 선언이었다. 둡체크의 사회주의는 이런 말로 요약되었다.

"사회주의는 착취적 계급 관계 아래 지배당하는 노동자 계급의 해방뿐 아니라 어떤 부르주아 민주주의보다 개인의 충만한 삶을 더욱 잘 충족시킬 수 있어야 한다."

중앙집중적 권력의 분산, 더 많은 민주주의, 과학기술 혁명의 시대에 적합한 경제의 도입 등이 개혁의 방향이었다. 둡체크의 이 새로운 사회주의 개혁에 대한 소련의 반응은 1968년 8월 20일

20만의 병력과 2천 대의 탱크를 동원한 바르샤바 조약군의 체코슬로바키아 침공이었다. 둡체크의 집권으로 시작한 프라하의 봄에 틔운 새싹은 그렇게 목이 잘렸고 그해 11월 등장한 브레즈네프 독트린은 소비에트 블록 내의 어떤 개혁도 무력으로 분쇄당할 것임을 선언했다. 아마 둡체크의 체코슬로바키아가 마지막 기회였을까. 17년 뒤 모스크바에서 고르바초프는 자신의 개혁이 한때 둡체크가 시도하려 했던 개혁과 동일하다고 말했지만 결과는 새로운 사회주의도 새로운 소련도 아닌 몰락이었다. 늦어도 몹시 늦었다. 어떤 일이건 모두 때가 있는 법이다.

1989년 벨벳혁명으로 사회주의 체제가 무너졌고 1993년 이른바 벨벳 이혼은 체코와 슬로바키아 두 공화국을 탄생시켰다. 양국에는 여전히 공산당이 존재한다. 고작 소숫점 대의 지지율을 얻고 있을 뿐인 체코에서는 공산당 박해가 심하다. 체코 내무부가 공산당 청년동맹의 해산을 명령하기도 했고 2008년 상원은 헌법재판소에 공산당 해산을 청원하기도 했다. 직전에 구성된 위원회는 76가지의 이유를 제시했다. 자본주의는 필연적으로 사회주의로 이행한다고 주장하고 있거나 레닌을 위대한 사상가로 지칭하고 있다거나 '공산당 선언'을 지지하고 있다거나 하는 이유들이다.

그들은 아마도 유령이 여전히 유럽을 배회하고 있다고 믿는 모양이다.